ALPTRÄUME AUS SCHWEFEL

KÖNIGIN DER VERDAMMTEN

MAGIE DER VERDAMMTEN UND GÖTTLICHE SCHICKSALE

BUCH VIER

KEL CARPENTER

ÜBERSETZT VON
TATJANA BECIJOS

Alpträume aus Schwefel

Kel Carpenter

Veröffentlicht von Kel Carpenter

Copyright © 2019, Kel Carpenter

Überarbeitet von Analisa Denny

Titelbild von Clarissa Yocla

Übersetzt von Tatjana Becijos für Literary Queens

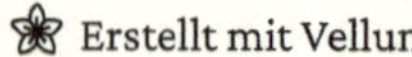 Erstellt mit Vellum

Für die Menschen, die in schweren Zeiten zu dir stehen ...
Denn das Beste kommt erst noch.

Wer zu Grunde gehen soll, der wird zuvor stolz; und
Hochmut kommt vor dem Fall.
Sprüche 16:18

KAPITEL 1

Wer hätte gedacht, dass sich der Eingang zur Hölle in einem Donutladen befand?

Okay, kein Donutladen im eigentlichen Sinne. Das berüchtigte französische Café war viel stilvoller. Trotzdem waren die Puderzuckerdinger auf meinem Teller im Grunde genommen frittierte Donuts, wenn wir mal ehrlich waren. Es war zwar nicht Martha's, aber ich würde Donuts und schwarzen Kaffee für meine letzte Mahlzeit auf Erden nicht ablehnen.

»Also, wie soll das funktionieren?« Ich biss in ein zuckersüßes Stück Teig. »Wir gehen einfach durch das Portal und schon sind wir drin?« Bandit griff über meine Schulter, stibitzte ein Beignet von meinem Teller und stopfte es in seinen Mund, bevor ich versuchen konnte, es zurückzustehlen. Ich warf ihm einen fragenden Blick zu, den er nicht zu bemerken schien, als er von mir auf den Tisch sprang und sich dann auf Laran stürzte. Ich schüttelte den Kopf, als Laran ihn hinter den Ohren kraulte. Schleimer!

»So ziemlich.« Rysten nickte und stocherte in seinem

eigenen Frühstück herum. »Normalerweise bildet sich eine Schlange vor dem Portal, aber da du bist, wer du bist, und wir die Reiter sind, werden sie eine Ausnahme machen.«

Ich nickte zustimmend und versuchte, das alles zu begreifen.

»Ganz zu schweigen von meinen knallharten Flügeln«, meldete sich Moira zu Wort. Sie strich über die Spitze ihres blau marmorierten Flügels und zog ihn fest an sich. Sie war zwar noch nicht wieder ganz die Alte, nachdem sie im Untergrund von Le Ban Dia festgehalten worden war, aber es ging ihr besser. Sie würde Zeit brauchen, um das Geschehene zu verarbeiten. Ich respektierte ihre Entscheidung, sollte sie sich entschließen, nie zu erzählen, was an diesem dunklen Ort geschehen war – solange es ihr besser ging.

»Sie können deine Flügel nicht sehen«, erinnerte ich sie und nahm einen Schluck Kaffee. Heiß und bitter. Genau so, wie ich ihn mochte.

»Wie schade.« Ihr abfälliger Ton brachte Rysten dazu, mit den Augen zu rollen, und sie ließ es dabei bewenden. Wir schwiegen ein paar Minuten lang und aßen unser Frühstück auf, während ich überlegte, wie ich meine nächste Frage formulieren sollte.

»Also, wenn wir in der Hölle sind ...« Ich hielt inne und knabberte am Rand eines Beignets. Vor lauter Aufregung verkrampfte sich mein Magen. »Wie genau wird das ablaufen?« Noch ein Schluck Kaffee. Ich zog eine Augenbraue hoch und sah mich am Tisch um, von Julian, der stoisch zu meiner Linken saß, bis hin zu Moira, die sich zu meiner Rechten platziert hatte.

»Sieh mich nicht an!« Sie hob ihre Hände. »Du weißt genauso viel wie ich.«

»Punkt für dich.« Ich ging dazu über, Rysten anzustarren. Er seufzte und schien sich plötzlich sehr für seinen

Donut zu interessieren. Fast so, als würde er nach Worten ringen.

Es war Laran, der schließlich sprach.

»Als wir die Hölle verließen, war es unsere Aufgabe, dich so schnell wie möglich zurückzuholen, damit die Sünden dich beurteilen können. Es hätte weniger als eine Woche dauern sollen.«

Ich runzelte die Stirn. »Aber ich hatte ein Leben ...«

Laran nickte verständnisvoll.

»Das hattest du«, stimmte er zu. »Aber du bist Luzifers Erbin. Weder die Sünden noch dein Vater haben bei ihrer Planung berücksichtigt, welches Leben du in ihrer Abwesenheit aufbauen würdest. Sie haben dich nicht in Betracht gezogen. Du wurdest geboren, um zu herrschen, so einfach war das für sie. So wie sie die auserwählten Verwalter sind, nahmen wir alle an, dass du deine Rolle ohne allzu große ... Schwierigkeiten akzeptieren würdest.« Bandit bewegte sich um seine Schulter herum und setzte sich gefährlich nahe an den Durchgang. Als der Kellner mit einem Tablett in der Hand vorbeilief, schnippte er einmal mit der Pfote und ein Beignet war verschwunden, ohne dass es jemand bemerkte. Bandit stopfte es in sein Maul und drehte sich um. Seine Wangen waren merkwürdig voll, als er mich ansah.

»Was genau willst du damit sagen?«

»Er sagt«, erklärte Julian und lehnte sich zurück, während seine dunkelgrünen Augen auf mir ruhten, »dass wir in weniger als einer Woche mit dir hätten zurückkehren sollen, aber schon fast zwei Monate vergangen sind.« Ich nippte erneut an meinem Kaffee und schluckte schwer.

»Nun, ja ... aber ich musste mich verwandeln, und dann war da noch die ganze Sache mit dem Kobold ...«

»Die Sünden sind nicht gerade für ihre Geduld bekannt«, sagte Allistair. »Ein Tag auf der Erde ist eine

Woche in der Hölle. Für sie ist es über ein Jahr her, dass Luzifer gestorben ist. Sie denken wahrscheinlich, dass wir dich entweder nicht mitbringen wollen ...«

»... oder ich mich entschieden habe, nicht mitzukommen«, beendete ich den Satz für ihn.

Allistair lächelte mich an und nickte einmal. »Nun, es könnte schlimmer sein. Ich könnte tot sein.« Laran verschluckte sich an seinem Beignet.

»Das wird nicht passieren«, sagte Julian mit großer Sicherheit. Ich wollte einen Blödsinn von wegen ›Hochmut kommt vor dem Fall‹ erzählen, aber nach all den Nahtoderfahrungen, die ich hinter mir hatte, war das nicht mehr so lustig, wie es vielleicht einmal der Fall gewesen war.

»Wie auch immer«, unterbrach Moira und fuhr sich mit der Hand durch ihre dunkelgrünen Locken, »sie ist nicht tot und wir sind jetzt hier. Was war der ursprüngliche Plan?«

»Die Sünden beabsichtigen, dich zu testen. Zu testen, ob du würdig bist, zu herrschen«, antwortete Allistair. Mir entging nicht, wie Julian neben mir nachdenklich wurde, als wäre er nicht bei der Sache, aber der Muskel in seinem Unterkiefer zuckte und vermittelte mir den Eindruck, dass es nicht so einfach war. »Wenn wir durch das Portal gehen, werden wir in der Provinz der Lust landen. Dann triffst du dich mit der aktuellen Sünde der Lust und wirst aufgefordert, eine Prüfung zu absolvieren, um zu beweisen, dass du in der Lage bist, ihre Provinz zu regieren. Du weißt schon, für den Fall, dass sie stürzt und nicht schon ein anderer ihren Platz eingenommen hat, um sie zu ersetzen. Wenn du bestanden hast, gehen wir zur nächsten Sünde und zur nächsten, bis du jede Prüfung bestanden hast.«

»Ganz ehrlich, Liebes, du bist ein Halb-Sukkubus. Das sollte kein Problem für dich sein«, sagte Rysten mit einem Augenzwinkern. Irgendwie linderte das nicht die langsame

Anspannung, die durch meine Brust kroch. Sorge. Dass ich nicht auf der Höhe sein würde. Dass ich versagen würde. Dass die schöne Illusion, von der sie mir erzählt hatten, genau das war. Ein Traum, der nie in Erfüllung gehen würde.

»Sollte.« Ich musste mich anstrengen, um den bitteren Ton zu unterdrücken. »Das heißt aber nicht, dass dem auch wirklich so sein wird. Was passiert, wenn ich versage?«, fragte ich. Keiner antwortete mir. Sie waren zu sehr damit beschäftigt, in Gedanken miteinander zu kommunizieren, und leider – dank Sin und ihrer Schweigerune – konnte ich sie nicht mehr hören.

»Wir haben einen Ersatzplan«, sagte Julian schließlich. Meine Augen verengten sich.

»Was soll das heißen?«

»Es heißt ...« Rysten lehnte sich zurück und kramte in seiner Tasche. »Es heißt, dass wir nicht zulassen werden, dass dir etwas passiert.« Er holte etwas heraus und streckte seine Hand aus. Als sich seine Finger entfalteten, runzelte ich die Stirn.

In der Mitte seiner Handfläche lag ein silberner Ring, der mit Gold gesprenkelt war.

»Ähm ...« Mir fehlten die Worte. »Wenn das ein Heiratsantrag sein soll, bist du ein bisschen spät dran.« Laran warf seinen Kopf zurück und lachte. Auf das Geräusch folgte das Dröhnen des Donners und draußen frischte der Wind auf. Es war schon seltsam, ein Elementar zu sein, bei dem etwas so Einfaches wie ein Lachen eine Veränderung der Atmosphäre auslösen konnte. In New Orleans versammelten sich so viele von ihnen an einem Ort und das sorgte allzu oft für einen nicht wirklich sonnigen Himmel.

»Das ist kein Antrag, Liebes. Es ist unsere ›Du kommst

aus dem Gefängnis frei‹-Karte.« Rysten ließ den Ring in meine Handfläche fallen, kramte in seiner Tasche, holte einen anderen heraus und reichte ihn Moira. Sie steckte ihn auf ihren rechten Ringfinger, und wir sahen beide zu, wie er so weit schrumpfte, dass er ihr perfekt passste. »Hast du schon mal von der *Göttlichen Komödie* gehört?«

Ich schnaubte. »Ist das eine Frage?«

Moira grinste in ihre Kaffeetasse.

»Du weißt also alles über die Ringe der Hölle?«, fragte Allistair. *Na ja, das habe ich nicht gesagt ...*

Ich ließ meinen Blick zur Seite gleiten und kaute auf meiner Lippe. Ich hielt inne und meine Lippe löste sich von meinen Zähnen, als ich das amüsierte Funkeln in seinen Augen sah.

»Es gibt neun«, antwortete ich und war mir meiner Sache ziemlich sicher, bis die vier anfingen zu lachen und mir einfiel, dass das die menschliche Version war. »Ähm ... sieben?« Julians großer Arm schlang sich um meine Schultern, während sein Fuß meinen Stuhl einhakte und ihn näher zu sich zog.

»Erstens: Es gibt sechs Provinzen«, sagte Julian. »Nur wegen dieses verdammten Gedichts werden sie alle als Ringe bezeichnet.« Mit seiner freien Hand nahm er mir das kleine Silberstück aus der Hand und hielt es hoch. Ich erkannte meinen eigenen Fehler, kurz, bevor er es aussprach. »Zweitens, die Ringe, auf die es sich bezogen hat, sind *diese* hier.« Ich spürte seine scharfen grünen Augen auf meinem Gesicht und der Abstand zwischen uns sollte viel größer sein, wenn sie wollten, dass ich klar dachte.

»Ich glaube, sie hat den Sinn verstanden«, sagte Allistair. Julian kräuselte die Lippen, als er mir den Ring wieder in die Hand legte, aber er machte keine Anstalten, mehr

Abstand zwischen uns zu bringen. »Dante war der einzige bekannte Mensch, der in die Hölle verschleppt wurde und auch wieder zurückfand, aber zu diesem Zeitpunkt war sein Verstand schon völlig zerstört. Die *Göttliche Komödie* ist also eher mit den verschwommenen Überresten eines lebhaften Traums vergleichbar als mit der Hölle selbst. Mit den Ringen kommst du von einer Provinz in die andere. Da die Hölle so groß ist und nur ein winziger Prozentsatz eine Form der Teleportation besitzt, haben die Unseelie Ringe mit Blutmagie und Schwefel geschaffen. Die meisten Dämonen können mit ihrem Ring innerhalb der Provinz, in der sie geboren wurden, überallhin reisen. Deiner bringt dich in jede der sechs Provinzen, über die die Tödlichen Sünden wachen.«

»Sechs? Das ergibt doch keinen Sinn. Aber ich dachte, es gäbe sieben ... Moment mal, hast du gerade gesagt, dass Dämonen in der Hölle nicht einfach gehen können, wohin sie wollen?«, fragte Moira und der Tonfall ihrer Stimme verriet deutlich, wie sehr sie dieser Gedanke störte.

»Korrekt«, antwortete Rysten, nachdem er einen Schluck von seinem Milchkaffee genommen hatte. »Die meisten Dämonen werden in einer Provinz geboren und sterben dort auch. Es sei denn, sie haben das Geld oder die Macht, etwas anderes zu tun.«

»Das ist hart«, pfiff Moira.

»Es gibt Schlimmeres«, zuckte Rysten unverbindlich mit den Schultern.

»Zum Beispiel?«, schoss sie zurück.

»Auf der Erde geboren zu werden«, antwortete Allistair. Ein Geräusch der Unstimmigkeit ertönte.

»Was ist denn so schlimm an der Erde? Ich werde lieber hier geboren, als dass ich als Sklave lebe«, sagte Moira säuerlich.

»Die Erde raubt dir deine Magie. Die Hölle hingegen strotzt nur so davon«, sagte Allistair. »Nur die stärksten Dämonen oder Fae können hier wirklich gedeihen, weil der Boden selbst eure Kraft absorbiert.«

»In der Hölle sind wir stärker«, sagte Laran und nickte zustimmend. Sie diskutierten weiter über die Vorteile der Hölle im Vergleich zu dem kargen Planeten, der das einzige Zuhause war, das ich je gekannt hatte. Ich fragte mich vage, ob meine eigenen Fähigkeiten in der Hölle stärker sein würden, und erschauderte bei dem Gedanken. Die Flammen waren auch so schon zerstörerisch genug.

Ich drehte den Ring zwischen meinen Fingern und spürte, wie er einen Hauch von Kraft ausstrahlte, die sich nicht völlig von meiner eigenen unterschied. Bis zu einem gewissen Grad kam er mir fast bekannt vor …

»Wie funktioniert er?«, fragte ich und richtete das Silber im Licht so aus, dass die Ätzungen auf der Innenseite sichtbar wurden.

»Denk an den Ort, den du erreichen willst, und drehe den Ring einmal!«, rasselte Allistair herunter. Ein wissendes Grinsen umspielte seine Lippen, als Moira ihren Ring drehte und nichts passierte.

»Meiner ist kaputt«, beschwerte sie sich. Bandit lachte schallend.

»Nein, ist er nicht«, sagte Rysten.

»Doch, ist er.«

»Auf der Erde funktionieren sie nicht.«

»Das ist ein dummes Design«, sagte Moira scharf.

Ich rollte mit den Augen und dachte darüber nach, was er gesagt hatte. Die meisten Dämonen wurden in einer Provinz geboren und starben dort auch, aber ich war in der Hölle geboren worden und in eine neue Welt gereist. Ich könnte genauso gut eine ganz andere Gattung von Dämon sein, denn ich konnte mir nicht vorstellen, in einer Welt zu leben, in der ich nicht einmal die Wahl hatte, wo ich leben wollte.

Dies waren meine letzten Momente auf der Erde, dem Ort, an dem ich aufgewachsen war, der Welt, in der ich aufgewachsen war, und es wurde mir klar, dass ich kaum eine Ahnung davon hatte, was mich auf der anderen Seite wirklich erwartete. Sicher, die Reiter konnten mir davon erzählen, aber letztlich würde ich es nicht wissen, bis ich dort ankam. Es war fast unwirklich, in diesem klapprigen Holzstuhl zu sitzen und gleichzeitig zu wissen und nicht zu wissen, was mich erwartete.

Vor nicht einmal zwei Monaten waren diese vier Männer in mein Leben getreten, und schon damals war mir klar gewesen, dass es nie wieder dasselbe sein würde. Wenn mir jemand gesagt hätte, dass ich buchstäblich vor den Toren der Hölle sitzen, Kaffee trinken und Donuts mit den Reitern der Apokalypse essen würde, die ich als meine Gefährten gebrandmarkt hatte ... Nun, ich hätte gefragt, was er geraucht hatte und wo ich ebenfalls etwas von dem Zeug bekommen könnte. In meinen kühnsten Träumen hätte ich mir nie vorstellen können, was aus meinem Leben geworden war, aber ich würde es nicht ändern wollen.

In diesen vier, über die ich immer noch so wenig wusste, hatte ich mein Glück gefunden. Das sollte nicht heißen, dass ich nicht auch vorher glücklich war, als ich lediglich mit Moira und Bandit zusammengelebt hatte ... Aber es war eine andere Art von Glück gewesen. Dieser Druck in meiner Brust fühlte sich so ganz anders an als die reinen Gefühle, die ich für meine Vertrauten empfand. Wo sie eine sanfte Brise an einem Sommertag waren, stellten meine vier Gefährten eine Katastrophe dar. Eine wunder-schöne, natürliche, rücksichtslose Katastrophe, die mich nach Luft schnappen ließ und mich fragte, wie ich wohl überleben würde.

Vielleicht würde ich es nicht. Ich drehte den Ring um und ließ meine Gedanken schweifen. Sie hatten dieses winzige Stück Metall als eine Art ›Du kommst aus dem Gefängnis frei‹-Karte bezeichnet, als würde es mich auf unbekannte Weise vor dem Zorn der Sünden bewahren, sollte ich versagen. Als ich ihn im Licht betrachtete, fiel mir etwas auf.

»Wann habt ihr die machen lassen?«, fragte ich. Die blaue Farbe kam mir zu bekannt vor, als dass sie nicht von meinem eigenen Haar stammen konnte. Moiras Ring enthielt vermutlich auch eine Strähne ihres Haarschopfes.

»Wie kommst du darauf?«, fragte Laran. Ich blickte auf und bemerkte erst jetzt, dass alle fünf Augenpaare auf mich gerichtet waren.

»Nun, es gibt nicht gerade Fabriken, die diese Dinger herstellen, und selbst wenn ihr sie gemacht hättet, als ich ein Baby war ...« Ich schob meinen Daumen in Moiras Richtung. »Ihr hättet sie nicht berücksichtigten können. Also musstet ihr sie nach eurer Ankunft auf der Erde anfertigen lassen. Richtig?«

Laran nickte langsam und beobachtete mich neugierig.

»Wir haben sie gestern machen lassen«, antwortete Rysten. »Nach deiner Verwandlung. Als wir wussten, dass niemand von euch teleportieren kann.« Allein die Erwähnung meiner Verwandlung brachte mein Blut ein wenig in Wallung. Ich fuhr fort und konzentrierte mich auf das Bedürfnis, mehr zu erfahren, anstatt auf das Bedürfnis in mir, das nie gestillt werden konnte.

»Blutmagie«, überlegte ich und versuchte immer noch, das unangenehme Gefühl in mir zu unterdrücken. Es war nur ein Ring. Moira hatte auch einen ... Warum also hatte ich das Gefühl, dass an meinem etwas seltsam war? »Ich nehme an, ihr habt sie nicht selbst gemacht?« Ich formulierte es wie eine Frage und hoffte auf eine Bestätigung.

Allistair beobachtete mich genau.

»Nein. Ein alter Freund von mir hat sie hergestellt«, sagte er langsam. »Stimmt etwas nicht?«, fragte er und sein Blick wanderte zwischen dem Ring, den ich immer noch nicht an meiner Hand trug, und der seltsamen Richtung, die meine Frage genommen hatte, hin und her.

»Ich bin nur neugierig«, antwortete ich mit einem Lächeln.

»Du solltest ihn anprobieren«, sagte Julian plötzlich.

Ich schluckte schwer und wusste nicht, warum ich überhaupt so nervös war. Keiner von ihnen würde etwas tun, um mir zu schaden. Zumindest nichts, was mir wirklich schaden könnte. Ein paar blaue Flecken oder Blut ... Ich hielt den Ring mit einer Hand hoch und steckte ihn über meinen rechten Ringfinger. Allistairs intensiver goldener Blick bohrte sich in mich und beobachtete, wie ich ihn langsam aufsteckte.

Er setzte sich an der Basis meines Fingers fest und schrumpfte auf seine Größe. Ich hielt den Atem an und wartete, aber nichts geschah. Die leiseste Spur von Magie berührte mich, aber sie war so gering im Vergleich zu dem, was bereits in mir wohnte, dass ich nicht einmal erschauderte. Die Magie in diesem Ring war mir fremd und vertraut zugleich, und ich wusste, wer ihn gemacht hatte, aber es schien, dass meine Ängste – zumindest in diesem Fall – umsonst gewesen waren.

Meine Reaktion war der Grund, warum Sin mich überhaupt mit einem Zauber belegt hatte, und jetzt dachten sie, ich würde mich grundlos seltsam verhalten. Ich legte meine

Hände auf meinen Schoß und zwang mich, mich zu entspannen.

Julian rieb meine Schulter und knetete sanft das Gewebe. Ich erstarrte und vergaß mich für einen Moment selbst, weil diese Geste für ihn sehr ungewohnt war. Julian hielt inne. »Stimmt etwas nicht?« Seine Lippen streiften die Vertiefung meines Ohrs und meine Augenlider flatterten. Ich kämpfte gegen den Drang an, in ihm zu versinken. Das Einzige, was mich davon abhielt, waren die zusammengekniffenen Augen meiner anderen drei Gefährten.

»Nein ...«

»Bereit?« In der fremden Stimme lag ein schwerer Unterton. Sie klang ein wenig so, als trüge sie die alten Südstaaten Amerikas in sich. Der Dämon stand mit angewinkelten, rechten Arm – wie ein Kellner – und hatte dunkle Haut, lange, mit Gold durchwirkte Dreadlocks und leuchtend lila Cheshire-Augen.

Enigma. Chaosdämonen.

Ihre Art war auf der Erde nicht sehr verbreitet, auch weil sie sich nicht so gut anpassen konnten wie die meisten anderen Arten. Enigmas waren nicht in der Lage, sich selbst zu verschleiern, weil das Chaos in ihnen lebte. Es strömte in die Atmosphäre aus und verursachte Unglück, wohin immer sie kamen – meistens in Form von kaputten Dingen. Zwei Tische weiter stolperte ein Kellner. Drei Tassen Kaffee kippten vom Tablett direkt in den Schoß eines Rubrums. Es dauerte nur wenige Sekunden, bis Fäuste flogen und das Café in den Wahnsinn stürzte.

Ich schluckte schwer und Julians Arm löste sich von meinen Schultern.

»Wir sollten gehen, solange sie abgelenkt sind«, sagte der Enigma. Mein Blick schweifte über die Szene, als mehrere Dämonen auf den Rubrum losgehen mussten, um ihn zu bändigen. Die meisten anderen Dämonen zuckten bei diesem Ausbruch nicht einmal mit der Wimper.

Als könnten sie mein Zögern spüren, strichen kühle Finger über meine Wange. Ich drehte mich zu Julian um, als er mein Kinn zwischen Zeigefinger und Daumen festhielt. »Wir werden dich beschützen.« Seine dunklen Augen wanderten noch einen Sekundenbruchteil länger über mein Gesicht, bevor er mein Kinn fallenließ und seinen Stuhl zurückschob. Er stand auf, streckte seine Hand aus und wartete darauf, dass ich ihm folgte und sie ergriff.

Normalerweise wäre ich aufgestanden und losgestürmt, aber heute fühlte ich mich nicht besonders frech oder wagemutig.

Ich nahm seine Hand und er zog mich auf meine Füße. Ohne ein weiteres Wort drehte sich der Enigma um und wies uns den Weg durch das Café. Meine Handflächen begannen zu schwitzen, als wir vor einer schwarzen, an einigen Stellen zerkratzten Metalltür zum Stehen kamen. Die Farbe war verblasst und schimmerte silbern unter den Kratzspuren. Der Enigma grinste uns über die Schulter an, bevor er die Tür aufstieß.

Meine Füße erstarrten und mein Mund blieb offen stehen.

Ich war mir nicht sicher, was ich erwartet hatte, aber ein drei Meter breites Loch, das direkt in die Tiefe führte, ohne dass ein Ende in Sicht war, gehörte nicht dazu. Der verwitterte Betonboden wich einer Art zerklüftetem schwarzem Stein, als er sich dem Abgrund näherte.

»Was zum Teufel machst du hier, Jax?«

»Ich habe einen Auftrag«, schaltete sich der Enigma ein. In seinen violettfarbenen Augen blitzte etwas Schelmisches auf.

»Das geht nicht«, meldete sich derselbe Wachmann,

der ihn angesprochen hatte. »Wir haben strikte Anweisungen. Niemand darf durch das Portal gehen.« Er reckte sein Kinn in Richtung des Portals und stellte sich Jax auf Augenhöhe gegenüber. Der Enigma lächelte den anderen Dämon an, der sich offensichtlich keine Sorgen machte.

»Wenn das so ist, kannst du derjenige sein, der den Sünden erklärt, warum ich Luzifers Erbin und die vier Reiter nicht zurück in die Hölle begleiten konnte«, sagte Jax. Der bleiche Dämon hob die Augenbrauen und ließ seinen Blick zu mir schweifen. Die Bestie drängte sich vor und lächelte den Dämon hämisch an, woraufhin dieser errötete.

»Siehst du etwas, das dir gefällt?«, fragte sie mit einer flachen, toten Stimme. Rysten stellte sich vor mich und versperrte dem Mann die Sicht. Ein leises Knurren ertönte aus seinem Mund. Das schien ihr zu gefallen. Ich schob mich nach vorn und rollte mit den Augen, als sie sich mit einem Grinsen zurückzog.

»Das ist seine Tochter?«, fragte der Wachmann mit gedämpfter Stimme. »Ich dachte, es wäre nur ein Gerücht, dass sie in New Orleans ist ...«

»Lässt du uns jetzt durch oder bleibst du da stehen und glotzt weiterhin meine Gefährtin an?«, fragte Rysten leise. Es war nicht die Zärtlichkeit, die mich aus meinen Alpträumen weckte, sondern das Flüstern von Tod und Verfall. »Wenn du dich für Letzteres entscheidest, wirst du nicht mehr lange stehen.«

Moira schnaubte und der Schleier um sie herum fiel ab. Die anderen Wachen, die das Portal umgaben, warfen ihr misstrauische Blicke zu, während sie unbarmherzig lächelte und ihre Flügel schwang, wie ein stolzer Hengst stolzieren würde. Die Spitze eines Flügels traf Rysten am Hinterkopf. Sie klappte sie fest zur Seite und pfiff vor sich hin, als er zu ihr hinübersah. Was hätte ich dafür gegeben, sein Gesicht zu sehen.

»Wer ist sie?« Der Wachmann, der mich eben noch angestarrt hatte, betrachtete nun Moira mit Interesse. Sie hob eine dunkelgrüne Augenbraue und fuhr sich mit der Hand durchs Haar, sodass das Brandzeichen auf ihrer Stirn leuchtete. Der gehörnte Helm mit den schwarzen Flügeln.

»Niemand«, knurrte Rysten.

»Eine Nummer zu groß für dich«, sagte Moira zur gleichen Zeit. Sie verzog die Lippen zu einem Grinsen angesichts Rystens Gesichtsausdruck und bemerkte nicht einmal, wie die Wachen sie beobachteten.

»Spielt keine Rolle«, antwortete Jax und verschränkte seine Arme vor der Brust. Er nickte in Richtung des Portals und sagte: »Was soll es sein, Levi?«

Der Wachmann sah uns alle an und schien seine Entscheidung abzuwägen. Die Reiter schienen sich vollkommen wohlzufühlen und ich hatte das Gefühl, dass es keine Rolle spielen würde, wenn er uns den Zutritt verweigerte. Er würde diese Entscheidung wahrscheinlich nicht überleben. Levi schien das auch zu erkennen, denn er trat ein paar Schritte zurück und bewegte seinen Arm in Richtung der Öffnung, um uns vorwärtszuschicken. Ein unangenehmer Knoten bildete sich in meinem Magen, als wir uns dem Abgrund näherten.

»Nur so aus Neugier«, überlegte Levi, »welche Sünde hat euch geschickt?«

Der Enigma hielt am Rande des Felsens inne. Seine hellvioletten Augen leuchteten schwach im gedämpften Licht, als er in das anscheinend unendliche Loch hinabstarrte. »Was denkst du wohl?« Er ließ ein dunkles Schmunzeln verlauten. »Die einzige, mit der ich dumm genug war, einen Deal zu machen.«

Er trat über den Vorsprung, ohne einen Funken Angst zu zeigen. Ich wünschte, ich könnte dasselbe von mir behaupten, aber selbst die Bestie konnte mich nicht so mutig machen. Eine warme Hand legte sich um meine und ich schaute zu Moira auf.

»Es wird alles gut, Rubes.«

»Das sagst du bei allem«, spottete ich. In mir stieg langsam die Panik auf. Das war es also. Mein letzter Moment auf der Erde. Und ich war wie gelähmt vor Angst. Scharfe Krallen bohrten sich in mein Bein, als Bandit versuchte, meine Jeans zu packen, um sich hochzuziehen. Ich beugte mich vor und hob ihn mit einem Arm auf. Er klammerte sich an mich, während sich seine winzigen Pfoten um meinen Hals legten, als würde er verstehen, was passierte.

»Ich sage das, weil ich es weiß.« Sie tippte sich mit der freien Hand an die Schläfe und ließ ihren Blick in Richtung Abgrund schweifen. »Wir werden das durchstehen und du wirst die Prüfungen meistern und deine Krone bekommen. Dafür wurdest du geboren.«

Ich erschauderte. *Wenn es doch nur so einfach wäre.*

Die subtile Hitze, die von dem Portal ausging, verursachte eine Gänsehaut auf meinen Armen. Die Energie fühlte sich vertraut an. Fast wie ... zu Hause.

Ohne darüber nachzudenken, ergriff ich Moiras Hand und drückte Bandit fester an mich – und dann trat ich über die Kante in meine Zukunft.

Mein Leben auf der Erde war vorbei.

Mein Leben in der Hölle ... Es fing gerade erst an.

KAPITEL 2

Das Rauschen des Windes erschütterte meine Knochen, als sich ein Schrei aus meiner Kehle löste.

Seit dem Tag, an dem Allistair mich von einer Klippe gestoßen hatte, schien eine Ewigkeit vergangen zu sein, und ich hatte schon das als schlimm empfunden. Ich hatte ja nicht geahnt, wie viel schlimmer es werden könnte. Wenigstens waren auf dem See unter mir Sterne zu sehen gewesen, als ich geglaubt hatte, meinem Tod entgegenzustürzen. In dem Abgrund war einfach ... nichts.

Es gab kein Licht. Keine Sterne. Kein Ende.

Soweit ich wusste, konnten wir im freien Fall in den Tod stürzen. Nicht, dass ich das glaubte. Jax war ohne Angst gesprungen, als hätte er das schon hundertmal gemacht. Und obwohl ich mich nicht umdrehen konnte, um nachzusehen, spürte ich, dass die Reiter hinter uns waren.

Eine leichte Berührung auf meinem Rücken ließ mich zusammenzucken, als eine warme Hand mein Shirt packte. Ich drehte meinen Hals zur Seite, als Flammen in meinen Händen aufloderten. Goldblondes, blau gefärbtes Haar glänzte in dem schwachen Licht und mein Entsetzen verflog ein wenig. Rystens tröstliche Dunkelheit legte sich um mich wie eine Sicherheitsdecke. Moira drückte die Hand, die sie hielt, fest an sich, ihre Handfläche glitschig von der erdrückenden Hitze des Portals.

Winzige Schweißperlen flogen hinter ihr her, als die Kraft, die uns nach unten zog, immer stärker wurde. Moira öffnete den Mund und schrie unbekümmert, als hätte sie den Spaß ihres Lebens, ohne die Kraft zu bemerken, die ich spürte, und ohne die erdrückende Hitze zu beachten.

Der Druck stieg an und ließ meine Ohren schmerzen. Rysten brüllte etwas, das in der Kammer verloren ging und von der steinigen Felswand um uns herum widerhallte. Bandit ließ ein wildes Knurren vernehmen und seine Klauen bissen sich in meinen Rücken wie Teufelskrallen, gerade als die Hitze und die Anstrengung unerträglich wurden.

Als würde ich eine Schallmauer durchbrechen, ertönte ein Knall in meinen Ohren, und plötzlich stürzten wir nicht mehr nach unten, sondern nach oben. Es begann mit einem winzigen blauen Flackern in einer endlosen Dunkelheit. Ein Licht, wo keins war. Und dieser Fleck wurde immer größer. Ein Loch erschien über uns, ein unmögliches Azur, fast wie der Himmel, aber irgendwie heller. Ich blinzelte mit den Augen, um zu erkennen, was es war, als Wassertropfen gegen mein Gesicht klatschten. Mein Mund blieb offen stehen. Erst als wir die Schwelle erreichten, erkannte ich, dass der blaue Fleck das andere Ende des Portals war. Wir schossen mehrere Meter geradeaus durch die Gischt des rauschenden Wassers und ins Freie.

Eine kühle Brise mit dem Aroma von Rauch und Asche schlug mir entgegen. Ich erreichte den Höhepunkt meines Aufstiegs und wurde für den Bruchteil einer Sekunde schwerelos, bevor die Schwerkraft zuschlug. Rystens Finger rutschten von meinem lockeren T-Shirt, als eine plötzliche Kraft mich vor dem Sturz bewahrte. Er wurde weggeschleudert. Ich ließ meinen Blick wild umherschweifen und atmete beim Anblick der flammenden Flügel unbehaglich aus. Moira schwebte über mir und hielt meine Hand mit einer Kraft fest, von der ich nicht gewusst habe, dass sie sie besaß, während sie mit ihren Flügeln pumpte, um unseren Abstieg zu verlangsamen.

Verdammt!, dachte ich bei mir. Das ist die Hölle.

Der Himmel war ein Juwel aus Saphirblau, intensiven Amethysten und dem tiefsten Rot. Rubinrot. Über mir hingen graue Wolkenfetzen, die meinen Blick auf die Bergkette und die dunklen Rauchschwaden in der Ferne lenkten. Doch das war weit weg, und zwischen hier und dort lag ein Stück brennender Wald. Bäume, die so hoch waren, dass sie bestimmt dreißig Meter vom Boden entfernt sein mussten, streckten ihre spindeldürren Äste in den Himmel. Diejenigen, die noch nicht von den Flammen verzehrt worden waren, hatten ihre ursprüngliche Farbe verloren, und glitzernde schwarze Asche bedeckte jeden Zentimeter vom Stamm bis zur äußersten Spitze eines Astes. Die Flammen, die so dunkel und verheerend waren, züngelten dort, wo nur noch Asche übrig war, und griffen auf die gespenstisch schönen Bäume über.

Meine Füße hatten kaum den aschebedeckten Strandabschnitt berührt, als ich fragte: »Was ist hier passiert?«

»Du bist gegangen«, antwortete Jax, bevor Rysten es tun konnte. »Luzifer ist gestorben, und ohne die Macht, die Grenzen zu halten, begann unsere Welt zu zerfallen.«

»Es ist ja nicht so, dass ich eine Wahl gehabt hätte«, sagte ich schroff. Die Bestie wurde wütend angesichts seiner Andeutungen. Als wäre das unsere Schuld gewesen.

Es waren Lola, Luzifer und die Reiter gewesen, die uns aus unserer Heimatwelt gerissen und dreiundzwanzig Jahre lang auf der Erde deponiert hatten.

»Du hast gefragt, was passiert ist. Wenn dir die Wahrheit nicht gefällt, dann ändere sie!«

»Sie kann nicht in der Zeit zurückgehen, Arschloch«, schnauzte Moira. Mit ausgebreiteten Flügeln trat sie neben mich und fletschte dem Chaosdämon die Zähne mit einer Schärfe entgegen, die nicht einmal ein Höllenhund aufbringen konnte.

»Das habe ich nicht gemeint.« Er wedelte mit der Hand herum und deutete auf die brennenden Bereiche der Hölle. Wenn sie nicht brennen würde, wäre sie womöglich wunderschön. In gewisser Weise war sie das immer noch. »Sie ist die Einzige, die verhindern kann, dass die Grenzen der Hölle weiter zusammenbrechen. Wenn es ihr nicht gefällt, wie unsere Welt aussieht, dann ist sie diejenige, die das ändern kann.«

»Was denkst du, was ich hier mache?«

Jax beäugte mich scharfsinnig. »Es gehört Mut dazu, die Hölle zu betreten, wenn man nicht gerade in der Gunst der Sünden steht. Das muss ich dir lassen. Ob du das alles in Ordnung bringst, wird sich zeigen.« Ich schluckte schwer und verkniff mir meine Worte. Es hatte keinen Sinn, mit ihm zu streiten, wenn er nicht derjenige war, den ich überzeugen musste. Jax war nur ein Laufbursche. Die richtigen Leute, die das Sagen hatten, waren irgendwo da draußen — in den feurigen Tiefen der Hölle.

Ich drehte der brennenden Landschaft den Rücken zu und blickte auf den Sandstrand, an dem wir gelandet waren. Der Strand erstreckte sich kilometerweit in die entgegengesetzte Richtung. Der Sand vermischte sich mit der Asche, sodass ein marmorierter Effekt von Schwarz auf

Weiß entstand. Die Flut griff nach meinen Stiefeln, aber sie kam nie näher als zehn Zentimeter an mich heran.

»Was ist das?« Ich zeigte auf eine Ansammlung von Felsen. Das Wasser prallte dagegen und erzeugte eine neblige Gischt, die gut zehn Meter weiter im Meer Regenbögen reflektierte. Dieser Ozean hatte das klarste Wasser, das ich je gesehen hatte. Umso beunruhigender war es, wie es in der Sonne glitzerte und Aschepartikel darin tanzten.

»Das Portal«, antwortete Rysten, als Julian aus den Felsen auftauchte. Ein Blasloch erkannte ich, als er in den Himmel schoss und aussah wie ein Gott aus einer Legende. Sein weißes Haar funkelte mit der gleichen Asche, die die Luft und das Meer und jeden Teil dieses teuflischen Landes durchdrungen hatte. Als er mitten im Sprung war, schlug er mit den Beinen nach vorn aus und landete auf dem Boden, weitaus graziöser als der Sturz und die Rolle, die Rysten im Sand hingelegt hatte.

»Hast du schon vergessen, wie man landet, Bruder?«, fragte Julian, als er zum Stillstand kam. Rysten verdrehte die Augen, als Allistair und Laran aus dem Portal traten und ein paar Meter von uns entfernt einen Schwall aus glitzerndem Wasser entstand. Bandit entwand sich in diesem Moment meinen Armen und stürzte sich in die kristallinen Wellen, wenn man sie so nennen konnte. So nah am Land stieg das Wasser nicht höher als ein paar Zentimeter, aber das hielt Bandit nicht davon ab, sich darin zu wälzen und sein Fell mit Sand und Salz zu beschmieren.

»Ich würde mich hüten, deinen Vertrauten zu weit weglaufen zu lassen«, sagte Jax hinter uns. Bandit watschelte etwas weiter zu der Stelle, an der ihm die Flut bis zur Brust reichte.

»Warum?«, fragte ich und überlegte, ob ich meine Schuhe ausziehen und mich ihm anschließen sollte. Kaum war der Gedanke da, schlängelte sich ein dunkler Tentakel um Bandits ganzen Körper und zog ihn unter Wasser. Ich stürzte nach vorn, um ihn zu packen, während Bandit einen verzerrten Schrei des Entsetzens ausstieß, der abrupt von den Wellen unterbrochen wurde.

»Der Krake.«

»Was?« Ich kreischte. »Willst du mir sagen, dass ein verdammter Krake einfach …«

Ich brachte meinen Satz nicht zu Ende. Eine riesige Masse erhob sich aus dem Wasser und verspritzte literweise Meerwasser. Die Tentakel – alle acht – waren so lang wie ein Bus und an der Unterseite mit riesigen Saugnäpfen versehen, die so groß waren wie mein Kopf. Und eine von ihnen hielt Bandit an den Füßen fest.

Ich biss die Zähne zusammen, um nicht nach ihm zu schreien, und wandte mich stattdessen an die Flammen der Hölle. Der Tintenfisch würde gleich zu Calamari werden.

Eine brennende, blaue Kugel erschien in meiner Hand, als Moira mich am Handgelenk packte.

»Was machst du da?«

»Das Ding ist riesig und die Wellen sind rau. Wenn du es tötest, könnte es auf Bandit landen und er ertrinken«, sagte Moira.

»Wenn ich es nicht töte, könnte er sein Abendessen sein.« Bandit stieß einen wimmernden Schrei aus, als sich das Maul des Seeungeheuers öffnete und ein Brüllen ausstieß. Eine Zunge, so dick und fett wie ein Tentakel, drehte sich grob in der Luft, spitze Zähne, so groß wie mein Waschbär, bedeckten jeden Zentimeter davon. Ich riss meinen Arm von Moira weg, das Adrenalin brachte mich zur Weißglut. Feuer leckte meinen rechten Arm hinauf, als ich einen blauen Feuerball schleuderte. Er bohrte sich direkt durch den fleischigen Teil des Tentakels, der Bandit festhielt. Das Monster zuckte vor Schmerz, als sich das Feuer ausbreitete und seine Haut auffraß. Bandit ging zu Boden. Der Windstoß von Moiras schnellen Flügelschlägen traf mich, als sie in die Luft sprang und nach vorn stürzte, um ihn aufzufangen. Ein weiterer Tentakel schlug nach ihr und in dem Bruchteil einer Sekunde, den sie benötigte, um das Gleichgewicht wiederzuerlangen, stürzte Bandit in die Tiefen des schwarz glitzernden Ozeans darunter.

»Nein«, schrie ich, aber gerade als meine Stimme über die Wellen schallte, geschah etwas Verrücktes.

Eine zweite Masse erhob sich aus dem Wasser, wo Bandit gerade gesunken war. Eine mit eigenen Zähnen und Klauen. Sie war über zehn Meter groß und das Wasser ergoss sich über ihren Körper, während ihr schwarz und blau gefärbter Schwanz hin und her zuckte.

»Was in Teufels Namen ...?«, begann Rysten zu fluchen. Das Knurren, das aus Bandits Brust drang, unterbrach ihn, als mein Waschbär sich auf zwei Hinterbeine stellte, seine Arme in die Luft hob und ein Brüllen ausstieß, das mein Herz erschütterte. Feuer schoss aus seinem Maul und verfehlte Moira nur um Zentimeter, als sie zur Seite sprang. Die Muskeln in ihren Flügeln bewegten sich im Wind, als sie versuchte, so schnell wie möglich aus dem Weg zu gehen. Feuer regnete auf den Kraken herab und sprengte ihn in Stücke, während seine Klauen wild um sich schlugen. Der Krake versuchte, einen dicken Tentakel um Bandits kurze Schnauze zu wickeln, um sein Maul zu schließen und die Flammen zu stoppen, die er ausspuckte.

Das war ein schlechter Zug für das Monster. Bandit stürzte sich auf das fleischige Körperteil und seine Kiefer schnappten zu. Die Flammen fraßen sich durch das feuchte Fleisch und hinterließen einen fischigen und verkohlten

Geruch in der Luft, während die Tentakel einer nach dem anderen von dem Körper abfielen.

Innerhalb weniger Augenblicke waren die einzigen Überreste des großen Seeungeheuers Asche in den Wellen.

Moira drehte sich um und landete neben mir am Strand, wobei sie genauso geschockt aussah wie ich.

»Erinnere mich daran, dass er mich fressen kann, wenn ich ihn das nächste Mal einen Müllpanda nenne!«, murmelte sie. Ich rannte im Eiltempo ins Wasser.

»Warte, Ruby!«, rief Rysten.

»Verdammt!«, knurrte Julian.

Das Wasser spritzte hinter mir auf, aber ich beachtete es nicht, denn Bandit streckte die Hand aus und griff nach mir. Er schnurrte und setzte mich auf seine Schulter, während er uns zum Land zurückbrachte. Oh, wie sich das Blatt gewendet hatte. Ich schlang meine beiden Hände in sein nasses Fell und hielt mich fest, während mein Körper vom Wind und seinem Getrampel hin und her schwankte. Er trottete immer noch herum, als würde er dreißig Pfund und nicht dreißigtausend wiegen.

»Seht euch an, was er gemacht hat ...«, fing Rysten an. Moira stieß ihn mit dem Ellbogen an und verschränkte ihre Arme vor der Brust.

»Sei still! Vielleicht gibt er sie dir sonst nicht zurück, nur um dich zu ärgern«, sagte sie spitz. Rysten schloss den Mund und starrte meinen besten Freund von der Seite an.

»Ruby, er soll dich runterlassen«, forderte Julian.

»Warum? Ich kann ihn doch einfach zur ersten Tödlichen Sünde reiten.« Das war nicht ernst gemeint, aber der finstere Blick in seinen Augen brachte mich zum Kichern. Bandits massive Schultern bebten, als er ein dröhnendes Geräusch ausstieß und zur Seite fiel. Ich merkte zu spät, dass er lachte, und verlor das Gleichgewicht. Nur eine Sekunde lang schwebte ich in der Luft und mein Hintern schlug hart auf dem nassen Sand auf, wenige Zentimeter vor der einlaufenden Flut. »Aaah!«, stöhnte ich.

»Ihr habt es gesehen. Das Ungeziefer hat sie fast verletzt«, sagte Rysten. Er reichte mir die Hand, um mir aufzuhelfen. Ich ignorierte die Geste und stemmte mich mit meinen eigenen Händen und Füßen hoch.

»Weichei!«, sagte Moira leise und ich musste mir ein Lachen verkneifen.

»Ihr seid manchmal echt lächerlich«, sagte ich und klopfte mir die Hände ab, um die Sandklumpen loszuwerden. Bandit warf sich zur Seite und der Boden bebte kurz, als er sich wieder im Sand wälzte und seine neun Meter große Gestalt immer kleiner wurde. Ich schüttelte den Kopf und murmelte: »Völlig lächerlich.«

»Du tust gut daran, die Warnungen deiner Gefährten zu beherzigen, Kind«, sagte eine andere Stimme hinter ihnen. Jax kam zum Ufer geschlendert, die Hände in den Taschen und mit gelangweilter Miene.

»Bandit hat gerade den Kraken getötet. Ich denke, ich kann getrost behaupten, dass ich bei ihm in Sicherheit bin«, antwortete ich ziemlich spitz. Bandit strahlte unter meinem Lob und setzte sich ordentlich hin, während er vollends auf seine normale Größe schrumpfte. Ich lächelte und nahm ihn in die Arme, während er fröhlich gluckste. »Und wenn ich es aus irgendeinem Grund nicht bin, kann ich auf mich selbst aufpassen. Aber danke für den Tipp.«

»Hüte dich vor deinem Stolz, Baby Morningstar! Die Sünden sind nicht die größten Fans dieses speziellen Lasters.« Meine Lippen öffneten sich und mein Kiefer klappte zu.

»Apropos Sünden, wolltest du uns nicht zu einer von

ihnen bringen?«, fragte Moira spitz. Sie lächelte verbittert und deutete auf den brennenden Wald.

»Willst du vorangehen?« Jax' Gesichtsausdruck nach zu urteilen, wusste er nicht, dass Moira gegen die Flammen immun war.

Trotzdem sagte sie: »Mir gefällt die Einstellung dieses Typen nicht. Können wir ihn loswerden?«

Jax blickte über seine Schulter und stieß ein schallendes Lachen aus.

»Warum lachst du?«, fragte ich völlig entnervt, dabei waren wir gerade erst angekommen.

»Denkst du, ich will das hier machen? Ich wurde von einer der Sechs Sünden geschickt. Ich hatte keine Wahl«, sagte Jax. Ich sah zu den Reitern hinüber, die den Wert des Enigmas abzuwägen schienen.

»Welche Sünde hat dich geschickt?«, fragte Allistair schließlich.

»Lust.«

Die Sünde meiner Mutter.

»Fuck!«, sagte Allistair. Ja, das brachte es auf den Punkt.

»Ein Geschenk der Lust lehnt man nicht ab. Sie reagiert nicht gut darauf«, erklärte Rysten.

»Natürlich nicht«, grummelte Moira. »Denn das wäre ja praktisch oder so.«

»Ich schulde Lust etwas und das ist es, was sie von mir verlangt, um es zu bezahlen. Euch nach Inferna zu eskortieren, ist das Einfachste, was sie zu bieten hat ...«

»Inferna?«, fragte Laran mit einem Stirnrunzeln.

»Stottere ich?«, erwiderte der Enigma, was Moira ein Lachen entlockte.

»Lust mag dich geschickt haben, Dämon, aber du vergisst, mit wem du sprichst«, knurrte Laran.

»Inferna war nicht der Ort, an dem wir anfangen sollten, oder?«, fragte ich, während sich ein bleiernes Gewicht in meinem Magen festsetzte.

»Nein«, sagte Julian und strich sich mit der Hand übers Kinn. »Das war es nicht. Andererseits hätte die Hölle auch nicht anfangen sollen zu brennen.«

»Warum hat sie es dann getan?«, fragte ich.

Auch darauf schien niemand eine Antwort zu haben.

»Besteht eine Möglichkeit, den Chaosdämon zu testen und zu sehen, ob Lust ihn wirklich geschickt hat?«, meldete sich Moira zu Wort.

»Wir könnten ihm die Fingernägel einzeln ausreißen ...«, begann Laran vollkommen ernst.

»Oder auch nicht«, mischte ich mich ein, denn ich war hier eindeutig die einzige Stimme der Vernunft.

Laran zuckte mit den Schultern.

»Ich kann euch hören«, rief Jax laut.

»Gut«, rief Moira zurück. »Vielleicht bist du dann nicht mehr so ein Arschloch, weil sie die Einzige ist, die die Jungs davon abhält, dir die Nägel abzuziehen.« Sie wandte sich ab und stieß ein leises Schnauben aus. »Arschloch!« Ich ignorierte sie völlig.

»Können wir nicht einfach nach Inferna pyroportieren und fertig?«, fragte ich und sah Laran an.

»Nein«, sagte Julian. Er blickte in den Wald und starrte auf etwas, das weit weg war und keiner von uns sehen konnte. »Wenn die Hölle in Flammen steht, bedeutet das, dass die Grenzen instabil werden und die Landschaft selbst in Bewegung ist. Ab jetzt können wir uns nicht mehr per Teleportation fortbewegen.«

Ich schloss meine Finger zu einer festen Faust und presste meine Lippen frustriert dagegen, das kalte Metall des Rings bohrte sich in mein Kinn. »Ich nehme an, dass die

Ringe auch nicht funktionieren werden?« Es war eine aussichtslose Frage, aber ich musste sie trotzdem stellen.

Rysten schüttelte den Kopf. »Die Ringe können dich nirgendwohin bringen, wo sie noch nicht waren, und da wir sie auf der Erde hergestellt haben, können sie hier noch nirgendwohin gelangen.«

»Selbst wenn sie es täten, könnten wir beim jetzigen Stand der Dinge an jeden erdenklichen Ort gelangen, auch in den Bauch eines Monsters«, antwortete Laran.

»Das ist doch scheiße«, erklärte Moira. Sie hatte nicht unrecht. Jede Form der magischen Teleportation war vom Tisch, was bedeutete, dass wir es auf die altmodische Art machen mussten.

»Dann wandern wir wohl nach Inferna.« Ich zuckte mit den Schultern und wippte auf meinen Fersen zurück in den matschigen Sand. Julian starrte weiter in die Ferne, aber die anderen drei tauschten unruhige Blicke aus. »Es sei denn, ihr habt eine bessere Idee ...« Ich verstummte und hob erwartungsvoll eine Augenbraue.

»Das ist es nicht«, seufzte Allistair. »Abgesehen von den vielen Dingen, die uns auf dem Landweg begegnen könnten, führt der einzige Weg nach Inferna durch das Kolosseum.«

»Kolosseum?« Moira trat vor und klang dabei viel zu interessiert. Allistair nickte.

»Helas Idee der ›Bevölkerungskontrolle‹«, sagte Rysten. Seine Finger krümmten sich zu Anführungszeichen, während seine Wangen vor Abscheu angespannt waren.

»Existiert eine andere Möglichkeit?«, fragte ich.

Niemand sprach. Niemand wollte es aussprechen, aber die Wahrheit war: Nein, es gab keine. Wenn wir nicht auf magische Weise dorthin gelangen konnten, mussten wir andere Wege finden, was bedeutete, durch den Wald zu wandern.

»Glaubt ihr wirklich, ich wäre hier, wenn es eine Alternative gäbe?«, fragte uns Jax; seine Stimme triefte vor Sarkasmus.

»Darum geht es nicht«, sagte ich und konzentrierte mich auf die Reiter. Ein warmer Wind wehte an der Küste entlang und peitschte mir die Haarsträhnen aus dem Gesicht. Bandit quietschte vor Vergnügen und seine winzigen Pfoten schnappten nach den Strähnen, die durch die Luft tanzten.

»Ich glaube ...«, begann Rysten, »dass wir tatsächlich keine andere Wahl haben. Lust wird ihre Provinz bereits verlassen haben, wenn sie ihn geschickt hat, um dich zu eskortieren.«

»Das verstehe ich nicht«, sagte Moira plötzlich. »Ihr vier seid ungefähr eine Billion Jahre alt. Ihr solltet genauso gut wissen, wie man dorthin kommt, wie dieser Kerl.« Sie winkte mit der Hand in Jax' Richtung.

»Nicht, wenn wir tot sind«, sagte Laran leise. Meine Muskeln verkrampften sich bei diesem Gedanken. »Die Hölle ist sehr gefährlich und Luzifer hatte viele Feinde. Die Sünden werden kein Risiko eingehen wollen, dass sie es zurückschafft, mit oder ohne uns.« Er schaute weg und in seinem Blick lag etwas verborgen. Eine Sorge, von der er nicht wollte, dass ich sie sah.

»Niemand wird sterben«, sagte ich streng. Nicht, dass mein Herz auf mich gehört hätte. Mein Puls beschleunigte sich und meine Handflächen wurden heiß bei dem bloßen Gedanken, einen von ihnen zu verlieren ... Feuer schoss über den Himmel und ich erstarrte. »Was war das?«

Jax schaute direkt nach oben und verengte seine Augen. »Wenn ich raten müsste: Du.«

»Ich?« Ich presste eine Hand auf meine Brust, während Bandit seine kleinen Arme fest um mich schlang.

»Wahrscheinlich«, nickte Allistair. »Wenn das Feuer in der Hölle brennt, liegt das daran, dass die Magie, die die Grenzen aufrecht erhalten hat, versagt hat, und das ist dieselbe Magie, die auch in deinen Adern fließt. Es würde mich nicht wundern, wenn das alles mit dir zu tun hat.« Er streckte seinen Arm weit in Richtung des Waldes.

»Meinst du, ich kann das Feuer löschen?«, fragte ich.

»Möglicherweise. Allerdings müsste man es sehr gut unter Kontrolle haben, um es zu löschen und eine schnellere Ausbreitung zu verhindern«, antwortete er. Ich schluckte schwer.

»Wenn es passiert, weil ich zu lange gebraucht habe, ist es wirklich meine Verantwortung, es wenigstens zu versuchen.« Allistair legte den Kopf schief.

»Einen Versuch ist es wert«, sagte Laran und seine Axt tauchte aus dem Nichts auf. Er schwang sie mit Leichtigkeit.

»Es ist ja nicht so, dass wir eine andere Wahl hätten«, fügte Rysten hinzu. »Der Wald brennt und wir müssen durch ihn hindurch, um dorthin zu gelangen.«

»Also, sind wir uns einig? Wir gehen zu Fuß nach Inferna?« Die vier brachen in Gelächter aus.

»Zu Fuß?« Julian drehte sich zu mir um, nur ein Bruchteil seines Gesichtsausdrucks war sichtbar. »Du weißt schon, dass wir nicht umsonst die Reiter genannt werden, oder?«

»Nun, ja«, lachte ich nervös. »Ich dachte mir, es ist, weil ... na ja, egal.«

Ich verstummte, als vier riesige Pferde aus dem Nichts auftauchten. Moira stieß einen kleinen Schrei aus, der den

Wald erbeben ließ. »Sind das die, für die ich sie halte?«, fragte sie atemlos.

»Siehst du sie auch?« Sie nickte. »Dem Teufel sei Dank, dass ich nicht allein bin. Die Verwandlung war verrückt genug für ein ganzes Leben, vielen Dank.«

Eines der Pferde, ein dunkler Fuchs, stolzierte vorwärts und wedelte liebevoll mit dem Schweif. Ohne darauf zu warten, dass ich meine Hand ausstreckte, beugte er sich vor und stieß mich mit seiner Nase an.

»Hallo!«, murmelte ich, während ich Bandit mit einer Hand festhielt und mit der anderen das Pferd streichelte. Ich hatte erwartet, dass mein Waschbär sich auf ihn stürzen und zubeißen würde, aber er war ausnahmsweise erstaunlich fügsam.

»Oh, natürlich ist es Kriegs Vertrauter, der sich ihr und dem Müllpanda ohne Scheu nähert«, brummte Rysten.

»Vertrauter?«, fragte ich. Rysten nickte und Laran strahlte, als wäre er verdammt stolz. »Ihr vier habt Pferde als Vertraute?«, wiederholte ich. Allistair zuckte mit den Schultern, aber es war Julian, der meine Aufmerksamkeit erregte. Sein Pferd war gigantisch. Das Ding musste über zweieinhalb Meter groß sein. Mit seinem scheckigen grauen Körper und der silbernen Mähne war es wunderschön. Julian streichelte es liebevoll an der Seite und sagte kein Wort, während ich den privaten Austausch zwischen den beiden beobachtete.

»Technisch gesehen sind sie manifestierte Vertraute«, sagte Rysten.

»Hm?«, fragte ich und ließ meinen Blick zu ihm schweifen. Sein Pferd war reinweiß und seine Mähne leuchtete förmlich. »Was meinst du mit manifestierten Vertrauten?«

»Wir wurden mit ihnen geboren«, antwortete Allistair und tätschelte sein schwarzes Biest. Es hob den Kopf und schnaubte, stolz wie der Mann, der sich mit ihm verbunden hatte. »Sie sind technisch gesehen ein Teil von uns, deshalb können wir auch ohne sie in eure Welt gehen und wenn wir hier sind, können wir über große Entfernungen mit ihnen kommunizieren.«

»Können sie teleportieren?«, fragte ich und schaute auf Bandit hinunter. Konnte er das?

»Ja«, antwortete Laran und stellte sich neben den Fuchs, der mich immer noch beschnüffelte. »Unsere können sich zu uns teleportieren, aber deine Vertrauten sind anders. Sie haben andere Fähigkeiten.«

Schade. Es wäre cool gewesen, wenn Bandit das gekonnt hätte.

»Wie heißt dein Pferd?«, fragte ich ihn, während es versuchte, an meinem Haar zu knabbern. Ich zuckte zurück.

»Epona«, antwortete er herzlich und strich mit den Fingerknöcheln über ihre Seite.

»Es ist ein Mädchen?« Krieg hatte ein Pferd als Vertrauten und es war ein Weibchen? Ich hatte einen Waschbären. Wer war ich, zu urteilen?

»Genau wie Rhiannon, die Vertraute des Todes.« Als sie ihren Namen hörte, trat die silberne Stute vor und senkte den Kopf. Anstatt mich wie Larans Pferd zu stupsen, wartete sie darauf, dass ich sie streichelte. Erwartungsvoll und intensiv, genau wie Julian. Ich streckte die Hand aus und berührte ihr Gesicht.

»Ich unterbreche dieses kleine Treffen nur ungern«, schnauzte Jax und es klang nicht so, als wäre er darüber traurig, »aber wir verschwenden Tageslicht, wenn wir vorhaben zu reiten.«

Laran schmunzelte leise. »Wer hat gesagt, dass du reiten wirst, Enigma?«

KAPITEL 3

Es stellte sich heraus, dass er keine Witze gemacht hatte. Die Vertrauten der Reiter mochten mich zwar und duldeten Moira, aber für den Enigma galt das nicht. Jax konnte sich keinem von ihnen bis auf einen Meter nähern, ohne dass sie schnaubten und sich aufbäumten, um ihm den Kopf einzuschlagen.

»Es muss doch eine Möglichkeit geben«, stöhnte ich. Wir waren doch nicht den ganzen Weg hierhergekommen, um von einem Arschloch und ein paar widerspenstigen Pferden aufgehalten zu werden.

»Hat jemand eine Flasche?«, fragte Moira.

Ich zog eine Augenbraue hoch. »Warum?«

»Er ist ein Enigma«, sagte Moira, als würde das etwas bedeuten.

»Also ...«, unterbrach ich sie und wartete auf eine Erklärung.

Moira seufzte und fuhr sich mit der Handfläche über eines ihrer Hörner. Ihre flammenden Flügel flatterten gereizt.

»Sie können in hohlen Gegenständen reisen. Das

bedeutet, dass er mitkommen kann, ohne dass die Pferde ausrasten.« Sie hob ihren Daumen und deutete auf den großen Mann mit den amethystfarbenen Augen.

»Das kann doch nicht dein Ernst sein«, begann Jax.

»Wie sollen wir dich sonst mitnehmen?«, schnauzte sie. Ihr Magen knurrte, obwohl wir gerade erst gefrühstückt hatten. Eine hungrige Moira war eine gefährliche.

»Niemand hat eine Flasche oder eine Lampe, also ...«

»Nicht so schnell«, meldete sich Allistair zu Wort. Er rieb seine Hände aneinander und seine Lippen verzogen sich zu einem sinnlichen Grinsen. »Wir haben alles, was wir brauchen.« Wieder winkte er mit der Hand und diesmal erschienen Sättel auf den Pferden und in Moiras Hand landete ein Glasfläschchen.

»Konntest du das die ganze Zeit über?«, fragte ich ihn.

»In der Hölle, ja.«

»Aber nicht auf der Erde?«, fragte ich neugierig.

»Auf der Erde ist meine Magie nicht so stark.« Er deutete teilnahmslos auf die Welt um uns zu. »Ziemlich praktisch, wenn ich das mal so sagen darf.« Er grinste.

»Kannst du was mit meinen Klamotten machen?«, fragte ich. Seine Mundwinkel hoben sich.

»Klar. Was soll ich dir ausziehen?«

Meine Wangen flammten unter seinem goldenen Blick auf.

»Können wir dieses ganze Vorspiel-Nicht-Vorspiel-Dirty-Talk-Ding *nicht* machen, solange ich euch hören kann?« Moira stöhnte auf. »Ihre Verwandlung war schon schlimm genug und ich war nicht mal dabei.«

Das ernüchterte mich sofort.

»Es tut mir leid, Rubes, ich ... Meine Magie ist auf der Erde nicht so stark.«

»Nein, ist schon gut«, sagte ich und winkte ab. Für

meine leicht verletzten Gefühle war sie nicht verantwortlich und schon gar nicht in dieser Angelegenheit. Ich richtete meine Aufmerksamkeit auf Allistair. Die Hitze in seinem Blick hatte sich kein bisschen abgekühlt, obwohl mir in meinen nassen Klamotten und den matschigen Schuhen regelrecht kalt war. »Kannst du meine Kleidung trocknen und mir bessere Schuhe geben, wenn ich auf einem Pferd reiten soll?«

Mit einer Handbewegung war das erledigt. Meine Kleidung war nicht nur trocken, sie roch auch sauber und die Stiefel passten mir perfekt.

»In Ordnung«, sagte ich und wanderte weiter den Strand hinauf. »Können wir los?« Ich drehte mich um und stemmte meine Hände in die Hüften. Jax und Moira starrten einander an, als sie die Flasche ausstreckte. »Alles klar bei euch?«

»Nein«, antwortete Jax.

»Ja«, sagte Moira zur gleichen Zeit.

»Okay«, sagte ich. »Je schneller du in die Flasche kommst, desto schneller sind wir in Inferna und du kannst mit uns abschließen.« Das verstärkte sein böses Funkeln nur noch weiter.

»Du musst mich rauslassen, sobald wir anhalten«, sagte er ihr.

»Jaja, ich werde dich nicht wie eine sadistische Schlampe in die Flasche sperren. Ich bin eine, aber das ist nicht mein Stil.« Sie fuhr fort, ihm zu erzählen, was sie stattdessen tun würde, und das half uns wirklich nicht weiter.

»Moira, versprich mir einfach, dass du ihn rauslässt, damit wir loskönnen! Wenn das erledigt ist, können wir uns etwas zu essen suchen.«

Sie willigte ein und gemeinsam mit ihrem Flaschengeist

bestiegen wir die tödlichen Rösser und machten uns auf den Weg in den Wald, als wäre dies ein Märchen und kein verdammter Alptraum.

Obwohl es besser und schneller war, als zu laufen, war das Reiten nicht ganz so einfach. Vor allem für diejenigen, die zum ersten Mal auf einem Pferd saßen und währenddessen versuchten, die Flammen der Hölle zu löschen. Wir ritten langsam, damit Moira und ich Zeit hatten, uns auf Nessus, Allistairs Vertrauten, einzustimmen. Nach einigen Stunden, in denen ich Moiras Taille dank ihrer Flügel ziemlich unbeholfen umklammert hatte, war ich mit der Neuartigkeit des Ganzen vertrauter. Moira lenkte uns so sanft wie möglich und passte ihren Griff gelegentlich auf Larans leise Anweisung hin an. Ich konzentrierte mich auf den Wald und, was noch wichtiger war, auf die Flammen.

In New Orleans hatte die Bestie mir beigebracht, wie ich das verfluchte Feuer kontrollieren konnte, das nur auf meinen Ruf reagierte. Ich hatte diese besondere Gabe nicht als Segen empfunden, außer wenn ich in einer mörderischen Stimmung gewesen war. Feuer war Zerstörung. Tod. Die ultimative Form des Endes und des Übergangs zu etwas ganz anderem.

Aber ich hatte auch die Macht, die Zerstörung aufzuhalten.

Die Hölle brannte, aber ich konnte dem ein Ende setzen.

Ich streckte meine Hand nach den Flammen aus, um sie zu leiten. Ich presste die Lippen aufeinander und schloss die Augen, um einen Hauch von Magie auszusenden – ich schmeckte, welche Kraft im Wald lag und wie ein berauschender Nebel träge durch das Unterholz trieb. Die Hölle antwortete.

Meine Augen flogen auf, als Magie aus dem Boden schoss und Feuer um uns herum ausbrach. Die Pferde stießen einen erschrockenen Laut aus und Nessus bäumte sich auf. Ich drückte meine Schenkel fester an seine Seiten und packte Moira mit aller Kraft, während sie sich an den Zügeln festhielt.

Schwarze Flammen, die leicht bläulich schimmerten, türmten sich um uns herum auf, während ich mich nach allen Seiten umsah.

»Ruhig!« Allistairs Stimme drang durch die zwei Meter breite Lücke zwischen seinem Vertrauten und Larans. Nessus blieb auf das Kommando seiner Bezugsperson hin stehen und seine Hufe sanken auf den Boden zurück.

»Äh, Ruby«, rief Moira. »Ich weiß nicht, ob du es bemerkt hast, aber du hast das Feuer schlimmer gemacht ...«

»Ich bin mir dessen bewusst, danke«, stieß ich zwischen zusammengebissenen Zähnen hervor. Auf der Erde war es schwierig gewesen, die Magie zu kontrollieren, weil es in der Atmosphäre um mich herum keine gegeben hatte. Ich hatte gelernt, sie herauszulocken und sie als Erweiterung meiner selbst zu nutzen, aber hier ... hier war meine Macht bereits überall.

Ich musste nicht einmal einen Bruchteil von mir selbst aussenden, um sie zu finden.

»Beeil dich, Babe!«, hauchte Moira. Nessus versuchte zwar nicht, uns nach Allistairs Zurechtweisung abzuwerfen, aber er war auch nicht gerade glücklich. Sein dunkler Kopf hüpfte hin und her, sodass sein Körper zuckte und meine Konzentration nachließ.

»Fast da«, antwortete ich, um nicht noch mehr Zeit zu

verlieren, denn die dunklen Flammenfäden näherten sich bereits Rhiannons schönen Hufen, die direkt vor uns waren.

Statt meine eigene Kraft auf die Suche zu schicken, lockte ich sie in mich hinein, und selbst als jeder Tropfen meiner eigenen Magie so fest verschlossen war, dass er erstickt wurde, machte ich weiter. Meine Hände ballten sich, als würde ich die glitschigen Feuerpeitschen in meinen bloßen Fäusten festhalten, und ich zog sie in mich hinein, auch wenn ich sie nirgendwo unterbringen konnte.

»Alles okay?«, fragte Moira, als das Pferd vorwärts taumelte. Seine Hufe schlugen mit einem Knall auf dem Boden auf, der meine Knochen erschütterte und mich abzuwerfen drohte, obwohl ich Moiras Taille fest umklammert hielt.

»Ja«, antwortete ich und wollte nicht mehr sagen, da die Magie unter meiner Haut zitterte und immer noch nach einem Ausweg suchte. Sie hatten gesagt, dass ich sie vielleicht kontrollieren konnte, und sie hatten recht behalten, aber die Macht, die jetzt in mir wütete, war nicht meine eigene. Sie war mir nur vertraut, wie der Abdruck einer Erinnerung, die ich vor langer Zeit einmal gespürt hatte.

Anders als meine eigene Kraft ließ sie sich nicht nieder, sondern kämpfte wild wie ein Tier, das sich aus einem Käfig befreien wollte, um jede Schwäche in mir zu finden. Ich biss die Zähne zusammen und hoffte und betete zu einem bereits toten Teufel, dass ich genug aus dem Wald mitgenommen hatte, um dorthin zu gelangen, wohin wir wollten.

Dieses Gebet wurde nicht erhört, als wir einige Zeit später über mehr Feuer stolperten und ich denselben Trick wiederholen musste. Diesmal ging es leichter, aber es zu halten, wurde schwieriger.

Statt meine Arme um Moiras Taille zu legen, stützte ich

meine Hände auf die Knie, schloss die Fäuste und grub die Nägel so fest in meine Handflächen, dass sie die Haut durchbohrten.

Ein kupferner Geruch erreichte meine Nase und ich zog eine Grimasse, aber es funktionierte.

Schmerz brachte Klarheit. Er erleichterte die aufgewühlte Kraft in meinen Adern, die gegen meine Haut drückte und drohte, die tödliche Kraft zu entfesseln.

Mit langsamen, gleichmäßigen Atemzügen ließ die Anspannung in meinem Brustkorb nach, als die Sonne am Horizont zu verschwinden begann.

»Hey, halten wir bald mal an? Meine Oberschenkel bringen mich um«, log ich. Na ja, nicht ganz. Meine Oberschenkel brachten mich um, aber der Druck, der direkt unter der Haut lastete, war viel schlimmer. Ich befürchtete, dass ich kein Feuer mehr aushalten würde, wenn wir vor der Nacht erneut darauf stoßen sollten.

»Bald«, sagte Julian von vorn. Ich biss die Zähne zusammen und konzentrierte mich darauf, durch meine Nase zu atmen. Es wurde besser, aber nicht schnell genug. Das ständige Rütteln war nicht gerade hilfreich.

Es kam mir vor, als wäre eine Ewigkeit vergangen, als ich aufs Neue fragte: »Sind wir bald da?«

Moira brachte Nessus zum Stehen und drehte sich um, um mich zu betrachten. »Geht es dir gut?«, fragte sie unverblümt.

»Jaja, mir geht's gut ...« Meine Stimme stockte, als dunkle Flecken in meinem Blickfeld auftauchten.

Zu viel Druck ...

»Du siehst nicht so aus, als würde es dir gut gehen.« Sie blinzelte in die untergehende Sonne, während das Pferd sanft hin und her schaukelte. Das ganze Auf und Ab in mir war endlich abgeklungen und ich fühlte mich schwer, als sich die Flammen schließlich legten.

»Klar ... tut es das«, sagte ich. Meine Stimme war verzerrt und klang weit weg. Sie hallte im Raum zwischen meinen Worten wider und vergrößerte die Lücken der Stille, während sie sich in meinem Kopf unaufhörlich wiederholte.

»Ruby?«, sagte eine Stimme. Ich versuchte, sie einzuordnen. Sie mit dem Gesicht vor mir in Verbindung zu bringen.

Ich wollte dem grünhäutigen Mädchen sagen, dass es mir nicht gut ging, weil ich zu spät erkannt hatte, warum die Dunkelheit in mich eindrang.

Aber es lag mir auf der Zunge, als die Nacht mich schließlich einholte und die Sonne unter den Horizont rutschte.

KAPITEL 4

Ein unangenehmes Stechen in meiner Seite ließ mich stöhnen. Ich drehte mich um, rieb mir den Schlaf aus den Augen und blinzelte angestrengt, um zu erkennen, was passiert war. Dann überschlugen sich die Gedanken in meinem Kopf so schnell und deutlich, dass ich kurzzeitig keuchend dalag, bevor ich fragte: »Wo bin ich?«

Blind tastete ich um mich herum nach etwas, an dem ich mich festhalten konnte. Etwas Raues stach in meine Handflächen und meine Hände wurden schmutzig. Verdammt noch mal, was war denn jetzt passiert?

Ich legte meine Hände wieder auf die Steine unter mir und drückte mich nach oben, wobei ich den stechenden Schmerz ignorierte.

»Hey, Rubes ...«

»Was ist passiert?«, hauchte ich. Mein Kopf schwirrte, als die Schwerkraft mich wieder zurückzog und starke Hände meine Oberarme umklammerten.

»Ganz ruhig, Liebes!«, murmelte eine Stimme hinter mir. »Du bist ohnmächtig geworden. Wenn Moira nicht aufgepasst hätte, wärst du von Nessus gefallen.«

Ich schluckte und schmeckte nichts als salzige Luft und Schmutz. »Ich bin ohnmächtig geworden?«

»Jepp«, sagte Moira und betonte das *p*. Sie drehte sich nach etwas um und hielt mir dann eine Flasche Wasser hin. Ich griff danach und nickte zum Dank.

Der Deckel knackte, als ich ihn grob drehte und die Flasche in mehreren langen Schlucken leerte. Das Plastik knisterte, als es auf den Boden fiel. Ich wischte mir mit dem Handrücken über den Mund.

»Ich muss wirklich damit aufhören«, sagte ich.

»Womit? Müll in der Gegend herumzuwerfen?«, fragte Moira spitz und verzog die Lippen.

»In Ohnmacht zu fallen«, schnaubte ich. Moira runzelte die Stirn.

»Mein Job wäre definitiv viel einfacher, wenn du das tun würdest. Allem Anschein nach bin ich nämlich zusätzlich dafür verantwortlich, dass der Enigma nichts Zwielichtiges anstellt.« Hinter ihr ertönten Geräusche und Moira verdrehte die Augen.

»Was war das?« Ich war mir nicht sicher, ob ich das fragen wollte.

»Ärger.«

Moira stieß einen kleinen Seufzer aus, als sie etwas über meine Schulter hinweg betrachtete. Zwischen ihr und der Person am anderen Ende des Blicks schien ein stummes Gespräch zu verlaufen. Die Finger an meinen Unterarmen verkrampften sich und ich konnte mir gut vorstellen, wer das sein könnte.

»Ich muss nach Jax sehen und sicherstellen, dass er keine Todessehnsucht hat.« Ich zog eine Augenbraue hoch und sie lächelte missmutig, bevor sie aufstand und aus der

...

»Sind wir in einer Höhle?«, fragte ich und versuchte, mich umzudrehen, damit ich hinter mich sehen konnte. Nicht, dass es eine Rolle gespielt hätte, denn es war stockdunkel. Die Höhlendecke erstreckte sich von einer Seite zur anderen, nicht glatt, sondern felsig und uneben. Vor mir erzeugte das schwache Licht eines Feuers Schatten unter dem mondbeschienenen Himmel.

»Nicht ganz«, sagte eine zweite Stimme. Honig, Verführung und ein Hauch von Scotch durchdrangen die Luft. Ich blinzelte zu Allistair hoch. Sein dunkles Haar schien die Nacht zu absorbieren und umrahmte seine blasse Haut mit einer unbändigen Wildheit, die so gar nicht zu ihm passte. Statt des Standardanzugs, den ich kennen- und lieben gelernt hatte, trug er dieselben Klamotten – eine tief sitzende Jeans und ein enges T-Shirt –, die ich kurz vor unserem Aufbruch nach Inferna an ihm gesehen hatte.

»Was soll das bedeuten?« Meine Stimme klang heiserer, als ich es beabsichtigt hatte. Hungriger als zuvor.

»Wir befinden uns in einem Tunnel am Rande von Lusts Provinz«, antwortete Rysten hinter mir. Seine Finger lockerten ihren Griff um meine Unterarme und glitten über meine Schultern. Ich lehnte mich an ihn.

»Okay«, antwortete ich. »Warum sind wir in einem Tunnel am Rande von Lusts Provinz?«

»Weil das die Hölle ist«, antwortete Allistair, als würde das etwas bedeuten. Ich hob die Augenbrauen und er neigte den Kopf; seine sinnlichen Lippen waren zu nah, um so weit weg zu sein. »Nachts passieren üble Dinge. Wenn du nicht in einer Stadt bist, willst du nicht im Freien erwischt werden, wenn die Sonne untergeht.«

Ich zog die Augenbrauen zusammen und warf einen zweiten prüfenden Blick in den Tunnel, denn dieses

Szenario schien nicht wirklich viel besser zu sein. »Ein Krake hat versucht, Bandit zu fressen, zehn Minuten, nachdem er durch das Portal gekommen war. Ich schätze, der Name impliziert bereits schlimme Dinge.« Meine Stimme klang stählerner, als ich es wirklich empfand. Ich war von hier. Hier geboren. Und nach nur einem einzigen Tag war mir klar, wie unglaublich überfordert ich war.

Ich wollte meinen Kopf in die Hände legen und darum flehen, nach Hause zu gehen. Ihnen mitteilen, dass ich aufgab. Es war wichtiger, Bandit und Moira in Sicherheit zu bringen. Wir könnten auf einer abgelegenen Insel mitten im Nirgendwo leben, während sich die Sache mit der Apokalypse von selbst regelte ... Aber diese Möglichkeit hatte ich nicht. Es gab keine Lösung des Sich-von-selbst-Regelns, die nicht auch meine Bestie und mich einschloss.

Und obwohl es verdammt unheimlich war und der erste Tag hier mehr als nur etwas entmutigend begonnen hatte, war ich Ruby Morningstar – Satans einziges Kind.

»Vielleicht ist es impliziert«, nickte Allistair. Seine Lippen verzogen sich zu einem schiefen Grinsen, das meiner Libido nicht guttat. »Aber es gibt auch viele gute Dinge ... Nach denen musst du allerdings suchen.«

»Aha!«, sagte ich langsam und kämpfte gegen das Grinsen an, das sich in mir breitmachte. »Von welchen guten Dingen reden wir?«, fragte ich, mehr als nur ein bisschen atemlos. Allistair beugte sich vor und küsste mich kurz auf die Lippen, bevor er sich schmunzelnd zurückzog.

»Du wirst schon sehen.«

»Was ist das denn für eine Antwort?« Ich stöhnte und erinnerte mich an den Druck in meinem Kopf, als er plötzlich pochte und zum Leben erwachte. Ich riss mich von Rysten los und stand auf. Seltsamerweise fühlte ich mich nicht sehr schwach. Ich streckte meine Arme hoch und meine Gelenke knackten wie bei einem Kind, das mit einem Luftgewehr auf eine Coladose schoss. Ich schüttelte meine Glieder und drehte mich um, um den beiden Reitern zuzuzwinkern, die hinter mir standen und die Show offensichtlich genossen.

»Seht ihr etwas, das euch gefällt?«, schnurrte ich und schämte mich nicht im Geringsten. Die Aussicht, die ich von hier aus hatte, gefiel mir jedenfalls sehr.

Aber es war nicht Allistairs sexy Grinsen, das mich verführte, sondern Rystens sanfte Augen.

»Immer«, flüsterte er mit Überzeugung. Ich lächelte weich und das Gefühl in meiner Brust schwoll an.

Unbenennbar. Und das würde es auch bleiben.

Hinter ihnen bewegte sich etwas in den Schatten. Ich erstarrte, meine Augen verengten sich auf die schwerfälligen Bewegungen – ganz und gar nicht verstohlen. Ich erinnerte mich an Allistairs Warnung und hob meine Hand, um Feuer zu beschwören ... Dann sah ich Laran.

»Was hast du da hinten gemacht? Ich hätte dich fast angezündet ...«

»Du kannst mich nicht verbrennen.«

»Nun, nein ...« Ich hielt inne und fuhr mir mit dem Daumen über die Unterlippe, bevor ich meine Arme verschränkte. »Aber ich könnte die Höhle in Brand setzen, was die strukturelle Integrität des Felsens beeinträchtigen und ihn so schwächen würde, dass er auf dich stürzen könnte ...« Ich hielt inne, als sie anfingen zu lachen. »Was?«

»Nun, es ist nur ...« Rysten verstummte, als ich eine Augenbraue hochzog.

»Normalerweise sehen wir deine eher ... berechnende Seite nicht«, sagte Allistair schnell. Ich schnaubte.

»Manchmal vergesse ich, dass du das Mädchen bist, das einen Tank mit Chloroform in ihrem Büro hatte.«

»Ah!« Ich lächelte liebevoll angesichts der Erinnerung an das Tätowieren von Kendalls Gesicht. »Das solltest du wirklich nicht vergessen. Wenn überhaupt, dann habe ich mich weiterentwickelt.« Ich hob eine Hand und ließ einen Flammensplitter über meine Finger tanzen.

»Wo hast du das gelernt?«, fragte Laran, als er langsam auf mich zukam. Sein dunkles Haar war im Nacken zu einem Pferdeschwanz zurückgekämmt, sodass man die kleine Narbe auf dem Bogen seiner rechten Augenbraue sehen konnte.

»Moira«, murmelte ich und löschte das Feuer. »Zu Beginn ihrer Studienzeit hat sie Bauingenieurwesen gelernt. Sie hat sich Videos angesehen, während ich mir einen Kundenstamm aufgebaut habe. Ich habe Leute in unserer gemeinsamen Studiowohnung tätowiert, bevor wir das Haus gekauft haben, das in die Luft geflogen ist.«

»Und das hast du nur vom Zuhören gelernt?«, fragte Laran. Ich nickte und kratzte mich am Hinterkopf.

»Ich mochte die Schule nicht besonders, weil ich die Umgebung erdrückend fand. Manche Menschen können lernen, wenn sie in einem Raum eingepfercht sind und aus einem Lehrbuch vorlesen müssen, aber ich gehöre nicht dazu.« Ich zuckte mit den Schultern und zupfte an einem Blatt, das an meinem Shirt klebte. »Ich habe eine Menge gelernt, als sie in der Schule war.«

So ironisch es auch war, dank ihrer Videos und denen meines Ex-Freundes hatte ich in den vier Jahren wahrscheinlich mehr gelernt als in den vorherigen achtzehn. Im Laufe der Zeit hatte ich eine Vielzahl von Männern mit ganz unterschiedlichen Berufen kennengelernt, einige hilfreicher als andere.

»Warum hat sie zu Business gewechselt?«, fragte Allistair. Seine Augen wanderten hinter mich und zu Moira. Ich spürte, wie sich ihre Gefühle in dem Moment veränderten, als sie hereinkam. Sie strömte unberechenbare Aufregung und prahlerische Bockigkeit aus – zwei Gefühle, die sie mit Stolz trug.

»Hast du jemals Bauingenieurwesen studiert?«, fragte sie und ihre Stimme war kurz davor, zu kreischen. Seit sie sich verwandelt hatte, schien sie stets auf dem schmalen Grat zwischen dem Schreien einer – nun ja, Todesfee – und normalem Sprechen zu wandeln.

»Ihr wurde langweilig«, antwortete ich kurz und knapp.

Er blinzelte und musterte Moira erneut.

»Sie hatte Langeweile? Beim Studium der Ingenieurwissenschaften?«, fragte er skeptisch.

»Sie hatte Langeweile, weil sie Ingenieurwissenschaften studierte. Es ist verdammt öde. Außerdem waren die anderen Studierenden alle Arschlöcher, die einen Tannenbaum im Arsch hatten.« Ich verschluckte mich an einem Lachanfall, als sie neben mir auftauchte.

»Sie war sehr gut und die Jungs in ihren Klassen waren eingeschüchtert«, erklärte ich, während sie ihr dunkelgrünes Haar über eine Schulter schüttelte.

»Ich bin auf Business umgestiegen, weil ich mit Ruby meine eigene Firma gründen wollte. Ich hatte schon alles geplant und wir hatten gerade erst angefangen. Mit meinem Verstand und ihren Fingern wollten wir als Millionäre in Rente gehen«, schimpfte Moira.

Die drei schienen mehr als nur ein bisschen überrascht.

»Ich weiß nicht, warum ihr alle schockiert seid. Ich habe vielleicht ein Geburtsrecht, aber sie ist ein verdammtes Genie.« Ich legte meinen Arm um Moiras

Schulter, während sie einen um meine Taille legte. Hinter uns ertönte ein tiefes, spöttisches Husten.

»Wenn ihr fertig seid mit eurem Gerede darüber, womit ihr euer Leben vergeudet habt, während die Hölle brannte, würde ich gerne wissen, was Krieg gefunden hat«, stichelte der Enigma. Ich war angespannt und überlegte, ob ich etwas sagen oder es bleiben lassen sollte, als Moira mit den Schultern zuckte.

»Er ist ein ziemliches Arschloch«, flüsterte ich ihr zu.

»Du hast ja keine Ahnung.«

Wurden ihre Wangen gerade etwas wärmer? Auf keinen Fall. Ich presste meine Kinnlade zu, als sie mir aufzufallen drohten, und wandte mich an Laran.

»Wonach hast du gesucht?«, fragte ich. Larans geschlossene Fäuste erregten meine Aufmerksamkeit, als er zwischen mir und dem Arschloch am Eingang des Tunnels hin und her blickte. Wut strahlte von ihm aus. Aggression und ... Possession. »Laran«, sagte ich leise und tat so, als würde ich nicht bemerken, wie er Jax erdrosseln könnte, weil er mit mir redete, als wäre ich der Grund dafür, dass seine Welt unterging. Ich meine, das war ich ... aber es war nur zur Hälfte meine Schuld. Ich würde nicht die Verantwortung dafür übernehmen, dass ich als Baby weggeschickt worden war, egal, wer mir diesen Schwachsinn einreden wollte. »Laran«, wiederholte ich. Seine Aufmerksamkeit war nicht auf mich gerichtet und seine Füße bewegten sich bereits. Ich traf eine Blitzentscheidung und die Bestie trat nach vorn.

»*Krieg!*«

Ein einziges Wort genügte und er blieb mitten in der Bewegung stehen. Als er sich umdrehte, um über seine Schulter zu schauen, starrte ihn die Bestie erwartungsvoll an. »Deine Gefährtin hat dir eine Frage gestellt. Du tust gut daran, dir vor Augen zu halten, wozu sie fähig ist, wenn du nicht antwortest.« Ihre Worte waren kühl. Teilnahmslos. Die Bestie wich mit Leichtigkeit zurück und ich starrte zu ihm auf, ohne auch nur eine Sekunde zu verpassen. Langsam hatte ich den Dreh raus.

»Natürlich!«, antwortete er leise. Laran drehte dem Enigma den Rücken zu und schenkte mir seine ungeteilte Aufmerksamkeit. Aus den Augenwinkeln entging mir weder der prüfende Blick des Chaosdämons noch Julians, der hinter ihm stand – Bandit auf seiner Schulter. »Haben sie dir gesagt, warum wir hergekommen sind?«, fragte er.

»Allistair meinte, nachts kommt der Butzemann.«

»Habe ich nicht«, knurrte er.

»Ich umschreibe es nur.«

»Können wir jetzt weitermach...«, begann Jax und ging damit einen Schritt zu weit. Larans Augen verdunkelten sich und verdrängten jegliches Weiß, als seine wilde Wut und sein Territorialdrang schließlich die Oberhand gewannen. Er hielt seine Hand in die Luft, ohne sich umzudrehen, und der Enigma hob vom Boden ab.

Er umklammerte seine Kehle, aber da war niemand.

»Kumpel, ich habe dir schon einmal den Arsch gerettet. Du lernst es wirklich nicht, oder?«, begann ich und verschränkte meine Arme vor der Brust.

»Er ist langsam«, sagte Moira und klang nicht im Geringsten besorgt, während sie mit ihrem Stiefel gegen einen Stein trat. In ihrer Lässigkeit entging ihr, wie Jax' panischer Blick zu ihr hinüberglitt.

Ich seufzte. »Lass ihn runter, Laran! So viel Arschloch auch in ihm steckt, Jax ist nicht gerade hier, weil er es will.« Es hatte einmal eine Zeit gegeben, in der mich eine solche

Brutalität in die Flucht geschlagen hätte, aber die war vorbei. Ich schwelgte zwar nicht in der Gewalt, aber ich schreckte auch nicht vor ihr zurück, wenn es nötig war. Das hier war einfach nicht so ein Fall.

»Er behandelt dich respektlos«, antwortete Laran.

»Ja, er ist nicht der erste Trottel, der das tut, und er wird auch nicht der letzte sein. Das ist zwar unhöflich, aber kein Grund zum Sterben, also schalten wir einen Gang zurück. Es ist furchtbar dunkel draußen und wir stehen direkt am Eingang des Tunnels. Ich würde gerne wissen, wie es hier weitergeht.« Jetzt schien er zur Vernunft zu kommen. Seine Faust entspannte sich, als seine Hand sank und mit ihr auch der Enigma. Ich ignorierte dessen röchelndes Husten und den wütenden Blick und konzentrierte mich auf Laran.

»Ich habe nachgeschaut, wo er mündet. Die meisten Tunnel in der Hölle führen in die Provinz der Faulheit. Ich hatte gehofft, dass dieser Tunnel das auch tut, aber er ist eingestürzt«, sagte Laran. »Wir müssen einen anderen Weg finden.«

Ich runzelte die Stirn. »Einen anderen Weg?«

»Einen anderen Weg nach Inferna«, antwortete Julian.

»Was ist falsch an dem Weg, den wir gerade gehen? Wir werden schon irgendwann ankommen.«

Völliges Schweigen.

Laran starrte an die Decke, während Julian ... mitleidig dreinschaute. Ich drehte meinen Kopf zu Moira, die mit einem Messer den Dreck unter ihren Nägeln entfernte. Ich machte mir nicht einmal die Mühe, mich zu den beiden hinter mir umzudrehen, denn sie hatten bereits eine Entscheidung getroffen. Ohne mich.

Und ich hatte mich von ihnen ablenken lassen, weil ich es nicht besser gewusst hatte. Nein, das war nicht richtig.

Weil ich etwas Besseres erwartet hatte. Ich hatte Ehrlichkeit erwartet.

Mein Fehler, dass ich diese Dämonen mit denselben Maßstäben bedachte, mit denen sie mich belegen wollten.

»Du bist heute in Ohnmacht gefallen«, sagte Julian langsam. Sanft. Zögernd. »Als du das Feuer absorbiert hast, hast du zu viel Kraft aufgenommen, nicht wahr?«

Ich sagte nichts. Sie bekamen meine Antworten nicht, wenn sie ihre eigenen zurückhielten.

»Es ist in Ordnung, Ruby. Wir sind nicht böse auf dich, weil du zu viel genommen hast, aber wir haben nicht rechtzeitig gemerkt, dass du abgeschaltet hast.«

Die Emotionen blockierten meine Kehle und machten es mir schwer, zu atmen. Ich schluckte die Härte hinunter und stählte meine Wirbelsäule.

»Wir suchen nach einer alternativen Route nach Inferna, damit du nicht das Gefühl hast, das Feuer löschen zu müssen. Wenn wir dort ankommen und die Sünden wirklich alle versammelt sind, können wir eine Lösung finden, sobald du den Thron bestiegen hast.« Er fuhr fort, aber ich hörte nicht zu. Ich drängte mich an Laran vorbei und stolperte auf den Eingang des Tunnels zu. Ich ging an Jax vorbei, der endlich so vernünftig war, nichts zu sagen, und schaute Julian nicht einmal an, als ich vorbeiging.

Eine Hand schlängelte sich um mein Handgelenk und ich blieb stehen.

»Lass mich los!«, schnauzte ich mit einer Heftigkeit, mit der er nicht gerechnet hatte.

»Nein.«

»Verdammt, Julian!«, knurrte ich. Das Feuer in meinen Händen brannte dunkel und tödlich.

»Mach es aus!«, befahl er.

»Fick dich!«, spie ich zurück. »Du hast mir nichts zu

befehlen.« Ich spannte mich an und erinnerte mich an meine Verwandlung, auch wenn einige Momente verschwommen waren. »Du hast fünf Sekunden, um mich gehen zu lassen.«

»Du gehst nicht da raus in den Wald ...«

»Eins«, sagte ich schlicht. Seine Augen wurden kalt. Wild.

»Ich würde auf sie hören, Julian«, warnte Moira.

»Zwei.« Julian verstärkte seinen Griff um mich.

»Sie wird sich noch umbringen ...«, begann Laran. Er wusste, dass ich abhauen würde, wenn Julian sich nicht zurückhielt.

»Drei«, sagte ich. Meine Arme begannen zu zittern und meine Beine bebten mit dem Verlangen, zu rennen.

»Verdammt, Tod! Du willst ihr Temperament nicht sehen ...« Moira sprach jetzt schneller und versuchte, ihn zu beschwören. Sie versuchte, mich zu erreichen.

»Vier«, knurrte ich und fletschte meine Zähne.

Die Macht wuchs. Sie floss durch mich hindurch und kollidierte mit einem donnernden Knall. Der ganze Druck von vorhin ... Ich realisierte, dass er mich nicht einfach im Schlaf verlassen hatte. Er war *integriert* worden.

Irgendwie. Irgendwie hatte ich ihn absorbiert und mich *stärker* gemacht.

Genauso wie ich es mit Sins Blutmagie getan hatte.

Ich atmete tief ein und bereitete mich auf die Grenze vor, die ich auf keinen Fall überschreiten wollte, als ...

»Bitte!«

Ich verstummte. Sein Griff wurde schwächer.

Dann sagte er das Einzige, was die Gewalt aus mir vertreiben konnte.

»Es tut mir leid, aber *bitte* geh nicht weg!« Seine Augen brannten noch immer und sein Atem schmeckte nach

Winter. Seine Gefühle waren wie ein Eissturm: turbulent und brutal.

Aber er versuchte es.

»Heute Nacht kampieren wir hier und morgen reiten wir weiter. Das sind meine Bedingungen.« Ich hielt es einfach. Mir ging es nicht darum, Spielchen zu spielen. Wir waren Gefährten, verdammt noch mal. Er trug mein Zeichen und ich seins. Wenn er – genau wie auch die anderen – nicht in der Lage war, seine Entscheidungen mit mir zu besprechen, bevor er sie selbst traf, würde ich einen Weg finden, die Hölle selbst zu regieren.

Er musste nicht perfekt sein. Er musste nur erkennen, wen er gebrandmarkt hatte.

»Ruby ...« Er knirschte mit den Zähnen.

»Nein, Julian. Ich bin nicht böse, dass du dir Sorgen machst. Ich habe es heute zu weit getrieben, das ist mir klar, und ich werde daran arbeiten. Aber du hast nicht für mich zu entscheiden.« Ich drehte mich um und sah die anderen eindringlich an. »Keiner von euch tut das. Wie könnt ihr von irgendjemandem erwarten, dass er mich als Königin ernst nimmt, wenn ihr vier es nicht einmal zu tun scheint?«

Darauf sagten sie nichts.

Aber das war in Ordnung. Ich wollte keine schönen Worte. Ich wollte Taten sehen.

»Nimm es oder ich gehe, Julian! Vertrau mir oder lass mich jetzt gehen!« Sein Kiefer zuckte und mir war völlig klar, wie viel ihm das abverlangte, aber ich wollte diese Schlacht gewinnen, bevor sie begann. Sie alle mussten diese Scheiße im Keim ersticken, vor allem er.

Am Ende tat er es. »Heute Nacht kampieren wir. Morgen reiten wir«, stimmte er zu. »Aber das ist nicht das Ende dieser Unterhaltung. Verstanden?«

Ich unterdrückte das Grinsen, das sich aufdrängen wollte. »Verstanden.«

»Gut«, knurrte er. »Heute Nacht schläfst du bei mir.«

Meine Zehen kräuselten sich vor Vorfreude in meinen Stiefeln. Das war ein Kompromiss, zu dem ich mehr als bereit war.

KAPITEL 5

Mit müden Augen und dem dringenden Bedürfnis nach einer Dusche kletterte ich auf Rystens Vertrauten Arion und richtete mich für die Reise ein. Nachdem ich den ganzen Tag auf einem Pferd – und die ganze Nacht auf Julian – geritten war, hielt mich nur meine Unsterblichkeit davon ab, jedes Mal wie ein Weichei zu heulen, wenn sich mein Pferd ungeduldig bewegte.

Er hatte mir öfter den Hintern versohlt, als ich hatte zählen können. Und ich hatte jede Sekunde genossen. Jetzt? Nicht mehr so sehr.

»Können wir endlich los?«, grummelte ich und konnte gerade noch mein Zusammenzucken verbergen, als Rysten hinter mir hochkletterte. Seine großen Oberschenkel drückten gegen meine, während er seine Arme locker um mich legte und eine Hand auf meinem Bauch ruhte.

»Wir warten nur auf deine Vertraute und ihren Flaschengeist, Liebes«, grummelte er in mein Ohr, was Moira zu einem Aufschrei veranlasste.

»Er ist nicht *mein Flaschengeist*«, schrie sie.

»Ich bin niemandes Flaschengeist, vielen Dank«, murmelte Jax. Sie verschränkte ihre Arme vor der Brust und starrte ihn an.

»Steig in die verdammte Flasche!«, zischte sie.

»Nicht, wenn du sie dir wieder zwischen die Titten klemmst«, erwiderte er und blieb standhaft.

»Oh, verdammt noch mal!«, stöhnte ich. »Du bist derjenige, der sich darüber beschwert hat, dass wir nicht vorankommen, Enigma. Steig in die verdammte Flasche!«

Moira hob ihr Kinn und grinste ihn an.

»Er wird nicht zwischen deine Titten kommen. Steck ihn in die verdammte Satteltasche! Ich habe Kopfschmerzen und Bandit benimmt sich wie ein Arschloch, weil ich keine Sardinen mehr habe.«

Wir drehten uns alle um und sahen zu dem Waschbären Schrägstrich Höllenbären hinüber, der stolz auf Larans Schulter thronte. Er sah mehr als nur ein wenig teuflisch aus mit seinen gebrandmarkten Augen und dem blauen Fell. Er hob den Kopf und stieß ein lautes Schnattern aus, während er nach Larans Haar griff. Der Dämon musste ein verdammter Heiliger sein, denn ich hätte ihn für diesen Scheiß verprügelt, aber Krieg nahm es mit Fassung.

»Sie hat recht. Der Müllpanda ist heute Morgen ein kleiner Scheißer. Aber ich muss mich nicht mehr mit ihm herumschlagen. Also, ab in die Flasche mit dir!« Moira öffnete die Flasche und streckte sie Jax entgegen.

»In die Satteltasche?«, fragte er und wartete darauf, dass sie es sagte. Moira rollte mit den Augen, aber sie gehorchte.

»Du kommst in meine Satteltasche, gleich neben den Kond...« Bevor sie zu Ende sprechen konnte, verflüchtigte er sich in einer Rauchwolke, die sofort in die Flasche gesaugt wurde. Als keine Spur mehr von seiner Essenz übrig war, verschloss Moira die Flasche und sah mich grinsend an.

»Satteltasche!« Ich deutete auf die, die an Rhiannon hing. Nach meinem kleinen Ohnmacht-Fiasko am Vortag würde ich jetzt mit Rysten reiten und sie mit Julian.

»Muss ich?«, stöhnte sie. Ich warf ihr den *Leg-dich-bloß-nicht-mit-mir-an-Blick!* zu. Ich hatte weder Kaffee noch Schinken zu mir genommen. Sie seufzte und steckte die Flasche in die Tasche, ohne noch mehr Unfug zu machen. Ich musste den Blick abwenden, als Julian sie an der Taille packte und ihr auf den Sattel half.

Sie ist deine Vertraute. *Reiß dich zusammen!*, schimpfte ich mit mir selbst. Nur deshalb durfte sie ihm überhaupt so nahe sein, ohne dass ich ausflippte. Ich wusste, dass es nie wieder so sein würde, wie es gewesen war, bevor Julian und ich unser Gefährtenband eingegangen waren. Da Rysten ein Schatten war, konnte er mit seiner Magie spüren, ob ich wieder in Ohnmacht fallen würde, also musste ich mit ihm reiten. Damit war Julian der einzige andere gebrandmarkte Gefährte, mit dem Moira reiten konnte, obwohl die Bestie leicht verärgert darüber war, dass ein Weibchen – sogar unsere Vertraute – mit einem von ihnen ritt. Er war der Einzige, dem sie es erlaubte, denn die anderen beiden hatten ihr ihre Brandzeichen noch nicht ausgehändigt. Was sie betraf, war es eine unangenehme Zeit, bis wir vollständig gebrandmarkt waren.

Das bedeutete, dass ich noch zickiger war.

Wunde Oberschenkel ... und andere Körperteile. Kein Kaffee. Kein Bacon. Meine beste Freundin ritt ganz dicht an meinen Gefährten gepresst, und zu allem Übel brauchte ich auch noch eine Dusche.

Ich drehte mich nach vorn und zwang mich, im Sattel

zu entspannen, als wir uns auf den Weg in die Provinz von Gier machten.

Wir waren erst zwanzig Minuten unterwegs, als Moira mit ihrer eigenen Version von *Sind wir schon da?* begann.

»Also ...«, begann sie. »Wir sind immer noch in Lusts Provinz, oder?«

»Ja«, antwortete Rysten hinter mir.

»Die Provinz wird von der Todsünde der Lust beherrscht?«

»Ja«, wiederholte er und seine Lippen berührten meine Schläfe, was mir trotz meiner mürrischen Stimmung ein kleines Grinsen entlockte.

»Das war mal Rubys Mom?«

»Ja ...« Rysten antwortete ihr diesmal langsamer.

»Müsste das nicht heißen, dass Ruby die neue Sünde der Lust und dies jetzt ihre Provinz ist?«, fragte Moira, als wäre das völlig logisch.

»Nein.« Rysten schüttelte den Kopf und zog an den Zügeln, sodass Arion sich an Rhiannons Seite schob. »Die Sechs Sünden gehören zwar auch zu Luzifers Harem, wurden aber *auserwählt*, in der Hölle zu herrschen. Sollte eine von ihnen fallen, war es die Pflicht dieser Sünde, vorher jemanden zu ernennen. Wenn sie es nicht konnte, taten es die übrigen Sünden oder der Herrscher der Hölle, aber Lola hat jemanden ausgewählt«, erklärte er.

»In Ordnung«, sagte Moira. »Ist diese neue Frau erst nach dem Tod der ursprünglichen Lust in den Harem gekommen?« Wenn ich nicht nur neugierig auf meine Mom gewesen wäre, hätte dieses Gespräch vielleicht wehgetan, aber nachdem ich gedacht hatte, dass meine Eizellspenderin mich aufgegeben hatte, weil ich ihr egal gewesen war, aber dann herausgefunden hatte, dass sie *gestorben* war, um mich zu verstecken, fühlte ich mich ganz anders. Ich hasste die Vorstellung von ihr nicht mehr, aber ich wusste auch nicht, wie ich jemanden lieben sollte, den ich nicht kannte.

»Das bezweifle ich«, sagte Julian. »Luzifer und die Sünden haben ihre Verbindung zu Beginn der Hölle geknüpft. Zu der Zeit, als Ruby geboren wurde, war er ihnen sehr verbunden, besonders Lola. Selbst als ihre Provinz an eine andere gegangen war, hätte ich Schwierigkeiten zu glauben, dass er sich nach ihrem Verlust mit einer anderen zusammentun würde.«

»Das hört sich an, als hätte er sie geliebt«, sagte ich schließlich.

»Das hat er«, antwortete Julian ernsthaft. Ich warf ihm einen Seitenblick zu und biss mir auf die Innenseite der Wange. »Er hat ein Kind mit ihr bekommen, obwohl er wusste, dass dies sein Ende bedeuten würde. Ich glaube, für ihn gab es keine größere Liebe als Lola.« Seine Augen blickten mich mit einer so tiefen Verbundenheit an, dass ich rot wurde. Man musste kein Raketenwissenschaftler sein, um herauszufinden, auf wen er sich in dieser Geschichte bezog.

»Was ist mit Lola?«, fragte Moira.

»Was ist mit ihr?«, antwortete ich etwas abwehrend.

Moira zuckte mit den Schultern.

»Willst du nicht mehr über sie wissen? Ich meine, dein Dad war zwar Satan, aber deine Mom war eine Todsünde – die einzige andere Sünde, die Kinder hat, ist Lilith. Und die ist nicht mal ein richtiger Dämon«, sagte Moira fast etwas neidisch.

»Ich meine, ich weiß nicht«, sagte ich und rang nach Worten. »Sie ist ein Sukkubus und ich bin ein Sukkubus. Ich weiß nicht, was es da noch zu erfahren gibt.«

»Sie war mehr als nur ein Sukkubus«, sagte Laran und kam näher.

»Was meinst du damit?«, fragte ich, mehr als nur ein wenig skeptisch.

»In vielerlei Hinsicht war sie die stärkste Sünde. Sicherlich auch die mitfühlendste. Ihre Fähigkeiten waren zwar nicht so auffällig wie die von Hela oder so furchteinflößend wie die von Saraphine, aber mit ihrem Verstand konnte sie es mit ihnen aufnehmen. Deine Mutter war eine brillante Frau.« Laran hielt inne, bevor er hinzufügte: »Genau wie du.«

»Was ist mit den anderen Sünden?«, fragte ich, wohl wissend, dass ich damit das Gespräch von Lola ablenkte. Es war noch früh am Morgen, und ich hatte mich nicht für ein so tiefes Gespräch angemeldet.

»Was ist mit ihnen?«, fragte Rysten.

»Wer sind sie? Was sind sie? Gibt es nicht Dinge, die ich über sie wissen sollte?« Bis ich hierhergekommen war, hatte ich nie realisiert, wie wenig ich wirklich über die Hölle wusste. Und doch war ich durch ein Portal direkt hineingesprungen.

»Nun«, begann Rysten und strich mit seinen Lippen über meinen Wangenknochen. Seine Bartstoppeln kratzten an meiner Haut und ließen mich erschaudern. »Nach Lola kommt Saraphine, die Sünde der Gier. Sie ist ein Alptraum.«

»Als Dämon oder als Person?«, fragte ich.

»Beides«, schmunzelte Laran.

»Das war einer der Gründe, warum ich hoffte, die Provinz der Gier zu diesem frühen Zeitpunkt zu vermeiden«, murmelte Julian. »Sie wird wahrscheinlich nicht nachsichtig sein, wenn ihr Reich so sehr gebrannt hat wie das der Lust.«

»Wer kommt nach der Gier?«, fuhr ich fort, ohne auf seine Einschätzung einzugehen. Ich hatte schon genügend

Sorgen. Da brachte es nichts, sich über eine Dämonin aufzuregen, die ich nicht kannte.

»Das kommt darauf an, wie du es siehst«, antwortete Allistair. »Faulheits Gebiet erstreckt sich über die gesamte Hölle. Sie würde sich mit Saraphine darum streiten, wenn es nicht unter der Erde läge und niemand es haben wollte.«

»Warum will es niemand haben?«

»Weil es unter der Erde liegt«, antwortete er, als ob das einen Sinn ergäbe. Ich runzelte die Stirn, fragte aber nicht weiter nach. Ich dachte mir, dass ich es bald herausfinden würde.

»Wenn es nicht Ahnikas Provinz ist, dann ist es Völlerei. Du wirst sie mögen«, grinste Allistair. »Bei Lamia gibt es nichts als Schnaps, Bacon und Blut.« Ich war mir nicht sicher, ob ich lächeln oder Grimassen schneiden sollte.

»Ich möchte in ihre Provinz gehen«, murmelte Moira.

»Wollen wir das nicht alle?«, antwortete Rysten und ließ seine Hand auf meinem Bauch tiefer gleiten. Ich drehte mich um und starrte ihn über meine Schulter an, um ihn auf seine Unverschämtheit anzusprechen, als er anfing, mit dem Knopf meiner Jeans herumzuspielen. Mein Gesicht entzündete sich und ich drehte mich auf meinem Sitz nach vorn, als ob nichts wäre. Er würde doch nicht ...

»Inferna ist in der Mitte geteilt. Die eine Hälfte gehört zu Völlerei und die andere zu Zorn – Helas Provinz«, fuhr Allistair fort. »Aber lass dich von dem Namen nicht täuschen. Sie ist nicht so schlimm, wie sie klingt.«

Wenn ich nur auf die beiden achten könnte und nicht auf den Knopf, der sich gerade gelöst hatte, und den Finger, der langsam am Rand meines Höschens kitzelte ...

Ein blaues Flackern erregte meine Aufmerksamkeit, als wir uns dem ersten Feuer des Tages näherten. Es war nicht ganz so dicht und hoch wie die Flammen von gestern, was mir sehr recht war, aber es machte Rysten einen Strich durch die Rechnung.

»Gerade als es interessant wurde, was, Liebes?« Er grinste gegen meine Schläfe und ich grinste vor mich hin, als Moira sich umdrehte und rief: »Ruby, du bist dran.«

Ich widerstand dem Drang zu stöhnen, als Rysten schmunzelte. »Du hast es doch selbst so gewollt.«

»Erinnere mich nicht daran!«

Als Arion zum Stehen kam, war die Sonne bereits hinter den Bergen in der Ferne am Horizont versunken. Ich hatte den größten Teil der letzten acht Stunden damit verbracht, Brände zu löschen, und obwohl das Feuer immer dünner wurde, schienen die Flammen der Hölle kein Ende zu nehmen. Wenigstens war ich dieses Mal nicht ohnmächtig geworden. Ein kleiner Segen, dachte ich, obwohl ich nicht wusste, wer in dieser Welt mir diesen Segen gewähren würde. Es war ja nicht so, dass Gott sich darum scherte.

»Wie weit ist es noch bis zur Provinz der Gier?«, fragte ich und versuchte, die Anspannung aus meiner Stimme zu halten. Nach dem Ritt und der drohenden Erschöpfung hätte ich mich auf der Stelle ausziehen und auf einen Felsen legen können. Leider hatten meine Reiter andere Pläne.

»Wir sind direkt an der Grenze, aber die Hauptstadt der Gier ist einen halben Tagesritt entfernt, und wir wollen die Stadt der Plünderer nicht bei Nacht betreten. Wenn Saraphine nach Inferna aufgebrochen ist, wird die Stadt schon längst im Chaos versunken sein«, antwortete Julian. Er hatte eine Schärfe an sich, die mir gar nicht gefiel, vor allem, weil Moiras Stimmung immer schlechter wurde, je länger sie sich in unmittelbarer Nähe zueinander befanden.

»Stadt der Plünderer?«, fragte Moira.

»Die Dämonen, die in der Stadt der Gier leben, sind so etwas wie Sammler«, antwortete Julian mit einem harten Zug um die Lippen.

»Was sammeln sie?«, fuhr Moira fort.

»Alles.«

»Was bedeutet das für uns heute Abend?«, fragte ich und wechselte das Thema, bevor ein Streit ausbrach. Wir alle hatten im Moment kein dickes Fell.

»Wir campen«, antwortete er mit einem Grunzen.

»Ernsthaft?«, schnauzte Moira. »Nach all dem Gezeter und Gejammer darüber, dass wir nachts nicht im Freien unterwegs sein sollten, halten wir mitten im verdammten Wald an?« Julian knirschte mit den Zähnen und brachte Rhiannon kurz vor uns zum Stehen. Er rutschte aus dem Sattel und überließ Moira den Abstieg von dem unnatürlich hohen Pferd.

»Siehst du eine Höhle?« Er deutete um sich herum. »Wie wäre es mit einem Tunnel – oder noch besser einem richtigen Gebäude?«

Moira presste die Lippen aufeinander und starrte ihn an.

»Nein?« Wenn Blicke töten könnten, wäre er tot, aber nichts von beidem war möglich. »Ich schätze, wir müssen uns einfach damit abfinden.«

»Wer hat in dein Müsli gesch...« Sie kam nicht einmal dazu, ihren Satz zu beenden, bevor ich von Arion heruntersprang, mit den Fußballen hart auf dem Boden aufschlug und stolperte, als meine Beine schmerzhaft blockierten.

»Leute! Nehmt beide eine verdammte Beruhigungspille!« Zu meiner großen Überraschung und Genugtuung hielten beide ihre Klappe und gingen ihrer Wege.

»Ich werde die Gegend auskundschaften«, sagte Julian,

ohne mich anzusehen. Ein Hauch von Schmerz durchzuckte mein Herz, aber ich drehte mich um und verdrängte die Emotion.

»Lass dich von seiner miesen Einstellung nicht unterkriegen!«, sagte Rysten hinter mir. Das war leichter gesagt als getan, wenn es um Julian ging, aber ich wusste, dass ich das Thema nicht erzwingen konnte, bis er bereit war zu reden.

»Ich werde mich um Jax kümmern«, sagte Moira von der anderen Seite der Lichtung. Sie hielt ein Glasfläschchen mit wirbelndem Rauch in der Hand, das die Essenz des Enigmas enthielt. Sie drehte den Deckel kurzzeitig unbeholfen, bevor ein großer Knall die Lichtung erfüllte. Der Rauch zog träge aus dem Fläschchen und formte sich zu einem Schatten, der als Dämon zum Leben erwachte. Violette Augen richteten sich auf Moira und ihre Wangen färbten sich grüner als sonst.

Laran wollte sich gerade aus dem Sattel schwingen, als Bandit einen Schrei ausstieß – jetzt, da das Abendessen in Sicht war. Er rollte sich auf Eponas Rücken herum und fiel seitwärts in die Satteltasche, als Laran sie öffnete.

»Gehst du bald spazieren?«, fragte ich und wollte mich auf etwas anderes konzentrieren als auf die Kopfschmerzen, die sich in meinem Nacken bildeten, den Schmerz in meinen Oberschenkeln und die hitzigen Blicke, die sich Moira und ihr neuer Hengst zuwarfen. Die Spannungen waren groß.

»Das hatte ich vor«, Laran hielt inne. »Aber du siehst aus, als könntest du mehr als einen Spaziergang gebrauchen.« Ich blinzelte, vor allem aus Überraschung. Er war immer sehr direkt, und obwohl ich das zu schätzen wusste, verriet mich die dunkle Färbung meiner Wangen. Mein Reiter des Krieges ließ ein tiefes Schmunzeln verlauten. »Das hatte ich nicht im Sinn.« Laran schenkte mir ein böses Grinsen und zog etwas aus seiner Satteltasche. Ich sah das glatte graue Instrument mit gelben Sprenkeln und erkannte, was er in der Hand hielt.

»Warte – du lässt mich üben?« Ich rieb meine Hände aneinander und bewegte mich hin und her, damit meine steifen Beine nicht taub wurden.

Laran nickte. Ich konnte nicht anders, als etwas zu hüpfen, als ich ihm tiefer in den Wald und weg vom Lager folgte. »Nach der Sache mit dem Kraken habe ich mir überlegt, dass du vielleicht mehr Möglichkeiten brauchst, um dich zu schützen – außer mit den Flammen.« Als ich die Stirn runzelte, erklärte er: »Die Flammen sind sehr effektiv beim Töten, aber manchmal willst du nicht den Kollateralschaden riskieren, den sie verursachen würden. Sie sind zwar eine gute Waffe für den letzten Ausweg, aber ich möchte, dass du auch andere Methoden zur Verfügung hast.«

»Angefangen mit der Armbrust?«

Er nickte. »Benötigst du Hilfe beim Anlegen?«

»Bitte«, sagte ich und meine Wangen schmerzten vor lauter Lächeln. Laran erklärte mir schnell, wozu die einzelnen Gurte dienten und wie ich sie selbst anlegen konnte.

»Sieh zu, dass du deine Finger hierüber legst. So ist es gut. Genau so!« Ich lächelte leise, als er meinen Griff begutachtete. Seine Augenbrauen kräuselten sich leicht und seine vollen Lippen waren zusammengepresst, während er meine Hand in alle Richtungen drehte, um sie zu prüfen. »Ich glaube, du hast es«, sagte er schließlich.

Ich hob meinen Arm langsam an und drehte ihn in beide Richtungen.

»Wie schieße ich ab?«, fragte ich und achtete dabei auf den Bolzen, der im Bogen gespannt war.

»Siehst du den Feigenbaum?« Er winkte mit dem Kinn. Ich nickte. »Richte deinen Arm auf ein Stück Obst! Achte darauf, dass der Bolzen direkt darauf zeigt!« Er schlug mir auf den Arm, als ich blinzelte und die Konzentration verlor. »Spanne deine Muskeln an! Du musst nicht so fest zudrücken, dass du verkrampfst, aber ein anderer Dämon sollte deinen Arm nicht einfach wegschlagen können.« Auf seine Anweisung hin hob ich meinen Arm wieder an und hielt ihn fest. »So ist es gut.« Er grinste, als ich mit den Zähnen knirschte und darauf wartete, dass er mir sagte, wie ich schießen sollte. »Um zu schießen, musst du nur mit dem Handgelenk schnippen.«

»Warum hast du das nicht gleich gesagt?«

Seine einzige Antwort war ein teuflisches Lächeln, während das letzte Sonnenlicht durch die Äste brach und die roten Strähnen in seinem Haar hervorhob. Ich atmete aus und schaute auf die Feige hoch oben in den Bäumen.

»Atme ein und halte den Atem an! Wenn du ausatmest, mach es langsam und versuche, deinen Arm nicht zu sehr zu bewegen!« Ich atmete schnell ein und hielt den Atem drei Sekunden lang an, bevor ich ihn langsam wieder losließ. Ich riss mein Handgelenk nach unten, der Pfeil flog und ... fiel.

Ich war so sehr auf den Pfeil fixiert gewesen, dass ich den Moment gesehen hatte, in dem er in der Luft stehengeblieben war und die Schwerkraft eingesetzt hatte.

Ich öffnete den Mund, um zu fragen, ob das so gewollt war, und zögerte, als ich das böse Funkeln in seinen schwarzen Augen sah. Meine Zähne klirrten, als ich den Mund schloss.

Wir starrten einander einen Moment lang an, wobei

sich meine Irritation und seine Belustigung langsam in etwas anderes verwandelten.

»Versuch es noch einmal!«, sagte er. Der Wind rauschte und schob den Saum meines Hemds hoch, was zu einer Gänsehaut auf meinen nackten Hüften führte. Larans Augen wurden heiß, als sie zu dem blassen Stück Haut wanderten.

Ich schluckte den Kloß in meinem Hals hinunter und hob meinen Arm wieder an. Als ich nach dem Bolzen greifen wollte, legten sich warme Finger um meinen Oberarm, während er mich zum Schweigen brachte.

»Ich brauche den Bolzen ...« Ich verstummte, als ich den silbernen Schimmer sah, der bereits in Position war, bereit zum Fliegen.

Die Magie der Seelie. Ich nahm es mit Fassung, hielt inne, zielte und atmete. Halten. Loslassen. Mit einem Schnippen meines Handgelenks sah ich zu, wie der Bolzen flog und wieder einmal wie aus dem Nichts zu Boden fiel.

Ich runzelte die Stirn. Das war nicht normal, aber die einzige Konstante dabei waren ich und die Armbrust. Also war entweder das verdammte Ding kaputt oder – was viel wahrscheinlicher war – ich.

»Was mache ich falsch?« Meine Stimme klang lüstern. Heiserer, als ich es erwartet hatte. Ich stöhnte in meine Hand und wünschte mir zum x-ten Mal, nicht wie eine durstige Schlampe zu klingen. Ich wäre lieber in der Lage, einen Mann zu erschießen, als ihn zu ficken. Das würde echtes Talent zeigen.

Nur eine dieser Aktivitäten erforderte Anstrengung.

»Du konzentrierst dich nicht hart genug«, antwortete Laran. Sein Blick wanderte zu meinen Lippen, und ich fuhr instinktiv mit meiner Zunge an den Spitzen meiner Zähne entlang, bevor ich mich besann und auf meine Lippe biss, um diese teuflische Zunge zu verbergen. An manchen Tagen hatte sie ihren eigenen Kopf, wenn es um die Reiter ging.

»Nicht hart genug?«, schnurrte ich, während mein Blick hinunter zu seiner Jeans und wieder hinauf wanderte. Laran gab ein leises Knurren von sich.

»Konzentriere dich, Ruby!«

Ein Grinsen machte sich auf meinen Lippen breit, als ich meinen Blick wieder zu meinem Ziel gleiten ließ. *Konzentration!* Ich atmete tief ein und schloss meine Augen. Mit angehaltenem Atem öffnete ich sie wieder und ließ den Bolzen fliegen.

Er schoss in die Höhe und ich lächelte breit, als ich sah, wie er sich dem Ziel näherte – nur um dann zu Boden zu fallen. Mal wieder.

»Verdammt!«, fluchte ich vor mich hin.

»Konzentriere dich auf das Ziel, nicht auf den Pfeil!«, flüsterte Laran an meinem Ohr. Ich keuchte und drehte mein Gesicht, um ihn anzuschauen. Kräftige Finger strichen über meinen Kiefer, als Laran meinen Kopf nach vorn drehte. »Konzentriere dich!«, murmelte er. Mein Atem ging stotternd, als ich meinen Arm hob und den Pfeil erneut anvisierte.

Schwielige Fingerspitzen bohrten sich in meine Hüftknochen und ließen die Wärme unter dem dicken Stoff in meine Haut strömen. Schweißperlen bildeten sich auf meiner Stirn, als dieselben Finger nach unten unter mein Hemd und wieder nach oben glitten, entlang meiner Rippen bis zu meinem ... »Konzentriere dich!«, knurrte er.

»Ich versuche es ja«, erwiderte ich. »Das ist schwer, wenn du deine Hände nicht bei dir behalten kannst.«

Die Wärme verschwand augenblicklich, als er seine Hände wegnahm und sich entfernte. Er ging auf die Frucht zu, auf die ich es abgesehen hatte, und wartete erwartungsvoll. Wütend auf ihn, weil er weggegangen war, und wütend auf mich, weil ich ihn dazu aufgefordert hatte, zielte ich auf die Feige und ließ mein Handgelenk schnalzen, aber meine ganze Aufmerksamkeit galt Laran.

Der Pfeil löste sich, schoss in einem weiten Bogen durch die Luft und wirbelte herum. Er widersetzte sich jeglicher Physik, als er auf Laran zu raste, und in dem dicken Muskel seines Arms landete. Ein gequältes Geräusch entschlüpfte meinen Lippen, als ich meine Hand fallenließ und auf ihn zuging. Laran blinzelte nicht und zuckte nicht mit der Wimper, als er meinem Blick standhielt und nach dem Pfeil griff, der aus seinem Arm ragte.

»Laran«, krächzte ich und sprang nach vorn. Ich riss mir mein Hemd vom Leib und drückte es auf die blutende Wunde in seinem Arm. Währenddessen lächelte Krieg, als wäre das alles sehr amüsant.

»Mir geht's gut, Ruby«, sagte er leise. »Es wird heilen.«

»Das weißt du nicht«, erwiderte ich hartnäckig.

»Oh, aber das tue ich«, grinste er wieder. »Nimm das Hemd weg!«

»Nein.«

»Wie du willst«, knurrte er. Er packte meine Hüften und zog mich zu sich, während seine Lippen auf die meinen trafen. Laran küsste mich mit einer Wildheit, die nur aus Feuer bestand. Seine Lippen teilten meine mit Leichtigkeit und seine Zunge erkundete mich. Larans Kuss war weder zögerlich noch herausfordernd, er verlangte nicht – er gab. Alles, was er war, ließ er in diesen Kuss einfließen. In mich.

Ich wölbte meinen Rücken und mich gegen ihn, hielt das Hemd fest auf seine Wunde gepresst, während ich meinen anderen Arm um seine Halsbeuge schlang. Laran zog sich mit einem Stöhnen zurück und saugte dabei an meiner Unterlippe. Mit einem Plopp ließ er meine Lippe los und seine Hände glitten über die Seiten meiner Brüste, die bereits nach seinen Berührungen schmerzten, über meinen Bauch bis hin zum V meiner Hüften. Als seine Fingerknöchel die empfindliche Haut unter dem Saum meines Flanells berührten, zuckte ich zusammen und stieß einen Schrei aus.

»Was machst du da?«, fragte ich zittrig. Meine trüben Augen blickten in beide Richtungen, aber es schien niemand in der Nähe zu sein.

»Ich motiviere dich.« Mit einem Arm drückte Laran mich fest an seine Brust, mein Kopf ruhte an der Kurve, wo sein Hals auf seine Schulter traf. Er lehnte sich an mich, seine Lippen streiften die Säule meines Halses, während seine Zähne Knabberspuren hinterließen, die mir Lustschübe bescherten. Starke Finger schoben sich zwischen unsere Körper und drückten sich gegen den Saum meiner Jeans. Er bewegte sie hin und her, fand meine Klitoris durch den dicken Stoff und drehte seinen Arm, um seine Handfläche in mich zu drücken. Es dauerte nur Sekunden und ich keuchte.

»Oh, guter Gott ...«

»Es gibt hier keinen Gott, Baby. Nur dich und mich«, grummelte er, als ich mich gegen ihn wiegte. Ein leises Stöhnen entwich meinen Lippen.

»Das ist so falsch«, stöhnte ich. »Du bist verletzt.« Noch während ich das sagte, drückte ich das Hemd fester auf seinen Arm, hörte aber nicht auf. Laran schob seine andere Hand an meinen Rücken und drängte mich zum Schaukeln, während sich die ganze Anspannung der Reise in mir festsetzte und nach einem Ausweg suchte. Ich jagte meiner Erlösung nach und neigte meinen Kopf nach hinten, um meine Lippen zu spitzen und zu flehen.

»Laran, ich werde ...« Er entfernte sich, bevor ich zu

Ende sprechen konnte, und sein blutiges T-Shirt glitt mir aus den Fingern. Ohne seine Wärme war mir zu kalt, aber auch zu heiß. Ich brauchte ihn und hätte meine Jeans fallenlassen und mich auf der Stelle vorbeugen können, wenn er mich darum gebeten hätte, aber er tat es nicht. Er hörte auf, trotz des schwachen Geschmacks seines Kamas auf meinen Lippen und der roten Partikel, die in der Luft schwebten.

»Konzentriere dich, Kleines!« Seine Augen loderten trotz seiner ruhigen Worte und mein Körper sehnte sich nach ihm.

»Ich will dich«, hauchte ich.

»Beweise mir, dass du dein Ziel treffen kannst, und ich nehme dich so, wie du es willst!«

Eine Herausforderung? Oh, Mann, ich hatte noch gar nichts getroffen, außer seinen Arm.

»Und wenn ich nicht treffe?«, fragte ich.

»Dann musst du deine eigene Erlösung finden«, antwortete er. Seine Augen füllten sich mit Feuer. Licht und Schatten flackerten dort, existierten Seite an Seite. Ich holte tief und gleichmäßig Luft und zielte.

Meine Augen richteten sich auf die Frucht, und als ich mit dem Handgelenk zuckte, flog der Pfeil zielgenau.

Die Feige fiel vom Ast, aber meine Aufmerksamkeit galt dem prächtigen Mann, der zu meinen Füßen kniete und mit einem wölfischen Grinsen auf den Lippen die Knöpfe meiner Jeans öffnete.

Meine Hose war noch nicht einmal auf dem Boden, da war sein Mund schon auf mir.

Laran dehnte meine Falten und drückte seine Zunge flach gegen das Nervenbündel. Meine Beine bebten, als er mich leckte und zwei Finger in die Nässe zwischen meinen Schenkeln schob. Laran zog meine Klitoris zwischen seine

Lippen und biss grob zu. Ein schroffes Brummen entwich ihm, als meine Knie weich wurden.

»Hmm, ich wusste, dass du es kannst. Ich war hungrig.«

Damit meinte er nicht die Frucht.

KAPITEL 6

Zweimal brachte er mich mit seiner verruchten Zunge zum Höhepunkt, bevor ich mich im Gras auf ihn stürzte. Ich ritt ihn wieder und genoss es, wie er mich mit seinem Schwanz bearbeitete, bis wir beide in einem Gewirr aus schweißnassen Gliedern zusammensanken. Wir beendeten das Schießtraining völlig nackt, bevor wir uns anzogen und die Feigen für das Abendessen einsammelten. Auch wenn Allistair in der Lage zu sein schien, uns mit allem zu versorgen, was wir brauchten, einschließlich Essen und Wasser, war es doch aufregend, die Früchte meiner Arbeit zu teilen – im wahrsten Sinne des Wortes.

Wir liefen mit vollen Armen und einem Lächeln zum Lagerplatz zurück, als wären wir zwei Highschool-Schüler und keine Königin und ihr Gefährte. Mit Laran war es leicht, einfach. Unsere Beziehung war nicht so aufreibend wie die zwischen Julian und mir, nicht so kontrollsüchtig wie die zwischen Allistair und mir und auch nicht so rätselhaft wie die zwischen Rysten und mir – denn auch wenn

Krankheit sich um mich kümmerte, war er genauso schlimm wie die anderen, wenn es um meine Sicherheit ging. Sie waren alle besitzergreifend, aber darüber hinaus arbeiteten wir immer noch daran, Vertrauen aufzubauen. Laran und ich waren da schon weiter. Er hatte es mir von Anfang an bewiesen, indem er mich so sehr liebte, dass er mich wie eine Gleichgestellte behandelte und nie mit der Wahrheit hinterm Berg hielt. Im Gegenzug glaubte ich, ihn zuerst geliebt zu haben.

Der Gedanke ließ mich erstarren.

Ich ... liebte sie.

Wie das Echo des Donners zersprang mein Herz fast angesichts der gewaltigen Erkenntnis, denn sobald man etwas liebte, wurde es zu einer Schwäche. Ich hatte bereits zwei, die meine Feinde gegen mich einsetzten, und jetzt ... Ich schluckte schwer und hob den Kopf. Larans kohlschwarze Augen trafen meine und fragten mich leise, ob es mir gut ginge.

Ich lächelte trotz des Bleigewichts in meinem Magen, das mich vergiftete. Das Gefühl, das in meinen Adern floss, war zwar stark, tief und *sicher,* aber es machte mir auch eine Heidenangst.

Also schwieg ich und trat neben ihn, als ob nichts wäre und als ob mein Herz nicht vor Groll gegen die Feinde meines Vaters schmerzte, weil sie mich gezwungen hatten, meinen Gefährten gegenüber so kalt zu sein. Sie beschützten und sorgten für mich. Sie gaben mir alles, was sie waren.

Aber ich würde diese Worte erst aussprechen, wenn es sicher war.

Ich würde nicht zulassen, dass mein Herz noch mehr blutete, denn wenn sie diese Worte erwiderten und dann etwas passierte ... Nun, das könnte mich umbringen.

Also schloss ich die Worte in mich ein und verstaute sie in mir, bis wir in Sicherheit waren. Eines Tages, und zwar bald, würde ich sie aussprechen.

Aber heute war nicht dieser Tag.

»Warum hat das so lange gedauert?«, schnauzte Moira. Ihre hellgrünen Arme waren über der Brust verschränkt, während sie sich mit dem Rücken gegen einen Baumstamm lehnte. Einer von ihnen hatte bereits eine Blockhütte aus Holz gebaut und ein Feuer angezündet, obwohl es heißer war als – na ja, die Hölle.

Ein kleines Schmunzeln rutschte über meine Lippen, als ich mich darüber amüsierte, aber außer Laran schien das niemand so richtig lustig zu finden.

»Ist sie im Delirium?«, fragte Jax und ich war mir nicht sicher, aber ich glaubte, dass er es ernst meinte.

»Hast du Todessehnsucht?«, fragte Moira und richtete ihren Zorn auf ihn. »Jeder weiß, dass nur ich zickig sein darf und damit durchkomme. Lies den Raum, Flaschengeist!«

Die Lippen des Enigmas wurden schmaler und seine Augen leuchteten. Wenn ich nicht wüsste, dass Moira ihm den Arsch aufreißen könnte, hätten die Bestie und ich uns vielleicht als Beschützer aufgespielt. Aber Moira war jetzt eine Legion. Eine, die sich offensichtlich keine Sorgen darum machte, einen Enigma mit ihren Provokationen zu verärgern.

»Ich bin kein Flaschengeist«, knurrte er. Seine Hände ballten sich zu Fäusten. »Ich bin ein Enigma, einer der Mächtigsten meiner Art, und du tust gut daran, dir das zu merken.« Moira drehte ihm nur den Rücken zu und strich sich durchs Haar. Keiner konnte so herablassend sein wie sie. Sie strahlte das Gefühl aus, über allen zu stehen, besonders über dem, den sie anscheinend gerne verspottete. Da sie ihm den Rücken zuwandte, konnte ich das Grinsen auf ihrem Gesicht sehen, als er sie anfunkelte. »Hörst du mir überhaupt zu?«

Plötzlich wurde seine Stimme heiser, als er größer wurde und seine Haut sich veränderte.

»Was in Teufels Namen ist hier los?«, fragte ich und die Feigen purzelten aus meinen Armen, als mehrere Dinge gleichzeitig passierten. Wie erstarrt blieb ich auf meinem Platz stehen und beobachtete alles wie in Zeitlupe.

Die Bäume bewegten sich, als uns leise Schritte umgaben. Wie aus dem Nichts traten Leute – Dämonen – aus dem Wald, die geschnitzte und grob bemalte Holzmasken trugen. Sie führten lange Holzstöcke mit Pfeilspitzen an den Enden, eine archaische Form eines Speers. Die Spannung auf der Lichtung war groß, als sie sich schnell näherten.

Jax fletschte seine Zähne angesichts der maskierten Dämonen. Seine Haut zitterte und verschwamm, als sie sich vor meinen Augen veränderte und zu etwas anderem formte. Vier Beine mit krallenbestückten Füßen ragten hervor und Haare, die so dunkel wie seine Haut waren, wuchsen. Seine Zähne wurden größer und spitzer und sein Gesicht verwandelte sich in das eines Raubtiers. Als die Verwandlung abgeschlossen war, stand ein Höllenhund an seiner Stelle, und nur die glühenden violettfarbenen Augen machten ihn noch erkennbar. Er warf Moira einen spitzen Blick zu – als wollte er ihr sagen, sich nicht vom Fleck zu rühren – und drehte sich um, um sie vor den unbekannten Dämonen zu *schützen*, die uns jetzt einkesselten.

»Lass die Waffe fallen!«, rief jemand. Es war eine Stimme, die ich nicht kannte.

Eine stumpfe Kraft prallte gegen meinen Rücken.

Verdammt. Falscher. Zug.

Ich stolperte einen Schritt nach vorn und nur Larans Hand, die meinen Arm festhielt, verhinderte, dass ich fiel. Blitze zuckten über den Himmel. Eine Warnung des Reiters des Krieges.

»Fuck!«, murmelte Moira und richtete sich auf. »Jetzt hast du es wirklich geschafft.«

»Fallenlassen!«, befahl die gleiche Stimme hinter mir. Larans Augen verdunkelten sich, als er mich näher zu sich zog. Ich stoppte ihn mit einem Klaps meiner Hand gegen seine rauen Finger.

»Ich schaffe das«, murmelte ich. Er trat einen Schritt zurück und ließ mir Platz, um zu reagieren, ohne mich zu bedrängen. Ich zwinkerte ihm zu, und in diesem Augenblick kam die Bestie zum Vorschein.

Das Feuer erwachte auf ihren Ruf hin zum Leben und schoss ihre Arme hinauf, als sie sich blitzschnell umdrehte und das Ende des stumpfen Spazierstocks packte, mit dem sie mich wie verdammtes Vieh angestoßen hatten.

»Na na«, trällerte sie mit einem heiseren Lachen, das verführerisch und erschreckend zugleich war. »Behandelt man so seine Königin?«

Das Ende des Stocks fing unter ihrem Griff Feuer, und der maskierte Mann, der ihn hielt, erschauderte. Seine Finger zitterten, als sich das Feuer langsam zu ihm hinunterfraß. Sie bäumte sich auf und schlug ihm einmal mit dem noch nicht brennenden Ende des Stocks auf den Kopf. Er fiel sofort zu Boden und sie stieß ein »Tsk« aus, wobei sie den Speer in Flammen aufgehen ließ. Schwarze Asche wirbelte binnen Sekunden im Wind. Sie verstummten.

»Ich habe dich gewarnt«, rief Moira hinter mir. Durch unsere Verbindung konnte ich feststellen, dass sie nicht allzu besorgt war. Nicht, wenn Jax, der sich in einen Höllenhund verwandelt hatte, sie bewachte und die Bestie draußen war. Niemand, der sich mit unseren Vertrauten anlegte, überlebte.

»Königin?«, fragte einer der gesichtslosen Dämonen. Die neue Sprecherin der Gruppe trat vor und schritt, ohne zu zögern, über den zerschmetterten Körper ihres Freundes.

Diese Dämonin trug eine braune Lederhose und Schuhe im Mokassin-Stil sowie ein lockeres Hemd aus einem dunklen, nicht erkennbaren Stoff. Ihr Speer war größer als die anderen und mit einem Stofffetzen am Ende verziert, der bei ihren Bewegungen leicht surrte.

»Hat sie gestottert?«, schnauzte Moira von hinten. Die Bestie zuckte bei diesem Ausbruch nicht mit der Wimper. Sie zog es vor, die fremde Frau zu beobachten.

»Wer bist du?« Die Stimme hinter der Maske war gedämpft, was sie tiefer machte. Sie klang eher animalisch als menschlich.

Wenn die Dämonin damit einschüchtern wollte, war die Bestie nicht beeindruckt.

»Ich habe viele Namen«, sinnierte die Bestie. »Such dir einen aus!«

Schweigen breitete sich zwischen ihnen aus, als die maskierten Dämonen dies zu bedenken schienen. Ich konnte ihre telepathischen Gespräche fast hören, aber dank Sin gehörte das nicht länger zu meinen Fähigkeiten.

»Ich glaube, sie lügt«, rief eine Stimme aus der Menge. Es gab einen Chor von Beifallsbekundungen, sowohl für als auch dagegen, aber sie verstummten alle, als das seltsame Mädchen vor mir zwei Finger unter ihre Maske schob und einen schrillen Pfiff ausstieß.

»Ihr Feuer ist blau. Ihre Asche ist schwarz. Wenn sie wirklich Satans Ausgeburt ist, um zurückzukehren und dem Feuer ein Ende zu setzen, dann will ich heute noch nicht sterben.« Wieder ertönte ein Chor der Befürworter und Gegner, aber dieses Mal schien er zu meinen Gunsten auszufallen.

»Ähm, ich bin ungern die Überbringerin schlechter Nachrichten«, meldete sich Moira hinter mir zu Wort, »aber ihr habt sozusagen die Macht verloren, zu sagen, was hier passiert.« Alle Köpfe, außer unseren, drehten sich zu dem Mädchen um, das sich neben mich gestellt hatte. »Dieser Typ hier«, sie deutete mit dem Daumen nach rechts, »ist Krieg, und er ist viel netter als eure Königin, wenn sie schlecht gelaunt ist.« Ich hätte geschmunzelt, aber die Bestie starrte nur teilnahmslos vor sich hin und sah sie alle als Objekte im Weg an, anstatt als lebende und atmende Kreaturen. Spielsteine auf einem Brett, die sie bei Bedarf ausschalten würde. »Angenommen, ihr könntet Krieg handlungsunfähig machen, dann würdet ihr auf keinen Fall an ihren drei anderen Gefährten vorbeikommen.« Sie machte eine Handbewegung und deutete auf die Menge, wo Rysten, Allistair und Julian standen. »Auch bekannt als die Reiter: Krankheit, Hunger und das große Arschloch in der Mitte – das ist Tod. Er mag es wirklich nicht, wenn andere Leute sie mit Stöcken piken.«

Wenn sie vorher keine Angst verspürt hatten, sollten sie jetzt so weit sein.

Wir hatten schon schlechtere Chancen gehabt. Ich hatte mehr Dämonen mit weitaus weniger Geschick getötet, als ich jetzt besaß. In einem Kampf auf Leben und Tod würden sie nicht gewinnen.

Deshalb war es ein ziemlicher Schock, als die maskierte Dämonin ihren Kopf zurückwarf und gackerte.

Sie nahm die Maske ab und zeigte eine Mähne aus goldenem Haar, um die ich sie beneiden würde, wenn ich unsicher wäre. So aber hielt sich die Bestie mit einem Urteil zurück ... Zumindest, bis die Dämonin sich umdrehte und direkt auf Rysten zuging. Er starrte und starrte, bis sie sagte: »Lange nicht gesehen, Goldjunge. Es ist schon eine ganze Weile her.«

Dann küsste sie ihn.

KAPITEL 7

ch hatte in meinem Leben schon viel durchgemacht. Viele Dinge gesehen. Eine Menge Dinge getan. Vieles in Brand gesetzt ... und meine Finger zuckten, als wäre sie die Nächste.

Niemals hatte ich einen kaltblütigen Mord in Erwägung gezogen, wenn es um etwas so Einfaches wie einen Kuss ging, aber als sie zu Rysten schlenderte und ihre Arme um seinen Hals schlang, um ihn zu sich zu ziehen ... Rot. Ich sah rot.

Ein dumpfes Dröhnen erfüllte meine Ohren, als die Welt sich mit dem Schlag meines Herzens verlangsamte. Das einzige Geräusch war das Klopfen in meinem Kopf. Ich sehnte mich danach, mich zu bewegen und sie wegzuziehen, aber der kleinste Faden der Vernunft hielt mich auf meinem Platz fest und befahl mir, zuzusehen. Zuzuhören.

Ich starrte auf ihren Hinterkopf. Ich wartete darauf, dass er antwortete. Ich wartete darauf, dass er das, was ich gerade gesehen hatte, widerlegte. Dass er sie korrigierte. Dass er sie wegstieß. Dass er irgendetwas tat.

Ich war nicht die Art von Frau, die sich das gefallen ließ,

und nach allem, was wir durchgemacht hatten, sollte er das wissen. Ich war auch nicht die Art von Frau, die sich von Eifersucht auffressen ließ wie von Gift. Dafür sorgte ich mich viel zu sehr um mich selbst, und mit seinem Brandzeichen an meinem Hals sollte er das auch wissen.

Aber trotzdem wartete ich.

Rystens Schweigen musste sie ebenfalls schockiert haben, denn sie wich zurück, gerade so weit, dass ich sein Gesicht sehen konnte. Ich sah seine gerunzelten Augenbrauen und wie er die Augen zusammenkniff, als er sie ansah.

»Iona?«, fragte er. Die Verwirrung in seinem Tonfall war deutlich zu hören. Eine kühle Hand legte sich um meinen Ellbogen. Ich wusste, dass es Moira war. Sie zog mich zu sich und hoffte, dass ihre Berührung mich beruhigte, wie sie es oft tat. Ich war ihr gegenüber genauso gefühllos wie gegenüber dem Anblick vor mir. Ich stand einfach nur da und wartete.

Mutmaßungen machen aus jedem einen Arsch.

Sagte man das nicht so?

Anscheinend hatte niemand daran gedacht, zu erwähnen, wie sehr es wehtat; wie sehr es wehtat, wenn man sich um jemanden scherte. Sein Schweigen war hart, aber sein erstes Wort? Das war noch härter.

Und ich bemühte mich wirklich, nicht zu vermuten, was das alles zu bedeuten hatte – denn seine ersten Worte waren keine Korrektur. Sie waren keine Entschuldigung. Sie waren nicht einmal an mich gerichtet.

Sie galten ihr.

Eine Klinge, die sich durch meine Brust bohrte, wäre besser gewesen.

Meine Hände ballten sich zu Fäusten an meinen Seiten, die Nägel bissen sich in die Handflächen. Die Welt schien stillzustehen und darauf zu warten, dass sie etwas sagten. Niemand so sehr wie ich.

Denn ich wollte es nicht glauben. Ich konnte es nicht. Nach allem, was wir durchgemacht hatten …

»Iona, ich dachte, du wärst tot. Ich habe dich sterben sehen«, sagte er und wich dann zurück. Sein goldenes Haar leuchtete wie die sterbende Sonne. Seine Augen funkelten wie Edelsteine, aber es lag eine gefährliche Kraft in ihnen. Die dunkle Macht, die er fest im Griff hatte, zerrte an ihm. Die Adern unter seinem gebräunten Gesicht färbten sich schwarz, als er um die Kontrolle über seine Gefühle kämpfte.

»Es tut mir leid …« Sie griff wieder nach ihm und er wich zurück.

»Nein, ich habe dich sterben sehen«, wiederholte er. Er schüttelte den Kopf. Er schien sich dessen sehr sicher zu sein.

»Das wäre ich fast«, murmelte sie und schluckte schwer. Ich wollte meinen Blick wegreißen, denn es fühlte sich an, als würde ich einen Streit zwischen Liebenden beobachten. Einen, in den ich nicht verwickelt war.

»Offensichtlich.« Rystens Maske schnappte zu und verbarg seine Gefühle vor allen außer mir. Selbst mit dem zusätzlichen Schleier, der seine wahren Gefühle versteckte, erlaubte mir das Band, hindurchzusehen und zu fühlen. Innerlich brannte er.

»Freust du dich nicht, mich zu sehen, Rys?«, fragte sie mit einem leichten Wimmern in der Stimme, sodass ich die Augen schloss und mich abwandte. Ich wusste nicht, was ich da sah, aber ich war mir sicher, dass ich nicht daran teilhaben wollte.

»Zu sehen, dass du nach Tausenden von Jahren noch lebst?« Ich spürte ihre Reaktion. Die Art und Weise, wie ihr

Herz die meine von vorhin wiederholte. »Ich habe nach dir gesucht. Ich habe um dich getrauert und was hast du die ganze Zeit gemacht? Dich versteckt? Gearbeitet?«

»So einfach ist das nicht, Baby ...«

Und da fing ich an zu laufen.

»Nenn mich nicht so!«, brüllte er. »Ich bin nicht mehr dein Baby. Du hast mich verlassen.«

Ein Fellbündel zu meinen Füßen ließ mich innehalten. Bandit zerrte an meiner Jeans und ich beugte mich, um ihn aufzuheben. Mir liefen Tränen in die Augen, aber ich würde verdammt sein, wenn ich mich deswegen weinen ließe. Rysten gehörte bereits ein Stück meines Herzens. Er bekam nicht auch noch meine Tränen.

»Ich *lebe* nur deinetwegen«, schnauzte sie. »Als mein Körper gebrochen war und verblutete, dachte ich an dich. Er hat das, was von mir übrig war, in den See geworfen, aber ich habe nur *deinetwegen* überlebt.« Ich klammerte mich an Bandit, als ich davonlief. Alle Augen schienen auf das streitende Paar gerichtet zu sein. Alle außer meinen.

Ich hatte keine Lust, zu sehen, wohin das führte.

Ich stürmte an den Resten eines weiteren Lagerfeuers und einem knurrenden Enigma in Form eines Höllenhundes vorbei, drängte mich zwischen die wenigen maskierten Dämonen, die auf der anderen Seite des Lagers standen, und ging weiter.

Dorthin, wo ich Rystens Vorwürfe und die Ausreden dieser Frau nicht mehr hören konnte. Dorthin, wo das Band zwischen uns nicht mehr so stark war und sein Schmerz nicht mehr so intensiv auf mich übersprang, dass es sich anfühlte, als hätte sie *mich* verraten und nicht ihn. Dorthin, wo die letzten Reste der untergehenden Sonne hinter dem Horizont verschwanden und die schimmernde Skyline grau wurde.

Es war einfacher, sich auf den farblosen Himmel zu konzentrieren, als die Schmerzen in meiner Brust und den Druck in meinem Herzen zu bewältigen. Ein scharfer Wind rauschte durch die Bäume um mich herum. Äste peitschten, Bäume schwankten und eine beunruhigende Kälte schlug mir ins Gesicht. Ich berührte meine Wange, und meine Finger wurden nass von Tränen, von denen ich nicht einmal wusste, dass ich sie vergossen hatte.

Ich starrte auf die Flüssigkeit an meinen Fingern. Die Tränen vermischten sich mit Schweiß, Schmutz und Liebeskummer.

»Verdammt noch mal!«, fluchte ich und wischte meine Hand an der engen Hose ab, die ich trug. Bandit schmiegte sich enger an mich, während ich den Saum meines Hemdes anhob, um mein Gesicht zu reinigen.

Was da passierte, sah ziemlich schlimm aus, und ich reagierte darauf, aber wenigstens hatte ich sie nicht lebendig verbrannt. Ich war vieles, auch eine Mörderin, aber das bedeutete nicht, dass ich mich auch so verhalten musste. In mir kochte die Bestie vor Wut und dunkler Verheißung. Sie wollte die Blondine dafür bestrafen, dass sie Rysten angefasst hatte, aber so, wie ich es sah, war es nicht die Schuld der Blondine. Iona. Das war ihr Name.

Sie war nicht diejenige, die mit mir verbunden war. Sie hatte wahrscheinlich keine Ahnung.

Es war Rystens Aufgabe, sie aufzuklären, und obwohl er ziemlich geschockt über ihr Auftauchen zu sein schien – nach dem, was ich gehört hatte, zu Recht –, entschuldigte ihn das nicht. Die Schuld lag nicht bei ihr.

Die Bestie wehrte sich nicht wirklich gegen diese Logik, aber sie wäre ihm gegenüber viel nachsichtiger, wenn die andere Dämonin tot wäre. Etwas daran riss mich aus meiner eigenen Benommenheit und ließ mich mit den Augen rollen. Das war sehr ... biestig von ihr.

Unser Band vereinigte uns auf eine Weise, der ich in diesem Moment am liebsten entkommen wäre. Ich konnte spüren, wie seine Gefühle hochkochten. Verrat. Schuld. Ich konnte nicht herausfinden, woher die Gefühle kamen oder warum, nur dass sie da waren, und aus irgendeinem Grund hatten sie trotz der größeren Entfernung eine schwindelerregende Frequenz erreicht.

Ihr Streit musste sich gerade zuspitzen, als mein Kopf wieder klar wurde und der aufsteigende Blutrausch abkühlte.

Bandit schmiegte sich fester an mich und fletschte die Zähne in Richtung Waldrand, aber da war nichts. Nur Dreck und Bäume und Grau. Ich wandte mich von dem fernen Horizont ab, der immer noch weit außerhalb unserer Reichweite lag, und blickte zurück in Richtung Lager.

Ich seufzte. »Wir sollten wahrscheinlich zurückgehen«, sagte ich zu Bandit. Seine Ohren zuckten, aber ansonsten reagierte er nicht. Nicht, dass ich das wirklich erwartet hätte.

Als ich mich auf den Weg machte, beschlich mich ein seltsames Gefühl. Fast ... nein, das konnte nicht stimmen. Ich strich mir mit den Händen über die Arme und über die Gänsehaut, die sich auf meiner Haut unter dem Flanellstoff gebildet hatte. Dann stellten sich die Härchen in meinem Nacken auf.

Es war still. Viel zu still.

Meine Schritte wurden immer langsamer, als ich mich der Baumgrenze näherte. Auf der anderen Seite befand sich die Lichtung, auf der die Reiter, Moira, Jax, die vier Pferde und die vielen maskierten Dämonen sein mussten.

Warum spürte ich dann, dass Augen auf mich gerichtet waren?

Ich starrte geradeaus, während der Wind über den Waldboden rauschte.

Ein Zweig knackte.

Ich wirbelte herum, aber das war die falsche Bewegung. Eine Hand umklammerte meinen Mund. Ich geriet in Panik.

Aus reinem Instinkt und Adrenalin reagierte ich, indem ich meinem vermeintlichen Bezwinger auf den Fuß trat. Der hielt jedoch stand und der Duft von Blumen umwehte mich.

»Hör gut zu, denn ich werde mich nicht wiederholen!«, flüsterte eine Frauenstimme in mein Ohr. Tief und heiser. Der Duft von Blut und Lilien umgab mich. »Du bist hier in großer Gefahr. Mein Master beobachtet uns beide.« Ein kalter Schauer lief mir über den Rücken und ich fror. Sin war fast so groß wie ich und ihre schlanken Finger waren so schwielig wie die der Reiter. Die rauen Ballen legten sich wie eine Warnung an meine Halssäule. »Ich versuche, dir zu helfen, aber mir sind die Hände gebunden. Dein Weg ist vorgezeichnet. Jetzt musst du ihm nur noch folgen.«

In der Sekunde, in der ihre Hand von meinem Mund fiel, drehte ich mich zu ihr um. Die quecksilbernen Augen beobachteten mich mit einer sorgfältig ausgearbeiteten Unbeweglichkeit, die nicht natürlich war. Diese Frau war genau so ein Raubtier wie meine Bestie, nur dass das eine angeboren war und das andere ... Ich konnte es nur erahnen.

Ich dämpfte die aufsteigende Wut, indem ich mir in Erinnerung rief, mit wem ich sprach. Sin war keine Frau, mit der ich mich anlegen sollte, wenn sie etwas wollte. Sie verstand so etwas wie Grenzen nicht. Verdammt, sie hatte meine telepathischen Fähigkeiten mit einem Fingerschnippen ausgeschaltet. Das allein sollte die Bestie schon zum Nachdenken anregen. Es war gut, dass die Bestie hier nicht das Sagen hatte, sonst würde Sin vielleicht schon brennen.

Ihre Lippenwinkel verzogen sich zu einer Art grobem Lächeln.

»Du bist ein kluges Mädchen. Das war deine Mutter auch.«

»Wovon zum Teufel redest du, Sin? Der Weg ist vorgezeichnet? Welcher verdammte Weg?« Ich warf den Kopf zurück, schloss die Augen und presste meine Handfläche an die Stirn. Ich holte tief Luft und sagte: »Ist es dir überhaupt möglich, Klartext zu reden? Ich habe langsam genug von den Spielchen hier.«

Ihre Lippen verzogen sich zu einer Grimasse. »Das tun wir alle. Diese Welt stirbt, und wir sind gezwungen, sie in die Hände eines Kindes zu legen. Wenn ich Klartext reden und dir genau sagen könnte, was du tun sollst, würde ich es tun – aber es sind Dinge im Gange, die du noch nicht kennst oder verstehst.«

Ich schüttelte den Kopf und meine Hand fiel weg. »Warum bist du hier, Sin? Du scheinst nur zu kommen, wenn ich entweder kurz vor dem Tod stehe oder bereits im Sterben liege. Da ich im Moment weder das eine noch das andere tue, lässt mich dein plötzliches Auftauchen denken, dass diese Dämonen im Wald das ändern könnten.« Ich ließ meinen Blick über die Baumkronen schweifen, um zu sehen, ob uns jemand beobachtete, aber wir waren allein. So allein, wie man in einem Wald voller Monster eben sein konnte.

»Sie sind nicht die, die sie zu sein scheinen.« Sie schaute über meine Schulter, als würde sie etwas weit Entferntes sehen. »Sie wurden durch die Zeit und die Verzweiflung verändert.«

Ich wippte auf meinen Fersen zurück und wischte mir mit dem Daumen über die Unterlippe.

»Toll. Sie versuchen also, uns zu töten«, sagte ich. Meine Stimme war seltsam ruhig, obwohl ich eigentlich Panik verspüren sollte. Es hatte einmal eine Zeit gegeben, in der mich ein einziger Dämon verängstigt hätte, aber diese Zeit war vorbei. Ich hatte Männer getötet, Dutzende von Männern, im Namen der Vernichtung des Bösen und der Rache für meine Vertrauten. Ich hatte sie ohne nachzudenken angezündet und zugesehen, wie ihre Leichen verbrannten, bis nur noch schwarze Asche übrig geblieben war, und das alles, ohne eine einzige Miene zu verziehen.

Die maskierten Dämonen waren zwar problematisch, aber nicht meine größte Sorge.

»Wer tut das nicht?«, schnaubte Sin und blickte zu den Baumwipfeln über uns.

»Das ist die eigentliche Frage«, murmelte ich, mehr zu mir selbst. Sin hob eine Augenbraue und ich seufzte. »Was hat sie verändert?«

Sin reagierte nicht, aber das war an und für sich schon Reaktion genug. Ihre ungezwungene Reaktion war zu kühl. Zu ... geübt. Die Art und Weise, wie ihr Blick mir nicht auswich, aber sich auch nicht in meine Seele bohrte. Sie bewegte sich nie und zappelte auch sonst nicht. Sin war viel zu selbstbewusst dafür. Das hieß aber nicht, dass sie keine Geheimnisse hatte.

»Magie.« Ihre Augen blitzten auf, die einzige Warnung, die ich bekommen würde, wenn ich mich zu sehr auf Fragen einließ, die sie nicht beantworten konnte. Ihre Halb-Antworten würden nicht ewig funktionieren.

»*Wer* hat sie verändert?«, formulierte ich neu.

Das grausame Lächeln, das am Abgrund des Chaos tanzte, setzte sich wieder auf ihre Lippen.

»Ich kann es dir nicht sagen.«

»Kannst du nicht oder willst du nicht?«, drängte ich. Das Silber ihrer Augen verdunkelte sich ein wenig.

»Beides«, antwortete sie mit einem leisen Knurren. Ich verengte meinen Blick und ließ meine Augen zwischen ihr und der Baumgrenze hin und her huschen.

»Haben sie einen Master?« Ich sprach nun so leise, dass ich mich fast fragte, ob sie mich gehört hatte.

Aber dann kam ihre Antwort und es war nicht einmal ein Geräusch. Nur ein leises Wort auf ihren Lippen. »Ja.«

Ich nickte langsam, während ich das Gesagte zur Kenntnis nahm.

»Weißt du«, sagte ich, »dein Master hält dich vielleicht davon ab, viel zu sagen. Die Rune des Schweigens, die du mir verliehen hast, hindert mich ebenfalls daran, das zu tun. Ich kann nichts zu den Reitern sagen. Ich kann nicht mit Moira sprechen. Die ganze Sache wäre aber viel einfacher, wenn ich das tun könnte. Vielleicht könnten sie mir helfen …«

»Nein.« Ihr Ton war scharf. Kurz. Sie ließ keinen Raum für Diskussionen.

»Ich verstehe nur sehr wenig von dieser Welt und jetzt muss ich mich darauf verlassen, dass du mit jedem von Luzifers Feinden fertig wirst, der hinter mir her ist.« Ich hatte dieses Spiel schon eine Weile mit ihr veranstaltet, aber meine Geduld war nach den Ereignissen in New Orleans erschöpft. Jetzt, nach der Reise durch die Hölle, war meine Geduld noch begrenzter. »Ich weiß, dass dir die Hände gebunden sind, aber du gibst mir hier Brotkrumen. Eines Tages wird dir jemand einen Schritt voraus sein und dann werde ich es sein, die deswegen stirbt.«

Das Silber ihrer Augen schien sich zu verwandeln und leuchtete nun, als sie mich mit angespanntem Kiefer und steifem Körper beobachtete. Es gefiel ihr nicht, dass ich mich wehrte, aber ich hatte im Moment nicht viel zu verlieren.

»Verdammt noch mal, Sin«, flüsterte ich fluchend. »Du schuldest mir was, nach all der Scheiße, die ich durchgemacht habe.«

Sin beobachtete mich weiter, als ich seufzend um sie herum trat. Kühle Finger berührten meinen Unterarm.

»Sie wird dich heute Abend in den Garten einladen. Geh mit ihr! Du und deine Gefährten werden in großer Gefahr sein, aber du wirst die Antworten finden, die du suchst.« Ihre Worte klangen angestrengt und waren voller Müdigkeit. Sie kämpfte mit etwas. Wenn ich nur wüsste, womit.

»Ich danke dir«, flüsterte ich.

»Danke mir noch nicht!«

Ich blickte zur Seite, aber ihre Augenlider waren geschlossen und hielten die Wahrheiten ihrer Augen verborgen. »Ich verstehe nicht alles, was du getan hast – oder warum. Manchmal hat es mich wütend gemacht, weil ich mir wünschte, all das wäre einfach. Mein Leben wird aber nie wieder einfach sein, und ich muss lernen, damit klarzukommen.« Ich hielt inne und holte tief Luft. »Ich werde darüber hinwegsehen, was in New Orleans passiert ist. Ohne dich habe ich nur sehr wenig Verbündete. Das heißt nicht, dass ich dir vertraue. Es bedeutet, dass ich darauf vertraue, dass du einen verdammt guten Grund dafür hattest, was du mir und den meinen angetan hast.« Ihre Augen öffneten sich und richteten sich auf mich. »Ich vertraue darauf, dass du es ernst meinst, was du in jener Nacht gesagt hast. Dass du mich auf dem Thron sehen willst. Deshalb werde ich auch nicht zulassen, dass die Bestie mit dir macht, was sie wirklich möchte. *Dieses Mal.* Für das nächste Mal mache ich keine Versprechungen. Dein

Master hat hier eindeutig viel Macht, und ich muss herausfinden, wer dahintersteckt, mit dir oder ohne dich.«

»Du drohst mir?«, schmunzelte sie und klang dabei nicht im Geringsten verängstigt.

»Nein, ich warne dich, dass dies deine letzte Chance ist, bevor die Bestie meine Vergebung annulliert.« Sie hielt inne und neigte ihren Kopf zur Seite. »Ich möchte, dass wir wahre Verbündete sind. Sogar Freunde, wenn das alles vorbei ist. Freunde fallen sich nicht gegenseitig in den Rücken, um ihre eigenen Bedürfnisse zu befriedigen. Vergiss das nicht!«

Ihre Hand löste sich von meinem Arm und ich musste nicht nachsehen, um zu wissen, dass sie schon weg war.

Sin war gekommen, um eine Warnung auszusprechen, und ich hatte ihr stattdessen eine gegeben.

Wenn wir beide auf den anderen hörten, würden wir es vielleicht alle lebend hier rausschaffen.

KAPITEL 8

ALLISTAIR

Wo zum Teufel war sie?

Ich hatte die Lichtung abgesucht, während Iona und Rysten sich einander an den Kragen gegangen waren und die Details einer Geschichte ausdiskutiert hatten, die ich lieber vergessen würde. Während alle sie beobachtet hatten, war meine Aufmerksamkeit bei Ruby gewesen. Ich hatte den Schock in ihrem Gesicht gesehen. Die Hitze, die ihren Hals hinauf und über ihre Wangen gekrochen war. Den bitteren Beigeschmack des Verrats, als Rysten den Fehler gemacht hatte, sich von Iona küssen zu lassen und sie nicht zu korrigieren. Sie war wie ein offenes Buch, wenn ich ihren Körper und ihre Gefühle lesen konnte, und Rysten hatte sie sehr verletzt.

Doch dann war etwas geschehen.

Ihre Augen waren kalt geworden und sie war verschwunden, zusammen mit jeder Spur des Bandes. Hätte ich es nicht mit eigenen Augen gesehen, hätte ich vielleicht gedacht, dass es einer der maskierten Wichser gewesen war, der mit uns spielte, aber diese Art von Macht ... Nein, keiner von ihnen hätte das tun können. Sie hatte sich selbst so gut verschleiert, dass weder ich noch einer der anderen Reiter sie finden konnte.

»*Wo ist sie?*«, schoss ich telepathisch in Richtung Moira. Ihre Vertraute schien nicht im Geringsten beunruhigt zu sein und war mehr damit beschäftigt, jeden Schritt von Rysten zu analysieren, als uns bei der Suche nach Ruby zu helfen.

»*Sie braucht Freiraum*«, kam die kühle Antwort. Es war dieselbe, die sie die letzten fünf Male gegeben hatte, und ich verlor langsam die Geduld, aber egal, wer von uns fragte, sie war nicht bereit, dem nachzukommen. Ihre Loyalität galt Ruby und nur Ruby.

»*Sie könnte in Gefahr sein*«, dachte ich und wechselte die Taktik. Ihre dunkelgrünen Lippen verzogen sich zu einem grausamen Lächeln.

»*Ich habe Mitleid mit dem Idioten, der sich jetzt mit ihr anlegen will.*«

Ich biss die Zähne zusammen und wandte mich ab. Sie hatte nicht unrecht und das machte die Sache noch gefährlicher. Das Letzte, was wir brauchten, war ein umfassender Kampf mit Ionas Fraktion, bevor wir Inferna erreichten, und genau das könnte passieren, wenn sie ihretwegen hier waren und merkten, dass sie verschwunden war. Aber diese verdammte Moira hielt mich hin und der verdammte Waschbär war mit Ruby verschwunden, sodass ich keine Möglichkeit hatte, sie zu finden, bevor sie sich selbst zeigte.

Ich streckte meine Finger aus, um sie nicht zu Fäusten zu formen, und ging Richtung Waldrand, entgegengesetzt zu Rysten und Iona. Wenn sie vor ihnen fliehen wollte, ergab es Sinn, dass sie in diese Richtung gelaufen war.

»Du drohst mir?«, erklang das leise Schmunzeln, das ich nur zu gut kannte. Ich schaute zu den Bäumen hinaus, während ich mich verschleierte, um mit ihnen zu verschmelzen.

»Nein, ich warne dich, dass dies deine letzte Chance ist, bevor die Bestie meine Vergebung annulliert«, sagte eine zweite Stimme. Ich blinzelte mit den Augen. »Ich möchte, dass wir wahre Verbündete sind. Sogar Freunde, wenn das alles vorbei ist. Freunde fallen sich nicht gegenseitig in den Rücken, um ihre eigenen Bedürfnisse zu befriedigen. Vergiss das nicht!«

Ein Schatten erschien dort, wo ich jetzt wusste, dass Ruby stand. Die schwachen Umrisse von zwei Frauen und einem Waschbären. Sins Finger glitten von Rubys Unterarm, als sie einen Schritt zur Seite machte. In einem Wimpernschlag war die weißhaarige Frau verschwunden und Ruby blieb allein zurück.

Während meine Augen sie nach Anzeichen von Verzweiflung absuchten, beschäftigte mich mehr die Frage, was genau die beiden miteinander trieben. Sin hatte Ruby nur einmal im Vorbeigehen getroffen … Oder?

Ich wollte glauben, dass mein kleiner Sukkubus keine Geheimnisse vor uns hatte, aber der harte Blick, mit dem sie auf die Lichtung starrte, verunsicherte mich. Eine Hälfte meiner Instinkte sagte mir, dass ich jetzt zu ihr gehen und versuchen sollte, ihr die Wahrheit zu entlocken, aber die andere Hälfte verlangte von mir, zu warten. Zu beobachten. Ruby war denen gegenüber loyal, die sie für die ihren hielt, auch wenn sie nicht alles sagte. Der Teufel wusste, dass es Dinge gab, die wir ihr nur widerwillig erzählt hatten. Nach allem, was sie für uns und für das hier aufgegeben hatte, war das Letzte, was wir wollten, ihr noch mehr Schmerz zuzufügen. Dabei hat sie vielleicht andere Antworten von Leuten gesucht, die weniger Vorbehalte hatten. Leute wie Sin.

Hin- und hergerissen zögerte ich, als der Schrei einer Todesfee die Luft zerschnitt. Rubys Augen blitzten obsidianfarben auf und wurden dann wieder blau, als sie ihre Schultern zurückzog und auf die Lichtung zuging. Sie ging, sie rannte nicht. Das bedeutete entweder, dass Moira nicht in Schwierigkeiten steckte oder Ruby ihr zutraute, die Sache selbst in die Hand zu nehmen. Ich drehte mich um und begutachtete die Szene vor mir, genau wie Ruby es tat.

Was ich nicht erwartet hatte, war Iona, die auf dem Waldboden lag und Moiras Stiefel auf ihrem Brustbein hatte.

KAPITEL 9

»**W**elchen Teil von *Gefährte* hast du beim ersten Mal nicht verstanden, Blondie?«, schnauzte Moira. Iona versuchte, sich aufzusetzen, und Moiras Stiefel bohrte sich noch fester in sie hinein. In den Tiefen ihrer blauen Pentagramm-Augen loderte Feuer.

»Rys ... was meint sie ...« Iona brachte nur die Hälfte ihres Satzes zustande, als Moira erneut zutrat und ihr die Luft aus den Lungen presste, während sie ihren Stiefel in das dünne, selbst gemachte Shirt rammte.

»Sieh ihn nicht an! Sprich nicht mit ihm! Er ist dein *Nichts*«, knurrte sie mit einer Stimme, die die Bestie stolz machte. »Es ist mir scheißegal, wer du bist, aber du wirst dich nicht zwischen mein Mädchen und ihre Männer stellen ...«

»Moira.« Meine Stimme schnitt durch die Menge wie Klingen durch Papier. »Geh. Runter. Von. Ihr!«

»Sie respektiert dich nicht, obwohl sie weiß, dass er dein Gefährte ist ...«

»Es ist nicht ihre Aufgabe, dieses Band zu respektieren.

Es ist seine, und darum werden er und ich uns später kümmern.«

Ich spürte Rystens Blick auf mir. Ich spürte seine Panik, als ich ihn bewusst ignorierte. Sie hatten mein Leben auf den Kopf gestellt, aber ich würde nicht um Gnade winseln. Ich würde nicht betteln. Wenn er mich wollte, war es seine Sache, das in Ordnung zu bringen. Das bedeutete aber nicht, dass ich ihn in der Öffentlichkeit zusammenstauchen musste. Das ging niemanden außer uns etwas an.

Moira hob ihren Stiefel von dem Brustbein der Dämonin, verschränkte die Arme vor der Brust und schnaufte. Iona rappelte sich auf, klopfte ihre einfache Kleidung ab und beäugte mich ängstlich. »Du hast sein Brandzeichen …«

Sie war verwirrt. Verletzt. In ihrer Stimme lag mehr als nur ein bisschen Bosheit, um das zu verbergen. Auch Neid. Ich beschloss, das zu ignorieren.

»Und er hat meines, aber das ist nicht wichtig.« Ich drückte mich kühl und distanziert aus. Schließlich waren sie nicht zufällig hier. Ich musste mitspielen, aber das bedeutete nicht, dass ich freundlich sein musste. »Wer bist du und was willst du?«

Ihre Lippen öffneten sich, als wäre sie von meiner Geradlinigkeit überrascht.

Mit einem schweren Seufzer richtete sie sich wieder auf und nahm eine etwas defensivere Haltung ein. Ihr Kinn hob sich und ihre Selbstgefälligkeit langweilte und ärgerte mich. Ich hatte die Schnauze voll von dieser Mean-Girl-Scheiße.

»Ich bin Iona LeGrase, die Nichte der Tödlichen Sünde des Neids.«

Ich blinzelte, als sie eine krallenbestückte Hand

ausstreckte, die Moira dazu brachte, mit einem Knurren vor mich zu treten.

»Wenn du ihr auch nur einen Kratzer verpasst, Goldlöckchen ...«

»Ich glaube, sie hat es verstanden.« Ich drückte ihre Schulter, woraufhin Moira ihr Kinn nach oben richtete. Ich schüttelte einmal den Kopf, und sie runzelte die Stirn, wich aber zurück. Der Instinkt meiner besten Freundin, ihr nicht zu vertrauen, war richtig, aber das konnte ich ihr nicht sagen. Nicht, wenn ich die Wahrheit darüber herausfinden wollte, wer hinter mir her war.

»Ich bin Ruby Morningstar und das ist meine Vertraute Moira.«

»Ich bin außerdem eine Legion und eine Todesfee. An deiner Stelle würde ich nichts versuchen«, sagte sie mit zusammengekniffenen Lippen.

Iona musterte sie abschätzig und ein Hauch von Besorgnis durchfuhr sie, bevor sie sagte: »Willkommen in der Familie.«

Ich schluckte die schmerzhaften Gefühle hinunter, die mich überkamen, hob meine Hand und ergriff die ihre. Sie war stärker als ich, aber was mir an Kraft fehlte, machte ich mit Feuer wett. Meine Handfläche wurde warm, als ich die Flammen direkt unter meiner Haut spielen ließ. Nicht genug, um sie zu verbrennen, aber genug, um sie die Hitze spüren zu lassen, als sie versuchte, meine Finger zu zerquetschen.

Eine Schweißperle trat auf ihre Stirn, als sie mich losließ. Ich behielt eine kühle Miene. Zivilisiert.

»Sie spricht nur metaphorisch«, sagte Rysten mit einem durchdringenden Blick in ihre Richtung. Ich hob eine Augenbraue, ohne ihn anzuschauen, und eine leichte Röte verdunkelte seine Haut. »Die Sünden hatten, abgesehen von deiner Mutter, nie Kinder. Merula pflegte eine sehr enge Beziehung zu Ionas Mutter.«

»Sie waren praktisch Schwestern, bevor sie starb«, fügte Iona verbittert hinzu.

»Ich verstehe ...« Die Worte verharrten dort, nicht feindselig, aber auch nicht gerade freundlich. Ich ignorierte Rystens Blick, der mich aufforderte, ihre komplizierte Geschichte zu verstehen, genauso wie ich Ionas berechnenden Blick ignorierte. Am Ende des Tages war es mir egal, ob wir das gleiche Blut hatten oder nicht. Moira und Bandit waren meine Familie. Die Reiter waren es. Dieses Mädchen war eine Fremde, die mich töten wollte. Ich musste mich ihr nähern, aber ich wollte sie nicht unbedingt verstehen. Auf diese Weise war es einfacher.

»Das ist ja alles schön und gut«, unterbrach Allistair, »aber was machst du so weit außerhalb von Rieka?« Seine Augen verengten sich leicht, als er sie ansah. Mir entging nicht, dass seine Körperhaltung steif blieb.

»Jagen«, antwortete das Mädchen und schenkte ihm nur die Hälfte ihrer Aufmerksamkeit. Die andere Hälfte war auf meinen Reiter gerichtet. Rysten. Die Bestie knurrte und warnte mich, dass mein nicht ganz so freundliches Alter Ego die Warnung persönlich überbringen würde, wenn Iona nicht ihre Hände und Augen bei sich behielt. Mit einem Schlag in die Fotze.

»Was meinst du mit *jagen*?«, fragte Moira, bevor sich jemand anderes einmischen konnte. Iona sah sie so böse an, dass ich das Bedürfnis hatte, etwas näher an meine beste Freundin heranzutreten.

»Ich meine, dass die Hölle brennt und der halbe Planet im Chaos versinkt, auch Rieka. Lust ist zuerst zusammengebrochen und Gier war nicht weit dahinter, als die Grenzen instabil wurden. Die Sünden sind untergetaucht und haben den Rest von uns sich selbst überlassen.« Iona winkte der Gruppe von Dämonen um sie herum zu. »Das ist alles, was von Sektor 49 übrig ist.«

Ich schluckte und weigerte mich, den Blick abzuwenden, auch wenn mich Schuldgefühle übermannten. Sie konnte in jeder Hinsicht eine Lügnerin sein, aber ich wusste aus erster Hand, wie zerstörerisch die Flammen waren, nachdem ich die Kontrolle verloren und mein eigenes Tattoo-Studio zerstört hatte.

»Warum bist du nicht nach Inferna gegangen?«, fragte Allistair.

»Inferna ist voll«, antwortete sie. »Lust bekam den Befehl, zuerst zu evakuieren, und als das Feuer Rieka erreichte, war es schon zu spät.«

»Sicherlich hätte deine *Tante* Platz für dich gemacht. Ihr steht euch ja so nahe, dass ihr eine Familie seid«, meinte Moira. Iona sah aus, als hätte sie gerade Pisse getrunken, so wie sich ihre Lippen verzogen und ihre Augen aufleuchteten.

»Sie ist die Anführerin einer Provinz«, schnauzte Iona. »Sie darf niemanden bevorzugen. Das wüsstest du vielleicht, wenn du von hier wärst.«

Komisch, dass sie erst jetzt so schnippisch war, nachdem Moira sie zu Boden geworfen hatte, weil sie Rysten geküsst hatte. Ich fragte mich, wie viel von ihrer Anwesenheit mir und wie viel ihm galt. Ich nahm an, dass wir das bald herausfinden würden.

»Ich bin nicht mit einem Silberlöffel im Arsch aufgewachsen. Tut mir leid, wenn ich nicht verstehe, wie das funktioniert.« Moira warf ihre Hände in die Luft und ich stöhnte.

»Moira, warum setzt du dich nicht zu Jax und versuchst, ihn dazu zu bringen, sich zurückzuverwandeln.

Ich glaube nicht, dass sie uns jetzt angreifen werden ...« Ich drehte mich zu Iona um. »Oder?«

Sie warf mir einen schnippischen Blick zu, sprach aber deutlich. »Nein. Wir hatten nie vor, euch etwas anzutun. Wir wollten nur sichergehen, dass ihr nicht mit der Absicht hier seid, uns zu schaden.«

»Interessante Art, das zu zeigen ...«, murmelte Moira. Ich räusperte mich, woraufhin sie ausatmete und auf den zitternden Enigma-Höllenhund zustürmte.

»Sie hat recht«, sagte Laran. »Uns Waffen vorzuhalten, ist nicht die beste Art, Frieden zu zeigen. Das weiß sogar ich.« Ich verzog den Mund zu einem leichten Lächeln, als Krieg einen Arm über meine Schultern legte. Iona sah alles andere als friedlich aus, als sie Moira beim Weggehen zusah.

»Als Rieka brannte, haben sich die Nachbarn gegeneinander gewandt«, sagte sie langsam, ihre Stimme viel ruhiger als der Blick in ihren Augen. »Es war genauso wahrscheinlich, dass du wegen deines Hemdes auf der Straße niedergestochen wurdest, wie jemanden zu finden, der dir half. Ich werde mich nicht dafür entschuldigen, dass ich wachsam bin, wenn ihr so nah an einem der beiden Eingänge des Gartens unterwegs seid.«

»Ist er noch offen?«, fragte Julian.

»Das ist er. Der einzige Weg, der nicht brennt und nach Inferna führt«, antwortete sie, um uns zu ködern.

»Lustig, wir sind gerade auf dem Weg dorthin«, sagte ich, bevor jemand anderes antworten konnte. Wenn sie schon versuchte, uns zu ködern, konnte ich sie genauso gut in dem Glauben lassen, dass ich naiv war und die Täuschung nicht durchschaute. Seit wir in der Hölle angekommen waren, fühlte ich mich in gewisser Weise überfor dert, aber Schlampen wie sie gaben mir fast das Gefühl, zu Hause zu sein.

Ich fragte mich, wie viel davon für sie persönlich war und wie viel für das unbekannte Gesicht geschah, das mich seit Portland verfolgte und auf Schritt und Tritt versuchte, mich zu töten.

»Ich kann dir nicht garantieren, dass du durch den Garten kommst, aber wenn du hier bist, um das Chaos zu beseitigen, kannst du wenigstens die Nacht hier verbringen.« Das kribbelnde Gefühl entlang meiner Wirbelsäule machte mich nervös. Ich wusste bereits, dass ich ihr nicht trauen konnte. Ich war mit offenen Augen in ein Schlangennest gelaufen.

Warum also hatte ich das Gefühl, dass etwas fehlte?

»Das wäre großartig«, sagte ich, bevor ich mir die Zeit nahm, die Entscheidung zu überdenken. Sin hatte gesagt, wenn ich mitspielte, würde ich meine Antworten bekommen. Egal, wie sehr ich die Blicke hasste, die sie Rysten immer wieder zuwarf ... Nichts hielt mich davon ab, nach der Wahrheit zu suchen.

Nicht Angst. Nicht Rysten. Nicht einmal die Liebe selbst.

»Wenn wir hierbleiben, haben wir dann dein Wort, dass du uns nicht schaden wirst?«, fragte Laran.

»Das habt ihr.« In ihrer Stimme schwang eine Wahrheit mit, aber als wir unser Lager zusammenpackten, drang ein Hauch von Emotion durch ihre Nonchalance. Ich neigte meinen Kopf zur Seite. Es fühlte sich an wie ... Bedauern?

Es war so schnell verschwunden, dass ich fast dachte, ich hätte es mir eingebildet.

Fast.

KAPITEL 10

Epona schmiegte sich beruhigend an mich. Auf ihrem Rücken saß Bandit und nagte sich durch die Riemen. Er war nicht der größte Fan der anderen Dämonen, und da er das Teufelsmal trug, waren sie auch nicht von ihm begeistert.

Das hielt ihn aber nicht davon ab, jeden anzufauchen, der mir oder dem Pferd etwas zu nahekam. Er schien eine Zuneigung zu ihr zu entwickeln, die ich angesichts ihrer enormen Größe nicht erwartet hatte. Sie war jedoch eine sanfte Seele, was seltsam war, wenn man bedachte, wessen Vertraute sie war.

Eine kühle Hand drückte gegen meinen Ellbogen, als sich ein schlanker Arm um ihn legte. Der Duft von Pfefferminz schwebte über mir, als Moira sich zu mir lehnte und flüsterte: »Ich traue ihr nicht.«

»Ich auch nicht«, murmelte ich und versuchte, nicht zu sehr darauf zu achten, wie dicht Iona neben Rysten ging. Eifersucht. Territorialismus. *Nenn es, wie du willst, aber das grünäugige Monster war kein angenehmes Gefühl, wenn es zu Besuch kam.*

Es half, dass Rysten jedes Mal, wenn Iona ihn fast berührte, einen guten Meter zur Seite trat, um ihr auszuweichen.

»Etwas stimmt mit ihr nicht«, fuhr Moira fort. »Sie hat vorhin nicht gelogen, aber ich glaube, sie hat auch nicht die ganze Wahrheit gesagt.« Ich stolperte, als mein Stiefel gegen einen Stein stieß, und Moira fing mich mühelos auf. Ich grinste, als ich sah, wie ihr kleiner Körper die Last meines Gewichts trug, ohne ins Schwitzen zu geraten. Sie war schon immer sehr willensstark gewesen, aber jetzt hatte sie auch den passenden Körper dafür.

»Wie kommst du darauf, dass sie nicht gelogen hat?«

»Ich weiß es«, sagte Moira ausweichend. Meine Augenbrauen zogen sich zusammen und sie schmunzelte. »Seit ich mich verwandelt habe, sind die Dinge ... anders. Worte haben Macht und ich kann sie schmecken. Lügen schmecken schlecht.«

»Du redest nie darüber, was passiert ist«, sagte ich. Das war meine Art, sie zu ermuntern, aber nur etwas. Wenn sie reden wollte, war das ihre Entscheidung, genauso wie wenn sie lieber schweigen wollte.

»Es passiert immer noch«, murmelte sie. Ich hielt inne, der unheimliche Ton ihrer Stimme ließ meine Haut kribbeln.

»Was meinst du?«, sagte ich langsam.

Moira blieb stehen, und weil wir ganz hinten in der Gruppe waren, störte das niemanden. Sie schaute in den Nachthimmel. Auf der Erde wäre er ein dunstiges Blaugrau gewesen, zu trübe, um etwas zu erkennen. Hier war er gesättigter und der Himmel leuchtete wie marineblaue Farbe, die auf eine Leinwand gespritzt worden war. Die Sterne hoben sich wie glitzernde Edelsteine von der verdunkelten Atmosphäre ab.

»Unser Leben hat sich an dem Tag verändert, als Allistair deine Kaution bezahlt hat. Wir haben viele Höhe- und einige ziemlich tiefe Tiefpunkte erlebt. Ich wurde entführt, unter Drogen gesetzt, gefoltert, eingesperrt und musste sogar hungern, als Bandit und ich uns jedes gefundene Essen teilen mussten.« Mein Mund wurde trocken und ich wünschte, ich hätte nicht gefragt, aber ich öffnete die Tür, damit sie sprechen konnte. Ich musste hören, was sie zu sagen hatte. »Ich glaube, wenn wir uns nur die schlechten Dinge ansähen, würden sich die Leute fragen, warum ich noch bei dir bin. Warum ich all die Jahre zu dir gehalten habe. Warum ich mich entschieden habe, dir in die Hölle zu folgen. Aber weißt du was? Das Gleiche könnte man auch über dich in Bezug auf mich sagen.

Ich erinnere mich an den Tag, an dem du dich für mich gegen Brayden Patterson gestellt hast. Er wollte nicht aufhören, mit Steinen zu werfen, und du hast ihn so hart ins Gesicht geschlagen, dass seine Nase nie wieder gerade wurde. Und dein rechter Zeigefinger auch nicht.« Meine Hände verkrampften sich, als ich mich an den Schlag erinnerte. »Du hast für mich gegen andere gekämpft. Du hast dich immer wieder in Gefahr begeben. Du wurdest gehänselt und gequält, und wenn wir beide ehrlich sind, wäre diese Nacht in Pandoras Büchse nie passiert, wenn ich nicht darauf bestanden hätte, dich allein auszuführen, weil ich nicht gerne teile.« Ich öffnete den Mund, um zu widersprechen, aber ein Finger legte sich auf meine Lippen, um mich zum Schweigen zu bringen. »Wir haben einander verletzt, aber wir haben uns auch auf eine Weise ergänzt, die niemand sonst versteht. Du wolltest wissen, warum ich nicht darüber spreche, was passiert ist? Über meine Zeit mit Le Dan Bia, über meine Verwandlung, darüber, dass ich gebrandmarkt wurde – die Sache ist die, dass ich es immer noch erlebe. Jeden Tag mit dir bereite ich mich auf den nächsten Horror vor, den ich erleiden könnte. Ich habe Angst, dass es eines Tages zu knapp wird und ich dich verliere.« Sie schnippte mit den Fingern und das Geräusch hallte in meinen Knochen nach. »Also rede ich nicht darüber. Ich bereite mich vor. Ich übe, wenn niemand zuschaut. Ich höre auf die Dinge, die die Leute nicht sagen. Ich beobachte die Welt um uns herum. Weil sich unser Leben immer noch verändert, und solange das nicht aufhört, habe ich nicht vor, über das Geschehene nachzudenken und mich davon ablenken zu lassen. Die Sekunde, in der ich das tue, könnte die Sekunde sein, in der jemand zuschlägt, und dann ist alles Reden der Welt egal, wenn du weg bist. Wenn du weg bist, ist es auch egal, wütend zu sein, denn dann habe ich nur noch mich selbst und meinen eigenen Groll. Und das ist der schlimmste Ort, an dem man sein kann.«

Ich starrte sie an und konnte keine Worte finden.

Schon gar nicht solche wie ihre. Moira redete nicht, weil sie sich in einem ewigen Zustand von Kampf oder Flucht befand. Unser Leben war gefährlich und sie hatte völlig recht, dass wir einander verletzten, aber sie hatte auch recht damit, dass ich den Schmerz nicht ändern würde, wenn das bedeutete, sie nicht zu kennen. Sie sprach nicht darüber und ließ ihn nicht zu, weil wir ihn immer noch lebten.

Und für sie bedeutete das Nichtfühlen, dass sie besser in der Lage war, weiterzuleben.

Gefühle zu unterdrücken, war nie mein Ding gewesen. Ich war der Typ, der alles rausließ und darüber hinwegkam, aber nicht Moira. Sie hielt sie fest und schloss sie ein, verwandelte sie in Treibstoff, um besser zu sein und zu werden, und am Ende ... explodierte sie.

Heute ging es nicht um die Explosion, sondern um ihre Entwicklung.

Sie gab sich selbst ein Fundament aus Bosheit, Hoffnung, Schuld und Liebe. Sie hatte sich selbst in die perfekte Katastrophe verwandelt. Wild. Leidenschaftlich. Zerstörerisch.

Ich schlang meine Arme um ihre Schultern und zog sie an mich, weil ich wusste, dass sie eines Tages, wenn die richtigen Ereignisse aufeinandertrafen, durchdrehen würde – und dann würde sie nichts mehr zusammenhalten.

»Ich liebe dich, Moira«, murmelte ich an ihre Schulter.

»Ich liebe dich auch. Deshalb gefällt mir das hier nicht.« Man musste kein Genie sein, um zu wissen, wovon sie sprach. »Ihr Timing ist zu günstig. Rysten dachte, sie sei vor dreitausend Jahren gestorben, und jetzt taucht sie plötzlich auf?« Moira schnaubte. »Bitte. Diese Schlampe ist hier, um einen Keil zwischen uns zu treiben. Deshalb bin ich auch so ausgeflippt, als sie wieder versucht hat, ihn zu küssen.«

Ich erstarrte und meine Augenbrauen schossen zu meinem Haaransatz. »Wieder?«

»Beim zweiten Mal hat er sie weggestoßen«, sagte Moira. »Aber die Tatsache, dass er ihr gesagt hat, dass er dein Gefährte ist, und sie es trotzdem versucht hat ... Ich konnte mich einfach nicht zurückhalten. Ich habe genug von all diesen kleinlichen Schlampen. Du wirst nicht zur Bestie, aber mich hält nichts davon ab. Ich bin niemand.« Sie zuckte mit den Schultern und setzte ein verruchtes Lächeln auf ihre Lippen.

»Du bist kein Niemand ...«, argumentierte ich. Sie warf den Kopf zurück und stieß ein lautes, unangenehmes Lachen aus, sodass sich die Hälfte der maskierten Dämonen umdrehte und uns ansah.

»Oh, Babe, ich bin ein Niemand, aber das ist okay für mich. Deine Vertraute zu sein, ist mehr als genug Verantwortung.« Sie klopfte mir auf den Rücken. »Das bedeutet, dass ich all die lustigen Sachen machen darf, wie zum Beispiel die Reiter zu ärgern, weil sie nichts dagegen tun können.«

Ich schnaubte. Natürlich war das ein Pluspunkt für sie.

»Sie sind nicht die Einzigen, auf denen du in letzter Zeit herumhackst ...«, begann ich und ließ meine Stimme abschweifen, während ich mein Kinn in Richtung Jax neigte.

»Das liegt daran, dass er ein Arschloch ist.« Sie legte die Stirn in Falten und starrte absichtlich geradeaus.

»Äh, ja.« Ich legte meinen Arm um ihre Schulter. »Das bist du auch. Worauf willst du hinaus?«

Sie stotterte eine Sekunde lang und rang um eine Antwort. Ich zog eine Augenbraue hoch und unterdrückte ein Lächeln, woraufhin ihre Wangen pistaziengrün wurden. »Ich habe mich entschieden, ein Arschloch zu sein, vielen Dank. Er könnte nicht mal nett sein, wenn es ihn in den Arsch beißen würde.«

Ich schnaubte. »Rede dir das ruhig ein!«

»Ich meine es ernst ...«, sagte Moira laut und stieß mich mit dem Ellbogen in die Rippen, weil ich so sehr lachte. Ein schwerer Arm legte sich um meine Schulter und drängte sich zwischen uns. »Was zum Teufel?« Sie sprang von dem Eindringling weg. »Hunger, ich stehe nicht auf deine Inkubus-Läuse, Mann. Spar dir den Scheiß für Ruby und eine geschlossene Tür!«

»Was dagegen, wenn ich mich hier einklinke?«, fragte Allistair und seine Lippen streiften die Spitze meines Ohrs, als er sich an mich lehnte.

»Bediene dich einfach!« Moira verdrehte die Augen und

er zwinkerte ihr zu, als sie nach vorn trat, um uns Platz zum Reden zu geben.

»Du hast dich besser gehalten, als ich es erwartet habe«, sagte er leise, wobei die offensichtliche Flirterei aus seinem Tonfall wich.

»Ach ja?«, fragte ich. »Und was dachtest du, wie ich mich verhalten würde?«

»Ich war mir nicht sicher, ob Iona das überleben würde.«

War das der Anflug eines Lächelns?

»So kleinlich bin ich nicht«, schnaubte ich und blies mir eine verschwitzte Haarsträhne aus dem Gesicht. »Außerdem habe ich das ernst gemeint, was ich gesagt habe. Das ist eine Sache zwischen mir und Rysten. Wie Iona sich verhält, geht mich nichts an.«

Er nickte stumm und beobachtete die beiden vor uns genauso wie ich.

»Für jemanden, der so jung ist, bist du sehr klug.«

»Sie ist nicht die erste Schlampen-Ex, mit der ich zu tun habe. Ich bezweifle, dass sie die letzte sein wird.« Aber ich wünschte, sie wäre es. Ich wünschte es mir mehr als alles andere. Seit der Pubertät hatte ich immer wieder mit solchen Frauen zu tun. Es war ein verfluchtes Wunder, dass ich Moira hatte.

»Sie ist keine Ex«, sagte Allistair. Ich runzelte die Stirn.

»Aber sie hat ihn geküsst. Moira sagte, sie hätte es wieder versucht …«

»Wenn du jemandem nahestehst, ist es nicht ungewöhnlich, ihn hier zu küssen. Aber sie ist einen Schritt zu weit gegangen, und ich habe das zweite Mal nicht gesehen. Ich war zu sehr damit beschäftigt, dich zu suchen.« Mein Atem ging stoßweise und ich versuchte, ein Husten zu unterdrücken, aber der Blick in seinen Augen sagte alles.

»Wie viel hast du gesehen?« Er wich elegant den Wurzeln und dem Unterholz aus, während wir weitergingen, und beobachtete dabei jeden Blick, der über mein Gesicht huschte.

»Ich habe gesehen, wie du Sin bedroht hast. Kannst du mir sagen, wie lange du sie schon kennst?« Meine Zähne bohrten sich in meine Unterlippe, als ich wegschaute. Zwei Finger umfassten mein Kinn und drehten mein Gesicht zu ihm zurück.

»Eine Weile«, sagte ich schließlich. »Sie hat mich in Portland aufgesucht.«

Seine Lippen öffneten sich, als sich Verständnis in ihm breitmachte. »Sie ist diejenige, die dich vor den Seelies gerettet hat.« Es war keine Frage, also behandelte ich sie auch nicht als solche.

»Unter anderem.« Ich wollte nicht absichtlich ausweichen, aber ich war mir nicht sicher, wo die Rune ins Spiel kommen und mich am Sprechen hindern würde. Es war besser, vage zu bleiben, als dass er über etwas stolperte, das ich ihm nicht sagen konnte, und wieder einen dieser verdammten Hustenanfälle bekam.

»Sie ist gefährlich, Ruby ...«

»Glaubst du, das weiß ich nicht?«, schnauzte ich, schärfer als beabsichtigt. Ich schloss den Mund, als seine Finger von meinem Kinn rutschten. Ich fuhr mir mit der Hand über das Gesicht und seufzte tief. »Es tut mir leid. Ich will hier kein Arschloch sein.«

»Du stehst unter großem Druck. Ich verstehe das und ich verstehe auch, warum du das vielleicht für dich behalten hast. Julian neigt dazu, vorschnell zu handeln, wenn es um dich geht.« Wir sahen beide zu dem Reiter des Todes, der auf Rhiannon ritt. »Aber sei vorsichtig mit Sinumpa! Bei ihr ist nichts einfach oder umsonst.«

»Sprichst du aus eigener Erfahrung?«, fragte ich ihn.

»Ja«, antwortete er und richtete seinen Blick auf den Boden vor uns, während er meinem auswich.

»Sie war das Mädchen, nicht wahr?«, fragte ich leise. Seine Muskeln spannten sich an. »Das Mädchen, das du geliebt hast?«

»Das Mädchen, von dem ich *dachte*, ich würde es lieben. Aber es war nicht dasselbe.« Ich wollte ihn fragen, was er damit meinte, aber ich war noch nicht bereit für eine Antwort. Wenn er meine Vermutung bestätigte, wäre es mir unangenehm, wenn ich es nicht erwidern würde. Erst, wenn das alles vorbei war.

»Aber es ging um sie?«

»Ja.«

Wir schwiegen, als ich darüber nachdachte. Sin war die einzige Frau in seinem Leben, für die er außer mir etwas empfand oder empfunden hatte. Da sollte ich wohl eifersüchtig sein oder zumindest territoriale Ansprüche stellen. Aber im Gegensatz zu Iona, die mit dem Feuer spielte, trieb Sin keine Keile zwischen uns. Im Gegenteil, ich hätte es gar nicht gemerkt, wenn er uns nicht zusammen gesehen hätte.

Was auch immer zwischen den beiden vorgefallen war, mir war das völlig egal. Sie hatten sich beide weiterentwickelt und seine Offenheit beruhigte mich.

»Ich werde vorsichtig sein. Ich verspreche es.«

Er nickte. »Ich vertraue dir, Ruby. Nur ihr traue ich nicht.«

»Bleibt das zwischen uns beiden?« Ich rollte meine Schulter zurück und legte einen Arm um seine Taille, als wir gingen.

»Fürs Erste.« Seine Fingerknöchel strichen in einer intimen Geste sanft über meine Seite. Mein Blut wurde heiß und das nicht wegen der Anstrengung. »Julian würde ausrasten, wenn er wüsste, dass ihr beide Kontakt habt, aber wir können nichts tun. Du bist eine eigenständige Person, und selbst wenn wir dich von Sin fernhalten wollten, würde sie einen Weg finden.« Er seufzte und klang dabei viel reifer und seinem Alter entsprechender als sonst. »Du sollst nur wissen, dass ich für dich da bin, wenn du dich zu tief in die Sache verstrickst.«

Meine Augen schlossen sich, als ich mich umdrehte und einen sanften Kuss auf seine Brust drückte. »Danke.«

»Immer, kleiner Sukkubus.«

Ich lächelte und fühlte mich wirklich zufrieden, trotz des Pfades, auf dem wir uns befanden.

Selbst der Weg in die Hölle konnte eine angenehme Erfahrung sein, wenn man seine Leute dabei hatte.

Plötzlich ertönten aufgeregte Rufe in der Nacht, als Moira wieder in Sichtweite trat. »*Wir sind da*«, sagte sie, als sie ihre Stimme durch die Menge zu mir projizierte.

Ich blickte über sie und die dünne Baumreihe hinweg zum Eingang des Tunnels, der unter die Erde führte. Das warme, wohlige Gefühl in meiner Brust verflüchtigte sich.

Das war es.

»Bist du bereit, herauszufinden, warum niemand im Garten leben will?« Allistair schmunzelte.

Nein, das konnte ich nicht behaupten. Aber zu meinem Pech hatte Iona die Antworten, die ich benötigte. »Los gehts!«, sagte ich mit mehr Enthusiasmus, als ich empfand.

Mein Bauchgefühl hatte mich so lange am Leben gehalten, vielleicht würde es uns auch noch etwas länger begleiten.

KAPITEL 11

Noch nie hatte ich mich so sehr getäuscht.

Die Felswand selbst schien wie ein Ofen zu sein, der mich bei lebendigem Leib braten wollte. Während Allistair darauf bestand, dass es schon immer so war, vermuteten Laran und Julian, dass es noch schlimmer war als sonst, aber wenigstens musste unter Tage niemand befürchten, von den Flammen verbrannt zu werden. In mancher Hinsicht war es ähnlich wie das Portal, da es aus demselben Stein bestand, und wie das Portal war es ausgesprochen ungemütlich. Mit Millionen von Pfund Gestein um mich herum, ohne auch nur den kleinsten Windhauch, der mir Erleichterung verschaffte, und Bandits grässlichem Gejammer verstand ich, warum niemand hier leben wollte und keine Sünde um diese Provinz kämpfte. Es war zum Kotzen. Daran gab es keinen Zweifel.

Nachdem ich gefühlte Stunden gelaufen war, stand ich kurz davor, in Ohnmacht zu fallen oder zu weinen, als sich der Tunnel endlich zu dem öffnete, was alle den Garten nannten. Eine weitläufige unterirdische Stadt mit einer

Million kleiner flackernder Lichter, die sich um einen klaren, leuchtenden See gruppierten. Türme aus schwarzem Stein ragten aus dem Wasser empor, jedes einzelne Stockwerk sah aus wie ein Pavillon mit Säulen anstelle von echten Wänden. In ihnen lachten und aßen die Dämonen, sie fickten und kämpften, so wie sie es überall sonst auch tun würden.

Die Kinder in den obersten Stockwerken liefen bis zum Rand und blickten ohne Angst zehn Stockwerke hinunter. Einer von ihnen, ein Junge, der nicht so weit draußen war, griff nach oben und wickelte seine Hand um ein glänzendes Stahlseil – der Ort war voll von ihnen. Sie spannten sich von einem Turm zum nächsten, gingen hoch und runter und geradeaus. Einige führten sogar in die Felswand und schienen zu verschwinden, was mich glauben ließ, dass es tatsächlich Höhlen waren.

Das Stahlseil des Jungen führte direkt zu dem Felsstrand, an dem ich stand. Ich runzelte die Stirn, als er ein Stück Tau von seinem Gürtel baumeln ließ, an dessen Ende ein Metallhaken das schwache Fluoreszieren des Wassers reflektierte. Er ließ das Ende über das Seil gleiten und sprang, ohne zu zögern.

Mir blieb vor Schreck der Mund offen stehen, aber noch bevor ich etwas sagen konnte, schaukelte der Junge vorwärts, löste seinen Clip und machte einen Salto in der Luft, um wie ein olympischer Turner zu landen. Niemand um mich herum beachtete ihn, als er sich daran machte, die Leute auf die Boote zu laden und sie dann vom Ufer wegzuschieben.

»Habt ihr das gesehen?« Ich fragte die Reiter um mich herum und konzentrierte mich auf alles andere, nur nicht darauf, wie Iona weiterhin versuchte, Rysten zu überreden, in ihr Boot zu steigen – als ob sie stark genug wäre, ihn dazu zu bewegen. Er warf ihr einen angewiderten Blick zu und stürmte dann zur Seite des Ufers davon.

»Was gesehen?«, fragte Laran und stellte sich neben mich. Ich richtete meine Aufmerksamkeit wieder auf den Jungen mit der Halbmaske, der eine Schlabberhose mit mehreren Lagen Stoff und einem Seil um seine Taille trug. Nur ein einziges weißes Brandzeichen überzog seinen halben Rücken.

Es gab das gleiche Licht ab wie das Wasser.

»Dieser Junge. Er ist gerade auf einem der Drahtseile über den See geflogen.« Laran nickte und strich sich mit der Hand über sein stoppeliges Kinn.

»Ahnika hat sie erfunden. Das ist die schnellste und einfachste Art, sich hier fortzubewegen.«

Für die Sünde der Faulheit hätte ich sie mir etwas weniger ... erfinderisch vorgestellt. Das hatte ich wohl davon, zu mutmaßen. »Das ist eine clevere Idee«, sagte ich.

»Und auf jeden Fall besser als der Aufstieg.« Allistair zeigte auf den Turm und machte eine vertikale Bewegung. Ich blinzelte und versuchte zu erkennen, wie man von einem Stockwerk zum nächsten kam, als ich sie sah ... »Sind das Leitern?« Meine Stimme klang ein wenig heiser und schrill angesichts der leichten Panik, Hunderte von Metern hochklettern zu müssen, während ich ohnehin schon so erschöpft war ...

»Ja, aber wir werden nicht in einem Turm übernachten, solange wir hier sind«, antwortete Allistair und führte mich zum Ufer.

»Wirklich nicht?« Ich atmete erleichtert aus und murmelte: »Dem Teufel sei Dank.« Laran und Allistair schmunzelten und boten mir beide je eine Hand an, um mir in das überraschend stabile Boot zu helfen.

»Wir werden in einer Höhle auf der anderen Seite des

Sees unterkommen«, sagte Allistair. Ich ging ans andere Ende und wartete geduldig, während sie Rhiannon einluden. Epona folgte und trug Bandit, der schlief und unangenehm laut schnarchte. »Ich bin überrascht, dass das Boot ihr Gewicht halten kann«, sagte ich, als Allistair und Julian zu mir stießen.

»Diese Boote können nicht sinken, umkippen oder anderweitig zerstört werden«, sagte Allistair daraufhin als Antwort. Er streckte die Hand aus und umklammerte ein Paddel, bevor Krieg uns losschickte. Ein Anflug von Traurigkeit durchfuhr mich, als ich erkannte, dass Laran bei Rysten geblieben war. Ich sah, wie er Moira, Jax und die letzten beiden Vertrauten zusammentrommelte und sie in ein Boot lud, das hinter uns herfuhr.

»Das muss Magie sein«, hauchte ich und nutzte die Gelegenheit, um meine Realität zu verarbeiten.

Ich war in der Hölle – unter der Erde – und teilte mir ein Boot mit zwei Pferden und zwei meiner Gefährten.

Verrückter als jetzt konnte es nicht werden. Wirklich nicht.

In so kurzer Zeit hatte sich mein Leben so drastisch verändert, dass ich nicht einmal wusste, ob mein altes Ich erkennen würde, was aus mir geworden war. Sicher, äußerlich sahen wir gleich aus, aber innerlich war ich anders. Auf eine Art und Weise, die ich mir damals nicht einmal hätte vorstellen können. Ich hatte Kräfte. Gefährliche, tödliche Kräfte. Ich hatte Brandzeichen. Ich hatte Vertraute. Ich hatte Feinde, die nicht mehr nur aus eifersüchtigen Frauen bestanden – und vor allem hatte ich Verantwortung.

Mir selbst gegenüber. Gegenüber meiner Familie. Meinen Gefährten. Der ganzen Welt.

Wenn ich nicht immer noch auf der Welle des Schocks

und der Ungläubigkeit reiten und unter Koffeinentzug und leichter Erschöpfung leiden würde ... Nun, dann wäre ich jetzt wahrscheinlich entweder in Ohnmacht gefallen oder in Panik geraten, aber dafür hatte ich keine Zeit mehr.

Innerhalb weniger Monate war das Leben, so wie ich es kannte, um mich herum zerbröckelt und hatte sich selbst entzündet. Es war in Flammen aufgegangen, und wo sich die glitzernde schwarze Asche niederließ, wuchs mein neues Leben. Ich hatte mein gesamtes Spektrum des Seins neu ausgerichtet, und hier unter einer Höhlendecke, die wie die Asche meiner Flammen glitzerte, hatte ich mich noch nie so ängstlich, aber auch noch nie so stark gefühlt.

Die Stalaktiten ragten Hunderte von Metern in die Luft und glühendes Wasser tropfte wie Regen von ihren Enden. Ich dachte an den alten Bibelvers über einen Mann in der Hölle, der Gott um einen einzigen Tropfen Wasser anfleht. Er kam nicht.

Vielleicht hätte er mehr Glück gehabt, wenn er Satan angefleht hätte.

»Einen Penny für deine Gedanken?«, fragte Allistair, der sich neben mich setzte, während er das Boot steuerte.

Ich war nicht gerade in der Stimmung für ein intimes Gespräch, bevor ich mit Rysten gesprochen hatte, also entschied ich mich für etwas Einfacheres. »Es ist wunderschön«, flüsterte ich und deutete zur Decke hoch über uns.

Allistair schmunzelte. »Bis einer herunterfällt und jemanden erschlägt.«

»Das passiert?«, fragte ich, da ich ohne viel Licht nicht beurteilen konnte, wie groß sie wirklich waren.

»Ja, etwa einmal im Jahrhundert oder so. Es ist Ahnikas bevorzugte Hinrichtungsmethode.« Ich blinzelte langsam und dachte darüber nach.

Sie war nicht nur ein Genie, sie war auch brutal.

Ein weiterer Grund für mich, *keine Mutmaßungen mehr zu unternehmen*. Noch während ich das dachte, richtete ich meinen Blick und meine Aufmerksamkeit auf die Decke, anstatt mich den dunklen Gedanken und Gefühlen zuzuwenden, die sich in meinem Hinterkopf festsetzten.

»Tut mir leid, hast du gerade ›Hinrichtungsmethode‹ gesagt?«

Er grinste zur Höhlendecke hinauf. »Ja. Sogar in der Provinz der Faulheit gibt es gelegentlich Hinrichtungen, obwohl es hier viel besser ist als in Neid. Saraphine ist eine Sadistin, die selbst Julian manchmal wie einen Chorknaben aussehen lässt.«

Ich stieß einen leisen Pfiff aus. »Verdammt! Wie kann man überhaupt einen Stalaktiten benutzen, um jemanden hinzurichten? Der muss doch über hunderte Meter hoch sein ...«

»Zweihundert«, sagte eine schroffe Stimme hinter mir. Ich spürte, wie mir nach Allistairs Sadisten-Bemerkung die Hitze in die Wangen kroch, aber warum sollte ich mich dafür schämen? Sie kannten einander alle noch besser als mich.

»Wie ich schon sagte, ich weiß nicht, wie das möglich sein soll.«

»Schallwellen, ob du es glaubst oder nicht«, sagte Allistair und legte seine Hand auf meinen unteren Rücken, um mich vorwärtszubewegen. »Ahnika ist die stärkste Todesfee der Welt. Ein einziger Schrei von ihr und sie kann ihn so lenken, dass er einen davon direkt von der Decke reißt.«

»Das ist Wahnsinn.«

»Moira könnte wahrscheinlich dasselbe tun, wenn sie

es versuchen würde«, sagte Julian. Er versuchte, lässig zu wirken, aber mir entging nicht, wie kalkuliert er hinter sich und zu den Stalaktiten hinaufblickte. Ich brauchte nur eine halbe Sekunde darüber nachzudenken, um zu wissen, dass das eine miserable Idee war.

»Bring sie nicht auf dumme Gedanken!«, murmelte ich. Sie würde üben, die Stalaktiten auf Rysten zu schleudern, nur um zu sehen, wie er ihnen auswich, während sie etwas von Hau-den-Maulwurf schnatterte.

»Das würde mir im Traum nicht einfallen. Sie ist schon anstrengend genug«, antwortete Allistair, aber Julian schwieg. Ich wandte meinen Blick nach vorn, als wir an Land stießen. Der Stopp rüttelte mich durch, und es brauchte mein ganzes Gleichgewicht und Allistairs Finger, die den Stoff meines Shirts festhielten, um mich davor zu bewahren, aus dem Boot geschleudert zu werden.

Was nicht gelang, war, Bandit schlafen zu lassen. Mein Waschbär wachte mit einer verdammten Wut auf, sprang mit einem Knurren auf die Füße und griff nach mir.

»Geht es dir gut?«, fragte Allistair. Ich nickte und er ließ mich los. Er trat vor und reichte mir seine Hand, während ich einen Arm um Bandit legte und ihm den anderen gab.

Etwas Kühles und Nasses klatschte gegen meinen Arm. Ich ließ meinen Blick fallen und schaute über meine Schulter zu Rhiannon, die versuchte, mich anzustupsen. Ein aufdringliches Pferd. Sie war eindeutig Julians Vertraute.

»Ich glaube, sie will dir etwas sagen«, grinste Allistair. Ich schürzte die Lippen, hielt mich aber an seiner Hand fest, mehr aus der Not heraus als alles andere. Die Felsen waren glitschig, und ich konnte mir genauso leicht den Arsch aufreißen, wie ich aus dem Boot fallen und ertrinken konnte. Auch wenn es meinem Stolz nicht gefiel, war mein Körper wund und wackelig.

Mit zitternden Fingern umklammerte ich ihn, als ich an Land ging. In dem Moment, als er mich losließ, schwankte mein Körper, aber eine starke Seite war da, um mich aufzufangen, als ich stolperte. Epona drehte ihren Kopf, um Bandit zu liebkosen, und ich lächelte schwach und streichelte ihre Stirn, während ich darauf wartete, dass das Schwindelgefühl nachließ.

Winter- und Kieferdüfte erfüllten meine Nase, als sich ein kühler Arm um meinen Brustkorb legte und mich zurück an eine harte Brust zog. »Du bist dehydriert vom Reiten und Laufen. Lass uns einen Ort suchen, an dem du dich ein wenig ausruhen kannst.« Seine verruchten Finger spielten mit dem Saum meines Shirts und streiften kurz die Haut meines Bauches. Und plötzlich war Ausruhen das Letzte, was ich wollte. Aber Julian war – wie sein Pferd – stur wie ein verdammtes Maultier.

Ohne zu fragen, hob er mich in seine Arme und ging weiter in die Höhle hinein, während die anderen mit dem Abladen beschäftigt waren. Im roten und gelben Schein der Fackeln, die in den Sprossen an der Felswand befestigt waren, war die Höhle ... gemütlicher als erwartet. An den Wänden standen Chaiselongues mit Plüschkissen und einem Fellteppich, auf dem zehn Personen Platz hätten.

»Die Einrichtung sieht aus wie die eines alten Königs aus einem Geschichtsbuch«, sagte ich und ließ meinen Blick über jeden üppigen Stoff und jeden leuchtenden Farbton schweifen. Die blauen und grünen Kissen waren mit violettfarbenen Stoffen bestickt und an den Ecken hingen Perlen an Fäden.

»Das war sie«, grinste er. Ich runzelte die Stirn und

achtete auf die kleineren Dinge. Die Dinge, die nicht sofort offensichtlich waren. Wie das Fehlen von anderen Booten und Fußspuren und die dünne Staubschicht auf dem ansonsten glänzenden Freudenzimmer.

»Luzifer?«, fragte ich leise, obwohl ich es bereits wusste. Aber ich wollte es trotzdem hören. Er nickte.

Einst hatte Luzifer diesen Ort wahrscheinlich mit Ahnika geteilt, der Sünde der Faulheit, aber vielleicht auch mit anderen. Vielleicht sogar mit meiner Mutter.

Auf diesen Kissen zu liegen, war auf einmal nicht mehr so verlockend.

»Iona dachte, du hättest es verdient, die Kammer deines Vaters zu bekommen ...«, sagte Julian leise und verstummte, als er etwas in meinem Gesicht sah.

»Ich fühle mich unwohl nach den letzten paar Tagen. Kann ich mich vorher irgendwo waschen?« Wir wussten beide, dass ich nur Zeit schinden wollte, aber es tat auch niemandem weh. Ein Teil von mir fragte sich, ob Iona das geplant hatte oder es der Master war, der ihre Fäden zog. Wenn sie wüssten, wie fehl am Platz ich mich fühlte, in einem Königsnest zu schlafen, während sich Menschenmassen in den Türmen drängten und in übereinandergestapelten Hängematten lagen ...

Der Rest von mir war egoistisch und störte sich kein bisschen an der Entfernung zu Iona. So hatte ich die Chance, mich ohne ihr verschmitztes Lächeln und ihre gebräunten Hände zurechtzufinden, die sich um Rysten herum schlängeln wollten. Er konnte auf sich selbst aufpassen, aber ich fühlte mich nicht wohl dabei, ihn in diese Lage zu bringen, obwohl ich wusste, dass da etwas war. Trotzdem hatte ich mich bereit erklärt, hierherzukommen.

Ich benötigte Antworten. Das taten wir alle.

»Hinten in der Höhle gibt es ein paar Tümpel, in denen man baden kann ...«, sagte er und hob fragend eine Augenbraue. Meine Wangen wurden heiß, denn das klang nach einer vielversprechenden Möglichkeit, mich von dem abzulenken, was Iona vorhatte.

Bis sich jemand räusperte. Statt Lust überkam mich eine Wolke aus dunklen Gefühlen, die nicht die meinen waren.

»Ich kann mit ihr hingehen«, sagte Rysten. Seine übliche Verspieltheit war heute nicht vorhanden. Während mein Reiter der Krankheit es normalerweise liebte, seinen Bruder zu necken und ihm unter die Haut zu gehen, war da heute nichts. Nur Einsamkeit und ein so tiefes Gefühl des Verrats, dass er jede Faser seines Seins einsetzte, um es nicht zu spüren.

Das schnippische Arschloch in mir wollte ihn abwimmeln, aber das konnte ich nicht tun. Er war nicht Josh, den ich mit heruntergelassenen Hosen aus der Besenkammer stolpern gesehen hatte. Er war Rysten – der Dämon, der Josh aus den Augen bluten gelassen hatte, weil er mir dämonischen K. O.-Tropfen zugesteckt und mich anschließend ohne Erlaubnis angefasst hatte. Er war der Mann, der mit mir *How to Get Away with Murder* geschaut und mir Pad Thai gebracht hatte, als ich wütend gewesen war. Er war für mich auf die Erde gekommen und hatte unsere Sitten und Gebräuche gelernt, nur damit er für mich hatte da sein können, wie es die anderen nicht vermochten, als der Tag gekommen war, an dem ich nach Hause gerufen worden war.

Rysten war anders als alle anderen Männer, die vor ihm gekommen waren, und auch nicht wie meine anderen drei Gefährten. Er war süß und einfühlsam. Er war derjenige, der Moira eine Aubergine auf seinen Schwanz werfen lassen hatte, und wenn das keine Liebe war, wusste ich nicht, was es war.

»Ich kann laufen«, sagte ich zu Julian. Er schaute zwischen uns beiden hin und her, bevor er mich absetzte und mich auf verführerische Weise über seinen Körper gleiten ließ. Ein Teil von mir dachte, dass er vielleicht versuchte, Rysten zu provozieren, aber mit einem kurzen Kuss auf meine Lippen und einem warnenden Blick über die Schulter ging Julian zurück zum Eingang der Höhle und ließ uns beide allein.

»Danke«, sagte Rysten in einem heiseren Flüsterton.

»Wofür?« Ich verschränkte meine Arme vor der Brust und schöpfte aus der Kraft, die sowohl mich als auch die Bestie angetrieben hatte. Sie lehnte sich zurück und beobachtete anerkennend, wie ich mit ihm umging.

»Dafür, dass du mich nicht mitten in einer Menschenmenge zurechtgewiesen hast. Dafür, dass du meinen Arsch nicht zur Seite geworfen hast, als ich es verdient hatte. Dafür, dass ...« Er schluckte und die Quelle des Schmerzes, die von ihm ausging, pulsierte wie eine pochende Verletzung. »... du mich jetzt nicht abwimmelst.«

Ich nickte und die Anspannung fiel ein wenig von meinen Schultern ab. So wütend ich auch war, ich würde ihn nicht treten, wenn er schon am Boden lag.

»Lass uns zu den Tümpeln gehen, von denen Julian erzählt hat«, sagte ich und gab ihm ein Zeichen, mir den Weg zu zeigen. Er ging vor mir her und um das Liebesnest herum, das mir die Galle in den Hals trieb. Ich verdrehte die Augen und versuchte, nicht daran zu denken, wen Satan auf den Kissen, auf denen ich schlafen sollte, gefickt hatte oder nicht. Die meisten Kinder fanden die Vorstellung, dass ihre Eltern Sex hatten, eklig, aber, dass beide Elternteile verstorben waren, gab dem Ganzen einen wirklich düsteren Anstrich.

Wir gingen weiter; die Stille zwischen uns war gleichzeitig leichter und schwerer zu akzeptieren. Je weiter wir uns von den Kissen entfernten, desto leichter fiel mir das Atmen, aber die Trostlosigkeit, die von Rysten ausging, war erdrückend, wenn ich weniger Emotionen um mich herum hatte, um sie auszugleichen.

Eine Sache, die ich nie jemandem erzählte, war, wie sehr die Emotionen anderer immer in mich hineinflossen und mich dazu brachten, sie zu lieben oder zu hassen, bevor ein Wort ihren Mund verließ. In Moiras Fall war es einfach – genau wie bei Bandit –, wenn es darum ging, in ihrer Nähe zu sein. Sie waren beide das, was ich gerne als emotional sicher bezeichnete. Ich wusste, was ich von ihnen zu erwarten hatte, und das überlagerte nur selten mein eigenes Selbstverständnis. Aber bei den Reitern wurde mir erst so richtig bewusst, wie tief jeder Einzelne von ihnen in seinem Gefühlspool steckte. Ich hatte Rysten immer als den Einfachen betrachtet, weil wir auf meiner alten, verblichenen Couch sitzen und Netflix schauen konnten, während wir Tee tranken. Er verwöhnte mich mit Dates und Essen und erlaubte mir die emotionale Distanz, die ich bei den anderen nicht einhalten konnte.

Rysten sollte einfach sein und vielleicht lag es an mir, dass ich nicht hinter die Schilde, die Masken und die vielen Schichten von ihm geblickt hatte. Vielleicht hielt er diesen Teil von sich zurück, weil ich noch nicht bereit dafür war, oder vielleicht brauchte er einfach Zeit, bevor er mir alles zeigen konnte.

Denn in diesem Moment war Rysten nicht einfach. Er war alles andere als einfach. Und so nah zu sein – und doch so weit weg –, machte mich fertig. Aber ich hatte zu viel

Respekt vor mir selbst, um auch nur einen Zentimeter zu weichen, bis wir gesprochen hatten.

»Es tut mir leid, dass ich mich von ihr habe küssen lassen«, sagte er und es war kaum ein Flüstern.

»Warum hast du es dann getan?« Ich antwortete, weil ich wusste, was Allistair mir über Iona und ihre Vergangenheit erzählt hatte, und weil ich es Rysten selbst erklären lassen wollte.

»Ich stand unter Schock. Und ich weiß, das klingt wie eine furchtbare Ausrede, aber ich habe Iona seit über dreitausend Jahren nicht mehr gesehen, weil ich dachte, sie sei tot. Dann stand sie vor mir und sah aus, als ob kein Tag vergangen wäre. Ich ...« Er verstummte und ballte seine Hand zu einer Faust, die er sich vor den Mund hielt. »Ich wusste nicht, was ich tun oder sagen oder wie ich reagieren sollte – und deshalb habe ich dich respektlos behandelt, indem ich mich von ihr küssen ließ, als wären wir etwas, was wir nicht sind.«

Ich stieß einen schweren Seufzer aus und suchte nach den Worten, die uns beiden helfen würden.

»Bevor ich mich zu dem Kuss äußere, musst du etwas wissen.« Ich hielt inne und wollte an die Decke, die Wände, den Boden schauen – eigentlich überallhin, nur nicht zu ihm. Aber so, wie er mir eine Erklärung schuldete, schuldete ich ihm meine Aufmerksamkeit. »Was auch immer du vor mir getan hast, es ist in Ordnung. Du bist Tausende von Jahren alt und ich bin erst dreiundzwanzig. Mit dreiundzwanzig habe ich eine Vergangenheit und obwohl die Bestie von Natur aus ein eifersüchtiges Wesen ist, wäre es naiv und unfair, wenn ich erwarten würde, dass nie etwas mit jemandem passiert ist.« Er blinzelte überrascht, und der glasige Schimmer, den ich dort gesehen hatte, verschwand langsam. »Es ist mir egal, was für eine Beziehung du und Iona hattet. Du bist jetzt mit mir zusammen und was du jetzt tust, ist das, was für mich zählt. Nicht, wer oder was du damals warst. Einverstanden?«

Seine Lippen öffneten sich und er starrte mich an, während in ihm ein Flackern der Hoffnung aufkeimte.

»Ich habe sie nie geliebt«, platzte es aus ihm heraus. Die Bestie brüstete sich damit. In mir breitete sich ein warmes, wohliges Gefühl aus, bevor es schnell wieder abkühlte. Da war wieder das L-Wort. Es schien überall aufzutauchen, jetzt, da wir in der Hölle waren, und ich war mir nicht sicher, ob ich bereit war, mich dem Geständnis zu stellen, das ich als Nächstes vermutete. »Nicht so, wie ich ...« Ich legte einen Finger auf seine Lippen und hielt die Worte zwischen ihnen fest.

»Es ist okay. Ich sage das nicht einfach so.« Ich hielt inne, als ich merkte, dass er verletzt war. Niemand hatte mir gesagt, wie viel schwieriger meine einfacheren Gaben mit vier Gefährten sein würden. Die Reiter erlebten Emotionen in einem Spektrum, zu dem die menschlichen Jungs, mit denen ich zusammen gewesen war, nicht fähig zu sein schienen. Ich fand das unglaublich attraktiv, aber es machte mir auch Angst.

In diesem Moment hatte ich alles zu verlieren, auch diese Worte – deshalb konnte ich sie nicht haben. Noch nicht.

»Du hast mich aufgehalten«, murmelte er gegen meinen Finger.

Ich nickte. »Fürs Erste.« Ich leckte mir über die Lippen, presste sie zusammen und fuhr dann fort. »Ich will mich nicht so an den Moment erinnern, in dem du mir das zum ersten Mal gesagt hast. Nicht hier und jetzt, mit ihr zwischen uns. Ich möchte, dass es ohne Druck und ohne die bevorstehenden Prüfungen geschieht, die auf uns zukommen. Ich möchte in tausend Jahren zurückblicken und mich an diesen Moment mit Wohlgefallen erinnern können. Kannst du mir das geben?«, fragte ich ihn und ein leises Schnurren legte sich in meine Stimme. Innerlich wartete ich zögerlich auf die Reaktion der Bestie und sie zuckte leicht mit den Schultern. Wann hatte sie sich jemals einen Dreck darum geschert, was ich dachte?

»Das kann ich«, sagte er mit einem leichten Knurren.

Die Wahrheit seiner Worte hallte in mir nach, und ich brauchte Moiras Gabe nicht, um zu wissen, dass er es ernst meinte.

»Gut. Ich bin weder dein Eigentümer noch dein Hüter. Wir haben eine Partnerschaft und so, wie du mir vertraust, vertraue ich dir – und dazu gehört auch, dass du anderen Frauen klarmachst, mit wem du zusammen bist.« Mein Ton war nicht fordernd, aber es gab keinen Raum für Verhandlungen oder Protest. »Wenn du mit mir zusammen sein willst, dann bist du mit mir zusammen und das war's. Wenn du nicht willst, dass ein anderer Mann es mit mir treibt, dann lass auch nicht zu, dass eine andere es mit dir treibt! Verstehst du?«

Er nickte langsam, nicht, weil er zögerte, sondern weil das Verlangen in ihm wuchs. Wo das leere Loch aus Schmerz und Elend ihn verzehrte, schürte diese Bitterkeit ein unterschwelliges Bedürfnis nach mir. Ein Bedürfnis, etwas so Helles zu fühlen wie die aufblühende Hoffnung und das brennende Feuer.

Er hatte mir mit seinem Brandzeichen ein Stück seiner Dunkelheit gegeben und ich fand das tröstlich. Vielleicht konnte er in meinem Feuer Frieden finden.

Rysten hob seine Hand zu meinem Gesicht und schob mein Haar langsam zurück, damit er seine Finger besitzergreifend um meinen Kiefer schlingen konnte. »Du bist die

Einzige, die ich will, Ruby. Du bist die Einzige, die ich je wollte, und dich hier zu sehen, fühlt sich einfach so ... richtig an. Als wäre es so gewollt. Ich glaube nicht an Schicksal oder Vorsehung, denn ich kannte deinen alten Herrn. Letzten Endes war er nur ein Mann. Aber du ...« Er schluckte schwer, sah aber nicht weg. »Du bist anders, Ruby. Besonders. Und damit meine ich nicht nur die Brandzeichen, die du trägst, oder die Macht, die du besitzt. Du bist wie Feuer und du wirst die ganze Welt erleuchten.« Im schwachen Licht der Höhle färbten sich meine Wangen dunkler, aber mit etwas Glück sah ich nicht aus wie eine Blaubeere. »Ich werde das Brandzeichen, das ich auf deine Haut gezeichnet habe, mit jedem Atemzug schützen, von jetzt an bis zum Ende.«

Unter der warmen Haut seiner Handfläche pulsierte das Brandzeichen mit einer dunklen Magie, die mich mit einer ganz anderen Art von Brennen erfüllte. Das Verlangen verdickte die Luft und ich schwankte nicht nur vor Erschöpfung.

Ich löste mich abrupt von ihm und ging ein paar Schritte tiefer in die Höhle, wobei ich ihm über die Schulter hinweg ein schüchternes Lächeln zuwarf. »Kommst du mit oder wartest du auf eine Einladung?«

Ein Lächeln mit einem Hauch von Dunkelheit schlich sich auf seine Lippen und mein Herz verkrampfte sich in meiner Brust. Ich drehte mich um und ging tiefer in die Höhle, ohne zu warten. Er würde mir folgen. So wie er mir in Pandoras Box gefolgt war, durch New Orleans und sogar direkt zum Thron.

Ein tröpfelndes Geräusch lenkte meine Aufmerksamkeit auf die eineinhalb Meter große Lücke zwischen zwei Felsen, in der ein schwaches blaues Licht schimmerte. Ich trat durch den Spalt und stand einen guten halben Meter vom

Rand des ersten Gewässers entfernt. Es war nicht größer als eine Whirlpoolwanne und schwerer Dampf schwebte wie Nebel über seiner Oberfläche. Mehrere Becken in verschiedenen Größen umgaben das erste. Sie alle waren unterschiedlich hoch und liefen von einem zum nächsten über. Über dem ersten Becken befand sich ein Felsvorsprung, der als Wasserfall fungierte und einen stärkeren Strom glühender Flüssigkeit in das oberste Becken regnen ließ.

Ich ergriff den Saum meines Shirts und spürte seinen Blick auf meinem Rücken. Mit einem schnellen Ruck nach außen öffneten sich die Knöpfe und der Flanellstoff fiel auf. Ich ließ ihn von meinen Schultern gleiten und er fiel in einem Haufen aus schmutzigem Stoff und zerrissenen Fäden zu meinen Füßen. Finger streichelten meinen Rücken und baten leise um Erlaubnis. Ich strich mir das Haar über eine Schulter und warf einen Blick auf Rysten, wobei ich eine Augenbraue hochzog. Ich forderte ihn heraus.

Mit einer einzigen Bewegung öffnete er meinen BH und der fiel zu Boden, als ein leises Stöhnen seine Lippen verließ. Er schlang seine Arme von hinten um mich, seine groben Hände wanderten an meinen nackten Seiten auf und ab und kneteten das Fleisch an meinen Hüften, während er mich an sich drückte.

Ich schob meinen Hintern gegen seine Erektion und spürte, wie dick sie war, als er sich im Gegenzug gegen mich presste.

»Zu viele Klamotten«, flüsterte er in meinen Nacken. Seine Lippen wanderten meine Kehle hinunter und lösten einen Adrenalinstoß aus, der ekstatisch direkt in meine Blutbahn schoss.

»Zieh mir die Jeans aus!«, sagte ich leise.

Sein Schwanz zuckte, bevor er sich zurückzog und meinem Befehl, ohne zu zögern, folgte. Manchmal wollte ich, dass jemand anderes die Zügel in die Hand nahm, um loszulassen und die Befreiung der Macht zu spüren. Und manchmal wollte ich dominieren, um die Befehle zu geben und die Macht zu spüren, die ich über sie hatte. Egal, wie, ich hatte immer die Kontrolle. Mit meinen vier Gefährten war das möglich. Sie konnten gut teilen und mit jedem von ihnen nahm ich eine Rolle ein, die zu unserer Beziehung passte.

Mit Rysten war unser Leben kompliziert und chaotisch, aber unser Sex musste das nicht sein. Wir waren beide nicht schüchtern, wenn wir nichts anhatten, und während meiner Verwandlung hatte ich jeden Zentimeter von ihm kennengelernt. Ich freute mich darauf, ihn wieder und wieder zu erforschen.

Ich drehte mich um, damit er mich leichter ausziehen konnte, und wurde von Rysten auf seinen Knien begrüßt. Er öffnete die Schnürsenkel meiner beiden Stiefel und nahm sich die Zeit, mir erst die Schuhe und dann die Socken auszuziehen, bevor er seine Hände über meine Hose gleiten ließ. Ich liebte es, wie er jede Handlung zu etwas Sinnlichem und Fürsorglichem machte.

Ich griff nach seinem Haar und fuhr ihm mit beiden Händen vorbehaltlos durch die honigblonden Strähnen. Er stöhnte wieder und stützte sich auf meine Hüften, während ich fest an seinem Haar zog, um seinen Kopf zurückzudrängen.

»Wie fühlt es sich an, wenn ich dich berühre?«, flüsterte ich. Ich wusste genau, dass die Berührung eines vollständig verwandelten Sukkubus wie ein Aphrodisiakum wirkte. Und obwohl die Reiter mehr Selbstbeherrschung hatten als die meisten anderen, war ich ihnen ebenbürtig und sie waren nicht unberührt.

»Himmlisch«, sagte er, als ich meine Nägel in seine

Kopfhaut grub. »Höllisch«, fügte er hinzu, was mir ein Schmunzeln entlockte. Ich lockerte meinen Griff und ließ seinen Kopf nach vorn fallen. Er sah mich mit einem teuflischen Funkeln in den Augen an, das mein Blut zum Kochen brachte.

»Zieh meine Jeans aus!«, flüsterte ich. Ich biss mir auf die Unterlippe, als seine Finger über die empfindliche Haut am Rand des Stoffes glitten und den Knopf zum Platzen brachten, sodass das Geräusch in der Höhle widerhallte. Unser Atem war schwer und intensiv und er hatte mich noch nicht einmal richtig berührt.

»Öffne den Reißverschluss!«, stieß ich hervor, während sein Atem über meine Haut strich und mich verrückt machte. Es dauerte quälend lange, bis er meinen Befehl befolgte und dabei mit den Fingerspitzen über mein dünnes Höschen strich.

»Jetzt hake deine Daumen in die Seiten meiner Jeans ein!« Ich atmete scharf ein, als ich sah, wie seine Fingernägel über meine Haut glitten. »Genau so«, stöhnte ich.

Er sah mich mit einem amüsierten Lächeln an, das weit mehr sagte als Worte. Er befolgte zwar jede Anweisung ohne Widerrede, aber es war seine Entscheidung – genauso wie ich Allistair und Julian im Schlafzimmer gehorchte. Das leise Kratzen seiner Fingernägel erdete mich in diesem Moment, hier mit ihm und nur mit ihm.

»Und jetzt?«, fragte er, wohl wissend, was seine leichten Berührungen bei mir auslösten.

»Zieh sie aus!«

Rysten hatte eine Art, Zärtlichkeit sexy zu machen. Er stürzte sich nicht auf die Beute oder riss mir hastig die Klamotten vom Leib. Er genoss mich. Langsam, quälend langsam, streifte er mir Jeans und Unterwäsche von meinen Beinen. Er hob einen Fuß nach dem anderen an, küsste sanft jeden meiner Zehen und zog mir den rauen Stoff vollständig aus, bis ich nackt dastand, während er noch immer bekleidet war.

Ich ließ meine Hände von seinem Haar auf beide Seiten seines Gesichts fallen und führte es nach oben, während ich mich hinunterbeugte und ihm einen schamlosen Kuss auf die Lippen drückte, wobei ich meine Zunge absichtlich an seinem Reißzahn schnitt.

Rysten holte stotternd Luft, als der Geschmack meines Blutes unsere beiden Lippen überzog.

Als ich mich zurückzog, weiteten sich seine Augen und blieben auf dem blauen Schimmer haften. Ich hatte seine Faszination für mein Blut in den letzten Monaten bemerkt, obwohl er nie ein Wort gesagt hatte. Jetzt war ein guter Zeitpunkt, um herauszufinden, ob mein Schatten einen geheimen Fetisch besaß, den er mir verheimlichte. Angesichts seiner Reaktion und der Gerüchte über Blut und Sex war ich mehr als nur ein wenig neugierig, wie weit ich gehen konnte, bevor er versuchte, mich zu beißen.

Rysten sah zu, wie ich um das Wasser herumging, einen Fuß hineinsteckte und einen zufriedenen Seufzer ausstieß. Ich setzte mich auf den Rand des Beckens und ließ die felsige Oberfläche in mein Fleisch beißen, als ich beide Beine hineinsteckte.

»Gefällt dir das?«, fragte ich ihn, als wir uns über das Wasser hinweg in die Augen sahen. »Oder das?«, fragte ich mit heiserem Tenor, während ich meine Beine weit öffnete, damit er sehen konnte, wie feucht ich war. Rysten schluckte und schaukelte vorwärts, während seine Augen meinen Körper entlang wanderten. Ich tauchte meine Hand ins Wasser und hinterließ ein Rinnsal an Flüssigkeit, als ich damit meinen Oberschenkel hinauffuhr und zwei meiner Finger nach unten streckte, um mich zu reiben. Seine Augen blitzten auf, die Adern färbten sich schwarz, wie sie es taten, wenn starke Gefühle im Spiel waren. »Das gefällt dir, nicht wahr?« Ich forderte die Worte aus seinem Mund.

»Ja«, antwortete er und mehr nicht. Ich klemmte meine Klitoris zwischen zwei Fingern ein und zog, was ihm ein leises Stöhnen entlockte.

»Zieh dich für mich aus!«, befahl ich. Meine Finger blieben und streichelten die Nässe zwischen meinen Beinen, während er sein Hemd auszog und seine Schuhe öffnete. Ich krümmte mich gegen meine Hand, als er seine Jeans und Boxershorts herunterzog und schließlich nackt und prachtvoll vor mir stand.

Er machte keinen einzigen Schritt auf mich zu. Er wartete darauf, dass ich ihn dazu aufforderte.

Ich lächelte wissend und deutete mit derselben Hand, mit der ich mich gerade selbst befriedigt hatte, auf ihn. Ich krümmte zwei Finger und hauchte: »Komm!« Er glitt vor mir ins Wasser, und zwar mit viel mehr Anmut, als ich sie besaß. Seine Füße berührten den Boden, das Wasser ruhte knapp über seiner Taille und war völlig transparent.

Erst als er vor mir stand, zwischen meinen Beinen, aber immer noch ohne Kontakt, fand ich die körperliche Distanz unerträglich. »Berühre mich!«

Das war alles, was er zu hören brauchte.

Rysten griff nach vorn und nahm mein Gesicht in beide Hände, dann küsste er mich. Er leckte und saugte und biss auf meine Lippen, dann schob er seine Zunge in meinen Mund und schmeckte mich. Ich stöhnte in ihn hinein, meine Hüften sprangen nach vorn, näher an den Beckenrand, bis ich meine Beine um seine Taille schlingen konnte.

»Woher wusstest du das?«, fragte er an meinen Lippen.

»Was?«, fragte ich und stöhnte auf, als seine Reißzähne über meine Unterlippe kratzten.

»Blut. Woher wusstest du, dass ich auf Blut stehe?« Er verließ meinen Mund und fuhr mit seinen Lippen über meinen Kiefer und meinen Hals hinunter, wobei er winzige Knabberspuren hinterließ, die aber nicht mit den Bissen zu vergleichen waren, die er mir zufügen wollte.

»Das erste Mal«, hauchte ich, als seine Hände sich um meine Hüften legten und mich von der Kante hoben, um mich so nah wie möglich an ihn heranzubringen. Nah dran, aber nicht nah genug.

»Erkläre es mir!«, forderte er und biss etwas fester in mein Schlüsselbein. Ich keuchte und er zog sich mit großen Augen zurück. »Ich wollte nicht ...«

»Shhh«, flüsterte ich und legte einen Finger auf seine Lippen. »Als wir uns das erste Mal geküsst haben, hast du mir in die Lippe geschnitten und das Blut abgeleckt. Man muss kein Genie sein, um herauszufinden, dass du darauf stehst.« Ich schenkte ihm ein Lächeln und legte den Kopf schief.

»Ich mag es aber nicht, dir wehzutun.« Er wirkte sehr gequält und ich schlang meine Arme um seinen Hals und versuchte, ihn wieder näher an mich zu ziehen. Er rührte sich nicht.

»Du tust mir nicht weh«, seufzte ich. »Und selbst wenn, würde es mich nicht stören. Ich mag Schmerz, Rysten. Ich beiße und kratze *gerne* – aber ich *liebe* es, wenn man es mit mir macht.«

Sein Stirnrunzeln verschwand, aber er war immer noch zögerlich, als er sich zurücklehnte. Ich fuhr mit den Fingern durch sein Haar und ließ meine Nägel in die Haut an seinem Hals beißen.

»Ich bin nicht mein Bruder«, knurrte er.

»Ich will deinen Bruder jetzt nicht. Ich will dich«, knurrte ich zurück. »Ich will, dass du mir zeigst, wie gut sich das anfühlen kann, ohne dass die Verwandlung das, was zwischen uns passiert, beeinflusst«, flüsterte ich, etwas weniger aggressiv.

Er drückte seine Lippen in einem sanften Kuss auf meinen Hals. »Versprichst du mir, dass du mir sagst, wenn es wehtut?«

Von all meinen Liebhabern hatte Rysten die meiste Willenskraft, wenn es um mich ging, aber wie er selbst sagte, war er letztlich auch nur ein Mann – so mächtig er auch sein mochte. Ein Mann, den ich in die Knie zwingen und genießen konnte.

»Ich verspreche es«, flüsterte ich zurück und genoss den Druck seiner nassen Finger, die meinen Hintern umklammerten, während er uns durch das Wasser bewegte. Ich stieß mit dem Rücken an eine Unebenheit und eine seiner Hände strich an meiner Spalte auf und ab. Ich wölbte mich mit dem Rücken über die Felskante und warf meinen Kopf nach hinten, als zwei Finger in mich eindrangen und sich hinein und herausbewegten. Sein Daumen drückte gegen meine Klitoris und ließ mich zusammenzucken, während seine andere Hand meinen Hintern grob packte.

»Das wollte ich tun, seit ich dich aus Versehen gekostet habe«, flüsterte er mir zu. Ein Nebel der Lust legte sich über mich, als seine Zähne das zarte Stück Fleisch in meiner Halsbeuge erkundeten. Ich drückte ihn näher an mich heran und seine Zähne bohrten sich hart in meine Haut, als er zubiss. Der Schmerz, wenn ich ihn überhaupt als solchen bezeichnen konnte, war nur von kurzer Dauer, als mein Orgasmus mich überrollte. Seine Finger drehten sich in meinem tropfenden Fleisch und krümmten sich, um meinen G-Punkt zu treffen, während seine Lippen – warm an meinem Hals – alles tranken, was ich zu geben hatte.

Genauso wie ich alles trank, was er mir gab. Kama sammelte sich in seinen Poren und bewegte sich in der Luft um uns herum wie gefallener Schnee. Ich atmete es ein und schwelgte in der Kraft, die es mir gab. Die er mir gab.

»Ich will in dir sein«, stöhnte er. Das war zwar keine Frage, aber er bat trotzdem um Erlaubnis.

»Setz dich auf den Rand des Beckens! Ich will dich reiten.«

Er verlor keine Zeit, hob mich auf den Felsen und zog sich dann selbst heraus. Wasser tropfte von seinem Körper auf den warmen Boden, als er sich auf den Felsvorsprung setzte und nach mir griff, während ich meine Hände nach ihm ausstreckte. Ich spreizte meine Beine auf beiden Seiten seiner Hüfte, griff zwischen uns hindurch und stürzte mich auf ihn. Mein Mund blieb offen stehen, als die pure Lust meine Sinne überflutete.

»Oh, verdammt ja!«, stöhnte ich, hob mich hoch und ließ mich dann nach unten sinken. Seine Hände umklammerten meine Oberschenkel, die glitschig und durchnässt vom Pool waren, als wir beide immer höher kletterten.

Er beugte sich vor, presste seinen Mund auf meine Brustwarze und saugte, während ich meiner Erlösung nachjagte. Er drehte das empfindliche Fleisch zwischen seinen Zähnen, und ich wusste, dass er mich gleich beißen würde. Ich wölbte meinen Rücken und drückte meine Brust noch tiefer in seinen Mund. Seine Reißzähne schnappten nach mir – und schickten mich über den Abgrund.

Mein Mund öffnete sich zu einem stummen Schrei, als mein zweiter Orgasmus mich überrollte, härter und brutaler als der erste. Meine Schenkel bebten, als ich mich gegen ihn stemmte, meine Innenwände klammerten sich an jeden Zentimeter seiner Härte, während sein Körper den meinen nährte. Kama regnete in einem Wolkenbruch auf mich herab, als seine eigene Erlösung der meinen folgte. Er drängte sich nach oben und pumpte in mich hinein, wobei er meine Hüften festhielt, sodass ich mich nicht bewegen konnte. Meine Knie brannten und mir standen die Tränen in den Augenwinkeln, als die letzten Zuckungen abklangen und wir uns in den Armen lagen.

KAPITEL 12

»Sind hier hinten alle angezogen?«, rief Moira hinter dem Felsbrocken hervor, der die Tümpel vor den Blicken der Passanten verbarg.

»Ähmmm«, murmelte ich und schaute auf unsere Haufen ausrangierter Kleidung. Das Letzte, was ich wollte, war, all diese schmutzigen, verschwitzten Schichten anzuziehen. Wir hatten keine Seife, aber ich fühlte mich so sauber, wie ich es nur sein konnte, bis wir Inferna erreichten. »Hast du vielleicht ein paar saubere Klamotten dabei?«

Moira stieß ein Brummen aus und ich konnte mir vorstellen, wie sie mit den Augen rollte. »Zufälligerweise habe ich das.« Sie warf einen Stapel Klamotten durch den Felsspalt, der etwa fünfzehn Zentimeter neben uns auf einem Haufen landete. »Weil du so unfassbar berechenbar bist. Ich hoffe, du hast ihn wenigstens zum Kriechen gebracht, bevor du die ...«

»Okay, danke, wir sind gleich draußen«, antwortete ich mit falscher Fröhlichkeit.

»Ich soll dir sagen, dass du fünf Minuten Zeit hast,

bevor Julian zurückkommt. Wenn ich also sage, du sollst dich anziehen, dann meine ich ...«

»Wir kommen schon, Greenie«, rief Rysten träge zurück.

Ein Strom von Schimpfwörtern war die einzige Antwort, die sie ausstieß, als sie davonlief.

Ich schüttelte den Kopf und schürzte die Lippen, als ich aus dem Wasser kletterte und nach dem einzigen Handtuch griff, das sie mitgebracht hatte. »Darf ich?«, fragte ich und hielt verlegen die Ecke des Handtuchs hoch.

Er grinste. »Nur zu. Ich kann es benutzen, wenn du fertig bist.«

»Na, wenn das so ist.« Ich trocknete mich schnell ab und wrang mein Haar dreimal aus, bevor ich das Handtuch weiterreichte.

Ich zog die Unterwäsche an, die Moira mir mitgebracht hatte, und stöhnte über die winzigen Jeansshorts. Ihre Version der Rache dafür, dass ich sie allein gelassen hatte, um es mit Rysten treiben zu können. Ich schüttelte den Kopf, zog mir aber die Shorts an. Wir hatten kaum noch Kleidung hier unten, und wenn Allistair mir keine Jeans herbeizauberte, durfte ich nicht wählerisch sein.

Rysten lehnte an der Höhlenwand, die Arme vor der Brust verschränkt und mit einem nachdenklichen Gesichtsausdruck, während er mich beobachtete.

»Was?«, fragte ich, während ich mein Lieblingsshirt von Portland State mit dem grünen Wikinger darauf herunterzog. Sein Blick huschte an meinem Körper hinunter, aber dann schien er es sich anders zu überlegen.

»Nichts«, antwortete er mit einem Zwinkern. Ich beäugte ihn skeptisch, nahm aber seine Hand, als wir zum Eingang der Höhle zurückgingen.

»Endlich«, rief Moira aus und warf ihre Hände in die Luft. »Ich hatte schon befürchtet, ihr würdet eine zweite Runde horizontalen Tango tanzen und ich müsste euch abholen.« Sie warf dramatisch einen Arm nach oben und schien gar nicht zu bemerken, wie blau mein Gesicht vermutlich geworden war.

»Moira«, zischte ich. »Willst du mich wirklich verarschen, nachdem ich dich einmal mit gespreizten Beinen auf dem Esstisch erwischt habe, während ...« Ich unterbrach mich mitten im Satz, als eine blonde, blauäugige Kreatur hinter den Reitern hervortrat. Die Bestie zischte und ich setzte ein sprödes Lächeln auf. »Iona.«

Das war die einzige Begrüßung, die sie von mir bekam, wenn nicht wegen des Kusses, dann wegen der plötzlichen Schmerzen in meiner Brust, die von Gefühlen herrührten, die nicht meine waren. Ich drückte Rystens Hand und versuchte, ihn zu trösten, so gut ich konnte. Die Dunkelheit verflüchtigte sich zu einem leichten Nebel, den ich größtenteils ignorieren konnte, als er meine Hand zurückdrückte.

»Ruby«, antwortete sie. Ihr Gesicht zeigte ein angenehmes Lächeln, obwohl es nicht echt war, und ihre Augen waren hart wie geschliffene Saphire. Wenn sie könnte, würde sie mich damit aufschlitzen und ausbluten lassen. Ich musste kein Empath sein, um das zu wissen.

»Kann ich etwas für dich tun?«, fragte ich, ohne unhöflich sein zu wollen, aber auch nicht gerade arschkriecherisch. Die Spannung war deutlich zu spüren.

»Ja, das kannst du tatsächlich.« Ihre Augen blitzten kurz auf, huschten zu Rysten und dann wieder zurück zu mir. »Heute Abend findet ein Fest zu deinen Ehren statt. Ich wollte fragen, ob ihr alle daran teilnehmen würdet. Es würde den Leuten hier unten sehr viel bedeuten, vor allem denen von uns, die sich darauf freuen, nach Hause zurückzukehren, sobald du deine Aufgabe erfüllt hast.« Ihre Worte stimmten, aber ihre Augen, der Zug ihrer Lippen, die unheimliche Dunkelheit in ihrem Herzen und das weiße Brandzeichen, das sich an ihrem nackten Hals entlangschlängelte, widersprachen dem.

»Wir sind beschäftigt«, sagte Rysten mit kalter Stimme neben mir.

»Wir kommen gerne«, antwortete ich und zuckte innerlich zusammen. Ich wollte nicht. Tatsächlich würde ich lieber auf den muffigen Sex-Kissen meines Vaters schlafen, als Rysten in die Schusslinie zu bringen und überhaupt Zeit mit ihr zu verschwenden. Ich entschied mich jedoch dagegen, die Flammen zu löschen. Ich hatte unsere gesamte Vorgehensweise geändert und alle in Gefahr gebracht, weil ich wusste, dass diese Schlampe für jemanden arbeitete, der uns töten wollte. Ich musste herausfinden, was sie wusste, damit sich dieses Opfer lohnte.

»Was ist nun?«, fragte Iona und schaute zwischen uns beiden hin und her.

»Wir werden teilnehmen«, sagte ich fest und drückte Rystens Hand.

»Ausgezeichnet. Ich habe mir erlaubt, ein zusätzliches Boot kommen zu lassen, damit ihr alle mit euren Vertrauten dabei sein könnt. Wir wollen ja nicht, dass ihr hier unten schmort, bevor ihr tun könnt, was ihr tun müsst.« Ich nickte langsam und hob eine Augenbraue in Moiras Richtung.

»Geht es nur mir so oder redet sie irgendwie seltsam?« Moira nickte einmal und sah Iona finster an. Ich hatte immer noch nicht herausgefunden, was für ein Dämon sie war, und das allein war schon beunruhigend.

Ich nickte, ohne etwas zu sagen, und sie drehte sich zu den Booten um.

Ich wurde das Gefühl nicht los, dass ich heute Abend nicht mehr hierher zurückkehren würde. Vielleicht war es Paranoia oder Intuition, aber etwas in meinem Hinterkopf sagte mir, dass wir wie Lämmer zur Schlachtbank geführt wurden. Ich schaute mich in unserer Gruppe um, vom Tod bis zum Enigma, und stellte fest, dass sie ein miserables Opfer gewählt hatten.

Ich schmunzelte leise und Iona drehte sich bei den Booten um, um mir einen Blick zuzuwerfen, bevor sie einstieg. Ich entschied mich, mit Rysten in ein anderes Boot zu steigen, zusammen mit Moira und Jax, der seltsam still war, weil wir vom ursprünglichen Plan abgewichen waren. Ich behielt das für mich, während Epona mir folgte und einen sehr dramatischen Bandit bei sich trug. Er ließ sich auf ihren Sattel plumpsen und lehnte sich zurück, als wäre das alles unglaublich anstrengend für ihn. Ich verdrehte die Augen, als er einen pelzigen Arm über sein Gesicht warf und dann über den Rand spähte, um zu sehen, ob ich ihn beobachtete. Er drehte sich um und begann, an ihrer rostroten Mähne zu ziehen. »Davon wird sie auch nicht schneller, Kumpel.« Ich schüttelte den Kopf und er gluckste verächtlich, als das Boot vom felsigen Ufer geschoben wurde. Bandit klammerte sich an die Kante des Sattels wie an ein Boogie Board und machte dabei Klickgeräusche, ähnlich wie Laran, wenn er versuchte, die Geschwindigkeit zu erhöhen. Epona und ich sahen ihn mit unterschiedlichen Ausprägungen von *Willst du mich verarschen?* an.

Jax übernahm die Aufgabe, uns durch den Garten zu steuern, während Rysten meine Hand fallenließ und stattdessen einen Arm um meine Schultern legte und mich an sich zog. Er drückte mir einen zärtlichen Kuss auf die Stirn und die Anspannung in meinen Schultern löste sich auf.

»Ich hoffe, du weißt, was du tust, Liebes«, flüsterte er.

»Vertrau mir!«, flüsterte ich zurück.

»Immer!«

Ein gleichmäßiger Beat erfüllte die Höhle und ein tiefer Bass dröhnte zu einer lyrischen Melodie. Die Musik rief nach uns, anders als die allzu maschinell bearbeitete Musik auf der Erde. Sie hatte etwas Ursprünglicheres an sich. Irgendwie fast tierisch. Als wir uns einer Höhle auf der anderen Seite des Flusses näherten, flackerten gelbe und orangefarbene Töne in den Schatten. Sie war so groß, dass ich mir nicht sicher war, ob Höhle das richtige Wort darstellte. Der Eingang war dreißig Meter breit und so hoch, dass selbst Rhiannon ohne Probleme hineingehen konnte. Am felsigen Strand loderte ein schwelendes Lagerfeuer, während maskierte Dämonen erotisch und intim miteinander tanzten. Wo ich herkam, war so etwas verpönt, ja sogar ein Tabu. Nicht in der Hölle, so schien es.

Unser Boot kam so abrupt zum Stehen, dass es mich aus meiner Benommenheit riss, aber Rysten hielt meine Taille fest, damit ich nicht umkippte. Bandit, der verflixte Waschbär, warf seine Hände in die Luft und fiel zur Seite. Moiras Flügel schoss hervor und fing ihn auf, kurz bevor er auf dem Wasser aufschlug, und der kleine Kerl hatte tatsächlich die Frechheit, sie anzufauchen und zu schmollen, weil sie seinen Spaß unterbrochen hatte. Nach der Tortur mit dem Kraken wollte ich kein Risiko eingehen, auch wenn das Wasser kristallklar war.

Sie hob ihren Flügel an und setzte ihn auf dem Boden des Bootes ab. Bandit sprang auf und stieß einen miauenden Schrei aus, als er nach meinem nackten Bein griff, um hochgehoben zu werden.

»Er ist schlimmer als ein Kind«, stöhnte Moira.

»Wenigstens gibt er keine Widerworte«, murmelte ich und hob ihn auf.

»Nein, stattdessen wird er neun Meter groß und hebt dich hoch, als wäre er der verdammte King Kong«, schimpfte Moira.

»Da hat sie recht«, sagte Rysten und beäugte Bandit argwöhnisch. Ich verließ seine Wärme, kletterte ans Ufer und holte tief Luft, bevor ich mich den versammelten Dämonen zuwandte.

»Das ist noch nicht so schlimm«, sagte ich. Wir gingen näher an die sich windende Gruppe von Tänzern heran. Sie waren mit Farbe bedeckt und mit Blumen geschmückt, während sie ihre exquisiten und furchterregenden Masken zur Schau stellten. Ich könnte die Schönheit darin bewundern, wenn die Magie, die durch die Luft pulsierte, nicht so einschnürend wäre. Je näher ich ihnen kam, desto mehr drang sie in mich ein.

»*Noch*. Das ist das Schlüsselwort«, murmelte Rysten und blieb dicht bei mir. Ich nahm es ihm nicht übel, denn ich spürte, wie sämtliche Augen auf uns gerichtet waren. Iona schlich sich neben mich.

»Sie feiern den Aufstieg ihrer neuen Königin«, sagte sie. Ich nickte und meine Augen suchten nach dem Haken, aber ich sah nur lächelnde Gesichter.

Steckten sie alle mit drin? War es nur Iona? Was war mit den Kindern, die durch die Gruppen rannten, Blumen in die Luft warfen und in einer Sprache sangen, die ich nicht verstand?

Ich schluckte schwer.

»Das alles ist für mich?«, fragte ich, mehr als nur ein wenig skeptisch.

»Ja«, lächelte sie und winkte den Kindern zu, die auf uns zukamen.

Sie trugen pantoffelartige Schuhe und helle Kleidungsstücke. Ihre Gesichter und Arme waren bemalt, aber auch mit Schmutz verschmiert. Ein kleines Mädchen mit grüner Haut hielt einen Blumenkranz aus Lilien hoch.

»Für mich?«, fragte ich. Sie nickte. Ich nahm den Blumenkranz und streifte ihn mir über den Kopf, wobei sich langsam ein Gefühl der Erleichterung einstellte.

»Lady Iona sagt, du kannst das Feuer stoppen. Wirst du das tun?« Ihr lockiges grünes Haar umrahmte ihr mit Farbe verziertes Gesicht. Der Abdruck von Blumenblättern prangte auf ihrer glitzernden, verschwitzten Haut. Große grüne Augen, die die Farbe von Frühlingsgras hatten, blickten mich voller Hoffnung, Angst und vor allem Verzweiflung an.

Ich nahm ihre zitternden Hände in meine und sank auf die Knie, wobei mich der Kies zwickte.

»Wie ist dein Name?«, fragte ich.

»Elissa«, sagte sie mit ihrer hohen Stimme.

»Das ist ein schöner Name«, sagte ich und verzog die Lippen, obwohl ich mich nicht dazu durchringen konnte, wirklich zu lächeln.

»Mein Papa hat ihn ausgesucht, aber er ist nicht mehr da.«

Es kostete mich jede Faser meines Seins, mich nicht unter der Last des Blicks des jungen Mädchens abzuwenden. In ihren grünen Augen lag ein Vorwurf, der mich mit Schuldgefühlen erfüllte, ob ich sie nun zu Recht hatte oder nicht.

»Das tut mir leid. Ich werde alles tun, was ich kann, um die Flammen zu stoppen.«

Meine Worte klangen hohl und das Mädchen wich

zurück. Ich ließ ihre Hände zwischen uns fallen und verstand nicht, was sie murmelte. Es klang fremd. Melodisch. Ich blickte zu Rysten auf, aber er sah weg. Er runzelte tief die Stirn und zog besorgt die Augenbrauen zusammen. Meine Befürchtungen, dass dies eine schreckliche Idee sein könnte, wurden dadurch nicht zerstreut.

Langsam richtete ich mich auf.

»Es gibt viele wie sie, nicht wahr?«, fragte ich leise.

Iona nickte. »Leider ja. Nur sehr wenige sind immun gegen die Flammen, wie du sicher weißt.« Sie warf mir einen Seitenblick zu, der fast wie … Mitleid aussah.

»Weißt du«, begann ich und war mir nicht ganz sicher, worauf ich hinauswollte, aber ich folgte meinem Bauchgefühl, »ich hatte nie eine Ahnung, dass ich Luzifers Kind bin und dieses große Schicksal für mich vorgesehen ist. Als die Reiter mich fanden, hielt ich mich nicht einmal für einen vollwertigen Dämon.« Ich lächelte bei der Erinnerung und dachte daran, wie ich sie aus meinem Haus gejagt hatte. Damals hatte ich geglaubt, ich könnte meine Augen davor verschließen. Dass dieses Ding, das sich Schicksal nannte, jemand anderen auswählen würde, wenn ich es nur lange genug ignorierte.

Iona schaute zur Seite, als könnte sie das nicht glauben. »Wie konntest du *nicht* wissen, dass du ein Volldämon bist?« Ihre Stimme war ungläubig, aber ich nickte trotzdem und tat so, als würde ich es nicht bemerken.

»Ich bin dreiundzwanzig und habe meine Verwandlung erst vor vier Tagen abgeschlossen.«

Ihre Augen weiteten sich fast schon komisch, denn die Realität meines Lebens schien sie zu überraschen.

»Davor hatte ich nur geringe Kräfte. Überzeugung. Immunität gegen Feuer. Sukkubus-*Charme*.« Das Zerstören von Seelen ließ ich ganz bewusst aus, denn das musste sie wirklich nicht wissen. Das war eine Kraft, die ich in meiner Hosentasche aufbewahren wollte. Eine Notlösung für den Fall, dass alles andere versagte.

»Die Flammen?«, fragte sie und ließ ihren Blick langsam über mich gleiten, als würde sie mich zum ersten Mal sehen.

»Die tauchten nach dem Erscheinen der Reiter auf, kurz vor meiner Verwandlung.« Ich schnaubte, als ich daran zurückdachte. »Ich habe am Morgen nach ihrem Auftauchen versehentlich ein Feuer in meinem Wohnzimmer gelegt. Die Reiter wollten mich daraufhin mitnehmen ...« Und schon war ihre Bereitwilligkeit, mich mit neuen Augen zu sehen, verflogen.

»Aber das haben sie nicht getan.«

Ich nickte. »Aber das haben sie nicht getan.« Sie schaute still vor sich hin, hörte mir zu, schenkte mir aber nicht ihre Aufmerksamkeit. Ihr Gesichtsausdruck war neutral, gleichgültig, aber als sie diese Leute beobachtete, wurde etwas in ihr weicher. Etwas, das man nicht sehen, sondern nur spüren konnte. »Ich war nicht bereit«, sagte ich und gab damit genau das zu, wofür sie mich wahrscheinlich hassen würde. Ein Teil von mir fühlte sich gezwungen, ihr das zu sagen, auch wenn ich wusste, dass ich mir damit wahrscheinlich keinen Gefallen tat. »Ich hatte keine Ahnung, wie ich die Flammen kontrollieren sollte. Mein Leben brach um mich herum zusammen und ich hatte mich noch nicht einmal verwandelt. Zu jener Zeit war ich sehr ... sterblich. Es war eine Schwäche, von der ich wusste, dass sie mich das Leben kosten würde, wenn ich einen Fuß in die Hölle setzte, bevor ich dazu bereit war.«

»Du hast also dein Leben vor das aller anderen gestellt, weil du noch nicht *bereit* warst?«

»Iona«, schnaubte Rysten und machte einen Schritt

nach vorn. Ich legte ihm eine Hand auf den Arm und warf ihm einen Blick zu – einen Blick, der ihm sagte, dass er sich raushalten sollte.

»Nein, sie hat recht.«

Er öffnete den Mund, um das zu bestreiten und mir zu Hilfe zu kommen, aber ich wollte und musste nicht gerettet werden. Nicht vor dem hier.

»Ich habe alle in Gefahr gebracht, weil ich nicht bereit war. Das habe ich getan und das kann ich zugeben.« Ich drehte mich zu ihr um und stellte fest, dass das Blau ihrer Augen der Farbe meiner Flamme stechend ähnlich war. »Aber ich hatte auch keine Ahnung, was mit der Hölle passieren würde. Ich weiß nicht, wie viel du über die Erde weißt, aber ich bin dort mit Menschen aufgewachsen, ohne zu wissen, wer oder was ich bin. Ich hatte keine Ahnung, wozu ich fähig bin. Ich wusste nicht, dass ich versuchen sollte, mich auf mein neues Leben vorzubereiten, damit viele Menschen, wie Elissa, nicht leiden müssen.«

»Und wenn du es gewusst hättest?«

»Ich kann nicht sagen, ob ich früher gekommen wäre«, antwortete ich ehrlich. »Ich denke, ich hätte es versucht, aber wenn ich nicht gelernt hätte, die Flammen zu kontrollieren, hätte ich wahrscheinlich alles nur noch schlimmer gemacht.«

»Wie kommst du darauf?« Sie zog die Augenbrauen hoch und ich lächelte immer noch.

»Seit ich hier bin, arbeite ich daran, die Flammen zu löschen. An den Grenzen kann ich nichts tun, solange die Sünden nichts bestätigen, aber ich habe versucht, sie so gut es geht zu stoppen.« Sie verengte ihre Augen ein wenig, widersprach mir aber nicht. »Wenn ich nicht gelernt hätte, die Flammen zu kontrollieren, bevor ich hierhergekommen bin, hätte ich wahrscheinlich nichts löschen können, die Kontrolle verloren und stattdessen alle getötet.«

»Das ist eine ziemlich stolze Annahme von dir.«

»Die außerdem wahr ist.«

Sie starrte die Leute um uns herum an, aber diesmal war es nicht so, dass sie sie wirklich ansah, sie wollte einfach nur mich nicht sehen. »Du bist nicht das, was ich erwartet habe«, sagte sie schließlich. »Deine Jugend und deine Unwissenheit machen dich sowohl ideal als auch ungeeignet für die Position, die du anstrebst. Du ähnelst sehr deinem Vater, aber ich kann dem Monster, das er war, weder vergeben noch ihn vergessen. Während ein Großteil der Hölle trauerte, gab es auch viele von uns, die feierten.«

»Ich habe keine Ahnung, was für eine Persönlichkeit mein Vater war«, sagte ich leise.

»Ich weiß«, antwortete sie. »Deshalb erzähle ich es dir ja.« Während Echos und Rufe der Begeisterung ertönten und die Schatten mit ihren dämonischen Gegenstücken tanzten, standen Iona, Rysten und ich abseits von all dem.

»Viele hielten ihn für den Retter dieser Welt, aber er war auch der Zerstörer. Ich weiß das, weil ich am Leben war, als die erste wahre Königin der Hölle regierte.« Ich blinzelte. *Die erste? Es gab eine erste?* Ich wollte mich an Rysten wenden, aber Ionas wissendes Lächeln veranlasste mich, sie weiter zu beobachten. »Ihr Name war Genesis und dieser Ort war als Garten Eden bekannt. Nur wenige erinnern sich daran, denn die meisten, die dort lebten, starben im Krieg zwischen den Unsterblichen. Ich selbst war noch ein Kind, als Satan die Kluft zwischen dieser Welt und dem Himmel überbrückte. Seine Ankunft war der Beginn des wahren Sündenfalls für dieses Reich.«

»Was ist mit Genesis passiert?«, platzte ich heraus. »Wie ist sie gestorben und Luzifer König geworden?«

»Niemand weiß, was wirklich mit ihr passiert ist. Nur, dass sie sich unsterblich in deinen Vater verliebt und er ihre Zuneigung nicht erwidert hat. Genesis starb und die ganze Welt wurde von ihrem Verlust erschlagen. Stürme wüteten. Die Meere lehnten sich auf. Genesis war ein Wesen des *Lebens*, eine Schöpferin, die sich nichts sehnlicher wünschte, als eigene Kinder zu haben. In ihrem Tod ist genau das passiert.«

Mein Herz schlug wie das Klatschen von Hufen, während das Blut in meinen Ohren pochte. Ich wusste, dass es so weit war. Ich stand an der Schwelle zu dem, was ich wissen musste.

»Sie hatte zwar schon lange vor der Ankunft deines Vaters das erschaffen, was du jetzt als Dämonen kennst, aber ihr Tod formte zwei Wesen aus ihrer Essenz. Zwei junge Mädchen, von denen ein Großteil der Welt glaubte, dass sie den wahren Anspruch auf den Thron hatten.«

»Lilith und Eve«, murmelte ich.

Sie nickte einmal. »Lilith und Eve. Die Fae wurden durch Genesis' Untergang geboren, aber sie waren noch Babys, als dein Vater die Macht übernahm.«

Plötzlich ergab alles einen Sinn und ich konnte verstehen, warum die Leute in dieser Welt sich wünschten, dass ich nicht existierte. Luzifer war ebenfalls nicht aus der Hölle gekommen. Aber nichts hatte ihn davon abgehalten, sie für sich zu beanspruchen, während ihre wahre Herrscherin gestorben war und Kinder hinterlassen hatte, denen ihr Geburtsrecht verweigert wurde. »Aber jetzt ist er tot ...«, sagte ich heiser; meine Stimme war kaum mehr als ein Flüstern.

»Jetzt ist er tot«, stimmte Iona zu. »Und ich kann nicht sagen, dass ich traurig bin, aber ich habe Mitleid mit dir.« Sie berührte die Blumenkette um ihren Hals und meine fühlte sich plötzlich wie ein Schraubstock an. Es waren nicht irgendwelche Blumen. Es waren *Lilien* ...

Tief in meinen Knochen wusste ich es. Es war etwas, das ich nicht erklären konnte, weil ich nur Bruchstücke hatte. Puzzleteile. Sie fügten sich in meinen Erinnerungen zusammen. Jedes Aufblitzen einer blütenweißen Tätowierung, die jemandem eingebrannt worden war, der mich töten wollte. Der Kobold. Die Blutmagie. Die Schweigende, die im Hintergrund lauerte und nur auf den Tag wartete, an dem sie auf ihren Thron zurückkehren würde.

Eve war auf die Erde gekommen und gestorben. Sie hatte eine Rasse von Kindern geschaffen, um Dämonen zu jagen. Die Geschichten darüber waren klar.

Aber ihre Schwester ...

»Glaubst du, dass sie es verdient, zu regieren?«, fragte ich Iona. In mir kollidierten die Emotionen, während ich darum kämpfte, was ich davon halten sollte. Was ich fühlen sollte. War ich wirklich Königin? Oder war ich eine Hochstaplerin?

Wie auch immer, das Aufblitzen der Überraschung in Ionas Gesicht war nicht zu übersehen.

Sie wusste, worauf ich mich bezog, aber sie sagte trotzdem: »Ich weiß nicht, wen du meinst.«

»Lilith«, schleuderte ich ihr den Namen entgegen, woraufhin einige um uns herum in unsere Richtung schauten. Rystens Hand erschien auf meinem Rücken und ich wusste, dass er nähergekommen war. »Glaubst du, dass sie es verdient, zu herrschen?«

Ihre Augen waren widersprüchlich. »Ich ...« Sie wandte ihren Blick von mir ab, als wäre mein Anblick plötzlich zu viel für sie. Schuldgefühle schwammen in ihr, gefolgt von Bedauern. Was auch immer sie vorhatten, es war bereits im Gange, aber es war keine Dämonenmagie, auf die ich achten musste. Nein, es waren überhaupt keine Dämonen, sondern Fae. »Ich glaube, es spielt keine Rolle mehr, wen oder was ich will. Es wird nichts mehr ändern.«

Die Worte hatten kaum ihre Lippen verlassen, als der Schrei einer Todesfee den Boden erzittern ließ. Mein Kopf zersprang in zwei Hälften, als Moiras Schmerz mich überschwemmte und sich jegliche Freundlichkeit, die ich für die Dämonin neben mir empfunden hatte, in Luft auflöste.

KAPITEL 13

Blaue Flammen züngelten an meinen Armen empor, als ich Iona anfunkelte.

»War das alles nur ein Ablenkungsmanöver?«, fragte ich, auch wenn ich es bereits wusste. Wie dumm war ich doch gewesen, zu denken, es war Iona, auf die ich aufpassen musste. Sie hatte mich in eine Dämonenhöhle gelockt und mit mir gesungen und getanzt, während ich mir eingeredet hatte, meine Augen wären weit offen.

Ich war ein Narr, aber ein Narr mit Macht.

»Da ist das Morningstar-Temperament, für das dein Vater bekannt war«, murmelte sie. Ich schüttelte den Kopf und machte mich auf den Weg durch die Menge. Iona würde damit zurechtkommen müssen. Zuerst musste ich …

»Ruby«, schrie Rysten, seine Finger schlossen sich um mein Handgelenk und stoppten mich. Ich drehte mich zu ihm um und ein Gefühl der Angst erfüllte meinen Körper. Wollte er versuchen, mich aufzuhalten? »Laran ist einfach verschwunden. Keiner kann ihn erreichen.«

Fuck! Langsam wünschte ich mir wirklich, ich hätte ihr

einfach den Hintern in Brand gesetzt und die Sache damit erledigt.

»Finde ihn!« Wir sahen einander in die Augen und im Stillen hoffte ich – betete zur Bestie, zu Luzifer, zu den Sünden und zu allen Monstern, die ich kannte –, dass jemand zuhörte und wir alle hier lebend rauskommen würden.

Rysten nickte und verschwand dann in den Schatten.

Allein mit meinem Feuer und meinem Verstand rannte ich los und folgte dem Faden, der Moira und mich zusammenhielt. Dieses Band, das sie für immer an meiner Seite halten würde.

»Moira«, schrie ich und stürzte durch die Menge. Meine Füße rutschten auf etwas Flüssigem aus und ich fiel vor ihr auf die Knie. Die Menge sprang zurück, als ich mit den Armen winkte, um sie zu vertreiben.

Sie zuckte sporadisch, ihr Kopf peitschte hin und her. Mit zusammengekniffenen Augen und zusammengebissenen Zähnen untersuchte ich sie, konnte aber nichts feststellen.

Mir gegenüber kniete Jax, die Augen geschlossen und die Hände flach auf ihr ruhend.

Er wäre der Inbegriff von Gelassenheit, wenn ich nicht wüsste, dass sich in ihm ein Sturm zusammenbraute.

Wie ich versuchte er, herauszufinden, was los war. Seine Hände ballten sich zu Fäusten, als er sich zurückzog.

»Das ergibt keinen Sinn«, murmelte er, mehr zu sich selbst als zu irgendwem sonst.

»Was ergibt keinen Sinn?«, fauchte ich und hielt ihren sich windenden Kopf in meinen Händen fest. Ich legte ihn auf meinen Schoß, weil ich Angst hatte, sie könnte sich den Schädel einschlagen, wenn das so weiterging. »Wovon redest du?«

»Von ihr«, schrie er. »Sie hat mir gesagt, dass es ihr nicht gut geht, und dann ist sie zusammengebrochen. Ich nahm an, es sei Magie, aber ...« Er verstummte, als das Brandzeichen auf ihrer Stirn zu leuchten begann. Ich wusste nicht, was das bedeutete, aber ich könnte wetten, dass wir es bald herausfinden würden. »Sie weist keine Spuren von Magie auf. Wenn es eine gäbe, könnte ich sie aufhalten. Was auch immer sie bekämpft ...« Er schluckte und sah zu mir auf. »Ich habe keine Ahnung, was es ist.«

»Fuck!«, knurrte ich und wollte meine Fäuste in den Boden rammen und alles in Brand stecken. Die Bestie knirschte bereits mit den Zähnen und bettelte darum, freigelassen zu werden, aber ich wollte das in den Griff bekommen – ich musste das in den Griff bekommen –, um mir selbst zu zeigen, dass ich es konnte.

Ohne Reiter, ohne Bandit und ohne eine verdammte Ahnung, womit ich es zu tun hatte, musste ich mich mit der Tatsache abfinden, dass ich zahlenmäßig stark unterlegen, überlistet und überfordert war.

»Moira.« Ich schaukelte ihren Kopf hin und her. »Du musst aufwachen, Babe.« Die Verzweiflung strömte nicht mehr in mich hinein. Sie sprudelte förmlich aus mir heraus. »Wach auf, Moira! Komm schon!« Das Feuer meiner Hände verschlang sie und das Strampeln stoppte. Ich hatte keine Ahnung, was ich tat, sondern wusste nur, dass mein Feuer sie das letzte Mal gerettet hatte und es vielleicht wieder tun könnte.

Aber nichts geschah.

Sie brannte. Sie atmete.

Und doch wachte sie nicht auf.

Ich zog mich zurück und stieß ein frustriertes Knurren aus. Jax schwieg und sah zu, wie ich mich an die maskierten

Schaulustigen wandte. »Was habt ihr getan?«, fragte ich sie.

Keiner antwortete.

»Was. Habt. Ihr. Getan?« Ich wiederholte es noch einmal. Langsamer. Tödlicher. Die Angst nagte an mir. Angst vor Moiras bewusstlosem Körper. Angst vor Larans Verschwinden. Ich war hierhergekommen, um Antworten zu finden, und hatte das Gefühl, dass ich stattdessen ein frühes Grab finden würde.

»Sie haben nichts getan, Luzifers Tochter«, sagte eine Stimme.

Sie war süß und unschuldig und alles Gute auf dieser Welt. Täuschung in ihrer schönsten Form. Das Böse in seiner schlimmsten Form. Die Dunkelheit, die sich unter einer Maske aus Licht und Schönheit verbarg.

»Lilith«, flüsterte ich.

»Was für ein cleveres Mädchen.«

»Was hast du mit ihr gemacht?«, fragte ich und hasste es, wie schwach ich klang. Ich wünschte, ich wäre nur halb so stark, wie die Welt zu glauben schien.

Sie stieß ein trällerndes Lachen aus, das an ein Windspiel erinnerte. »Genau wie deine Mutter, nicht clever genug«, antwortete sie süßlich und ignorierte meine Frage völlig. Mein Blut kochte.

Moiras Kopf glitt von meinem Schoß, als ich ihn auf den Boden legte und aufstand. Ihre Schritte waren lautlos, aber die Stofflagen ihres Kleides berührten den Stein. Das Pochen meines Blutes erfüllte meine Ohren, als sie in Sichtweite kam. Die Frau aus meinen Alpträumen.

War es eine seltsame Wendung des Schicksals, dass ich die Tochter des Teufels war und sie wie ein Engel aussah?

Goldene Augen blinzelten auf mich herab und ihre Lippen, die den blassesten Rosaton trugen, formten sich zu einem Lächeln. Ihr Kleid war aus dem weißesten Seidenstoff, den ich je gesehen hatte. So vollkommen. So rein. Ihr Haar verschmolz mit dem wogenden Stoff, der sie umspielte.

»Du siehst sogar aus wie sie.« Sie nickte mit einem leichten Kräuseln ihrer Lippen. Verachtung, das war mir klar. »Aber deine Augen, die sind ganz die deines Vaters«, sagte sie mit einem gehauchten Seufzer und rückte näher, um zwei Finger unter mein Kinn zu legen, damit sie sie deutlich sehen konnte.

Ich erschauderte angesichts ihrer kühlen Finger, als ihre Nägel spitz wurden.

Die Bestie beschloss in diesem Moment, dass sie genug hatte, und stieß mich so weit vor, dass ich ihren Hintern in Brand steckte. Lilith' Griff ließ nicht nach, als die Flammen ihre Finger hinauf leckten, über ihre Hand, den halben Arm hinauf. Die Haut darunter blieb unheimlich blass und glatt.

Ich hatte erwartet, dass sie brennen würde und alles vorbei wäre. Ich hatte erwartet, dass mich meine Gaben, die mich mächtig machten, nicht im Stich ließen. Plötzlich begreifend, kam ich zum Kern der Sache. Ich hatte erwartet, immer und für immer mächtiger zu sein. Unbesiegbar.

Und dabei hatte ich die Lektionen vergessen, die mich all die Jahre am Leben hielten, bevor ich überhaupt irgendeine Macht besaß.

Sie zog eine Augenbraue hoch und ein Grinsen bildete sich auf ihrem Gesicht, während ich mich abmühte, meinen entsetzten Gesichtsausdruck zu verbergen. Die Flammen verbrannten sie nicht, was bedeutete, dass ich nicht nur in Schwierigkeiten steckte. Diesmal war ich völlig am Ende.

Das Weiß ihres Kleides wurde so schwarz wie die Essenz ihrer Seele. Ihrer ätherischen Schönheit beraubt und nur noch in glitzernde Asche gehüllt, stand Lilith vor mir, als das letzte Feuer erlosch und mit ihm auch meine einzige Hoffnung.

Sin hatte mich meiner Telepathie beraubt. Lilith hatte das Feuer an sich gerissen. Moira lag am Boden und Bandit war nirgends zu sehen. Von den Reitern fehlte jede Spur, aber etwas sagte mir, dass sie nicht auftauchen würden, um mich rechtzeitig zu retten.

Ich war auf mich allein gestellt und mein Feind buchstäblich die Königin der Unseelie. Sie war so alt, wie es nur möglich war.

»Solch ein Feuer, Kleines. Das hatte dein Vater auch.« Sie lächelte einen Moment lang liebevoll und ihr Ausdruck wirkte nostalgisch, als sie in einer Erinnerung verschwand. Was auch immer sie gerade dachte, ihr Herz pulsierte förmlich. Bevor ich überhaupt Schlüsse ziehen konnte, schärfte sich ihr Blick wieder und ihr Lächeln wurde brüchig. Abschätzig. »Und jetzt wird dieses Feuer meins sein.«

»Ich sage es dir nur ungern ...« Ich hielt inne und drehte meine Wange, um mein Gesicht aus ihrem Griff zu befreien. »Aber das ist nicht möglich.«

Ich hatte noch nie etwas so Schönes und Verruchtes gesehen wie den Blick, den sie mir zuwarf. Ich schluckte schwer gegen die Trockenheit in meiner Kehle an. »Es gab eine Zeit, in der ich das auch dachte, aber dann wurdest du geboren und das hat alles verändert.«

»Was?« Zu meiner Ehrenrettung war gesagt, dass meine Stimme nicht schwankte, aber in mir ... war die Bestie still. Sie beobachtete. Und das beunruhigte mich.

»Nun, Luzifers Tochter, diese Geschichte begann vor sehr langer Zeit. Damals, als ich noch ein Mädchen war und dein Vater der König – derjenige, der mir meinen Titel gestohlen hat.« Ihre Zähne waren spitz und ihre Nägel krallenartig, aber in diesem kurzen Augenblick sah ich eine

Frau mit Quecksilberaugen und nicht mit goldenen. Diese Erkenntnis kam zu spät. Trotzdem ließ ich sie weiterreden.

»Weißt du, dein Vater war kein Dämon, wie viele glaubten, sondern ein Ursprünglicher. Genau wie Genesis. Genau wie Gott. Eine der lustigen kleinen Eigenheiten ihrer Spezies ist, dass sie sich an einen Planeten und damit an dessen Macht binden können. Aber wenn dieses Wesen stirbt … nun, dann stirbt auch der Planet. Es sei denn, es gibt einen anderen Ursprünglichen, der sich mit ihm verbindet.« Das Gefühl der Angst war jetzt noch größer. Es setzte sich in meinem Magen fest und kroch meinen Hals hinauf, wo es sich in meinem Herzen festsetzte wie ein Parasit, der es nicht mehr loslassen wollte.

»Die Hölle begann zu implodieren, genau wie sie es jetzt tut – nur, dass Luzifer sich das letzte Mal mit ihr verbunden hat. Er hat den Planeten gerettet und die Bewohner haben ihn zum König gemacht. *Nicht dich.*« Diese letzten Worte klangen wie ein Abschiedsgruß.

Wenn sie damit das andeuten wollte, was ich vermutete … Die Muskeln meines leeren Magens krampften sich zusammen, während ich den Drang bekämpfte, Galle hochzuwürgen.

»Du bist clever«, sagte sie und klatschte fröhlich, aber es war alles nur eine Farce. Sahen ihre Anhänger das auch? »Ja. Die ursprünglichen Sechs, die Genesis erschaffen hat, haben einen Pakt mit deinem lieben Daddy geschlossen, und erst, nachdem ich meine Schwester Eve losgeworden bin, hielt er mich für fähig genug, die Sünde des Stolzes und eine seiner Huren zu werden, anstatt mir meinen rechtmäßigen Platz als Königin zu geben.« Ihre Hand ballte sich zu einer Faust, und ich fragte mich, ob sie sah, wie sehr ihr Stolz an ihr zehrte. Wenn ich raten müsste, war mein Vater wahrscheinlich kein guter Mann gewesen, aber ich konnte mir nicht vorstellen, dass er noch schlimmer gewesen war als das. Schlimmer als sie. »Ich habe jahrhundertelang versucht, ihn davon zu überzeugen, die anderen Sechs loszuwerden, aber dein Vater – er hatte einfach zu viel *Liebe*, wie er immer sagte. Ich habe gewartet, bis er schließlich eine von ihnen geschwängert hat. Im Nachhinein betrachtet hätte ich wissen müssen, dass es Lola sein würde. Er wollte immer das, was er nicht haben konnte.«

Es gab so viele Dinge an dieser Geschichte, die mir falsch vorkamen, aber ich unterbrach sie nicht, weil ich jede Sekunde brauchte, um einen Ausweg aus dieser Situation zu finden. Wenn sie gegen die Flammen immun war, dann war sie wahrscheinlich auch gegen andere Dinge immun, und selbst wenn ich sie zu Fall bringen konnte, gab es immer noch *Hunderte* von Dämonen, gegen die ich kämpfen musste. Ich musste nachdenken.

Denk nach ... Denk nach ... Ein leichtes Taubheitsgefühl legte sich über meine Haut. Mein Gehirn wurde unscharf, als ich versuchte, mir einen Reim auf die Situation zu machen.

»Geht es dir gut, Liebes?«, fragte sie und riss mich aus meiner Benommenheit. Meine Poren verstopften mit Schweiß, als die Hitze in mich drang. »Ich muss sagen, ich hatte schon Angst, dass es nicht klappen würde. Aber dein Vater ist auf denselben Trick hereingefallen.«

Ich versuchte, meinen Mund zu öffnen, aber ich konnte die Worte nicht formulieren. Meine Zunge war schlaff und mein Kopf fühlte sich zu schwer an. Ich blinzelte, als Lichter hinter ihr aufblitzten. Meine Füße stolperten, obwohl ich aufrecht stand ... Dann schlugen meine Knie auf dem Höhlenboden auf und mein Herz begann, auf Hochtouren zu hämmern.

»Lilien, die in Brimstone City in der Erde von zerkleinertem, reinem Schwarzen Lotus wachsen, haben die gleichen Eigenschaften, nur dass sie viel stärker sind. Eine Berührung mit der Haut oder das Einatmen ihres Dufts reicht aus, um einen durchschnittlichen Dämon innerhalb von Minuten zu töten, deshalb wagt es niemand, sie anzubauen. So wie es aussieht, wird es dich wahrscheinlich nur für eine halbe Stunde außer Gefecht setzen.« Sie hielt inne und lachte ... und lachte und lachte. Es hatte etwas Verrücktes an sich und mein Magen wurde sauer. Ich dachte an die Kinder, die sie zu uns gebracht hatten. Ihre Hände waren nackt gewesen.

»Die Kinder ...« In meinem Herzen wusste ich, dass meine Suche ins Leere laufen würde, wenn ich die Menge nach dem kleinen Kind namens Elissa absuchen sollte. Mein Abscheu vor dieser Frau, die sich selbst zur Königin krönen wollte, wurde nur noch größer.

»Waisenkinder. Niedere Dämonen ohne Eltern, die sich um sie kümmerten, und ohne Ziel. Ich habe ihnen ein Ziel gegeben. Sie waren die Träger meiner Krone.« Noch während sie das sagte, wandten sich einige Gesichter in der Menge ab. Auch Iona war unter ihnen, ihr Blick ruhte auf dem Boden. Sie hatte mich so schamlos für einen Vater verhöhnt, den ich nie gekannt hatte, und doch ...

Ich musste würgen, aber mir kam keine Galle hoch. Lilith rümpfte angewidert die Nase und rollte mit ihren goldenen Augen, während sie sich eine weiße Haarsträhne aus dem Gesicht strich.

»Du bist ein Monster«, fauchte ich, so gut ich konnte.

»Das bin ich«, gab Lilith zu. »Aber sind wir das nicht alle?« Sie deutete auf die Dämonen hinter sich.

Ich schüttelte den Kopf und der Boden selbst schien sich zu bewegen. Ich biss die Zähne zusammen und keuchte schwer gegen die Welle der Übelkeit an, die mich überflutete. Die Welt war langsamer geworden und schien nun lediglich vor sich hin zu kriechen.

»Nicht so wie ... du«, röchelte ich und hatte Mühe, meine Lippen zu bewegen. Spucke flog, ich stotterte und schüttelte mich.

»Es ist gleich so weit«, sagte sie und lächelte. »Und du dachtest, ich rede mit dir, weil ich deine kindischen Vorstellungen diskutieren will. Erbärmliches Mädchen.« Sie ging in die Hocke und brachte ihr Gesicht auf Augenhöhe mit meinem. »Anders als Eve und ich wurdest du mit der Bestie geboren. Dein Vater wusste das, also hat er deine Kräfte und das Monster gebunden, um dich vor mir zu verstecken, damit ich mich auf ihn konzentriere. Das funktionierte zeitweilig, bis ich etwas merkte. Warum sollte ich darauf warten, dich zu kontrollieren, wenn ich einfach die Bestie in meinen Besitz bringen konnte?« In meinem immer schlimmer werdenden Zustand sah ich das Monster unter ihrer Haut – die wahre Lilith. Und es war ein schrecklicher Anblick. »Nun, ich habe es versucht und bin gescheitert. Ich habe ihn und die Bestie getötet, aber du, Ruby, bist meine zweite Chance. Ich habe von ihm gelernt, was ich falschgemacht habe, und dich gleichzeitig aus deinem Versteck gelockt.« Sie atmete tief ein und inhalierte meinen Duft, bevor sie ihn wie einen Seufzer der Erleichterung ausstieß. »Jetzt werde ich die Macht des Ursprünglichen haben und meinen Thron zurückerobern. Und du, liebes Mädchen, bist diejenige, die mir dabei helfen wird.«

Sie drückte mir einen keuschen Kuss auf die Lippen, der mich zusammenzucken ließ. Ihre Zunge glitt über meine Zähne und sie biss scharf auf meine Unterlippe, zog sich zurück und verschmierte mein Blut auf ihrer Unterlippe, als wäre es die leckerste aller Köstlichkeiten. Ich hatte erst vor ein paar Stunden etwas Ähnliches mit Rysten ausprobiert, aber ihre perverse Art und Weise drehte mir den Magen um.

»Hmmm, du schmeckst sogar wie er«, sinnierte sie.

Verrückt. Ich wusste nicht, ob Lilith schon immer verrückt gewesen war oder die Zeit sie wie Eve verändert hatte. Aber ich musste sofort einen Weg hier rausfinden. Ein gurgelnder Schrei der Empörung entglitt meinen Lippen, als sie aufstand, um wegzugehen.

In diesem Moment ging es um Leben und Tod und genau wie bei Danny und dem Kobold wandte ich mich an meine letzte Gabe.

Ich blinzelte einmal, öffnete meine Augen und suchte nach ihrer Seele. Es könnte klappen. Vielleicht aber auch nicht. Ich hatte keine andere Wahl und die Reiter kamen eindeutig nicht.

Ich konzentrierte mich auf den schwarzen Strudel in ihrer Brust und griff nach ihr.

Nur, um blockiert zu werden.

Unmöglich.

Zumindest dachte ich das. Je mehr ich lernte, desto klarer wurde mir, wie wenig ich wusste. Oder wie tief die Bande des Verrats reichen konnten. Aus den Augenwinkeln sah ich eine zweite Gestalt auf mich zukommen und meine Hoffnung, ihr zu entkommen, verpuffte.

»Siiiin«, stöhnte ich. Allistair hatte mich gewarnt. Er hatte gesagt, dass Sin sich nur für sich selbst interessierte, und ich hatte dummerweise ihr geglaubt und nicht ihm. Ich hatte törichterweise auf Gefühle gehört, die ich gefühlt, anstatt auf die Worte, die ich vernommen hatte.

Und das sollte mich jetzt alles kosten.

Sie ging an mir vorbei, ohne mich eines Blickes zu würdigen, und sank auf ein Knie. Mit gebeugtem Kopf sagte sie: »Mutter.«

Lilith lächelte und alles wurde so klar. »Meine Liebste«, säuselte sie. Ihre krallenbestückten Hände streichelten Sins Haar mit unbestreitbarer Zuneigung. »Als du geboren wurdest, wusste ich, dass du diejenige sein würdest, die mich befreien würde. Und jetzt werde ich dich befreien. Sinumpa, Erbe der Unseelie, Tochter von Kain, Kind von mir – du bist von deinem Blutschwur erlöst.«

Lilith schlitzte Sin vom Augenwinkel bis zur Wange auf und hinterließ eine scharlachrote Träne. Blut quoll auf die Spitze ihrer Klaue, als sie sich in die Handfläche schnitt. Die Wunde auf Sins Wange glühte rot und verhärtete sich dann. Eine Narbe.

»Du bist frei, Sinumpa, nach den Regeln unseres Eides. Aber dieser Tag macht mich so traurig, und das wirst du von nun an auf deinem Gesicht tragen, Tochter.« Meine Lippen zitterten unkontrolliert, weil ich versuchte, zu sprechen, aber keine Kontrolle über meinen Körper hatte.

»Ich danke dir, Mutter«, murmelte Sin. Sie beugte sich vor, um Lilith' Füße zu küssen, und Übelkeit machte sich in mir breit. Das war ihr Master. Die Frau hinter der Maske. Das Böse, das sich im Verborgenen hielt. Der Vorbote meines eigenen Untergangs.

Die Bestie knurrte und schlug in meinem Kopf um sich. Ich hatte schon lange keine Kontrolle mehr, aber was auch immer meinen Körper beeinflusste, hielt uns beide hier in meinem Kopf gefangen. Mein Bewusstsein schwand, als sich die Dämonenschar langsam auflöste und ... sie zum Vorschein kamen. Meine Reiter.

Sie waren hier, aber sie würden mich nicht retten können.

Sie konnten sich nicht einmal selbst retten.

KAPITEL 14
RYSTEN

Unser ganzes Leben lang war uns gesagt worden, dass unsere Aufgabe darin bestand, der nächsten Königin der Hölle zu dienen. Ihr zu folgen. Vor ihr zu knien. Für sie zu kämpfen. Sie zu verteidigen. Unser Leben für sie zu opfern. Und noch bevor wir sie getroffen hatten, waren wir auf diesen Tag vorbereitet gewesen. Auf den Tag, an dem wir vielleicht nicht überleben würden.

Wir waren bereit, alles zu tun, um ihr Überleben zu sichern, selbst, wenn es uns das eigene Leben kosten würde.

Aber niemand hatte uns auf die seelische Verzweiflung vorbereitet, die uns im Nacken sitzen würde, wenn das Scheitern unmittelbar bevorstand. Niemand hatte uns gesagt, dass der einzige Grund für unsere Existenz mit einem Fingerschnippen ausgelöscht werden könnte.

Niemand hatte bedacht, dass wir diese Frau so sehr lieben würden, dass es wehtat. So sehr, dass es brannte.

Diese Dinge hatte man uns nicht gesagt. Beschützen. Dienen. Verteidigen. Das waren unsere Pflichten und wir waren froh, sie auf Kosten aller zu erfüllen ... Bis jetzt.

Ich wünschte, wir wären nie in die Hölle zurückgekommen.

Ich wünschte, wir hätten die Hölle brennen lassen und unsere Königin in Sicherheit gebracht.

Ich wünschte, wir hätten mehr Zeit.

Ich wünschte mir eine Menge Dinge, die nie in Erfüllung gehen würden, und das wusste ich jetzt. Ich war klug genug gewesen, die Momente mit ihr so zu genießen, als würden sie nie wiederkommen. Denn ein kleiner Teil von mir hatte gewusst, dass die uns auferlegte Pflicht unser Untergang sein würde.

Und nun knieten wir auf dem kalten Steinboden mit giftigen Blumen um den Hals, die selbst den stärksten Dämon töten sollten. Sogar eine Ursprüngliche.

Wenn Ruby unterging, hatten wir keine Chance.

»Meine Jungs«, gurrte Lilith. Wir waren nichts für sie, und das wusste die abscheuliche alte Frau. Auch wenn sie geholfen hatte, uns zu erschaffen, war sie nicht unsere Mutter.

Ihre Krallen streichelten sanft meine Wange und schlossen sich um mein Kinn. Sie riss mein Gesicht nach oben, aber ich behielt meine Augen auf Ruby gerichtet. Auf das Licht. Egal, was jetzt passierte, sie musste überleben.

»Du wirst mich ansehen, wenn ich mit dir spreche, Krankheit.« Das Kratzen ihrer Nägel war nichts im Vergleich zu der überwältigenden Panik vor dem, was kommen würde.

Wir waren diejenigen, die Luzifers Leiche gefunden hatten, als sie dies das letzte Mal versucht hatte – oder was davon übrig gewesen war.

Ich spuckte und ein schillernder blauer Klecks traf ihre Haut. Ich musste nicht hinsehen, um zu wissen, dass sich ihre Gesichtszüge vor Wut verzerrten; der Schlag ihrer Hand, der mich zurückschrecken ließ, war genug.

»Die Wahrheit ist, Lilith, dass du keine Königin bist und durch den Diebstahl der Macht des Ursprünglichen nicht zu einer wirst.« Ihr Fuß schnellte hervor und Rubys Schrei durchdrang die Luft, als mein Kopf wieder und wieder auf den Steinboden aufschlug. Knochen knirschten, aber dank ihrer verdammten Gifte spürte ich immer noch nur eine Ahnung von dem, was sie tat.

»Stopp! Nimm deine Hände von ihm!« Ruby schrie, aber die Worte waren kaum zu verstehen.

Lilith hielt inne und zog sich von mir zurück.

»Was hast du zu mir gesagt?«, entgegnete sie mit einem Singsang, der dem Wahnsinn nahekam. Sie verstand es als Herausforderung und Ruby wusste es nicht besser, als die Königin der Unseelie herauszufordern.

»Nimm deine verdammten Hände von meinem Reiter!«, knurrte Ruby. Ihre Hände ballten sich zu Fäusten und ihre Nägel kratzten an dem Felsen unter ihr, der sich blutblau färbte, während sie einen unheiligen Schrei ausstieß. Damit hätte sie Moira das Wasser reichen können.

»Sieh an, sieh an! Du steckst ja voller Überraschungen, nicht wahr, kleine Morningstar?« Lilith grinste. Das spornte Ruby nur noch mehr an. Ihr Rücken wölbte sich vom Stein, als die Flammen sie vollständig verzehrten und immer heller wurden. Ich schaute nicht weg, selbst als sie zu hell wurden, um sie wirklich zu sehen.

Ihre Gestalt verschwamm, als die Flammen sie wie ein lebendiges atmendes Wesen umgaben. Diesmal schrie sie nicht. Sie krümmte und wand sich, aber sie kämpfte und die Flammen wüteten. Sie zwang ihre Arme, sie zu heben, und ihre Knie, sie zu halten. Sie erhob sich mit aller Kraft und bewegte sich zielstrebig. »Dachtest du wirklich, ich würde dir dabei zusehen?«, knurrte sie.

Und dann ... explodierte sie.

Ein Feuer, wie ich es noch nie gesehen hatte, strömte aus ihr heraus und ergoss sich in die Höhle. Es raste über die steinernen Ufer und das glühende Wasser, schlängelte sich die Spitzen der Türme hinauf und kroch über jeden Winkel der Höhlenwände, bis es alles war, was es gab – und sie brannte immer noch.

Sie brannte mehr, als Luzifer es je getan hatte, selbst in seinem tiefsten Zorn.

Und sie brannte für mich.

Es dauerte eine Weile, in der ich mir nicht sicher war, ob Sekunden, Minuten oder gar Stunden verstrichen waren. Schwarz und Blau und jede Farbe dazwischen verzehrten meine Sicht in den herrlichsten Flammen, aber trotz ihrer rohen Kraft ... trotz der immensen Stärke, die in ihr steckte ...

Trotz alledem konnte sie nicht ewig weitermachen – und Lilith stand immer noch.

»Du bist stark, Kind«, rief sie und leckte sich über die Lippen. »Das muss ich dir lassen.« Das Feuer wurde schwächer und zeigte, wie viel Ruby vernichtet hatte. Lilith warf einen anerkennenden Blick darauf, wie Stalaktiten von der Decke in das klare Wasser darunter fielen. Die Türme waren geschwärzt und zerbröckelt. Jedes Stück Stoff, jedes Gewebe war verbrannt und doch ... waren die Leute unversehrt.

Es gab nur eine Sache, die einen Dämon immun gegen die Flammen machte.

»Schwefel«, murmelte Laran neben mir. Er musste zu demselben Schluss gekommen sein.

»Warum willst du nicht sterben?« Ruby knurrte mit

einer Stimme, die halb ihr und halb der Bestie gehörte. Ihre Augen waren dunkel geworden, aber nicht wirklich schwarz. Sie kämpfte um die Kontrolle in einer Schlacht, die sie nicht gewinnen würde.

»Ich habe *Jahrhunderte* mit der Planung verbracht, Kind. Dachtest du wirklich, ich würde deine ursprüngliche Kraft nicht berücksichtigen?« Lilith lachte leise, fast wie ein Gackern. »Nein, Mädchen, ich habe an alles gedacht. Auch an die Möglichkeit, dass du mit den Gaben deiner Mutter gesegnet sein könntest.«

Lilith schnippte mit den Fingern und ein silberner Dolch erschien in ihrer Handfläche. Rubys Beine zitterten, als sie einen weiteren Schritt nach vorn machte. Ihr Kraftausbruch hatte sie geschwächt, als Lilith uns vier umkreiste.

»Was machst du da?«, fauchte die Bestie. Rubys Körper zuckte hin und her, als sie um die Macht rangen. Lilith sah mit einem leichten Lächeln auf den Lippen zu, wie sie vor Laran zum Stehen kam.

Sie griff nach unten, packte eine Handvoll Haar und wickelte es fest um ihre Handfläche, während sie Laran nach oben riss und sich hinter ihn stellte, die silberne Schneide ihres Dolches an seiner Kehle. Wir wussten beide, dass dieser Dolch mit Blutmagie durchtränkt war. »Lass nicht zu, dass sie dich bricht! Du musst überleben, kleines Mädchen. Für mich«, rief Laran ihr zu.

»Dies ist eine Lektion«, sagte Lilith munter. »Ich brauche nur zwei von ihnen.«

Rubys Augen wurden schwarz und die Bestie machte zwei zitternde Schritte. Sie wusste, was kommen würde. Wir alle wussten es.

Und es war zu spät.

Eine Bewegung ihres Handgelenks genügte. Laran stieß

einen erstickten Laut aus und Rubys Beine brachen völlig zusammen, als sein Blut direkt aus der Ader auf die glitzernde Asche zu ihren Füßen floss.

»Laran«, würgte sie. »Laran, bitte geh nicht ...« Ein Schaudern durchfuhr ihre Schultern, als sie in sich zusammensackte. »Bitte nicht!« Sie flehte den sterbenden Dämon an, während sie zu ihm kroch. »Laran, bitte ... bitte«, schrie sie, während ihre Tränen über die Wangen kullerten. Sie wiederholte seinen Namen immer und immer wieder, bis das Glucksen aufhörte und das Licht aus seinen Augen verschwand. »LARAN«, brüllte sie mit einer Stimme, die Tote hätte aufwecken können.

Lilith ging auf Allistair zu, den Dolch in der Hand, und jeder Kampf, den Ruby noch in sich getragen hatte, stillte, als Lilith sagte: »Nun denn. Du wirst dich doch nicht wehren, oder?«

Sie schüttelte den Kopf, als sich die Teile in ihr auflösten. Ich sah es in ihren Augen, dass sie wusste, dass sie sterben würde, und Lilith wusste das auch. Sie wusste, dass Ruby alles für uns geben würde.

Auch das Herz, das in ihrer Brust schlug.

»Bringt sie zum Wasser, aber lasst sie es nicht berühren!«, befahl Lilith. Die Dämonen setzten sich in Bewegung, um ihrem Befehl zu folgen, und zitternde Finger packten mich an den Seiten. Ich erkannte sie, selbst nach dreitausend Jahren.

»Es tut mir so leid«, flüsterte Iona. Ich hatte nicht mehr die Kraft, sie anzuspucken. Ich hatte nicht die Willenskraft, ihr zu sagen, dass ich lieber sterben würde, als sie zu berühren. Es gab nur eine Sache, die ich mir mehr auf dieser Welt wünschte, als Iona in diesem Moment brennen zu sehen.

»R-rette s-s-sie«, flüsterte ich durch meinen gebrochenen Kiefer, durch das sickernde Blut und den nebligen Dunst. Lilith' Blumen behinderten die Heilung.

»Ich kann nicht«, murmelte sie zurück. »Das war der Preis, den ich für mein Leben bezahlt habe.«

»Reeeee…« Der Rest der Worte kam nicht mehr heraus. Ich schaffte es, meine Augen offenzuhalten, als Lilith auf Ruby zuging.

Mein Mädchen. Ihre Augen waren glasig, als Lilith sie wie ein Kind hochhob. Sie wehrte sich nicht. Sie sprach nicht. Das Funkeln in ihren Augen … es war weg.

»Ruby«, keuchte Allistair neben mir. »Kämpfe weiter, kleiner Sukkubus!«, stöhnte er. Sie reagierte nicht. Ich spürte, wie mein Körper bewegt wurde, teilweise angehoben und teilweise geschleift. Nach den Schlägen ins Gesicht, die Lilith mir verpasst hatte, sollte ich jede Bewegung spüren, aber es schien, als hätten ihre giftigen Blumen den Schmerz betäubt, zumindest körperlich.

Iona setzte mich auf den felsigen Rand des Ufers, sodass ich aus der ersten Reihe beobachten konnte, wie Ruby ins Wasser hinabgelassen wurde. Sie war nackt und ihre Brandzeichen leuchteten schwach; die blauen Ranken waren kraftlos.

»Versammelt euch, meine treuen Gefolgsleute, denn heute Nacht ist der Auftakt! Mit diesem Opfer werden wir eine neue Welt erschaffen. Eine, die auf den Knochen unserer Feinde erbaut ist.« Lilith' Worte hallten in der Höhle wider, während alle schweigend zusahen.

»Ruby«, knurrte Julian. »Bekämpfe sie, Ruby! Hör nicht auf … Verstehst du mich …« Seine Worte waren sinnlos. Sie würde keinen Finger mehr rühren. Nicht, wenn es den Tod von einem von uns bedeutete.

Lilith begann zu singen. Zuerst leise, als sie den Dolch über ihren Kopf hob.

In Rubys Augen blitzte nicht ein Funken Angst auf, als Lilith sie traf. Direkt in ihr Brustbein.

Ein unangenehmes Knacken erfüllte die Luft.

Dann wieder.

Und wieder.

Und wieder.

Lilith stach auf sie ein, bis das Wasser blutig wurde und ihre Haut sich blau färbte.

Sie stach auf sie ein, bis Ruby nicht mehr bei jedem Hieb des Messers zusammenzuckte.

Sie stach auf sie ein, bis die Umrisse des Pentagramms auf ihrer Brust weggeschnitten waren, und Ruby ... Sie hing nur noch an einem seidenen Faden. Es wurde geschrien. So viele Schreie. Sie kamen nicht von Ruby selbst, sondern von uns dreien, die wir gefesselt waren und nichts dagegen tun konnten. Der Aufschrei eines Schmerzes, der so tief war, dass der Verstand ihn nicht fassen konnte.

Mein Leben war so lang gewesen. So unendlich lang. Noch nie hatte es sich so lang angefühlt wie jetzt. Ich wollte nicht in einer Welt leben, in der es sie nicht gab. Sie war mein Licht. Meine Seele. Mein ganzes verdammtes Universum.

Und sie durfte nicht sterben.

Etwas in mir riss, als Lilith anfing, ihre eigene Brust aufzuschlitzen, ohne einen Takt in ihrem Gesang zu versäumen. Dunkle Magie erfüllte die Luft. Sie war so abscheulich und böse, dass sie drohte, ihr Licht zu löschen, aber ich gab alles für sie.

Meine Magie. Meine Kraft. Mein Wille, zu leben. Ich war der stärkste Schatten, der je erschaffen worden war, und ich benutzte diese Kraft, um sie zusammenzuhalten. Um ihren Körper zusammenzuhalten. Um zu versuchen, jeglichen Schaden zu heilen, den ich heilen konnte.

Selbst als die Schatten über uns herfielen, gab ich weiter. Als eine dunkle Leere aus Ruby aufstieg, gab ich.

Als das Wasser schwarz wurde, gab ich.

Erst als Lilith vor mir stand, erkannte ich die Wahrheit. Diese Hoffnungslosigkeit verzehrte mich schließlich.

Sie malte meine Brust mit dem Blut meiner Gefährtin an ... und es gab nichts mehr zu geben.

Ich hatte alles gegeben, bis Rubys Herz zum letzten Mal zitterte ... Bis die Welt dunkel wurde. Richtig dunkel.

Und in der Schwärze sprach eine Stimme zu mir. Eine Dunkelheit, die ich kannte.

Eine Bestie von uralter Macht, die von so viel Wut erfüllt war, dass sie nach dem Unrecht, das ihr angetan worden war, nicht mehr besänftigt werden konnte. Man hatte ihr die andere Hälfte ihrer Seele geraubt.

KAPITEL 15

Das Dasein war so eine seltsame Sache.

In einem Moment war man da und im nächsten nicht mehr. Die meisten glaubten, dass man danach die Welten des Himmels und der Hölle erreichte – die nächste Ebene der Existenz sozusagen –, aber die Wahrheit war, dass das niemand wirklich wusste. Nicht einmal der Tod, der auf dieser prekären Linie dazwischen lebte und starb.

Der Vorhang war ein Ort der Existenz, der weniger mit der Hölle als vielmehr mit einem Geisteszustand zu vergleichen war. Ein Zustand, aus dem man nie wieder aufwachte. Und ich wollte nicht aufwachen. Nicht jetzt. Niemals.

Sie hatte ihn mir weggenommen, aber was sie nicht wusste, war, dass ich ihm gefolgt war, lange bevor der letzte Atemzug meinen Körper verlassen hatte. Ich hatte den kleinen Funken Magie, den der Tod mir vermacht hatte, genutzt, um zum Vorhang zu gehen und mich an ihm festzuhalten. Hier existierten wir zusammen. Aber auf der anderen Seite, hinter dem Vorhang ... Ich wusste es nicht. Ich wollte es auch gar nicht wissen.

»Du kannst mich nicht aufhalten, Baby«, murmelte er in mein Ohr. »Du musst weitergehen. Du musst überleben.«

»Ich lasse dich nicht gehen«, sagte ich und klammerte mich fester an ihn.

»Sie hat mich getötet, Ruby. Das kannst du nicht ändern«, sagte er sanft und drückte seine Fingerkuppen in meinen Kiefer, während er mein Gesicht streichelte. »Es ist okay. Wir waren alle darauf vorbereitet.«

Ich schluckte schwer und grub meine Nägel in das Haar in seinem Nacken.

»Ich. Werde. Dich. Nicht. Verlassen«, flüsterte ich mit rauer Stimme. »Es wird nicht passieren. Ich weigere mich. Hast du mich verstanden?« Meine Unterlippe bebte, als die Tränen zu fallen drohten. Seine Augen wurden weicher, als er sich nach vorn beugte und mir einen Kuss auf die Stirn drückte. Ich lehnte mich ebenfalls vor und kämpfte gegen die Emotionen an, die in meiner Kehle anschwollen, als ich merkte, dass ich seinen Duft nicht mehr riechen konnte, diesen Hauch von Feuerholz und Rauch. Dass ich ihn nie wieder riechen würde.

»Wenn du bei mir bleibst, lässt du sie zurück. Das weißt du doch, oder?«, fragte er mich.

»Sie haben einander. Ich werde dich hier nicht allein lassen.«

»Du lässt Moira und Bandit zurück. Sie werden ohne dich nicht überleben.« Sein Ton war sanft, sogar süß. Ich hasste es.

»Hör auf!«, schnauzte ich. »Hör auf, zu versuchen, mich dazu zu bringen, dich zu verlassen! Das kannst du nicht. Das werde ich nicht.« Ich zog fester an seinem Haar, was ihm nur ein Schmunzeln entlockte.

»Ich bringe dich zu gar nichts, Babe. Ich könnte es nicht, selbst wenn ich es versuchen würde«, flüsterte er in mein Haar. Das beruhigte mich, aber nur für einen kurzen Moment. »Ich sage dir nur, was du schon weißt und nicht hören willst, denn die Wahrheit ist, dass du es vielleicht überlebst, wenn du mich verlässt, aber jede Minute, die du hier verbringst, ist eine weitere, in der dein Körper stirbt.« Meine Hände zitterten, als ich ihn festhielt. Ich hatte Angst, dass er in den großen Abgrund entgleiten könnte, wenn ich auch nur eine Sekunde nachgeben würde.

»Ich will das nicht ohne dich machen«, platzte ich heraus und holte unsicher Luft. »Ich will nicht gegen Lilith kämpfen. Ich will nicht für die Hölle kämpfen. Ich will nichts davon tun, wenn es bedeutet, es ohne dich zu tun. Ich will nicht allein sein.« Jetzt fielen Tränen. Große. Fette. Hässliche Tränen. Sie liefen über mein Gesicht und auf seine Brust.

»Du wirst nie allein sein, Baby. Das weißt du doch.« Aber er lag so falsch. Ich wusste das nicht. Ich wusste nicht, was als Nächstes kam und wann. Ich wusste nicht, wann das nächste Mal jemand, den ich geliebt hatte, sterben würde.

Liebte. Nicht geliebt hatte. Er war noch hier. Immer noch bei mir.

»Ich gehe nirgendwohin, Laran. Nicht ohne dich.«

»Um ehrlich zu sein«, warf eine andere Stimme ein. Mein Blut wurde kalt. »Tust du genau das.«

»Sin«, spie ich. Laran erstarrte, als ich mich umdrehte und mit beiden Händen seinen Arm hinter mir festhielt. »Du hast mich verarscht, Sin. Das alles ist deine Schuld«, zischte ich. Sie kniff ihre Quecksilberaugen zusammen und legte den Kopf schief.

»Ich habe dich gewarnt. Gib mir nicht die Schuld, weil du eine Entscheidung getroffen hast und dir das Ergebnis nicht gefällt!« Es lag ein Hauch von Vorsicht in ihrem Ton, aber das war mir jetzt egal. Sie hielt all das für ein Spiel und glaubte, sie wäre diejenige, die die Figuren bewegte, aber für mich war es kein Spiel. Es war mein Leben und es war vorbei und es gab für niemanden von uns eine zweite Chance.

»Du hast mich verraten, Sin. Es ist mir egal, wie du es drehst und wendest. Du hast mich hierhergeführt und mich glauben lassen, du wärst auf meiner Seite. Laran ist deinetwegen tot.« Ich schrie, als ich endlich die Wut in mir spürte. »Das sind wir beide.«

Sin holte tief Luft und ließ sie mit einem schweren Seufzer wieder los. »Es tut mir leid, was dich dieser Krieg bereits gekostet hat, Ruby. Das tut es wirklich. Ich habe dir von Anfang an gesagt, dass du niemandem vertrauen sollst. Nicht einmal mir.« Ihre Augen ... sie waren so alt und mit so viel Schmerz gefüllt. Unter anderen Umständen hätte ich vielleicht Mitleid mit ihr gehabt. Ich hätte sie verstehen können.

Aber ich war tot. Das hatte sie selbst gesagt.

»Du wirst nicht lange tot sein, kleine Morningstar«, sagte sie so leise, dass ich es fast überhörte.

»Nenn mich nicht so!«, knurrte ich und das war hundertprozentig ich. Von der Bestie, die in meiner Seele gewohnt hatte, war nichts mehr zu spüren. Sin nickte.

»Verabschiede dich, Ruby! Wir haben noch viel zu tun, wenn wir die Hölle retten wollen.«

»Was? Nein.«

»Ich fordere den Blutschwur für den geschuldeten Gefallen ein. Du wirst leben, Ruby, und wir werden weiter kämpfen.«

Die Haut auf meiner Brust brannte, als der Splitter der Blutmagie auf ihren Befehl hin aktiviert wurde. Ein Druck erfüllte mich. Er verwirrte meinen Geist und belastete meinen Körper. Hätte ich hier Knochen, wären sie unter dem Gewicht des Blutschwurs zerbrochen, der mich zwang, seinem Ruf zu gehorchen.

»Laran«, keuchte ich und drehte mich zu ihm um. Ich schlang meine Arme um seine Schultern und weigerte mich, ihn loszulassen.

»Shhh«, flüsterte er. »Es wird alles gut, Baby. Geh zu den Sünden! Sie werden wissen, was zu tun ist.« Dann begann das Strampeln. Ich spürte meinen Körper wieder. Jeder Muskel krampfte und versuchte, sich zu spalten, als wären die Atome, die mich ausmachten, nicht mehr zu bändigen. Trotzdem klammerte ich mich an ihn, während die Magie mich zurückzog.

Sollte sie doch, aber ich würde nicht loslassen. Ich würde ihn behalten. Ich war nicht so weit gekommen, nur um ihn für immer zu verlieren.

Ich konnte es nicht tun. Ich würde es nicht tun.

Ich war stärker als das. Ich war stärker als das alles.

Und irgendwie würde ich auch ihn retten.

»Ich liebe dich«, flüsterte er. Es klang wie ein Abschiedsgruß.

»Tu das nicht, Laran! Du wirst mich nicht verlassen. Ich bin ...«

Ein plötzlicher, dumpfer Schmerz erfüllte mich, als wäre ich hundert Stockwerke tief gefallen und dann über die Straße geschleift worden. Mein Rücken stieß gegen etwas Festes und Klebriges. Ich krampfte meine Finger zusammen, aber ich spürte nur das Kratzen meiner Nägel auf dem Stein.

Nein. Nein. Nein. Wo war er? Ich hatte nicht losgelassen. Wo war Laran?

Meine Augen flogen auf, als ich mich aufrichtete und ein Anflug von Übelkeit und Schwindelgefühl überkam.

»Hey, ganz langsam ...«

»Immer mit der Ruhe, Rubes ...«

»Wo ist er?«, flüsterte ich. Gebrochen. Zersplittert. Ich drehte mich zu Moira um und ihre Augen zuckten. »Wo ist er, Moira?« Ich knurrte – dieses Mal lauter. Stärker. Die Muskeln in meiner Brust zogen sich wieder zusammen, je mehr ich sprach. Die Knochen und Knorpel bogen sich, formten sich neu und verbanden sich wieder, je länger ich hier war. Aber es war sein Verlust, der mich so sehr erfüllte, dass jeder einzelne Schmerz, jede Wunde, jeder Schnitt und jeder Bruch nichts bedeuteten.

»Es tut mir leid«, sagte sie. Ihre Pentagramm-Augen funkelten verzweifelt, als sie sie öffnete und mich ansah. »Es tut mir so leid, Ruby. Laran ... er ist ... nicht mehr da.«

Nicht mehr da.

Nicht mehr da.

Nicht mehr da.

Die Worte hallten in meinen Ohren wider wie der letzte Nagel in einem Sarg, und ich schrie auf. Mein Kopf peitschte hin und her, als ich an den verkohlten Ufern des Gartens nach seinem Körper suchte. Lilith war weg und meine anderen Reiter auch.

Aber Laran, er war tot.

Ich kroch auf allen Vieren und watete durch das geronnene Blut. Seine schöne gebräunte Haut war nicht mehr da. Sein Körper war blass und ohne Wärme, seine Augen starrten mich an, weit geöffnet und selbst im Angesicht des Todes unbeirrt. Ein rauer Laut entwich meiner Kehle, als ich begann, auf seine Brust zu hämmern. »Ich habe dir gesagt, dass du mich nicht verlassen sollst«, schrie ich. »Ich habe dir gesagt, du sollst nicht gehen.«

»Ruby ...«

»Lass sie!«, flüsterte Jax ihr zu. »Sie hat gerade ihren Gefährten verloren, die anderen wurden entführt und Lilith hat die Bestie. Gib ihr einen Moment Zeit, um zu trauern.«

Was sie sagten, registrierte ich nicht. Sie klangen weit weg und wolkig. Ein vages Gefühl drang durch den Dunst, der mich verzehrte, während ich gegen seine Brust schlug, schrie und weinte. »Bitte sei nicht tot ... Es tut mir leid ... Bitte nicht. Bitte tu es nicht! Es tut mir so leid ...«

Tränen liefen über mein Gesicht und auf seinen Körper, wo sie sich mit seinem Blut vermischten. Ich bettelte und flehte, und als das nicht half, flehte ich jemand anderen an. Irgendjemanden. Rette ihn! Das war alles, was ich wollte.

»Wenn es jemanden auf dieser oder der nächsten Welt gibt, der mich hören kann ...« Ich schnappte nach Luft, als ich zu hyperventilieren begann und an meinen Worten erstickte. »Rette ihn!«, schluchzte ich. »Das ist alles, worum ich bitte. Bring ihn ... zurück zu ... mir!« Tränen und Rotz liefen über mein Gesicht, als meine Kehle vor lauter Emotionen blockierte. Keine Ahnung, was mich dazu veranlasste, diese Worte zu sagen, aber in diesem Moment würde ich selbst Gott anflehen, ihn zu retten.

»Du hast gerufen?«, sagte eine Frau. Ihre Stimme klang hier seltsam. Zu leicht für die Schwere des Verlustes, den ich gerade erlebte. Ich drehte mich um und bedeckte ihn so weit wie möglich mit meinem eigenen Körper.

Die Person, die ich sah ...

»Du bist ...«

»Morvaen. Du hast mich befreit, Tochter der Hölle.«

Heilige Scheiße! Hatte ich tatsächlich eine Seelie *in* die Hölle gerufen? Ich versuchte, durch die Tränen hindurchzusehen, aber meine geschwollenen Augenlider behinderten meine Sicht. In der Höhle herrschte Stille, als hätten sie gerade gemerkt, dass das Wesen in unserer Mitte noch nicht so lange in dieser Welt wandelte.

»Warum bist du hier?«, fragte ich mit brüchiger Stimme und ihre Gesichtszüge wurden weicher.

»Du hast mich herbeigerufen, Mylady. Die Rune auf deinem Arm wurde aktiviert. Was kann ich für dich tun?«

Mein Atem stockte in meiner Kehle. Gab es wirklich eine Chance ...? Wollte mir das Universum damit sagen, dass es noch nicht vorbei war? Dass dies nicht das Ende war ...

»Rette ihn!«, würgte ich hervor. »Es ist mir egal, was du tun musst. Rette ihn einfach!«

Ein Raunen ging durch den Raum, als Morvaen neben mir auf die Knie ging. Mitleid zeichnete sich in ihren silbernen Augen ab, als sie nach dem Mann griff, den ich selbst im Tod beschützte. Ich kroch zur Seite und beobachtete jede ihrer Bewegungen, als sie zu zeichnen begann.

Symbole. So viele Symbole, die sie auf seine Brust zeichnete. Sein Gesicht. Seine Arme.

Magie erfüllte die Luft, aber dieses Mal war sie nicht dunkel oder gewalttätig.

Wie eine warme Brise am Ende des Winters spürte ich den ersten Strahl der Hoffnung.

Morvaen griff nach mir, und ich hielt sie nicht auf, als sie begann, die gleichen Symbole auf meine Haut zu zeichnen. Sie malte orangefarbene Runen auf jeden Zentimeter meines Rückens, während sich eine Schwere in dem Raum um mich herum aufbaute und auf mir lastete.

In dem Moment, als ihre Hände sich von meiner Haut

lösten, spürte ich, wie der Druck, der sich um mich herum gebildet hatte, nachließ. Die Luft stockte. Meine Kehle schnürte sich jedes Mal zusammen, wenn ich versuchte, einen Atemzug zu nehmen, und als die Ränder meiner Sicht langsam dunkel wurden, hörte ich es.

Das Schlagen eines Herzens.

KAPITEL 16

Laran stieß ein ersticktes Röcheln aus und der Schraubstock um meine Kehle löste sich. Ein Zustrom von Sauerstoff überflutete mich und ich sackte nach vorn und auf ihn. Der kupferne Geschmack von Blut, vermischt mit seinem Geruch nach Feuerholz und Rauch, erfüllte mich mit ... Frieden. Ich hatte befürchtet, dass dieser Geruch nie mehr zurückkehren würde. Dass er nie mehr zurückkehren würde. Dass der Verlust so tief sein würde, dass ich ihn nie überwinden könnte, weil ein Teil von mir in den Vorhang und darüber hinaus gegangen war.

Aber dieser Teil kam zurück, als sich seine Arme um mich schlossen.

»Ich habe dir gesagt, dass ich dich nicht gehen lasse«, hauchte ich.

»Ich habe nie an dir gezweifelt«, flüsterte er.

Es war nicht alles in Ordnung auf der Welt. Drei meiner Gefährten waren verschwunden. Lilith war weg und sie hatte die Bestie mitgenommen.

Ich war wegen meiner Krone hierhergekommen und hatte mein Leben verloren.

Jetzt ... würde ich mir alles nehmen und dieses Mal ...

Ich schaute zu meiner besten Freundin und dem Enigma, der sorgfältig über sie wachte, zu meinem Waschbären und wie er zu Larans Füßen saß, zu den vier Pferden, die jetzt über uns wachten, zu der Dämonenschar, die sich so weit wie möglich fernhielt, und schließlich zu der dunkelhäutigen Fae, die mir gegenübersaß.

»Ich danke dir«, sagte ich ihr.

»Ich war dir etwas schuldig, Ruby Morningstar. Jetzt ist diese Schuld beglichen.« Ihre Augen suchten unsere Umgebung ab. »Aber ich muss dich fragen, wo sind wir?« Nachdem ich einmal zu oft mit dem Tod konfrontiert worden war, fühlte ich mich bis auf die Knochen erschöpft und zog lediglich eine müde Grimasse.

»Siehst du das nicht?« Sie beäugte mich misstrauisch und ich deutete das als ein Nein. »Wir sind in der Hölle.«

Ihr blieb der Mund offen stehen und sie sagte: »Du hast mich ... in die *Hölle* bestellt?«

»Es scheint so.«

Sie wurde still und fragte dann: »Wie?«

Ich stöhnte auf und drückte meine Wange gegen die immer wärmer werdende Haut von Larans Brust. »Ich bin mir nicht ganz sicher.« Seine rauen Hände klammerten sich an meine Seite, seine Fingernägel bissen sich in die Haut, während er mich festhielt, fast so, als hätte er Angst, mich loszulassen.

»Ich verstehe«, sagte sie schließlich. Ihre dunklen Lippen wölbten sich nach unten, bevor sie sich umdrehte und die Dämonen begutachtete, die in der Ecke kauerten. »Müssen wir uns Sorgen um sie machen?«, fragte sie.

»Wahrscheinlich«, sagte ich und knirschte mit den Zähnen gegen den Schmerz in meinen Muskeln an, als ich versuchte, mich aufzurichten. Laran war da und half mir, obwohl seine Glieder vor Anstrengung zitterten. Das Klackern von Hufen und eine feuchte Nase, die sich gegen mein Gesicht presste, ließen mich innehalten und zu der lächerlich großen Stute hinüberschauen. Ihre seelenvollen Augen schauten mir tief in die Augen, als sie ihre Schnauze an mich drückte und sich dann an Laran schmiegte.

»Hey, Mädchen«, murmelte er zu Epona. Seine sanften Hände glitten über ihre Seite, während er süße Dinge murmelte. Das erfüllte mich mit einer Art bittersüßem Gefühl. Ich war so dankbar, dass er hier war und lebte, um seine Vertraute zu beruhigen, aber als ich zu den anderen drei Pferden hinüberschaute, brach mein Herz erneut.

Tränen drohten mir aus den Augen zu fallen, aber ich konnte mich nicht in meinem Kummer verlieren. Ich holte tief Luft und hob Bandit hoch, ließ seine Krallen in meine nackte Haut eindringen, als er an meiner Schulter hochkletterte. Das leichte Aufflackern von Schmerz gab mir Halt und erinnerte mich an Julian und daran, was ich verlieren würde, wenn ich versagte. Die Emotionen ließen meine Kehle anschwellen und ich musste schwer schlucken.

Schritte lenkte meine Aufmerksamkeit auf die Menge, die sich teilte. Eine hohläugige Iona trat vor. Augenblicklich veränderte sich etwas in mir. Ich knurrte und wartete auf die abfälligen Bemerkungen der Bestie, sie bei lebendigem Leib zu häuten, während das Feuer unter meinen Fingern tanzte. Aber da war keine Bestie und da war kein Feuer. Nur glitzernde Asche und Erinnerungen.

Das machte mich noch wütender. Ich stürzte nach vorn, während mir ein Knurren über die Lippen kam. Iona hatte noch genügend Grips, um auszuweichen, aber sie machte keine Anstalten, mich abzuwehren, als ich einen wilden rechten Haken austeilte, der sie voll traf. Ihr Atem stockte, als ihr Hals herumgewirbelt wurde. Ein Knirschen hallte in der Höhle wider. Sie fiel vor mir auf die Knie und weinte.

Ich biss die Zähne gegen den Drang zusammen, meine Hand in ihr Haar zu legen und zu sehen, wie oft ich ihr Gesicht auf den Stein schlagen musste, bis ihr Kopf aufplatzte. Gewalt war nicht meine erste Wahl. Das war sie nie gewesen, bis die Bestie zu mir gekommen war.

Und jetzt schien es, dass sie mich auf unerklärliche Weise verändert hatte. Der Ruf nach Vergeltung traf mich hart, auch als sie die schrecklichsten Schluchzer ausstieß und Blut, Rotz und Tränen ihr Gesicht verschmierten. »Es tut mir so leid«, weinte sie. Ich wollte sie umbringen, aber tief in mir wusste ich, dass sie nicht die Schuldige war. Nicht wirklich.

»Sie hat mich sechsmal in die Brust gestochen. Sie hat mich getötet. Sie hat Laran getötet. Jetzt hat sie die Bestie und meine Reiter entführt, weiß der Teufel wofür«, fauchte ich barsch. »Es ist etwas spät für Entschuldigungen, Iona.«

Ich drehte ihr den Rücken zu. Es würde keine Vergebung dafür geben, was sie getan hatte. Nicht jetzt. Und auch nicht in hundert Jahren. Ich würde sie vielleicht nicht töten, aber sie müsste mit der Schuld leben.

Schwache Finger griffen nach meinem Knöchel. Ich hielt inne. »Rysten und ich sind zusammen aufgewachsen. Ich liebe ihn, nicht als Gefährten, sondern als Bruder, und er liebt mich.«

»Du hast eine schöne Art, das zu zeigen«, antwortete ich bissig. Sie zuckte zusammen, widersprach mir aber nicht.

»Dein Vater sah seine Zuneigung und warf mich in den brennenden See von Inferna. Ich wäre gestorben ... ich bin gestorben ... aber Lilith hat mich gerettet. Sie gab mir das Leben für meine Seele und diese Schuld wurde erst beglichen, als ich dich herbrachte.« Sie erschauderte erneut und ihre Zähne klapperten, als das Adrenalin in ihrem Kreislauf in die Höhe schnellte. »Ich wusste nicht, dass er dich liebt«, flüsterte sie. »Ich wusste nicht, dass s-s-sie ihn auch nehmen würde.«

»Wenn du mir das erzählst, weil du hoffst, dass du Mitleid von mir bekommst, hast du Pech gehabt. Du hast dir das nicht nur selbst eingebrockt. Du hast es mir und den meinen eingebrockt, und dafür ...« Während sie völlig durcheinander zitterte, war ich der Inbegriff von Gleichgültigkeit. Entweder das oder ich würde zusammenbrechen – und das konnte ich nicht noch einmal tun. Nicht hier. Nicht in diesem Moment. »Ich hätte deinen Hass auf mich verstehen können, nachdem, was mein Vater dir angetan hat, aber du hast deine verdammte Seele verkauft. Was dachtest du, würde dabei herauskommen?«

»Ich wusste es nicht«, schluchzte sie.

Ich lächelte eiskalt, denn das war eine Lüge. Ich hatte meine Empathiekräfte nicht mehr, aber ich brauchte sie auch nicht, um zu wissen, was sie fühlte. »Du wusstest es. Es war dir nur egal. Du dachtest, du würdest am Ende Rysten bekommen. Schließlich bin ich ja nur die Ausgeburt des Teufels, von der Lilith dir erzählt hat.« Ich drehte mich um und ging weg, ohne auch nur mit der Wimper zu zucken, als ihr Heulen durch die Höhle hallte. Der Klang der Verzweiflung zementierte mich in diesem Moment. Ihr Schmerz bewahrte mich davor, aus dem Gleichgewicht zu geraten. Er beruhigte mich. Auch wenn meine Hände zitterten, weil ich etwas zerbrechen wollte. Ich hatte das Bedürfnis, etwas zu verbrennen.

Ich hatte nicht einmal mehr einen Hauch von Macht. Das spürte ich genauso deutlich wie das Band zwischen Laran und mir. Sie hatte mir alles genommen, und obwohl ich vielleicht unsterblich war, fühlte ich mich nutzlos.

Ich war schwächer als je zuvor in meinem Leben. Ich hatte drei Teile meines Herzens verloren. Ich hatte einen Teil meiner Seele an die Bestie verloren. Ich hatte meine Kräfte verloren, und das nächste Mal, wenn ich Lilith gegenüberstand, würde ich verdammt noch mal brüllen.

Aber zuerst musste ich einen Weg von hier herausfinden.

»Wir müssen weg. Hier ist es nicht sicher«, begann ich und hielt inne, als ich merkte, dass Jax noch hier war.

Nachdem ich jeden Zentimeter der Höhle verbrannt hatte, müsste er jetzt Asche sein. Aber das war er nicht.

»Wir müssen nach Inferna«, sagte Laran.

»Die Sünden finden«, stimmte Moira zu. Während sie sprach, beobachtete ich Jax weiter und analysierte jede seiner Bewegungen. »Ruby, warum siehst du so aus, als würdest du gleich jemanden abstechen?« Ihre Stimme klang müde.

»Du hättest sterben sollen«, sagte ich zu Jax. Seine Augen verengten sich, aber ich konnte nicht sagen, ob es Verwirrung oder etwas Dunkleres war.

»Was meinst du?«, fragte Moira und schaute zwischen uns hin und her.

»Ich meine, ich habe alles rausgelassen. Die Bestie und ich haben jede Spur von Feuer, die ich in mir hatte, benutzt, um Lilith auszuschalten, aber sie und ihre Lakaien sind nicht gestorben und das Feuer tötet alles, was es berührt.« Moiras Augen weiteten sich und sie trat einen Schritt von ihm weg. »Wie kommt es, dass ihr alle noch lebt?«

»Schwefel«, antwortete er, als Moira begann, ihn zu umkreisen. »Der Punsch, den sie getrunken haben, war mit Schwefel versetzt. Es ist die einzige Substanz, die gegen die

Flammen immun ist, aber es ist auch ein Gift.« Er sah Moira eindringlich an. »Im Gegensatz zu den Dämonen hier unten, die sich seit Jahrhunderten daran gewöhnt haben, ist Moira das nicht.«

»Das erklärt gar nichts, Enigma«, antwortete ich. »Sie braucht keinen Schwefel. Sie ist immun gegen meine Flammen und das hat nichts mit dir zu tun.«

»Sie ist eine Legion«, sagte er, als würde das alles erklären. »Man kann ihr Schmerz zufügen, aber sie wird ihn siebenfach zurückgeben. Moira erwachte mit großer Wut, und als sie mich berührte, verschwand der Schwefel, den sie konsumiert hatte.« Ich runzelte die Stirn, als Moira Verständnis signalisierte.

»Was meinst du damit, er verschwand?«, fragte ich.

»Das Zeichen des Kains«, sagte sie langsam. »Ich wusste nicht, ob es stimmt. Dass es den Schmerz um das Siebenfache zurückgeben kann. Aber ich musste ihn nur berühren ...« Sie knabberte an ihrer Lippe und schaute zwischen uns hin und her. »Ich weiß nicht, was ich sagen soll, wenn ich es selbst kaum verstehe. Der Schwefel ist von mir zu ihm gewandert und dann bist du zur Supernova geworden.«

»Das hat mich gerettet«, antwortete Jax. »Wenn du nicht aufgewacht wärst, hätte ich in den Flammen sterben müssen.« Er zeigte nicht die Anzeichen eines Lügners, aber nach dem, was ich gerade durchgemacht hatte, wollte ich kein Risiko eingehen.

»Wenn wir gehen, kommst du zurück in die Flasche, bis wir in Inferna sind.« Das war weder eine Frage noch eine Bitte, und ich merkte an seinem starren Blick, dass er das wusste.

»Ich bin hier nicht dein Feind.« Sein Blick wanderte besorgt zu Moira.

»Du bist auch kein Freund. Und im Moment kann ich mir das nicht leisten.« Ich verschränkte die Arme vor der Brust und starrte ausdruckslos auf den unterirdischen See, der nicht mehr glühte oder klar war. Dunkelblaues Wasser verfärbte das Ufer, wo Blut die Felsen bedeckte.

»Und wenn du angegriffen wirst, bevor du nach Inferna kommst?«, fragte der Enigma.

Mein Tonfall war flach, als ich antwortete: »Dann bist du genauso hilfreich, wie du es dieses Mal warst.«

»Das ist doch völlig ...«

»Das wird kein Problem sein«, mischte sich Laran ein. Er legte einen Arm um meine Schultern und zog mich an sich. »Lilith hat sich die Bestie geschnappt und in den Gewässern des Gartens mit der Hölle verbunden. Das bedeutet, dass sich die Landschaft nicht mehr verschiebt und die Feuer erloschen sein sollten.« Ich blinzelte und sah zu ihm auf.

»Heißt das, wir können jetzt direkt dorthin pyroportieren?«, fragte ich mit angehaltenem Atem.

»Korrekt.«

Wir könnten in wenigen Minuten in Inferna sein. Ich könnte die Sünden in wenigen Minuten sehen. Der Gedanke machte mir keine Angst mehr, aber in meinem jetzigen Zustand war es schwierig, etwas zu fühlen. Anstatt meine Wut an Iona auszulassen, hatte ich mich der Apathie hingegeben, damit ich funktionieren konnte. Der Schmerz war immer noch da, die Trauer und die Wut und die verdrehten Gefühle, die ich nicht einmal verstand, waren immer noch in mir.

Später, versprach ich mir. *Ich würde mich später damit befassen.*

Ich wandte mich von diesen Gedanken ab und konzentrierte mich auf die Leute. Auf die scharfen Krallen Bandits, der sich schützend um mich schlang und leise vor sich hin schnurrte. Auf Larans warmem Arm, der mich festhielt. Moiras blaue Pentagramm-Augen, die mich mit einer solchen Traurigkeit ansahen, dass ich zurückschreckte. Laran betrachtete mich mit der gleichen Sorge und ich sagte nur: »Öffne das Portal! Hier gibt es nichts mehr für uns.«

Er beobachtete mich für einen schweren Moment. Ich war hin- und hergerissen zwischen dem Wunsch, zu wissen, wie er sich fühlte, und der Einsamkeit, die vielleicht den Rest meines Lebens ausmachen würde – wenn ich meine Kräfte nicht zurückbekäme. Wenn Lilith erfuhr, dass ich noch am Leben war, könnte es ein sehr kurzer Rest meines Lebens werden. »Wie du willst«, nickte er und streckte seine Hand aus, um einen Flammenring zu beschwören.

Er brannte hell von den karmesinroten Ranken bis zum sonnengelben Herzen. Ich betrachtete die Farben und spürte Wärme, aber ausnahmsweise beruhigte mich die Wärme nicht.

Morvaen kauerte auf dem Boden und sah dabei sehr unsicher aus.

»Du kannst nicht einfach nach Hause portieren, was?« Ich konnte mich nicht dazu durchringen, ein schlechtes Gewissen zu haben, weil ich sie gerufen und sie Laran gerettet hatte, aber ich konnte verstehen, dass sie nicht in ihrem Element war. Ich kannte dieses Gefühl nur zu gut.

»Ich glaube nicht«, antwortete sie. »Es war nicht meine Magie, die mich in diese Welt gebracht hat, sondern deine.« Ihre Finger zeichneten eine Rune in die Luft, aber egal, wie viel Magie sie beschwor, es bildete sich kein Portal. Frustriert ballte sie die Hände zu Fäusten und ließ den Kopf hängen. »Die Tür lässt sich nicht öffnen«, flüsterte sie.

Angst färbte ihren Tonfall und ihre dunkelgraue Haut wurde bleich.

Ich streckte meine Hand aus und sie sah zu mir auf. Ihre Lippen spalteten sich, als sie der Neigung meines Kopfes zu dem flammenden Ring folgte. Für eine kurze Sekunde kämpfte ihre Unentschlossenheit mit dem Schmerz, gefangen zu sein, bevor sie die Hand ausstreckte und ihre Finger die meinen ergriffen.

»Die Hölle mag meine Art nicht«, sagte sie, als wir vor dem Portal standen.

»Anscheinend mag sie meine auch nicht«, sagte ich, ohne mich umzudrehen. »Vielleicht schaffen wir es gemeinsam, am Leben zu bleiben.«

Laran trat an meine andere Seite und drückte meine Hand ganz fest. Die vier Pferde gingen zuerst hindurch. Dann folgten Moira und Jax und schließlich waren wir an der Reihe.

Als ich das erste Mal durch ein Flammenportal gegangen war, hatte ich mich gefühlt, als würde ich brennen.

Obwohl ich nicht mehr dieses Mädchen war, stellte ich fest, dass ich immer noch brannte. Selbst in den Tiefen der Trauer. In den tiefsten Teilen meiner Seele glühte es immer noch, aber dieses Mal würde ich Scheiterhaufen der Vergeltung entfachen, wenn ich mich entzündete.

Nach dem, was Lilith heute Abend hier getan hatte, stand eine Abrechnung bevor. Und wenn ich fertig war, würde die Hölle nie wieder dieselbe sein.

KAPITEL 17

Ich war in ein Portal aus Feuer getreten und wusste nicht, was mich erwartete. Aber ich hatte sicher nicht mit dem dumpfen Brüllen einer Horde von Leuten gerechnet, das meine Sinne überfiel. Licht strömte auf uns herab und blendete mich, als ein warmer Luftzug meinen Körper einhüllte. Die glitzernde Asche meiner Vergangenheit wehte im Wind und legte sich auf die verbrannte Erde um mich herum. Ich drückte meine Zehen hinein und rollte sie nach innen. Meine Hände zitterten an den Seiten, als ich das, was ich sah, in mich aufnahm.

»Wo sind wir?«, rief Moira.

Die rötlich-braune Erde erstreckte sich vor mir und ging in unterschiedlich hohe Felsen über, hinter denen sich weiter oben Tribünen befanden ... Sitzgelegenheiten. Ich drehte mich in beide Richtungen und sah ehrfürchtig und erschrocken zugleich die Reihen von Dämonen. Sie umringten mich und ihr Jubel war ohrenbetäubend.

Ich dachte daran, was die Reiter mir erzählt hatten, wo genau das Tor nach Inferna lag. Erst als Bandit einen furchtbaren Warnschrei ausstieß, wusste ich, wo wir waren.

»Das Kolosseum«, murmelte ich. »Wir sind im Kolosseum.«

»Lauft!«, schrie Laran. Morvaen rannte im Eiltempo los. Ich konnte nur einen Blick auf etwas Großes und Dunkles erhaschen, als ich stolperte und sie mich halb schleppte, halb trug. Bandit hielt sich an meiner Brust fest, während ich mich an sie klammerte und verzweifelt versuchte, meine Knie hochzuziehen, nur um zu spüren, wie meine Haut durch die Reibung auf dem felsigen Boden zerfetzt wurde. Ich stieß ein Grunzen aus und setzte alles daran, meine Füße unter mir zu verankern und zu beschleunigen.

Ich fand Bodenhaftung, als ein massiver Felsen vor uns auftauchte.

»Wir müssen da rauf«, keuchte ich, klammerte mich an der Hand der Seelie-Frau fest und betete, dass Laran mit diesem Ding fertigwerden würde. In einem Kampf zwischen Dämonen und Monstern war ich nicht mehr die Größte von allen. Ich war das schwache Glied – und ich hasste es.

»Wir müssen springen.« Morvaen hörte sich an, als wäre das für sie ein Kinderspiel, und mir wurde klar, dass sie langsamer ging, damit ich nicht zurückfiel. Ich würde ihr verdammt viel schulden, bevor das alles vorbei war.

»Ich bin keine ... gute ... Springerin«, keuchte ich, völlig außer Atem. Ihre pflaumenfarbenen Lippen verzogen sich zu einem wilden Grinsen.

»Keine Sorge, Mylady«, rief sie. Ihre Hand umschloss meine, als sie beschleunigte. Ich wollte schon aufgeben, als sie die Beine anwinkelte und sich in die Luft erhob, wobei sie mich mit sich zog. Mein Arm fühlte sich an, als würde er mir aus dem Körper gerissen, als wir durch die Luft flogen. Ich baumelte hilflos neben ihr und Bandit stieß einen Schrei des Entsetzens aus, als die flache Oberfläche des Felsens zu schnell näherkam.

Morvaen landete sanft auf ihren Fußballen, während mein eigener Körper in einem Haufen auf dem Stein aufschlug. Bandit wurde mit geballter Kraft von meiner Brust in die niedrige Staubschicht geschleudert, die das Kolosseum unter uns erfüllte.

Ich konnte ihn nicht sehen, aber ich konnte spüren, dass er da war. Da Bandit sich besser schützen konnte als ich, hätte mich das nicht zu sehr beunruhigen sollen. Aber das tat es.

Trotz meiner knochentiefen Erschöpfung kämpfte ich mich auf die Beine. Meine frischen Wunden schmerzten, aber auch ohne meine Kräfte heilten sie unglaublich schnell. Ein kleiner Segen, dachte ich. Schwach oder stark, zumindest war ich schwer zu töten.

Ich richtete mich so auf, dass mein Knie nicht angewinkelt war, und zuckte zusammen, als es laut knackte. Ein leichtes Brennen breitete sich aus und sagte mir, dass das, was meine Bruchlandung angerichtet hatte, bald behoben sein würde.

»Dein Gefährte ist stark«, sagte Morvaen, als sich der Staub gelegt hatte und Laran zum Vorschein kam. Nackt und von Kopf bis Fuß mit seinem und meinem Blut bedeckt stand er vor einem Höllenhund von gewaltigen Ausmaßen. Dieses Ding ließ den in New Orleans geradezu klein aussehen, als der Hund ihn überragte und ihm der Sabber von den Backen tropfte. Die karmesinroten Augen musterten ihn mit böser Absicht, während er sich im Kreis um ihn herum bewegte. Der Höllenhund machte keine Anstalten, Laran anzugreifen, aber seine aufgerichteten Zacken verrieten, dass er jederzeit dazu in der Lage war.

»Das Ding könnte ihn ganz verschlingen«, antwortete ich mit einer Stimme, die viel ruhiger klang, als ich mich fühlte.

»Er ist Krieg, nicht wahr?«, fragte Morvaen. Sie klang nicht besorgt, aber wir waren jetzt weit genug vom Kampf entfernt, dass wir so sicher waren, wie es in einer Arena voller Höllenbestien nur möglich war.

Ich schluckte schwer und nickte. Ich musste ihm vertrauen, genau wie er mir vertraute. »Er ist Krieg.«

Sturmwolken wirbelten über ihm, als sich der Himmel verdunkelte und die ersten Anzeichen von Regen aufzogen. Der Wind wurde rau und fegte den Staub weg, sodass wir Moira und Jax sehen konnten, die auf seiner anderen Seite ihre eigenen Kämpfe austrugen. Morvaen keuchte auf, als die Kreatur sichtbar wurde, die sie in eine Ecke drängte.

»Ist das ein ...«

»Cerberus«, antwortete ich mit einem ernsten Nicken.

Höllenhunde waren eine Sache. Die verdammten Dinger waren bis auf die Knochen bösartig und gehorchten nur dem Ruf ihres Masters. Ein Cerberus war eine Kategorie für sich. Anders als bei den wilden Höllenhunden war es fast unmöglich, einen Cerberus zu zähmen. Die Legende besagte, dass jeder Kopf eine andere Fähigkeit und einen eigenen Verstand besaß. Es war nicht einfach, alle drei Köpfe dazu zu bringen, sich auf einen Master zu einigen. Das hatte dazu geführt, dass sie fast ausgerottet worden waren.

Zumindest hatte ich das gedacht.

So wie es aussah, war dieses Exemplar in einem schlechten Zustand. Blut tropfte von seiner Seite, wo Kratzspuren die Haut durchschnitten hatten. Moira stand vor ihm, die Hände in die Hüften gestemmt. Ich konnte ihren Gesichtsausdruck von hier aus nicht sehen, aber ich hatte den Eindruck, dass sie das Vieh nicht töten wollte. Höllenbestie hin oder her, sie hatte eine Schwäche für Hunde ... sogar für die mit drei Köpfen.

Ein grollendes Winseln lenkte meine Aufmerksamkeit zurück auf den Höllenhund. Das Tier sah nicht mehr so aus, als wollte es Laran töten, sondern eher als wollte es ... spielen. Der Riese setzte sich wieder auf seine Beine und senkte seinen Kopf. Laran streckte die Hand aus und streichelte seine Schnauze. Von dort, wo ich stand, konnte ich ihn nicht hören, aber es würde mich nicht überraschen, wenn er mit ihm so sprach, wie er es mit Epona tat.

»Wo sind die Pferde?«, fragte ich erschrocken. Sie waren zuerst durchs Portal gegangen. Konnte es sein, dass sie gefressen worden waren? Ich erschauderte vor Entsetzen, als Morvaen auf einen anderen Gipfel rechts von uns zeigte.

»Sie sind nach dort hinten geflohen.« Ich atmete aus und nickte, aber es blieb immer noch einer übrig.

Bandit.

Ich schaute hinter uns, aber es gab keinen flachen Boden, sondern nur zerklüftete Felsen und auf keinem von ihnen war ein schwarz-blauer Waschbär zu sehen oder ein Zeichen von Blut und Fell. Mein Puls beschleunigte sich, als ich mich wieder dem Rest der Arena zuwandte. Er war nicht dafür bekannt, sich aus Schwierigkeiten herauszuhalten. Die Ohren des Höllenhundes spitzten sich plötzlich und er blickte auf eine Stelle links von uns.

O nein ... ein Knäuel aus Fell und Wut schoss durch das Kolosseum.

»Nein«, rief ich, als der Köter wie ein Jagdhund losrannte. Bandit war jedoch schnell und sprang zwischen den Beinen hindurch – nur knapp wich er den Pfoten aus, die ihn mit einem einzigen Schritt töten könnten, während er direkt auf Moira zuging. Nein, nicht Moira ... Das Blut wich aus meinem Gesicht, als er auf den Cerberus zusteuerte.

Drei große grüne Augenpaare richteten sich auf Bandit, als er mit voller Geschwindigkeit auf ihn zu rannte und direkt vor ihm stehenblieb. Angst erfüllte mich, als ich die Entfernung abschätzte. Wir befanden uns gut sieben Meter höher und bestimmt hundert Meter entfernt. Kräfte hin oder her, ich musste von diesem verdammten Felsen herunter. Ich sank auf meinen Hintern und ließ Bandit nicht aus den Augen, sondern rutschte vorwärts. Die schärferen Kanten des Felsens schnitten mit Leichtigkeit durch meine nackte Haut, aber der Fall war härter. Der Aufprall erschütterte mich förmlich, als meine Füße auf dem Boden aufschlugen. Trotzdem rannte ich.

Verletzt. Gebrochen. Blutend. Ich rannte.

Und dann tat Bandit das Seltsamste überhaupt.

Er stürzte sich auf Moira und Jax und fletschte seine Zähne. Jax machte einen Schritt nach vorn und blaues Feuer schoss aus Bandits Maul, als er anfing, größer zu werden. Zwei Meter. Drei Meter. Sieben. Er wuchs weiter. Sein Körper wurde so groß, dass er den Cerberus überragte, der hinter ihm kauerte. Aus diesem Winkel konnte ich seinen Schwanz sehen, wie er zurückschlug und sich um das dreiköpfige Ungeheuer wickelte.

Er beschützte es.

Aber Moira war hier nicht die größte Bedrohung.

Der Höllenhund, der ihn beobachtete, war es.

In meinem Kopf begann es zu pochen, und ich bekämpfte den Schwindel, der durch den Blutverlust und die Überanstrengung entstanden war, während ich so schnell ich konnte, rannte. Meine Fäuste waren so fest geballt, dass sich die Nägel in meine Handflächen gruben. Ich spürte kaum, wie die Haut aufbrach. Mein einziges Ziel war es, ihn zu erreichen. Ihn rechtzeitig zu erreichen. Ich wusste nicht, was ich tun konnte, aber ich durfte nicht wieder nutzlos sein. Das konnte ich nicht. Das würde ich nicht.

Ein fremdartiges Wispern rauschte durch meine Adern. Das Pochen ging weiter und wurde so laut, dass ich nichts anderes mehr hören konnte. Es war alles, was ich wusste. Ein stechender Schmerz durchfuhr mich, der in meinen Handflächen begann und sich in meinem ganzen Körper ausbreitete. Ich biss die Zähne zusammen und sprintete so schnell ich konnte. Es geschah in einem Wimpernschlag. Das Unmögliche.

Ich war über dreißig Meter entfernt gewesen und stand nun plötzlich nur noch wenige Zentimeter von einem knurrenden Höllenhund entfernt.

Jeder seiner Zähne war so groß wie mein Gesicht. Ich schluckte schwer gegen den Drang an, wegzulaufen, und trat einen Schritt zurück. Der Höllenhund stieß ein lautes Brummen aus und sein ranziger Atem wehte die strähnigen, blutverschmierten Strähnen meines Haars beiseite.

Es trat einen Schritt vor und ich wich einen Schritt zurück. Fell streifte meinen nackten Körper und ich erkannte sofort Bandits Geruch. Ich wusste nicht, was gerade passiert war. Ich konnte es nicht begreifen, aber irgendwie ... irgendwie ...

»Ruby?«, fragte Moira und drehte ihren Kopf dorthin, wo ich gerade noch gestanden hatte. »Wie hast du ...«

»Ich weiß es nicht, aber wir haben im Moment größere Probleme.«

Moira nickte und hob zwei Finger an ihre Lippen. Ich runzelte die Stirn, als Jax sich die Hände über die Ohren schlug. Ihr Pfiff schnitt durch die Menge wie ein Messer durch Butter. Die Menge verstummte. Der Höllenhund blieb stehen. In der Arena schien alles zu erstarren.

Ein langsames Klatschen begann. Ich sah mich um und versuchte herauszufinden, woher es gekommen war, als sich die Wolken über mir lichteten. Ein einzelner Lichtstrahl schimmerte in die Mitte des Kolosseums und in diesem Moment sah ich sie. Sie war in Kampfleder gekleidet, hatte eine übergroße Streitaxt auf den Rücken geschnallt und lächelte dieses seltsame Halblächeln, das ich seit zwei Jahren nicht mehr gesehen hatte.

»*Dina*?«, fragte ich und blinzelte ungläubig.

»Hallo, Ruby. Wir haben uns ja ewig nicht gesehen.«

KAPITEL 18

Laran stöhnte und fuhr sich mit der Hand über die Bartstoppeln in seinem Gesicht. »Du kennst sie?«

Ich nickte. »Das ist Dina. Sie war meine Mentorin. Sie hat mir alles über das Tätowieren beigebracht ...«

»Nein, Babe.« Er schüttelte den Kopf und sah sie an, als er sagte: »Das ist Hela, die Todsünde des Zorns.«

Ich schaute zwischen den beiden hin und her, und mein Mund stand offen, als ich langsam begriff. Ich presste die Lippen zusammen, als sich meine Füße in Bewegung setzten. Ich war mir nicht ganz sicher, was ich tun sollte, als ich vor der Frau stand, die meine Lehrerin und Freundin gewesen war. Die Frau, die Orangen im Dutzend gekauft hatte, weil sie der menschlichen Haut am nächsten kamen und für Anfänger fantastisch zum Üben waren. Die Frau, die unzählige Stunden damit verbracht hatte, mich als Person und als Künstlerin zu formen.

Nein. Ich hatte keine Ahnung, was ich tun würde, aber die Wut in mir wusste es.

Ein Knacken zerriss die Luft, und ich blickte von meiner Hand, von der ich nicht bemerkt hatte, dass sie sich bewegt hatte, auf den dunkelblauen Handabdruck auf ihrer Wange. Ich fand nicht die Kraft, mich zu entschuldigen oder Angst zu empfinden.

»Das war dafür, dass du mich belogen hast«, sagte ich.

Im Kolosseum herrschte Stille. Totenstille. Ich war schon zweimal gestorben. Der Vorhang hatte mich nicht erschreckt. Ein zweites Knacken riss mich aus meiner eigenen kontrollierenden Wut, als ein zweiter hellblauer Handabdruck auf ihrer anderen Wange erschien. Dina – oder Hela – sah jetzt nicht mehr ganz so glücklich aus. »Das war dafür, dass du gegangen bist, ohne dich zu verabschieden.«

Ihre Augen wurden weich, als sich Tränen in ihnen sammelten. »Das habe ich verdient«, flüsterte sie, während sie ihre Arme um meine Schultern schlang und mich an sich zog. Ich ließ sie gewähren, nicht weil ich ihr verziehen hatte, sondern weil ich etwas anderes fühlen musste als Wut, Trauer und Verzweiflung – Gefühle, die so stark und tief waren, dass ich befürchtete, innerlich auszubluten, bevor ich mich jemals wieder erholen konnte.

Also ließ ich mich von ihr umarmen und erwiderte ihre Umarmung heftig – aber ich weinte nicht. Die Zeit für Tränen war vorbei. Ich hatte alles verloren und in den Tiefen des Tiefpunkts gewann ich es Stück für Stück zurück. Ich musste mich zusammenreißen, und wenn ich weinte, würde ich auseinanderfallen.

»Ich habe dich vermisst, Blue«, murmelte Hela leise in mein Haar.

»Warum hast du mich angelogen?«, fragte ich scharf. Sie zog sich zurück und nahm jeden Hauch von Frieden mit sich. Das Blau ihrer Augen leuchtete so hell, viel lebendiger als jemals auf der Erde.

»Ich hatte keine Wahl. Keiner von uns hatte eine.« Sie

lächelte, auch wenn ihr eine einzelne Träne über die Wange rann. Sie wischte sie weg und drehte sich um, um einen Arm um meine Schultern zu legen. Mit der anderen Hand zeichnete sie mit zwei Fingern einen Kreis, und ein Ring aus Feuer erschien. Ich verkrampfte mich.

»Er führt zu meinem Haus«, sagte sie und beantwortete damit meine unausgesprochene Frage. Ich beäugte sie misstrauisch und drehte mich dann zu den anderen um. Laran beobachtete Hela mit neutraler Miene. Moira sah regelrecht sauer aus und hatte dafür wahrscheinlich den gleichen Grund wie ich. Morvaen machte sich langsam auf den Weg zu uns und beobachtete den Höllenhund, der sich keinen Zentimeter bewegt hatte, seit Hela erschienen war.

»Gibt es in deinem Haus Kleidung und ein Bad, ohne dass jemand versucht, uns zu töten?«, fragte Moira. Hela beäugte sie mit schwindender Belustigung, als sie sich ein Bild von unserem Zustand machte. In ihren Augen blitzte so etwas wie Schuld auf, aber ich konnte mir nicht sicher sein.

»Natürlich«, sagte sie, bevor sie mich wieder ansah. »Die anderen Sünden würden dich aber gerne treffen. Wenn du bereit dazu bist!«

»Habe ich denn eine Wahl?«, fragte ich, obwohl ich schon wusste, was ich tun würde. Aber ich musste trotzdem fragen.

»Ja.« Die Enge in ihren Augen zeigte mir, wie sehr sie diese Frage schmerzte, aber da war auch Verständnis. »Du hattest immer eine Wahl. Und wir haben immer zugesehen.«

Ich runzelte die Stirn. »Was meinst du damit?«

Sie lächelte, aber ihr Blick war von Sorge erfüllt. Ich hatte nicht das gleiche Gefühl wie im Garten, ein unbekanntes Gefühl des bevorstehenden Unheils, das ich nicht verhindern konnte. Stattdessen spürte ich ... Unruhe. »Du wirst schon sehen«, antwortete sie und trat nach vorn in die Flammen. Sie überließ es mir, selbst zu entscheiden, während der Höllenhund ihr folgte. Ich sah Bandit an und gab ihm ein Zeichen, zu mir zu kommen. Normalerweise genügte ein einziges Mal, aber er sah unsicher aus und blickte sich um, bevor er schließlich auf seine übliche Größe schrumpfte. Der Cerberus wimmerte, als er sie streifte, bevor er zu mir kam.

Ich wölbte eine Augenbraue und schaute zwischen den beiden hin und her, als Bandit auf mich zu hüpfte.

»Natürlich hast du dir eine verdammte Höllenbestie ausgesucht.« Bandit wackelte mit den Augenbrauen und warf einen letzten sehnsüchtigen Blick über seine Schulter. Ich schnappte ihn mir und ging zum Portal. Wenn er eine Freundin wollte, würde er warten müssen.

Moira kam zu mir herüber und drückte meine Schulter. »Es war ein langer Tag, Rubes. Du musst nur noch etwas länger durchhalten«, murmelte sie leise, nur für meine Ohren. Ich nickte und starrte in die hellgelben Flammen.

»Um mich mache ich mir keine Sorgen.«

Wir folgten ihr alle und gingen gemeinsam durch das Portal. Als wir hinaustraten, waren da keine Zuschauer oder Kolosseen. Die plötzliche Stille, abgesehen von den nackten Füßen, die über die glatte Oberfläche klatschten, war unangenehm. Die hoch aufragenden Säulen erinnerten mich nur daran, wie klein ich war. Hela stand vor uns und hielt uns mehrere dünne Roben hin. Ich nahm eine davon, ohne etwas zu sagen, was sie aber nicht davon abhielt, ihren Arm um meinen zu legen und mich in den Flur zu führen. Ich hielt meinen Kopf leicht gedreht und achtete darauf, dass niemand hinter uns auftauchte.

»Die Zeit hat dich verändert, Blue.« Es war eine

einfache Aussage, aber sie durchbrach meinen Panzer, wenn auch nur für einen Moment.

»Du hast ja keine Ahnung«, schnauzte ich und versuchte, ihren Arm loszuwerden. Hela ließ mich nicht los. Sie war durchsetzungsfähig. Das war sie schon immer gewesen. »Ich kämpfe seit Monaten ums Überleben und was hast du gemacht? Dich hier versteckt? Gladiator in einem verdammten Kolosseum gespielt? Was soll der Scheiß?«

Ihre Haut wurde heiß auf meiner und ihre Augen blitzten. Der Höllenhund, der hinter uns herlief, knurrte und Bandit erwiderte den Laut. »Es gibt viele Dinge, die du nicht verstehst, Ruby. Ich kann dir das nicht verübeln, da wir es waren, die dich im Dunkeln gelassen haben, aber ich kann dich bitten, uns wenigstens anzuhören.«

»Du bist gegangen«, sagte ich barsch. »Weggegangen. Puff.« Ich schnippte mit den Fingern. »Ich habe dich gebraucht und du bist über Nacht verschwunden, ohne auch nur einen Zettel oder einen Abschiedsgruß. Weißt du, wie sehr das wehtut?« Ich riss grob an meinem Arm und sie ließ ihn schließlich fallen. »Du hast kein Recht, Forderungen an mich zu stellen.«

Hela stolzierte vor mir her, geschmeidig und anmutig, selbst in ihrer Rüstung. »Du willst mich nicht anhören?«, rief sie über ihre Schulter. »Gut.« Sie blieb vor einer Tür stehen, die drei Meter hoch und schwarz wie Onyx war, mit einem silbernen Pentagramm in der Mitte, das durch die Fuge geteilt wurde. Sie griff nach den Klinken und riss sie auf, wobei sie den Stern zerbrach. »Vielleicht hörst du ja auf sie.«

Mein Herz setzte einen Schlag aus und blieb für den Moment stehen, in dem ich die vier Frauen um den längsten Esstisch, den ich je gesehen hatte, ansah.

»Keine Chance«, platzte Moira heraus. »*Sadie?*«

»Ihr zwei habt euch viel zu viel Ärger eingehandelt, seit ihr aus meinem Haus ausgezogen seid«, sagte der grünäugige Schatten mit einem Lächeln. Die Spitzen ihrer Reißzähne spielten mit ihrer prallen Unterlippe. Sie war die Hausmutter in dem Waisenhaus gewesen, in dem Moira und ich uns kennengelernt hatten.

Eine andere Frau schnaubte, aber ich erkannte sie nicht. »Sie haben sich in deinem Haus viel zu viel Ärger eingehandelt. Es gibt einen Grund, warum Ruby jede Woche zu mir kam.« Sie lächelte und es war grausam. Ihre Schönheit war zu überwältigend, um echt zu sein. Ihr weiß-blondes Haar und ihre blasse Haut machten es schwer zu erkennen, was sie sein könnte.

»Nur, weil ich nicht mehr da war«, schimpfte eine andere Frau. Ich nahm sie in Augenschein. Ihr schwarzes Haar hob sich auffällig von ihrer blassen Haut und den rubinroten Lippen ab. Ich kannte diese Erscheinung. Mere. Sie war eine der Waisenhausmütter, mit denen ich den größten Teil meiner Kindheit verbracht hatte, bis ich nach Portland gegangen war.

»Oh, bitte!«, grinste die grausame Schönheit. »Hela und ich sind die Einzigen, die sie wirklich vermisst hat.« Ihre scharfen, braunen Augen richteten sich auf mich. »Stimmt's, Ruby?«

»Äh ...« Ich unterdrückte ein Gähnen. »Ich weiß nicht, wer du bist.«

»Ein Alptraum«, sagte Nicht-Mere schnippisch.

»Ich bin lieber ein Alptraum als eine Erscheinung«, schnauzte die Schönheit. Die Reiter hatten gesagt, dass die Sünde der Gier ein Alptraum wäre. Ihr wahrer Name war Saraphine. »Wenigstens werde ich nicht von den Seelen heimgesucht, die ich in den Vorhang schicke.«

»Zumindest nicht, soviel du weißt«, murmelte Nicht-Mere leise.

Die vierte Frau, eine Todesfee, die in der Ecke saß, stieß ein Gackern aus, als sie sich auf ihrem Stuhl zurücklehnte und die Füße hochlegte. Schwere Stiefel knallten auf den langen Holztisch, Schlamm und Gras fielen in Klumpen, während sie sich vorbeugte und eine Handvoll Trauben in den Mund steckte. »Ihr seid alle neidisch, dabei bin *ich* diejenige, die grün ist. Was für eine Ironie«, grinste sie. Der blonde Alptraum rollte mit den Augen und langsam veränderte sich ihre Gestalt ...

»Martha?«, fragte ich.

Ich war sprachlos.

Die scharfäugige Besitzerin meines geliebten Diners in Portland blinzelte und schenkte mir ein Lächeln, während sie die Arme vor der Brust verschränkte. »Ohne Bacon und Kaffee muss es dir hier ziemlich schlecht ergehen«, murmelte sie. Ihre Stimme veränderte sich zu der von der Frau, die ich seit über einem Jahrzehnt kannte. Meine Kehle schnürte sich zusammen.

»Ich habe dir alles hinterlassen«, flüsterte ich und stolperte zurück. Die Gestalt der alten Frau verschwand augenblicklich, und vor mir stand wieder die blonde ... Saraphine. Diesmal waren ihre Augen nicht ganz so stechend, sondern es lag eine Sanftheit in ihnen.

»Du bist ein gütiges Mädchen und kümmerst dich um die Deinen«, sagte sie. »Ich habe nie daran gezweifelt, dass du es so weit bringen würdest. Ich wusste es vom ersten Tag an, als du in meinen Diner kamst.«

»Ich auch nicht«, stimmte Hela zu, obwohl ihr Gesichtsausdruck deutlich machte, dass sie mit dieser Frau nicht oft einer Meinung war.

»Sie war schon immer zu Großem bestimmt«, stimmte Nicht-Mere zu.

»Sie war zu etwas bestimmt, da gebe ich dir recht«, sagte die Todesfee, während sie den Mund voller Weintrauben hatte. Ich hob eine Augenbraue und sie grinste grimmig, während sich ihre Gestalt vor meinen Augen in Joe verwandelte.

»Du willst mich wohl verarschen«, sagte ich, hauptsächlich zu mir selbst. Der Polizist mittleren Alters mit dem schütteren Haaransatz und dem Bierbauch lächelte lauwarm.

»Hast du wirklich geglaubt, wir würden die Tochter unserer Schwester allein aufwachsen lassen?«, fragte er und schüttelte den Kopf, so wie er es immer getan hatte. Im Handumdrehen tauchte die Todesfee mit einem reumütigen Grinsen wieder auf. »Du bist klüger als das, Morningstar«, sagte sie und benutzte spöttisch meinen Nachnamen, so wie Joe es bei unseren häufigen Begegnungen getan hatte.

Ich sah mich im Raum um und betrachtete jede der Frauen, die im Laufe meines Lebens ohne mein Wissen daran beteiligt gewesen waren. »Ich weiß nicht, was ich sagen soll«, sagte ich ehrlich.

»Danke, vielleicht?«, schlug die Todesfee vor, woraufhin Saraphine – Gier – die Augen verdrehte.

»Sie steht unter Schock«, sagte Nicht-Sadie.

Ich drehte mich zu Laran um und war mir nicht sicher, ob es Wut oder nur Überraschung war, als ich sagte: »Wusstest du das?«

»Wer sie waren?«, fragte er und schaute sich schockiert um. Ich nickte. »Nein«, schüttelte er den Kopf. »Niemals.«

»Natürlich nicht«, sagte die Todesfee und gähnte. »Wir mussten es vor Leuten wie Lilith geheim halten. Ihr vier hattet wirklich keine Chance.« Sie untersuchte ihre Nägel, sah dabei ziemlich stolz aus und erinnerte mich etwas zu sehr an eine bestimmte andere Todesfee. Ich drehte mich um und sah Moira an, die die Dämonin am Tisch mit zusammengekniffenen Augen beobachtete.

»Ihr seid ihr die ganze Zeit gefolgt?«, fragte Moira plötzlich. Die Sünden sahen in ihre Richtung und nickten. Nicht-Sadie schürzte die Lippen, als wüsste sie, worauf das hinauslief. »Dann seid ihr entweder noch beschissener in eurem Job als die vier Wichser, die uns hierhergebracht haben, oder ihr habt all die Jahre absichtlich die Augen verschlossen, denn nicht ein einziges Mal, als sie jemanden gebraucht hat, war eine von euch da.«

Hela sah aus, als hätte sie etwas Saures geschluckt, aber die Todesfee, deren Namen ich nicht kannte, ließ ihre Beine mit einem dumpfen Schlag auf den Boden fallen und erhob sich mit verschränkten Armen. »Glaubst du wirklich, dass sie all die Jahre keinen Ärger mit dem Gesetz bekommen hat? Besitz? Körperverletzung? Brandstiftung? Es wurde nie Anklage gegen sie erhoben und sie hat nie einen Richter gesehen? Und doch kamst du und hast eine Kaution bezahlt. Und sie hatte immer mit mir zu tun. So funktioniert das alles nicht. Sei nicht so begriffsstutzig!«, tadelte sie Moira und rollte mit den Augen, bevor meine beste Freundin antworten konnte. »Weggesehen? Ich bitte dich! Wenn sie sauber geblieben wäre, hätte das meinen Job umso leichter gemacht. Ich hätte den ganzen Tag auf meinem Hintern sitzen und Donuts essen können, aber nein ... Ständig musste ich die verdammten Akten überschreiben, damit sie nur mit einem Klaps auf die Hand davonkommt«, stöhnte sie und lehnte sich gegen den Tisch. »Es war anstrengend. Ich bin verdammt froh, wieder hier zu sein.«

Zumindest war damit geklärt, wer sie war. Nur die Sünde der Faulheit würde sich darüber beschweren, dass ich ihr mehr Arbeit verursachte, während sie von allen am wenigsten zu tun hatte.

»Faul«, meckerte Nicht-Mere.

»Neidisch«, lächelte die Todesfee.

»Können wir zur Sache kommen, verdammt?«, fragte Moira unverblümt.

»Es geht darum«, sagte die Sünde der Faulheit, »dass wir uns all die Jahre im Hintergrund gehalten haben. Wir haben dich aufgezogen, ohne dass du wusstest, wer dahintersteckt. Wir haben auf dich aufgepasst und die schlimmsten Monster von dir ferngehalten, damit du lange genug lebst, um es eines Tages selbst zu tun.«

»Aber wer seid ihr?«, fragte ich und je mehr ich darüber nachdachte, desto mehr Wut stieg in mir auf. Sie schienen verblüfft zu sein, aber wie konnten sie nicht erkennen, dass dies nicht nur Schock war. Nein ... es war Verrat. Ich musste wissen, wer sie waren – mit wem genau ich es all die Jahre zu tun gehabt hatte.

»Wir sind die, die wir immer waren, Blue ...«

»Wer bist du *wirklich*?«, unterbrach ich sie.

Hela seufzte. »Du weißt bereits, dass ich die Sünde des Zorns bin.«

»Und du?«, fragte ich die Todesfee.

»Faulheit«, antwortete sie. »Aber du kannst mich Ahnika nennen.«

Ich schaute den Alptraum an. »Gier?«, fragte ich.

Traurigkeit strahlte von ihr aus, als sie mich ansah und einmal nickte. »Nenn mich Saraphine!« Sie presste die Lippen zusammen, um ein Stirnrunzeln zu verbergen, und die eingezogenen Wangen zeigten ihre Anspannung.

»Und du?«, fragte ich Nicht-Sadie.

»Lamia«, sagte die Frau mit dem süßen Gesicht. »Sünde der Festlichkeit.« Versonnen strich sie über den dunkelblauen Saphir, der an ihrem Hals hing.

»Nicht Völlerei?«, fragte Moira.

»Ich esse und trinke von Natur aus gerne, aber mein Geschmack gilt den feineren Dingen des Lebens«, sagte Lamia. »Mein Reich würde dir gefallen«, fügte sie hinzu. »Ich schmeiße die besten Partys.«

»Das hättest du wohl gerne«, schimpfte Nicht-Mere.

»Kein Grund, neidisch zu sein, Merula ...«

»Neid?«, fragte ich und unterbrach Lamia ohne Entschuldigung. Ich hatte keine Zeit für ihr Gezänk.

»In Fleisch und Blut«, antwortete die Frau, die mich in meinen prägenden Jahren aufgezogen hatte.

Ich zählte im Geiste die Sünden auf ...

»Ihr seid nur fünf«, sagte ich. Sechs Sünden. Diesbezüglich waren alle sehr genau gewesen. Nicht sieben. Nicht fünf. Sechs. »Wer fehlt?«

Sie schienen sich alle gegenseitig anzuschauen, ohne sich auch nur einen Zentimeter zu bewegen, und unabhängig davon, wer diese Frauen für mich waren, erstarrte ich. Noch mehr verdammte Geheimnisse?

Ich öffnete den Mund, um so etwas zu erwidern, als sich eine Stimme meldete und das Blut in meinen Adern gefrieren ließ.

»Wie ich sehe, habt ihr die Party ohne mich begonnen.«

Hinter mir stand eine der letzten Personen, die ich jemals wiedersehen wollte. Ich reagierte blitzschnell und drehte mich auf dem Absatz um, um ihr meine Handfläche an die Schläfe zu schlagen. Sie wich mühelos aus und blockte meinen Rückstoß und die folgenden drei Schläge, die ich daraufhin losließ. Erst als sich die metallisch glänzende Armbrust an meinem Arm materialisierte und der

Bolzen bereits gespannt war, griff ihre Hand nach meinem Arm und hielt mich davon ab, zu schießen.

Ich gab ein Knurren von mir, aber es war Laran, der sagte: »Was zum Teufel machst du hier?«

»Gute Frage«, sagte sie beiläufig. Ich machte eine Bewegung, um sie mit meiner anderen Hand zu schlagen, und sie musste die Armbrust loslassen, um dem Schlag auszuweichen. Ich war beileibe keine schlechte Kämpferin, aber gegen einen mehrere tausend Jahre alten Gegner zu kämpfen, war nicht gerade ein Rezept zum Gewinnen, wenn man fair spielte. Ich konzentrierte mich mit aller Kraft auf sie und ließ mein Handgelenk schnappen. Den Rest überließ ich dem Zufall.

Der Bolzen flog präzise und traf ihre Brusthöhle mit genug Kraft, um den Knochen zu brechen. Sin trat einen Schritt zurück und grinste mich an. »Geht es dir jetzt besser?«

»Hmm«, sagte ich sarkastisch. »Drei meiner Gefährten sind verschwunden und meine Seele wurde in zwei Hälften gerissen, also sage ich ganz klar: Nein.« Sie seufzte und riss sich den Bolzen aus der Brust. Der Anblick ihres Blutes kühlte mein eigenes etwas ab.

»Wenigstens sind sie nicht tot«, höhnte sie.

»Das verdanken wir nicht dir«, brüllte ich.

Meine Finger zuckten und ich spürte wieder, wie sich etwas in mir regte. Wie eine Glut der Macht, die, wenn ich sie nur zu fassen bekäme, zu einer lodernden Flamme werden könnte. Ich griff danach, aber die Glut wich mir aus.

»Leute?« Sie räusperte sich und schaute mir über die Schulter. »Könnt ihr mir mal kurz helfen?«

»Du hast Glück, dass sie nicht noch mehr Hela in sich hat«, antwortete Merula. Sin warf ihr einen flachen Blick zu und schnippte mit den Fingern. Die blutigen Kleider wurden sofort durch saubere ersetzt.

»Was macht sie hier?«, fragte ich wütend. Ein wachsendes Unbehagen machte sich in mir breit.

Erst waren es fünf gewesen … und jetzt waren es sechs.

»Ruby«, seufzte Hela. »Sie hat den Platz deiner Mutter eingenommen. Sinumpa – die tödliche Sünde der Lust.«

KAPITEL 19

Ich öffnete und schloss meinen Mund dreimal und versuchte, die richtigen Worte zu finden. Aber genau das war es – es gab keine.

»Ihren Platz eingenommen?«, fragte ich leise, aber meine Stimme klang hohl. Kalt. »Wollt ihr mir sagen, dass ihr sie durch die Schlampe ersetzt habt, die mich und Laran getötet hat?«

Wieder sahen die Sünden einander an, aber Sinumpa ... sie beobachtete einfach nur mich. Ihre Augen waren leicht zusammengekniffen, als sie von meinem Kopf bis zu meinen nackten, schmutzigen Füßen über mich glitten. »Sie haben niemanden ersetzt«, sagte sie.

»Ach nein?« Ich hob beide Augenbrauen. »Nicht?«, schnaubte ich. Bandit schlang sich fest um mich. »Dann sag mir doch bitte, wer genau dich zur Sünde der Lust gemacht hat!«

Sinumpa stieß einen Seufzer aus und ihre Schultern sanken ein wenig. »Deine Mutter.«

»Schwachsinn!«

»Ist es das?«, fragte sie und forderte mich auf, ihr zu

widersprechen. »Du warst noch ein kleines Kind, als ich euch beide in Atlanta gefunden habe. Deine Mutter wusste Bescheid. Trotzdem hat sie mich angefleht, dich zu verschonen. Nicht sie. *Dich.*« Ich schluckte schwer, weil ich wie vor ein paar Tagen auch heute nichts über meine Mutter hören wollte. »Sie hat ihren Titel an mich weitergegeben, damit ich die Macht habe, dich zu verstecken, bis die Zeit gekommen ist, dich zu finden. Wusstest du das?« Sie öffnete die oberen vier Knöpfe ihrer Bluse und schob den Stoff zur Seite. »Wusstest du, dass sie mich gebrandmarkt hat, bevor sie mir befohlen hat, sie zu töten und ihre Leiche zu verstümmeln? Damit meine Mutter glaubt, sie sei gründlich verhört worden und unter der Folter gestorben, während sie sich weigerte, zu verraten, wo sie dich versteckt hat.« Auf ihrer Haut befand sich ein tiefes magentafarbenes Brandzeichen, das aus wirbelnden Linien bestand, die einander überlappten. »Wusstest du das, Ruby? Hast du …«

»Ich habe es kapiert«, spuckte ich und biss mir in die Wange. Bandit stützte sich auf meine Schulter und fletschte der Fae-Frau die Zähne entgegen.

»Nein«, fuhr Sin fort. »Ich glaube nicht, dass du das tust. Man wird ausschließlich zu einer Sünde, wenn die letzte Sünde ihr Mal und ihren Titel an dich weitergibt. Lola gab mir ihren, als ich dich in Atlanta fand. Ich war diejenige, die dich versteckt hat, bevor der Rest von Lilith' Kindern auf die Suche gegangen ist. Ich war diejenige, die jedes Monster gejagt hat, das dir zu nahekam, damit die anderen fünf über dich wachen konnten, ohne ihren Schleier aufzudecken. Ich war diejenige, die dich dreiundzwanzig Jahre lang am Leben gehalten hat, also erzähl mir nicht, dass du es kapiert hast!« Am Ende ihrer kleinen Rede verspürte ich keine große Dankbarkeit, von der sie anscheinend annahm, dass ich sie empfinden sollte.

Mein ganzes Leben war eine Lüge gewesen, aber das war nicht genug. Es hatte nicht gereicht, mich so zu erziehen, dass ich nie die Wahrheit erfuhr. Sie hatten mich auch darüber angelogen, wer sie waren. Dadurch fühlten sich die Zeit auf der Erde und die Erfahrungen, die ich geschätzt hatte, billig an.

Täuschung war kein ausreichend starkes Wort.

Es war vielmehr der ultimative Verrat.

»War irgendetwas davon echt?«, fragte ich. Dieses Mal war mein Ton nicht kalt, noch war er brennend. Er war leer. Wie das Loch in meiner Brust, aus dem meine Gefährten herausgeschnitten worden waren. »Oder war das alles nur eine Vorbereitung, um die Erbin am Leben zu erhalten, nur damit ich versage, weil mir niemand etwas gesagt hat?«

»Wir wollten dich nicht im Unklaren lassen«, sagte Saraphine. Ich hatte keine Lust, sie Martha zu nennen. Sie war es nicht. Sie war es auch nie gewesen. Saraphine war eine Fremde – genau wie das Gesicht, das mich ansah – und das war mir auch lieber so. »Aber wir hatten alle unsere Rollen zu spielen. Rollen, die vereinbart worden waren, bevor Lola gestorben ist. Nicht einmal Luzifer wusste, dass wir zu dir gegangen sind.«

»Aber warum? Warum habt ihr euch die Mühe gemacht, überhaupt da zu sein? Ihr hättet mich einfach zurück in die Hölle bringen oder die Reiter früher schicken können – oder etwas anderes, das ein besseres Ende bedeutet hätte als das, das heute eingetreten ist.« Ich senkte meinen Kopf.

»Du hast nicht versagt«, sagte Hela. »Der heutige Tag ist genau so verlaufen, wie wir es erwartet haben – mit der Ausnahme, dass Krieg fast getötet wurde.« Mein Nacken knackte, so schnell hob ich den Kopf, um ihr in die Augen zu sehen.

»Ihr wusstet, dass mir das passieren würde?«

»Wir haben viele Dinge geplant«, sagte die Todesfee. Ahnika. Sie hob die Trauben hoch über ihren Kopf und ließ sie eine nach der anderen in ihren Mund fallen. »Wenn ihr euch alle hinsetzen würdet, könnten wir vielleicht sogar ganz am Anfang anfangen«, fuhr sie träge fort. Sie zog eine Augenbraue hoch, als eine weitere Weintraube herunterfiel. Ihre Zähne klapperten, als sie sie mitten im Fall in die Hälfte biss und die andere Scheibe auf dem Boden landete. Sie schien es nicht zu bemerken.

Ich atmete tief durch und schaute Moira an, die ihre Arme vor der Brust verschränkt hatte. Neben ihr sah Jax hin- und hergerissen aus, ob er dableiben oder abhauen sollte. Schließlich hatte er seinen Job gemacht. Er hatte mich lebend nach Inferna gebracht. Morvaen stand neben ihm an der Tür und beobachtete alles um sich herum mit zusammengekniffenen Augen. Sie traute diesem Ort nicht und damit hatte sie recht. Ich wusste immer noch nicht, was wir mit ihr machen sollten, aber im Moment hatte es oberste Priorität, Antworten zu bekommen und meine Reiter zurückzuholen.

Laran trat neben mich, drückte mich sanft an die Seite und gab mir einen kratzigen Kuss auf die Schläfe. Das stärkte mich für das, was kommen würde, und ich setzte mich an das andere Ende des Tisches gegenüber von Ahnika.

Ich schlug meine Beine übereinander und lehnte mich an die weiche Polsterung. Mein rechter Arm ruhte auf der Stuhllehne und war nach oben gewinkelt, sodass ich mein Kinn auf meine geschlossene Faust stützen konnte. Die Armbrust blieb gespannt und ragte gerade so weit heraus, dass der Bolzen mich verfehlen würde, sollte ich schießen. Ich erwartete, dass ich sie brauchen würde. Verdammt, ich erwartete nicht, dass sie viel mehr tun würde, als denjenigen zu verärgern, den ich traf. Aber ich war ohne Kraft und dieses Metallgerät gab mir ein Stück davon zurück. Ich klammerte mich daran, auch wenn meine Finger so kalt wurden, dass sie sich taub anfühlten. »Ihr wolltet reden, also redet! Von Anfang an.«

Ahnikas Augenbrauen zogen sich kurz zusammen, bevor sie die Füße sinken ließ, sich auf die Ellbogen stützte und die Finger verschränkte. Jetzt hatte ich ihre Aufmerksamkeit. »Also gut, Baby Morningstar. Von Anfang an.«

Sie nickte einmal und die anderen Sünden nahmen ihre Plätze ein. Als ich meinen Kopf neigte, kehrte Ruhe in mir ein. In meinem Inneren gab es eine Ruby, die Schmerzen hatte. Eine Ruby, die blutete. Ich konnte es mir jetzt nicht leisten, sie zu sein. Ich konnte es mir nicht leisten, meinen Kopf zu verlieren. Es gab keine Bestie mehr, die mich im Gleichgewicht hielt, und deshalb musste ich mich selbst ausbalancieren. Im Moment bedeutete das, dass ich alle meine Gefühle beiseiteschieben musste, denn Gefühle würden niemanden retten.

Aber die Wahrheit könnte es.

Und so hörte ich zu.

KAPITEL 20

»Am Anfang, als Eden noch neu war, existierte eine Ursprüngliche von großer Macht. Ihr Name war Genesis«, begann Ahnika.

»Diese Geschichte habe ich schon gehört«, seufzte ich.

»Du kennst Lilith' Version dieser Geschichte, aber sie war noch ein kleines Kind, als Eden unterging und die Hölle geboren wurde«, antwortete Hela. Ich schloss meinen Mund und neigte den Kopf, damit sie fortfahren konnten.

»Genesis war die Ursprüngliche der Schöpfung. Sie erschuf uns zuerst, auch Lola als die ursprünglichen Sechs. Jede von uns besaß einen Aspekt von ihr und diese Eigenschaft wurde zu dem, wofür wir bekannt waren, während sie andere erschuf. Sie teilte unsere Welt in Provinzen auf und gab jedem von uns ein Stück, mit dem Auftrag, darüber zu wachen, während sie über uns alle wachte, und eine Zeit lang war es gut.« Ahnika beugte sich vor und ließ die leere Weinrebe auf den Teller vor sich fallen.

»Und dann kam Luzifer«, sagte Merula. Sie schob ihr seidiges schwarzes Haar über eine Schulter und verzog ihre kirschroten Lippen zu einer Grimasse. »In einem Feuerschwall riss der Ursprüngliche der Flammen ein Loch in die Grenzen zwischen den Welten. Genesis war von dem Moment an, als sie ihn sah, vernarrt, denn Luzifer war das erste Wesen, das sie nicht erschaffen hatte. Die Anziehungskraft wurde immer größer, je länger er blieb, bis sie den Punkt der Besessenheit erreichte.« Sie krümmte ihre Finger und zeigte den blutroten Farbton ihrer Nägel. »Nach seinem Zerwürfnis mit Gott wollte Luzifer sich nicht an eine Frau binden ...«

»Warum?«, fragte Moira. Merula warf ihr einen tadelnden Blick zu, aber die Frage war berechtigt.

»Weil er das bereits für Gott getan hatte«, antwortete Ahnika. »Er hatte ihr alles gegeben. Sein Herz. Seine Seele. Sie wurden als Gleiche erschaffen – er der Ursprüngliche des Feuers und sie die Ursprüngliche des Lichts. Ein perfektes, harmonisches Paar ...«

»Sie wollte mehr«, sagte Hela und übernahm die Führung. »Gott war mit Luzifers Liebe allein nicht zufrieden und beschloss, dass sie nicht länger an einen gebunden sein wollte. Sie wollte von vielen verehrt werden, ein Wesen sein, das über ihm stand«, sagte sie. »Ein Gott.«

»Luzifer legte sich danach nicht mehr auf eine Frau fest«, sagte Merula. »Das trieb Genesis in den Wahnsinn, und in ihrem Wahnsinn rebellierte sie in einem letzten Schöpfungsakt. Sie wollte so verzweifelt eigene Kinder, dass sie sich selbst in zwei Teile spaltete, damit die Fae schuf und ihre Welt dem Untergang weihte.« Sie schüttelte ihr dunkles Haar missbilligend.

»Die Welt begann aus den Fugen zu geraten, weil Genesis sich an sie gebunden hatte«, erklärte Merula. »Ursprüngliche *müssen* sich nicht an eine Welt binden, aber wenn sie es tun, erhöht sich ihre Macht beträchtlich. Und dieser Planet, das Reich, an das sie sich binden, wird von dem Ursprünglichen abhängig, um Leben zu erhalten. Wenn dieser Ursprüngliche stirbt, ist die einzige Möglichkeit, ihn vor der Implosion zu bewahren, dass ein anderer Ursprüngliche das Gleiche tut. Im Gegensatz zu dem, was Lilith dir vielleicht erzählt hat, war Luzifer unsere einzige Möglichkeit. Ohne ihn hätte es die Hölle, wie wir sie kennen, nie gegeben, denn Eden – die Welt – wäre gestorben. Und wir mit ihm.«

»Das heißt nicht, dass dein Vater ein Heiliger war«, mischte sich Lamia ein. »Er genoss die Annehmlichkeiten, die ihm die Bindung an die Hölle einbrachte, und er wurde als König bekannt. Lilith war noch ein Baby, als er sich mit dem Planeten verband, und dein Vater nahm es auf sich, sie und Eve großzuziehen. Sie wuchs als selbstsüchtige kleine Schlampe auf und dachte, dass sie die Herrschaft verdient hätte, nur weil sie und Eve aus dem Tod von Genesis hervorgegangen waren. Genau wie ihre Schöpferin konzentrierte sie sich auf die falschen Dinge. Sie war besessen von ihrem Mangel an ursprünglicher Macht, anstatt sich um diejenige zu kümmern, die Luzifer ihr gegeben hatte, indem er sie zu einer von uns gemacht hatte. Sie missbrauchte sie. Sie beschäftigte sich auf schreckliche Weise mit dunkler Magie, während er sich weigerte, sie als etwas anderes zu sehen als das süße, kleine Mädchen, das genauso aussah wie Genesis.« Sie verdrehte die Augen zu den kristallenen Kronleuchtern über uns. Ihre Lippen schürzten sich, als sie mich direkt ansah. »Dann kam Ragnarök. Eine Todesfee, die so mächtig war, dass sie nicht nur den Tod derjenigen um sie herum ankündigte, sondern das Ende der Welt. Er sagte eine Zukunft voraus, in der die Hölle brennen würde, wie sie es noch nie zuvor getan hatte. Die Grenzen zwischen dieser Welt und allen anderen Welten, die Luzifer überspannte, würden in Flammen aufgehen. Milliarden von Menschen, Dämonen und sogar Engeln würden sterben.«

»Würde der Himmel auch brennen?«, fragte ich.

»Ja«, antwortete Hela. »Dein Vater war die reinste Form des Feuers, das in den Körper eines Mannes gegossen worden war. Er konnte nicht nur zwischen den Entfernungen in der Hölle pyroportieren, sondern zwischen den Welten selbst. So gelangte er hierher und so würde zwangsläufig alles, was er berührte, sterben – wenn es dich nicht gäbe.«

»Aber ich bin gestorben«, unterbrach ich sie.

»Das bist du«, sagte sie nickend. »Aber du bist zurückgekommen. Ragnarök prophezeite eine Tochter, die dem Feuer geboren werden würde. Sie würde diese große Macht besitzen und schließlich der Schlüssel sein, die Apokalypse aufzuhalten. Dieses Mädchen würde von vier Reitern zu ihrem Volk zurückgebracht werden und dem Brennen ein Ende setzen.«

»Aber ich verstehe nicht ...«, begann ich.

»Das wirst du«, unterbrach mich Merula. »Als Ragnarök seine Prophezeiung offenbarte, war Lilith bereits so verrückt wie die Frau, die sie Mutter nannte, aber zehnmal skrupelloser. Genesis war eine selbstsüchtige Gottheit gewesen, uns nicht unähnlich. Schließlich wurden wir nach ihrem Ebenbild geschaffen. Aber das Kind, das sie erschaffen hatte, war ein wahres Monster.« Sie schüttelte den Kopf. »Ich war bei ihr, als die Prophezeiung ausgesprochen wurde. Ich habe das Glitzern in ihren Augen gesehen. Ich erkenne Eifersucht, wenn ich sie sehe, und in dem Moment, in dem Ragnarök dich vorhersagte, begann Lilith Pläne zu schmieden.«

»Und mein Vater hat das nie gesehen?«, fragte ich skeptisch. Sie schüttelten alle ernst, aber wütend den Kopf. Dazu hatten sie auch allen Grund.

»Sie war einst eine Meisterin der Täuschung«, begann Sinumpa und übernahm die Geschichte. »Aber mit der Zeit begann sie, die Lügen zu glauben, die sie erzählte. Sie wurde wahnhaft und fiel in ihr eigenes Netz. Ragnaröks Prophezeiung brachte sie zur Verzweiflung, denn sie wusste, dass Luzifer eines Tages fallen und es dann jemanden geben würde, der seinen Thron übernehmen könnte – einen Thron, der ihrer Meinung nach von Anfang an ihr zugestanden hat.« Sie zog beide Augenbrauen hoch und starrte mich vom Tisch aus an. Ihre Nägel klopften mit einer Kraft auf den langen Holztisch, die einem Mann das Herz aus der Brust reißen könnte. »Sie kam auf die Idee, dass, wenn dein Vater einen Ursprünglichen zeugen könnte, sie auch einen gebären könnte, wenn sie das richtige Kind mit der richtigen Blutlinie hätte.« Ich schluckte die Galle in meiner Kehle hinunter. Abscheu nagte an meinen Eingeweiden. Sinumpa lächelte kalt. »Ich sehe, mein Titel und meine Abstammung sind dir in der Höhle nicht entgangen. Sinumpa, Kind von Lilith, Tochter von Kain.« Sie spie den Namen ihrer Mutter, als wäre er Gift. »Ungefähr zu der Zeit, als Lilith auf die Idee kam, dass sie einen männlichen Seelie brauchte, kam eine von Eves Ausgeburten durch die Hölle mit dem Zeichen Kains auf dem Kopf. Sie hielt ihn gefangen und vergewaltigte ihn. Und wieder. Und wieder – bis sie mit mir schwanger wurde.«

Ein Kind, geboren aus Blut und Schmerz. Ein Mädchen, das von einem als Engel verkleideten Monster aufgezogen worden war. Ich hatte Mitleid mit ihr, wenn auch nur für einen kurzen Moment.

»Mein Vater ... Luzifer hat das erlaubt?« Ihre Lippen verzogen sich, als ich mitten im Satz die Richtung änderte.

»Luzifer wusste nichts davon. Er wusste auch nichts von den Hunderten anderer Männer, die sie im Laufe der Jahre gehalten hat. Und obwohl ich ziemlich einzigartig bin, bin ich keine Ursprüngliche – im Gegensatz zu dir.« In ihrem Tonfall lag kein Hauch von Eifersucht, sondern nur knochentiefe Müdigkeit. Die Art von Müdigkeit, die nicht durch einen schlechten Tag oder eine schlechte Woche hervorgerufen wird. Sie setzt sich Tag für Tag in dir fest. Sie wächst. Sie nagt an dem, was du bist, bis nur noch ein taubes Gefühl der Leere übrig bleibt. »Jeder von ihnen vergewaltigt, bis sie ein weibliches Kind zeugen konnten.«

»Warum weiblich?«, fragte Moira.

»Männer sind in Brimstone City minderwertig. Sie werden von den Frauen des Stolzes als Sklaven und Zuchtbullen benutzt. Sie hielt sie für zu primal. Sie neigen dazu, ihren niederen Trieben nachzugeben, anstatt vernünftig zu denken«, antwortete Sinumpa, ohne darüber nachzudenken.

»Hart«, murmelte Moira. Sinumpa zuckte nur mit den Schultern.

»Sie stellte eine Armee aus Kindern auf, die bis in alle Ewigkeit leben würden. Einige von ihnen bekamen eigene Kinder, die ebenfalls von Geburt an versklavt waren. Erst heute Nacht habe ich mir meine Freiheit erworben.«

»Wie konnte sie das verheimlichen, wenn sie selbst schwanger war?«, fragte ich. Dämonenfrauen trugen ihre Kinder zwei Jahre lang aus, bevor sie sie zur Welt brachten. War das bei den Fae auch so?

»Das hat sie nicht«, antwortete Ahnika. »Das heißt, sie hat ihre Schwangerschaft nicht verheimlicht. Dein Vater hatte nichts dagegen, dass sie Kinder bekam. Sie führten nie ein … romantisches Verhältnis. Immerhin hat er sie großgezogen. Er fand es nie seltsam, dass sie Kinder wollte, da Genesis ihre Mutter war. Erst als die Reiter auftauchten, begann er zu erkennen, was sie wirklich war.« Alle Sünden nickten und das Gespräch ging wieder in eine andere Richtung.

»Wie ich hat Lilith eine Affinität zur Gier«, sagte Saraphine.

»Wenn wir ehrlich sind, teilt sie mit jeder von uns eine Affinität«, stichelte Ahnika. Gier nickte mit dem Kopf und stimmte ihr zu.

»Das tut sie, aber ihre Gier wurde an dem Tag übermächtig, als Luzifer mit einem Vorschlag zu ihr kam.« Sie lächelte nicht, als ihr Blick zu Laran glitt. Er erstarrte unter diesen scharfen braunen Augen, die in diesem Licht die rötliche Färbung eines Alptraums hatten. »Er glaubte an die Prophezeiung, die Ragnarök ausgesprochen hatte, dass du von vier Reitern zurückgebracht werden würdest. Aber es waren keine existierenden Dämonen. Also erschuf er sie. Er schuf dich.« Ich streckte meine Hand aus, um Larans zu ergreifen und mich an seine Wärme zu klammern. »Er wollte, dass du der perfekte Wächter für sein kleines Mädchen bist, wenn es auf die Welt kommt, also verhandelte er mit dem Monster, das er aufgezogen hat. Vier Frauen meldeten sich freiwillig, um die Mütter der vier Reiter zu werden, obwohl sie wussten, dass sie den Prozess nicht überleben würden. Vier unfruchtbare Frauen, sollte ich hinzufügen. Lilith befruchtete sie mit ihrer eigenen Blutmagie und Luzifers Macht. Gerade so viel Feuer, dass sie immun waren, gerade so viel Kraft, dass sie dich in Schach halten konnten. Mehr nicht.«

»Was hat er ihr im Gegenzug gegeben?«, fragte ich und fürchtete mich vor der Wahrheit.

Ich wartete, während Laran tief Luft holte und mir dann antwortete.

»Unsere Kindheit«, sagte er. »Sie hatte bereits freie Hand in ihrem Reich, und er konnte nichts geben, was eigentlich einer der Sünden gehörte, also feilschte er mit uns.«

»Das war, bevor sie eine der Dämoninnen tötete, die ein Kind in sich trug«, warf Sinumpa ein.

»Was?«, fragten Moira und ich gleichzeitig.

»Ich war damals fast ein Jahrtausend alt, deshalb sind die Details aus meiner Jugendzeit etwas verschwommen«, sagte sie und wandte sich an Hela neben ihr. Dass sie tausend Jahre als Jugend betrachtete, sagte viel über die Frau aus, die ich nun klarer sehen konnte.

»Sie vergiftete eine der Dämoninnen und Luzifer fand es heraus. Das machte ihn wütend, denn eigentlich hätte er die Babys nach ihrer Geburt ausliefern sollen. Er war gezwungen, eine neue Abmachung zu treffen, da so viel auf dem Spiel stand. Also legte sie einen Blutschwur ab, der besagte: Solange sie den Reitern keinen Schaden zufügte oder zuließ, dass ihnen Schaden zugefügt wurde, durfte sie zu seinen Lebzeiten niemanden töten, ohne das gleiche Schicksal zu erleiden – ihn selbst eingeschlossen.« Sie kniff die Lippen zusammen, um mir zu sagen, was genau sie von diesem Blutschwur hielt.

»Es war ein verzweifelter Schritt, den er niemals hätte gehen dürfen«, sagte Ahnika.

»Aber er hat es getan«, seufzte Hela. »Und als die drei Dämoninnen ihre Kinder zur Welt brachten, war eine von ihnen mit Zwillingen schwanger gewesen. Schon damals hatte er das Gefühl, dass dies das Beste für dich und für die Hölle war. Die Wahrscheinlichkeit, dass eine Mutter starb und eine andere Zwillinge bekam, war zu klein, um Zufall zu sein. In seiner Vorstellung bedeuteten die vier Reiter, dass die Prophezeiung von Ragnarök unausweichlich war.«

»Es war eine sich selbst erfüllende Prophezeiung, die vielleicht nie eingetreten wäre, wenn es die Reiter nicht gegeben hätte«, schimpfte Ahnika.

»Eine Prophezeiung, die trotzdem eingetreten ist«, sagte Merula streng.

»Eine Prophezeiung, die uns daran gehindert hat, die Schlampe auszuschalten, bevor sie genug Macht und Unterstützung hatte, um wirklich ein Problem zu werden«, antwortete Ahnika.

»Können wir mit dem Streiten aufhören und zur Geschichte zurückkehren?«, mischte ich mich ein und lehnte mich nach vorn auf den Tisch. Ich schnappte mir einen Apfel von dem Teller vor mir und biss hinein.

»Viele Jahre lang hielten wir diesen ungleichen Waffenstillstand ein. Wie versprochen, wurden die Reiter von ihr aufgezogen und in die Verwandlung überführt, woraufhin sie tun konnten, was sie wollten. Jahre vergingen. Jahrtausende vergingen. Dann wurde Lola schwanger. Das veränderte alles.« Hela blickte auf den Holztisch vor sich und ihr Gesichtsausdruck ließ mich glauben, dass sie etwas sah, was wir anderen nicht sehen konnten. »Du hast alles verändert. Vor dir wurden die Ursprünglichen nie geboren. Sie entstanden, wenn sie gebraucht wurden. Deine Ankunft bedeutete Veränderung und damit ein neues Zeitalter.« Ich hielt meine freie Hand hoch, um sie zu stoppen, und Hela hielt inne und neigte ihren Kopf nach vorn, damit ich sprechen konnte.

»Ich höre, was du sagst, aber ich bin keine Ursprüngliche. Ich bin nur eine halbe. Meine andere Hälfte ist die eines Sukkubus.« Dessen war ich mir ziemlich sicher, denn ich trank Kama wie eine Süchtige, die einen Schuss brauchte.

»Das stimmt nur zum Teil«, sagte Hela zögernd. »Du brauchst den Nährstoff, den auch ein Sukkubus braucht, aber deine Kraft ist uralt. Wir haben sie bei deiner Geburt gespürt. Das war der Grund, warum Luzifer deine Bestie gebunden hat. Er hat gehofft, dass dies die Kraft im Zaum halten würde, bis die Reiter dich holen würden.«

»Ich hatte mein ganzes Leben lang Fähigkeiten mit geringer Reichweite«, sagte ich. Moira schnaubte und ich ignorierte es.

»Korrekt«, stimmte Merula zu. »Aber das liegt daran, dass deine Kraft nicht die der Flammen ist, wie wir dachten.«

»Wovon redet ihr?«

»Oh, kleine Morningstar, du musst noch viel über deine Art lernen«, sagte Ahnika lachend. »Es gibt kein halbursprüngliches Wesen. Genauso wie die Fähigkeiten, die du gezeigt hast, kein Zufall waren. Genesis hielt die Macht der Schöpfung in ihren Fingern. Dein Vater hielt das Feuer. Gott hielt das Licht. Andere sind gekommen, sowohl auf der Erde als auch in anderen Welten, vor und nach Genesis' Tod. Doch du sitzt vor uns und weißt nicht, dass du die mächtigste Ursprüngliche bist, die es je gegeben hat. Ich würde mich fragen, ob du dein bescheidenes Verhalten nur vortäuschst, wenn ich dich nicht schon oft verhört hätte. Du bist nicht gerade das, was ich eine große Lügnerin nennen würde.« Einige der Sünden kicherten und erinnerten sich mit Sicherheit gern an Dinge, an die ich jetzt mit einem Gefühl des Verrats zurückdachte.

»Wovon redest du, Ahnika?«, fragte ich.

»Bis zum Tod deines Vaters konnte niemand Hand an Lilith legen. Sie war nicht mehr aufzuhalten, als er den

Vorhang durchquerte. Sie hat deine Bestie genommen, weil sie glaubte, dass sie damit die Macht des Ursprünglichen bekommen würde – deine Macht –, aber deine Macht liegt nicht nur in der Bestie.«

»Du sprichst in Rätseln, die ich nicht verstehe. Natürlich liegt meine Macht allein in der Bestie.«

»Nein, Ruby«, sagte Hela. »Das stimmt nicht.«

»Lilith geht momentan davon aus, dass du tot bist, aber wenn sie dich getötet hätte, wäre auch die Bestie gestorben. Es ist eine symbiotische Beziehung«, sagte Sinumpa. Ich konnte sie nicht Lust nennen. Das war Lolas Sünde gewesen, und es fühlte sich einfach zu seltsam an. Ich konnte sie nicht Sin nennen, weil wir keine Freunde waren. Wir waren nur Verbündete, bis das größere Ziel erreicht war. »Sie hält dich für eine Halb-Ursprüngliche – etwas, das es gar nicht gibt –, und weil sie von Genesis kommt, denkt sie, dass sie alles über deine Art weiß. Sie hat nicht erkannt, dass du, liebes Mädchen, keine Ursprüngliche der Flamme bist wie dein Vater. Du bist eine Ursprüngliche der *Magie*. Du absorbierst die Kräfte, mit denen du in Berührung kommst, und machst sie dir zu eigen.« Ihre Quecksilberaugen leuchteten unheimlich und erinnerten mich an den Tag, an dem sie meine Telepathie gestohlen hatte ... die ich ihr irgendwie gestohlen hatte. Damals hatte sie etwas Ähnliches gesagt, bevor sie mich daran gehindert hatte, mit meinen Reitern oder sonst jemandem darüber zu sprechen. Sie lächelte, als wüsste sie, dass meine Gedanken dorthin gegangen waren.

»Du hast das mit der Kraft deines Vaters gemacht, als du ein Baby warst«, sagte Merula.

»Und mit den Kräften deiner Mutter«, sagte Saraphine.

»Und als du mit sechzehn den Jungen in meinem Haus getötet hast«, fügte Lamia hinzu. Ich stotterte vorübergehend.

»Du wusstest von Danny?«, fragte ich.

»Kind«, lächelte sie. »Glaubst du, du könntest jemanden umbringen und ich würde es nicht merken? Wer, glaubst du, hat das mit den Behörden geklärt?« Ich spürte, wie Moiras Hand unter den Tisch schlüpfte, sich um mein Knie legte und es sanft drückte. Ich mochte nicht an Danny denken. Was ich in dieser Nacht getan hatte. Die Art und Weise, wie Moira und ich zu Blutschwestern geworden waren.

»Nachdem ich mit dir einen Blutschwur eingegangen bin, hast du Zeichen meiner Magie gezeigt«, mischte sich Sinumpa ein, wobei sie wohlweislich verschwieg, dass sie mich auch daran gehindert hatte, etwas davon zu zeigen, sobald sie es herausgefunden hatte.

Ich schaute am Tisch von einer Person zur anderen und mir wurde klar, dass es das war. Sie glaubten wirklich, dass ich Lilith aufhalten konnte, weil ich eine ultramächtige Ursprüngliche war.

Der Gedanke war ... Ich konnte mir ein Kichern nicht verkneifen, das leise begann und sich zu einem lauten Gackern steigerte. Ich lachte so sehr, dass sich Tränen in meinen Augen bildeten und mir über die Wangen liefen. Bis ich einen Krampf in der Seite bekam und obwohl es wehtat, lachte ich weiter ... Als das Lachen schließlich in der schweren Stille verklang, sprach ich.

»Ihr habt eure Hoffnungen und Träume in das falsche Mädchen gesetzt.« Ein weiteres Schmunzeln, das an Wahnsinn grenzte, glitt mir über die Lippen. »Lilith hat mich getötet. Sie hat die Bestie und meine Kraft gestohlen. Ich habe nichts.«

Und das glaubte ich ernsthaft.

Hela sagte: »Du irrst dich, Blue. Du hast dein Blut.«

»Was?« Ich schüttelte den Kopf, denn ich war mir nicht

sicher, ob sie wirklich zugehört hatten, wenn wir wieder damit anfingen. Ich war hergekommen, um Antworten zu bekommen, damit ich das, was passiert war, in Ordnung bringen konnte. Nicht, um mir sagen zu lassen, dass ich der Messias war, auf den sie gewartet hatten. Hörte mir denn niemand zu?

»Deine Macht liegt in deinem Blut, kleine Morningstar«, sagte Ahnika. »Das ist der Grund, warum wir dich auf diese Weise geprüft haben. Du musstest zu Lilith gehen. Sinumpa musste von ihrem Schwur befreit werden. All das musste geschehen. Es war der *einzige* Weg.«

Als ich aufstand, schlug ich mit der Rückseite meiner Beine gegen den Stuhl und war froh, dass sie meine zitternden Glieder unter dem Tisch nicht sehen konnten. »Der einzige Weg für wen?«, fragte ich.

»Für jeden von uns«, flüsterte sie.

»Warum?«, drängte ich. Ihre Antworten waren nicht gut genug. Das Hämmern in meinem Schädel durch die Dehydrierung und den Blutverlust unterstützte die gerechte Wut.

»Weil du jetzt die Macht hast, die du benötigst, um die Sache ein für alle Mal zu gewinnen«, sagte Sinumpa. Ich öffnete meinen Mund, als Moira sprach.

»Blutmagie«, flüsterte sie. Ihre blauen Pentagramm-Augen blickten zu mir auf und wirbelten herum, wie sie es immer taten. »Als sie dich tötete, hat Lilith ihre Magie auf dich übertragen.«

Ich erstarrte. Mein Atem stockte in meiner Brust, als alles, was sie mir erzählt hatten, zusammenkam und ich endlich verstand.

Lilith war so mächtig, dass selbst die Sünden es nicht mit ihr aufnehmen konnten. Wenn ich ihre Macht und die der Sünden zu meiner Verfügung hätte ...

»Das ist nicht alles, was du hast«, sagte Sinumpa plötzlich. Sie deutete auf meine Hand. Nein, sie deutete auf den ... Ring. Meine Du-kommst-aus-dem-Gefängnis-frei-Karte, wie Allistair ihn genannt hatte. Ich bezweifelte, dass er das so gemeint hatte. »Ich habe einen winzigen Teil deiner Magie in ihm eingeschlossen. Alles, was deiner Mutter und deinem Vater gehörte, ist da, wenn du bereit bist, es zu nehmen.«

Es zu nehmen. Ich ließ diese Worte in meinem Kopf Revue passieren.

Lilith hatte mir alles genommen. Sie hatte alles von allen umstehenden Personen genommen, inklusive meinen Reitern, der Sünden, meinem Vater und ihren eigenen Kindern.

Sie hatte den Teufel gebissen. Es wurde Zeit, dass sie lernte, dass der Teufel zurückbiss.

KAPITEL 21

Tropf.
Tropf.
Tropf.

Ich zog meine Knie an und klemmte sie unter mein Kinn. Blut und Schorf, Schmutz und Blätter wirbelten auf dem gepflasterten Duschboden herum. Die abgerundeten Kieselsteine waren unangenehm auf meiner Haut, als ich mich mit dem Rücken an die Wand hinter mir lehnte und dem fallenden Wasser lauschte. Die kalten Tropfen plätscherten gegen meinen Körper. Bilder von Larans abgetrenntem Hals schossen mir durch den Kopf. Ich neigte meinen Kopf nach vorn auf meine Knie und versuchte, den Sturm in mir zu beruhigen.

Sie waren weg. Nicht tot, aber weg.

Gestohlen.

Ja, genau das waren sie. Gestohlen, zusammen mit meiner Bestie.

Bis zu dieser Nacht hatte ich nicht einmal gewusst, dass das möglich war. Andererseits wusste ich auch nicht, was ich wirklich war – oder wozu ich tatsächlich fähig war. Sie sagten, dass ich immer noch Magie besaß, dass mein Blut selbst magisch war und Lilith niemals in der Lage sein würde, mir meine wahre Macht zu nehmen.

Dafür war ich dankbar. Jetzt mehr denn je. Alles zu verlieren, war ein Weckruf gewesen. Noch nie in meinem Leben war ich so übermütig gewesen, so selbstsicher, dass ich dachte, meine Kräfte würden mich retten. Ich wollte sagen, dass es nie so weit gekommen wäre, wenn ich klug genug gewesen wäre, aber das glaubte ich nicht wirklich. Die Sünden hatten mir eine Falle gestellt und am Ende hatte ich keine andere Wahl gehabt. Sie hatten mir die Bühne bereitet und ich hatte getanzt wie eine Marionette.

Beim letzten Mal hatte ich meine Kräfte als selbstverständlich angesehen. Ich hatte meine Sicherheit als selbstverständlich angesehen. Ich hatte alles hingenommen und wie ein Kind gehofft, dass alles in Ordnung kommen würde.

Diese Hoffnung hatte mich fast zerstört.

Meine Hand schloss sich um den Eisenhebel. Er kreischte unter Protest, als ich ihn drehte. Das Wasser wurde langsamer.

Tropf.

Tropf.

Tropf.

Ich hatte nicht vor, mich hier zu verstecken und zu hoffen. Ich wollte mich nicht auf den Boden setzen und weinen oder schreien oder beten. Sie hatten alle das gleiche Ergebnis.

Nichts. Es würde nichts bewirken.

Es würde niemanden retten.

Ich holte tief Luft und ließ meine Arme auf die Seiten fallen. Ich drückte meine gespreizten Handflächen in den

Boden und ließ meine Hände jeden unangenehmen Zentimeter des Bodens spüren, als ich mich vom Badezimmerboden abstieß und auf meine Beine stellte. Sie zitterten nicht mehr.

Und wenn es nach mir ginge, würden sie nie wieder zittern.

Ich stellte mich vor den Spiegel.

Tropf.

Tropf.

Tropf.

Wasser spritzte auf den Boden hinter mir, während mein nasses Haar auf meinem Gesicht klebte. Ich stand kalt und nackt vor dem Spiegel und betrachtete jede Narbe, die sie hinterlassen hatte, jedes Brandzeichen, das sie gestohlen hatte, jeden nackten, makellosen Zentimeter – und ich hasste sie.

Ich hasste die Narben, nicht weil sie hässlich waren, sondern weil sie jeden Schnitt und jeden Stich des Messers repräsentierten, der mir meine Bestie genommen hatte. Jeder nackte Zentimeter Haut, wo die Brandzeichen der Reiter hätten sein sollen, war ein leerer Abgrund in meinem Herzen, als ich merkte, dass ich sie trotz meiner Magie nicht mehr spüren konnte.

Sie waren verschwunden.

Aber nicht tot.

Daran musste ich mich erinnern. Dass es noch eine Chance gab, sie zu retten. Dass ich immer noch alles zurückholen konnte, was ich verloren hatte und noch mehr, denn wenn ich mich nicht daran erinnerte, wenn ich mich nicht darauf konzentrierte ... Ich hatte vielleicht die Kraft einer Ursprünglichen, aber ich hatte immer noch das Herz einer Frau. Einer Frau, die den Kampf in ihrem Inneren zunehmend verlor. Zuvor hatte die Bestie gedroht, die Welt zu verbrennen. Ich hatte Angst, mir einzugestehen, dass ich das ohne sie sehr wohl könnte, und dass mich niemand aufhalten könnte. Ich hatte Angst, dass die Sünden die Wahrheit in meinen Augen sehen könnten, dass ich heute Nacht mehr als nur meine Gefährten verloren hatte. Lilith hatte die Bestie gestohlen, die Hälfte meiner Seele, und das hatte mich verändert. Ich wollte die Hölle retten ... Aber wenn ich sie alle verloren hatte, könnte ich sie vielleicht auch zerstören.

Tropf.

Tropf.

Tropf.

Ich kniff die Lippen zu einer finsteren Miene zusammen und fuhr mit den Fingern über das verhärtete Narbengewebe auf meiner Brust. Es bildete ein eigenes Pentagramm, die Haut war leicht erhaben und ungleichmäßig verheilt. Die blauen Ranken, die einst über meinen Körper getanzt waren, schlängelten sich nun eng um die Wunde. Ich schluckte schwer und mein Blick wanderte im Spiegel nach oben, wo Laran stand. Er lehnte an der Steinwand, ohne Hemd und stoisch. Die Runen, die Morvaen ihm gegeben hatte, um sein Leben zu retten, waren in den letzten Stunden auf seiner Haut verblasst. Die Runen auf meinem Rücken waren noch da – hell und leuchtend, ein schillerndes Orange, das nicht schwächer geworden war.

Selbst wenn ich sie für eine Ewigkeit tragen müsste, würde ich vor ihr auf die Knie gehen und ihr danken. Diese Spuren auf meiner Haut waren ein kleiner Preis dafür, was sie mir zurückgegeben hatte. Ich würde es nie vergessen.

Tropf.

Tropf.

Tropf.

Wir sagten nichts zueinander. Wir waren beide in unseren eigenen Gedanken versunken gewesen, als Hela uns in unser Zimmer geführt hatte, mit dem Versprechen, am Morgen zurückzukehren. Wir mussten uns vorbereiten, hatte sie gesagt. Auf Lilith, das hatte sie nicht gesagt. Selbst mit aller Macht der Welt hatte ich schon einmal das Nachsehen gehabt. Das konnte ich nicht noch einmal zulassen. Eine dritte Chance würde ich nicht bekommen.

Wieder wanderte mein Blick zurück zu meinem Körper. So nackt im Vergleich zu dem, was er vorher gewesen war. Sie hatten mich zu einem Kunstwerk gemacht, aber Lilith hatte meine Leinwand bloßgelegt.

Das gefiel mir nicht. Durch das Fehlen von Brandzeichen fühlte ich mich nackter, als es das Fehlen von Kleidung hätte bewirken können. Es war noch gar nicht so lange her, da hatte ich allein bei dem Gedanken an Brandzeichen Angst verspürt. Angst vor dem, was sie bedeuteten. Vor der damit verbundenen Verpflichtung. Das war nicht mehr der Fall.

Tropf.

Tropf.

Ich erschauderte.

Laran stieß sich von der Wand ab. Etwas in seinem Blick veränderte sich und unterschied sich nicht so sehr von der Dunkelheit, die sich um mein eigenes Herz legte. Dort brannte heute Abend ein Feuer, von dem ich wusste, dass es mich verzehren würde, wenn ich es zuließe. Ich fragte mich, ob er das Gleiche in meinen Augen sah. Ob er die gleichen tanzenden Schatten sah.

Warme Hände legten sich auf meine Schultern, als er mein Haar zur Seite strich. Seine Finger fuhren über die Runen der Macht, die sein und mein Leben gerettet hatten. Ich zitterte.

Er hörte nicht auf.

Er fuhr jede Linie nach, und als es keine mehr gab, fuhr er fort, sie nachzuzeichnen. Seine Finger streichelten gierig meine Haut, drückten auf jede Furche, fühlten jeden Schnitt. Seine Nägel bissen sich mit plötzlicher Heftigkeit in meine Hüften und in seinen Augen loderte ein dunkles Feuer. Ich war nicht die Einzige, die heute Abend etwas verloren hatte.

»Es tut mir so leid«, flüsterte er heiser. Ich weigerte mich, meine Augen zu schließen und vor der Intimität, die ich sah, zurückzuschrecken.

»Das war nicht deine Schuld«, erwiderte ich mit einer ebenso rauen Stimme.

»Ich hätte nie zustimmen dürfen, dass Lola dich zur Erde bringt«, sagte er plötzlich zu meiner Überraschung. »Ich hätte dich nie aus den Augen lassen dürfen. Ich hätte hart kämpfen müssen, mehr tun müssen ...«

»Es gab nichts, was du hättest tun können«, sagte ich leise. »Die Sünden haben über mein Schicksal entschieden, bevor ihr alle geboren wurdet. Sie bestimmten, was sie euch erzählen wollten. Sie versteckten Dinge vor dem Teufel selbst. Es gab nichts, was du oder irgendjemand anderes hätte unternehmen können, um zu verhindern, was heute Nacht passiert ist.«

Außer mir. Vielleicht.

Meine Gedanken waren nur das, Gedanken, und doch schienen sie in der Enge des Badezimmers so laut zu sein. Larans Blick verfinsterte sich immer mehr.

»Du tust es schon wieder«, flüsterte er. Im Spiegel konnte ich sehen, wie sich meine eigenen Augenbrauen zusammenzogen, nur ganz leicht. Eine Falte der Verwirrung bildete sich. »Du projizierst deine Gedanken.«

Ich zischte zwischen den Zähnen hindurch.

Das konnte nur eines bedeuten.

Mein Schweigen war gebrochen worden.

Etwas verhärtete sich in mir, das sich in seinen Augen widerspiegelte. Ich fragte nicht, was es war, denn ich wusste es. Endlich erfuhr er all die Dinge, in die keiner von ihnen eingeweiht war. Die schmutzigen, kleinen Geheimnisse, die ich gegen meinen Willen hütete. Die Abmachungen, die ich eingegangen war. Die Entscheidungen, die ich getroffen hatte. Das unvermeidliche Laster des Scheiterns, das auf mir ruhte, und der bittere Geschmack des Verlustes, der sich in mein Herz fraß. Er hörte die Dinge, die ich nicht sagte, und ich machte keine Anstalten, sie vor ihm zu verbergen.

Ausgebreitet wie die Seiten eines Buches, ließ ich ihn zuhören und mich selbst fühlen.

Mein Atem stockte, als er sich nach vorn beugte und einen sanften Kuss auf meine nackte Schulter drückte.

»Ich höre dich«, flüsterte die Stimme seiner Gedanken durch meinen Kopf. *»Ich höre dich und ich möchte, dass du etwas weißt.«* Seine Lippen glitten über meine Haut, als er sie über mein Schlüsselbein und die Halsbeuge hinaufführte. Sein Atem streichelte die hohle Muschel meines Ohrs, während er mich im Spiegel anstarrte. Ich stützte meine Hände auf den Waschtisch vor mir, als er sagte: *»Ich liebe dich, Ruby. Ich liebe jedes kaputte und beschädigte bisschen. Ich liebe die hässlichen Dinge. Ich liebe die schönen Dinge. Ich liebe deine Stärke und vor allem, Baby, liebe ich dein Feuer.«* Seine Zähne bohrten sich in mein Ohrläppchen und entlockten mir ein leises Keuchen. Meine Finger krümmten sich um die Kante des Waschtisches.

»Du wirst diese Welt in Brand setzen, Ruby, und wir werden für dich brennen.« Die Vorderseite seines Körpers drückte fest gegen meinen Rücken, während eine seiner Hände

nach vorn kam und das zarte Fleisch zwischen meinen Beinen teilte. Meine Augen blieben auf seine gerichtet, als er begann, meine Klitoris mit zwei Fingern zu umkreisen. Ein leises Stöhnen glitt zwischen seine Lippen und meine Pupillen weiteten sich. *»Sag mir, was du willst!«* Seine stillen Worte bahnten sich ihren Weg in meinen Kopf, viel intimer als alles andere zuvor. Ich drückte meine Hüften gegen seine Erektion, als einer seiner Finger in mich glitt.

Alles. Ich wollte alles. Ich wollte nicht taub oder gefühllos sein, weil ich verloren hatte. Ich wollte alles fühlen und mich daran erinnern, wie es war, zu leben. Ich wollte daran festhalten, denn wenn du in einem See aus deinem eigenen Blut stirbst und um jeden Atemzug kämpfst, ist es das, wofür du kämpfst.

Ich wollte das, denn wenn ich ihr das nächste Mal gegenüberstand, ging es um alles oder nichts.

Entweder gingen wir alle zusammen oder niemand.

Seine Finger glitten aus mir heraus und rutschten nach vorn, um auf das Nervenbündel zu drücken. Meine eigene Nässe machte es seinen Fingern leicht, über mich zu gleiten und meinen Körper immer fester an sich zu ziehen. Ich biss die Zähne zusammen und wölbte meinen Rücken. Ich wollte ihn, und zwar sofort.

Laran verschwendete keine Zeit damit, mit mir zu spielen. Zwischen uns gab es keine Machtkämpfe. Es gab keine Hemmungen. Nur pure, ungezügelte Leidenschaft, als er in mich stieß und ich stöhnte. Mein Kopf lehnte sich gegen seine Schulter und Laran hielt inne.

»Sieh mich an!«, sagte er. *»Ich will deine Augen sehen.«* Er zog sich zurück, bevor er wieder in mich eindrang. Mein Kopf kippte nach vorn, während er mit einer Hand meine Hüfte umfasste und mit der anderen meine Klitoris rieb. Fleisch traf auf Fleisch, als seine Hüften gegen mich schlu-

gen. Er verlor sich in dieser Sache zwischen uns. In dieser schönen und wilden Sache namens Liebe.

Meine Beine verkrampften sich und wurden steif wie Stöcke. Ich beobachtete das Schwarz seiner Augen, während sich Schweißperlen auf seiner Schläfe bildeten. Gerade als ich mich dieser betäubenden Glückseligkeit näherte, glitten seine Finger weg und mit ihnen meine Erlösung. Ich unterdrückte ein frustriertes Knurren, als seine Hand an meinem Körper entlang wanderte und sich über meinem Herzen niederließ.

Was hatte er vor?

Kaum hatte ich es gedacht, spürte ich es auch schon. *»Du hast um alles gebeten. Ich gebe dir alles, was ich bin. Was immer du benötigst, ich werde bei dir sein, bis zum Ende, denn du gehörst mir ...«* Die Glut der Macht in meiner Brust fing Feuer, als die brutzelnde Hitze unter seiner Handfläche in mich drang. Ich atmete den schwachen Hauch seines Kamas ein, während die pulsierende Länge zwischen meinen Beinen in mich hinein- und wieder herausglitt und mich immer höher und höher trieb.

Ein Schrei formte sich in meiner Kehle, nicht vor Schmerz, nicht vor Macht, sondern vor einem viel größeren Gefühl.

Das lodernde Inferno verzehrte mich und doch schenkte ich ihm meine Augen, beobachtete ihn, wie er mich beobachtete. *»... und ich gehöre dir«*, flüsterte sein Bewusstsein.

Ich zerbrach in Millionen Stücke, als er stöhnte und mehrere flache Vorstöße vollführte. Sein Schwanz zuckte in mir, während meine inneren Wände ihn umklammerten und immer mehr an sich zogen. Feuer glühte unter meiner Haut und meine Adern leuchteten rot und blau auf.

So ging es die ganze Nacht weiter, wir gaben und

nahmen uns gegenseitig, bis es sich anfühlte, als wären wir nicht mehr zwei Individuen, sondern eins.

Erst am nächsten Morgen sah ich die Brandspuren auf dem Steintisch.

Zwei geschwärzte Handabdrücke, die wie Sternenstaub glitzerten.

KAPITEL 22

JULIAN

Unsere Körper waren Marionetten. Gefangene in unseren Köpfen.

Lilith hatte uns gestohlen, um uns gegen die Dämonin, die ich liebte, zu benutzen.

Sie hatte uns von ihr genommen. Sie hatte sie uns weggenommen.

Ich sah ihre Seele in dem Raum dazwischen schwanken. Nun, die Hälfte ihrer Seele. Die andere Hälfte befand sich jetzt in uns. Die Bestie.

Lilith hatte sie in zwei Hälften gerissen und doch klammerten sie sich beide ans Leben. Klammerten sich aneinander.

Die Bestie war wütend. Sie war rachsüchtig und mörderisch, dunkel und verdreht. Es war für mich ein Wunder, wie Ruby der immensen Kraft der Bestie standhalten konnte, während ich kaum einen Bruchteil davon aushalten konnte.

Die Zeit stand still in diesem Schwebezustand, in dem ich lebendig war, aber nicht lebte.

Ich hatte keine Ahnung, wie viel Zeit vergangen war,

nur dass ich durchhalten musste – für sie –, denn wenn wir nachgaben, würde die Bestie uns alle vernichten.

Sogar mich. Ich hatte nie ans Sterben gedacht, weil ich es nicht für möglich gehalten hatte.

Aber ich hatte das Gefühl, dass ich es erleben würde, wenn wir sie im Stich ließen.

Ich hatte keine Angst vor dem Vorhang. Ich fürchtete, sie zu verlieren. Wenn wir verloren hatten, würde die Bestie meinem Elend ein Ende bereiten.

Ich würde ihr selbst helfen, diese Welt Stück für Stück zu zerreißen.

Und so wartete ich auf sie.

Das taten wir alle.

KAPITEL 23

»Beschwöre die Armbrust!«

Ich knurrte vor mich hin. Meine Finger ballten sich zu Fäusten und bissen sich in meine Haut. »Ich habe dir schon gesagt, dass ich nicht weiß, wie«, schnauzte ich. Die weißhaarige Fae kicherte nur, während ihre Finger in der Luft violette Runen webten. Was auch immer sie da zauberte, ich wollte nichts damit zu tun haben.

»Du hast es schon einmal geschafft, Luzifers Tochter.« Sinumpa lächelte und es war verräterisch. »Gestern hattest du die Dreistigkeit, sie auf mich zu richten, weil du dachtest, ich wollte dir schaden. Hast du so schnell vergessen, was ich dir angetan habe?«, verspottete sie mich. Sie spielte mit mir.

Ich hätte ihr am liebsten ins Gesicht geschossen, damit sie aufhörte zu grinsen wie eine Kürbislaterne an Halloween. Das Problem war, dass ich wirklich nicht wusste, wie ich die Armbrust beschworen hatte. In der einen Minute hatte ich nichts gehabt und in der nächsten war sie da gewesen, umgeschnallt, gespannt und geladen.

Mit einem Fingerschnippen drehte sich die Rune hoch über mir. Sie zog sich zusammen und brach dann mit einem Knall auseinander; ein leichter, violettfarbener Schimmer senkte sich um mich herum.

»Was ist das?«, forderte ich zu wissen. Von der Seite ließ Bandit ein Grollen hören, und es brauchte sowohl Moira als auch Laran, um ihn so weit zu beruhigen, dass er sich nicht direkt in diesen Kampf mit mir stürzte. Die Sünden saßen auf ihren Thronen und blickten mit mehr oder weniger großem Interesse auf uns herab.

»Eine Falle«, sagte Sinumpa. Ihre Stimme klang voller böser Absicht, während sich ihre quecksilberfarbenen Augen verdunkelten. Mein Blut geriet in Wallung, als ich mich wild umschaute. Ich versuchte, einen Ausweg zu finden.

Die magische Barriere berührte den Boden und begann sich zusammenzuziehen. Mich überkam eine echte und wahrhaftige Panik. Ich konnte nicht eingesperrt sein. Nicht noch einmal. Nie wieder.

»Beschwöre die Armbrust, Ruby! Das ist das Einzige, was sie brechen kann«, rief die Fae. Ich atmete langsam und kontrolliert.

Du schaffst das, Ruby. Ich glaube an dich«, flüsterte Larans Stimme in meine Gedanken. Darin fand ich Trost. Nicht Frieden, sondern Antrieb. Eine brennende Motivation, mich aus dieser Situation zu befreien. Auf die eine oder andere Weise.

Denk nach, Ruby! Komm schon!

Ich biss die Zähne zusammen und konzentrierte mich mit aller Kraft auf die Armbrust, aber der drohende Schild kam immer näher und schrumpfte schneller. Mir blieb keine Zeit mehr und die verdammte Armbrust wollte nicht kommen. Das bedeutete, dass ich einen anderen Ausweg aus dieser Situation finden musste.

Ich rieb meine Hände aneinander und spürte, wie mich eine Ruhe überkam.

In solchen Momenten übernahm normalerweise die Bestie die Kontrolle. Sie brachte mich mit einer Gelassenheit durch die schwierigen Dinge, die ich bis jetzt noch nie gespürt hatte. Eine erzwungene Stille, die sich in mir ausbreitete und meinen Verstand verdrehte und verzerrte. Die unheimliche Stille erfüllte mich.

Ich hob meine Hand und zeigte auf sie.

Brenne! Das Wort hallte in meinem Kopf wider.

Ein Feuer entzündete sich, eine Masse aus wirbelndem Rot und Blau. Die Flamme meines Vaters und die Flamme Larans. Sie bildete sich an der Spitze meines Fingers und verdichtete sich, wie ein Stern, der sich auf seine Explosion vorbereitete. Sinumpa neigte neugierig den Kopf, als das Feuer losbrach.

Mit halsbrecherischer Geschwindigkeit raste sie auf die Barriere zu, riss ein Loch hinein und segelte dann direkt auf ihr wahres Ziel zu.

Sie zischte, als sie meine Absicht erkannte. Schreie ertönten, als etwas Dunkles und Hässliches in mir aufstieg. Das war nicht die Bestie.

O nein. Das war ich.

Die ganze Wut, die ich in mir trug, kam zum Vorschein. Sie fiel zu Boden und verfehlte nur knapp den Flammenball. Ich schnippte mit den Fingern und er drehte sich um und kehrte zu mir zurück. Der Raum wurde still, als ich vorwärtsging und meine Stiefel leise auf den polierten Steinboden aufschlugen.

Sinumpa legte den Kopf schief und sah vom Boden auf. Ich hielt die wirbelnde Chaoskugel in der einen Hand und nichts als eine geschlossene Faust in der rechten, als ich mich neben ihr herunterbeugte.

»Ich werde nie vergessen, was du mir angetan hast. Ich weiß nicht einmal, ob ich in der Lage bin, es zu verzeihen, obwohl es mir sicher leichter fallen würde, wenn ich es täte«, sagte ich leise. »Du hast ihr nicht nur geholfen, mir das Leben zu nehmen. Du hast mich zurückgebracht, um mich als Werkzeug in einem Krieg zu benutzen, den ich nicht beenden sollte.« In den Tiefen ihrer silbernen Augen blitzte so etwas wie Bedauern auf. Ich ignorierte es. »Ich werde nie wieder dasselbe Mädchen sein, das ich in Portland war, wegen dem, was du getan hast. Ich musste mich anpassen, um das hier zu überleben, und das werde ich auch. Ich habe diesen Krieg nicht begonnen, aber ich werde ihn beenden. Und wenn alles gesagt und getan ist und deine Mutter nur noch Asche auf dem Boden ist, werde ich mich immer noch daran erinnern, was du getan hast, und du solltest besser hoffen ...« Ich hielt inne und schloss meine Hand um die Kugel. Die Macht erlosch in einem Lichtblitz. »Nein, du solltest beten, dass sie mich wieder zusammensetzen können, wenn ich sie zurückbringe. Denn alles, was ich als Bedrohung für sie ansehe, werde ich als Nächstes ins Visier nehmen, *kleine Fae*«, flüsterte ich sanft. Man hätte eine Feder aus einem Kilometer Entfernung fallen hören können, so still war es im Palast geworden. Es war, als wäre die Zeit selbst stehengeblieben und hätte zur Kenntnis genommen, was ich war und wer ich wurde. »Du hast mir alles genommen, und wenn ich meinen eigenen Thron auf den Knochen meiner Feinde errichten muss, dann soll es so sein. Denk daran, wenn du mich das nächste Mal verhöhnen willst!«

Ich stand auf und ging weg.

Laran und Moira folgten mir und ließen Bandit los.

Seine Füße hallten auf dem kalten Steinboden wider, als er sich aufrichtete und in meine Arme stürzte. Ich drückte ihn ganz fest an meine Brust und hielt inne.

Als ich zu den Sünden aufblickte, diesen Frauen, die ich mein ganzes Leben lang gekannt hatte, glaubte ich, dass sie es sahen. Was auch immer sie sich erhofft hatten, was auch immer sie anstrebten ... Es war egal, wie die Dinge geschehen mussten, die Art und Weise, wie sie es anpackten, war falsch.

»Ihr habt mich gebeten, zu trainieren, und das werde ich auch tun«, sagte ich. »Aber nicht mit ihr.« Meine Finger krallten sich in Bandits Fell, als er sich um mich schlang.

Ich hatte gedacht, dass ich das schaffen könnte. Dass ich mit ihr trainieren könnte, wie sie es verlangt hatten.

Ich würde nicht länger eine Marionette sein.

Durch ihren Verrat würde ich jemand ganz anderes werden.

Der Himmel mochte der nächsten Person helfen, die mir in die Quere kam, nachdem, was sie getan hatten, denn nichts in der Hölle würde helfen. Ich hatte genug von ihren Spielchen, und als ich den Thronsaal verließ, wurde ihnen das wohl auch klar.

Dieses Mal würden wir auf meine Art spielen.

KAPITEL 24

Der Wind flüsterte über mein Gesicht. Eine sanfte Liebkosung, als ich mich gegen den Balkon lehnte. Mehrere Stunden später hatte sich meine Laune nur unwesentlich abgekühlt. Nach einer erholsamen Nacht und ausreichend Verpflegung kehrte die Magie in rasantem Tempo zurück. Das Feuer brüllte wie in alten Zeiten, nur dass ich es diesmal zu kontrollieren wusste. Auch alle anderen Fähigkeiten, die die Bestie mir beigebracht hatte, waren wieder da und warteten darauf, eingesetzt zu werden.

Meine Brust zog sich zusammen. Ein Gefühl der Leere überkam mich.

Ich vermisste sie. Ich vermisste unsere Unterhaltungen. Ich vermisste die Präsenz neben mir im Feuer, dich mich durch meine Alpträume führte und dazu drängte, mein Schicksal bei den Hörnern zu packen. Ich hatte sie nie wirklich weggewünscht, aber erst als ich sie verloren hatte, wurde mir klar, wie sehr ich auf sie angewiesen war. Wir waren zwei Hälften desselben Ganzen. Oder wir waren es gewesen.

Sie war meine Dunkelheit gewesen und ich ihr Licht.

Etwas sagte mir, dass wir beide gefallen waren. Dass ich nicht die Einzige war, die litt.

Meine Hände klammerten sich an das Geländer, als meine Haut wieder zu glühen begann. Der Himmel über mir verdunkelte sich und Blitze zuckten. Ich schluckte schwer und verdrängte die Gefühle. Ich konnte es mir nicht leisten, hier den Verstand zu verlieren.

Ich hörte, wie die Tür zu meinem Zimmer geöffnet wurde. Eine leise geflüsterte Unterhaltung. Schritte. Die Vorhänge zum Balkon wehten träge zur Seite und ich spürte sie. Das brennende Feuer des Zorns, als sie sich neben mich plumpsen ließ und ihre Beine zwischen das Geländer schob.

»Ein tolles Wetter hast du da heraufbeschworen«, sagte sie und schielte auf die aufziehenden Wolken. Ich atmete gleichmäßig aus und versuchte, sie zu vertreiben. Kriegs Macht über die Elemente war immer noch seltsam, und ich hatte nicht erwartet, dass ich das so schnell lernen würde, nachdem er mich gebrandmarkt hatte.

Vielleicht war auch die Hölle selbst dafür verantwortlich.

»Ich habe das nicht gewollt«, sagte ich leise und deutete mit der Hand auf die Wolken. Hela lächelte freundlich und hob ihre eigene Hand. Die Wolken brachen auf und das Sonnenlicht drang ein. Es überflutete die ausgedehnte Stadt vor uns. Es beleuchtete jede Gasse, jedes Haus und jeden Dämon, der es wagte, durch die Straßen zu gehen, während wir alle von einer Düsternis ergriffen wurden. Lilith war noch nicht gekommen, aber es war nur noch eine Frage der Zeit und wir alle spürten es.

»Das hat keiner von uns«, sagte Hela. Ihr feuriges Haar wehte im Wind und ihre blitzenden Augen funkelten, nicht vor Wut. Nein, es war etwas anderes. Ich wollte es nicht fühlen, aber ich tat es. Vermutlich hatte ich das Lola zu verdanken. »Unsere Wege waren von dem Moment an vorgezeichnet, als Genesis uns ins Leben gerufen hat.«

»Du hast entschieden, wie du mit mir verfahren willst. Du hast beschlossen, mich im Dunkeln zu lassen, Hela. Das ist nichts, was Genesis, Lilith oder irgendjemand anders entschieden hat.«

Sie nickte. »Wir haben uns das ausgesucht. Willst du wissen, warum?«, fragte sie mich.

Nein, dachte ich. Sie schürzte die Lippen. Das hatte sie wohl gehört.

»Nun, ich werde es dir trotzdem erzählen«, sagte sie und klopfte auf den Boden neben sich. Ich presste meine Lippen aufeinander, setzte mich aber trotzdem. Als ich meine Beine durch das Geländer schob, erinnerte mich das an bessere Zeiten. An die langen Nächte, die wir in ihrer Wohnung verbracht hatten, auf einem Balkongitter sitzend, das noch viel unbequemer gewesen war als dieses. Wir hatten stundenlang geredet und dabei zugesehen, wie die Sonne am Himmel untergegangen und der Mond geboren worden war. Ich biss mir auf die Wange, denn das war ich nicht mehr und sie auch nicht. Diese Erinnerungen würden mir in der kommenden Schlacht nichts nützen. »Ich kann deinen inneren Kampf spüren, weißt du. Ich bin zwar kein Empath wie deine Mutter, aber deine Telepathie ist so stark, dass du deine Gedanken projizierst. Ich weiß, dass du das nicht hören willst, aber Sinumpa hatte recht, es abzuschalten. Wenn Lilith gemerkt hätte, was du wirklich tust, hätte sie deinen Körper trockengelegt, und das hätte dir vielleicht auch deine Magie genommen, selbst wenn Sinumpa dich hätte retten können. Sosehr du uns auch für unsere Taten hasst, vergiss nicht, dass wir nicht darum gebeten haben, die Herrscher der Hölle zu sein. Wir haben uns das, genau wie du, nicht ausgesucht.« Sie deutete auf die Leute unter uns. »Wir wurden erschaffen und haben eine Aufgabe. In vielerlei Hinsicht sind wir dir ähnlich, nur dass wir mehr für dich wollen.

Wir sechs haben einen Pakt geschlossen, als du geboren wurdest. Auch deine Mutter, die damals die Sünde der Lust war. Wir beschlossen, dass du zwar dazu bestimmt bist, die Hölle zu retten, dass du aber auch nur ein Kind bist. Ein Baby. Wir konnten dein Schicksal nicht ändern, aber wir konnten sozusagen den Weg dorthin beeinflussen.« Sie nickte vor sich hin, ihre Augen starrten ausdruckslos zu Boden. »In der Hölle hättest du nie so etwas wie eine normale Kindheit gehabt, selbst für einen Dämon nicht. Deshalb haben wir einen anderen Weg für dich gewählt. Einen, der dir Zeit gab, zu lernen, zu wachsen und alles zu erleben, was das Leben zu bieten hat. Wir gaben dir so lange wie möglich Zeit auf der Erde, denn Zeit war das Einzige, was wir dir jemals wirklich kaufen konnten. Das war unser Geschenk an dich, auch wenn du es vielleicht nicht so siehst.«

Ich seufzte und lehnte mich nach vorn, um meinen Kopf auf das Geländer zu legen. Ich wollte kein Mitleid mit ihr haben, mit keiner von ihnen. Ich wollte nichts für die Sünden empfinden, aber ich tat es trotzdem.

»Werde ich sterben?«, fragte ich.

Das war eine Sache, die die Prophezeiung nicht wirklich abdeckte. Es gab eine Menge vager Vorstellungen darüber, dass ich die Hölle retten würde. Über die Flammen. Über die Reiter.

Nichts davon besagte, was am Ende passieren würde.

»Ich weiß es nicht«, antwortete Hela. Ich schätzte ihre Ehrlichkeit, aber verdammt, das tat weh. »Damit sich ein

Ursprünglicher mit einem Planeten verbinden kann, muss er ein großes Opfer bringen. Sinumpa hat gesagt, dass Lilith so oft auf sich selbst eingestochen hat wie auf dich und sich damit selbst an den Rand des Todes gebracht hat, bevor sie sich mit den Reitern verband, damit diese als Anker für die Bestie dienen konnten.«

»Habe ich nicht schon genug geopfert?«, fragte ich, mehr zu mir selbst als zu ihr. Das hielt sie aber nicht davon ab, zu antworten.

»Du hast mehr geopfert, als irgendjemand opfern sollte. Wenn du sie wirklich besiegst und die Begegnung überlebst, wirst du so viel mehr wert sein als die kaputte Welt, die du geerbt hast.«

»Und die Prüfungen?«, fragte ich. Ein leichter Nebel wehte durch das Tal und benetzte uns auf dem erhöhten Balkon.

»Die hast du bereits bestanden«, sagte sie mit einem Augenzwinkern. »Wir wollten es dir eigentlich heute sagen, aber dann ...« Sie verstummte, aber die Andeutung war klar.

Dann hatte ich meine erste ›Trainingseinheit‹ mit Sinumpa abgebrochen.

»Ich habe gemeint, was ich gesagt habe. Ich werde nicht mit ihr trainieren.« Meine Hände fielen von den Gitterstäben und kreuzten sich über meiner Brust.

»Das ist mir bewusst«, sagte Hela. »Aber du musst noch viel lernen und hast nur sehr wenig Zeit. Die Flammen können zwar mit vielen Dingen fertigwerden, aber Lilith hat ihr Heer schon so lange Schwefel verzehren lassen, dass sie sich vermutlich als nutzlos erweisen werden. Larans Gaben fließen jetzt in deinen Adern, aber ich weiß nur zu gut, dass die Macht der Elemente nicht ausreichen wird, um Lilith zu stürzen. Die Armbrust, die du bekommen hast, ist eine Waffe der Seelie. Ihre Magie ist das Einzige, was ihr in dieser Welt noch schaden kann.«

»Ich will mich nicht nur auf eine Waffe verlassen, wenn sie bereits bewiesen hat, dass sie vorausschauend denkt«, sagte ich. Die Sünden waren überzeugt, dass die Macht, die Donnach in die kleine Armbrust gesteckt hatte, ausreichen würde, um sie zu töten, aber nach dem, was im Garten passiert war, zweifelte ich daran.

Sie würde sich darauf vorbereiten. Das musste sie. Und darauf musste ich gefasst sein.

»Es ist besser, als sich auf die Flammen zu verlassen, wie du es jetzt tust«, sagte Hela vorwurfsvoll.

»Das wird nicht das Einzige sein, was ich benutzen werde, wenn es so weit ist«, fauchte ich. Ich wollte ihr nicht alles offenbaren. Zu diesem Zeitpunkt wusste ich nicht wirklich, wem ich vertrauen konnte, abgesehen von denen, die mit mir verbunden waren.

»Was meinst du?«, fragte Hela und klang eher neugierig als verärgert über meinen Tonfall. Seltsam für die Sünde des Zorns, aber andererseits hatte sie durch unsere gemeinsamen Jahre vielleicht etwas Geduld gewonnen.

»Ich meine ...« Ich hielt inne und atmete aus. »Es gibt andere Wege. Dinge, die wir nicht in Betracht gezogen haben. Lilith kam beim letzten Mal aus dem Nichts. Sie hat bereits bewiesen, dass sie mächtig ist, und jetzt muss ich mich auch noch mit meinen eigenen Gaben auseinandersetzen. Ich habe nur sehr wenig Zeit, bis sie erfährt, dass ich noch lebe, vorausgesetzt, sie weiß es nicht bereits. Was glaubst du, wie lange sie brauchen wird, um zu kommen?«

Hela zog eine Grimasse und legte den Kopf schief, während sie innerlich die Zahlen überschlug. »Höchstens ein paar Wochen. Wahrscheinlich eher ein paar Tage.«

»Genau«, murmelte ich. »Das ist nicht genug Zeit, um

mir etwas beizubringen. Nach Monaten habe ich die Flammen gerade erst gemeistert. Es macht wirklich keinen Sinn, mir alles aufzubürden, denn wenn ich mich ihr allein stellen würde, müsste ich letztlich scheitern. Lilith hat seit Jahrtausenden geplant, wie sie mich vernichten kann. Ich wäre ein Narr, wenn ich glauben würde, dass ich hart trainieren und etwas mich retten und die Sache beenden könnte.«

Die Räder hatten sich seit letzter Nacht gedreht. Die Anfänge eines Plans waren entstanden.

»Wovon sprichst du?«, fragte mich Hela.

Ich blickte wieder auf die Stadt hinaus. Zu den Kindern, die die Hände ihrer Eltern umklammerten. Auf die Bewohner, die in den Schatten verharrten. Auf den leuchtenden See aus Flammen. Bis hin zum Vulkan, der an der Mündung des Tals saß und als Eingang diente. Wenn ich mich anstrengte, konnte ich das Brüllen des Kolosseum hören.

»Lilith plant das schon seit einer Ewigkeit. Ich habe vor, sie mit etwas anderem zu konfrontieren. Mit etwas, das sie nicht kommen sieht.« Ich hielt inne und sah zu Hela hinüber. Ich würde ihr nicht alles sagen. Zum Teufel, ich hatte niemandem alles erzählt. Nicht einmal Laran. In meiner aufsteigenden Wut fand ich den Teil von mir, der so lange überlebt hatte, nicht durch Macht, sondern durch etwas viel Einfacheres. »Ich bin in der Menschenwelt in dem Glauben aufgewachsen, dass ich ein Dämon mit sehr wenig Macht bin, aber trotzdem habe ich überlebt. Vielleicht werde ich nie wieder diese Person sein. Aber die dreiundzwanzig Jahre, die ich als sie verbracht habe, haben mich hinreichend gelehrt, um zu wissen, dass es einen besseren Weg gibt. Und ich habe vor, ihn zu finden.«

Hela schwieg und ihre Augenbrauen wanderten

langsam ihre Stirn hinauf. Ein Lachen ertönte und Blitze zuckten über den Himmel.

»Ah, Blue«, lächelte sie. »Du und Sinumpa seid euch ähnlicher, als du denkst.«

Ich sagte nichts, während ich Inferna betrachtete. Ich wusste nicht, wovon sie sprach, aber in diesem Moment wollte ich es auch gar nicht wissen.

KAPITEL 25
ALLISTAIR

Das Gackern der Schlampe ließ mich innerlich zusammenzucken, obwohl sich meine Muskeln nicht mehr auf mein Kommando hin bewegten. Ich war an die Füße ihres Throns gekettet. Es war ein Stuhl, den sie aus den Knochen ihrer eigenen Kinder gebaut hatte.

Versager, nannte sie sie. Enttäuschungen, die nun besser genutzt wurden.

Sie war verdammt verrückt.

»Hast du das gehört, mein süßer Hunger?«, rief sie. Ich wünschte, ich könnte mich versteifen. Ich wusste, was kommen würde.

»Ja, meine Liebe«, antwortete ich, wenn auch nicht aus eigenem Antrieb. Die Bestie schlug um sich, wollte schneiden, zerreißen und töten. Ich zweifelte nicht daran, dass sie ihr dafür, was sie uns angetan hatte, den Garaus machen würde, falls sie sich jemals befreien könnte.

Wenn es nach der Bestie ginge, würde es nicht langsam ablaufen.

Es würde brutal sein. Blutig. Rücksichtslos.

Sie würde sie verdammt noch mal vernichten.

Aber sie war gefangen. Das waren wir alle. Ich betete zum tausendsten Mal zu Ruby. Ich betete, dass sie sich beeilte. Ich betete, dass sie in Sicherheit war. Ich betete, dass sie all das überstanden hatte, egal, was passierte.

»Oh, ich *liebe* es, wenn du so bist«, säuselte Lilith. Ich wünschte, ich könnte mir selbst die Augen ausstechen, als sie den dünnen Stoff ihres weißen Kleides von den Schultern rutschen und zu Boden fallenließ.

Ich hatte versucht, mich zu wehren. Mich zu widersetzen. Aber ich hatte mich nicht mehr unter Kontrolle. Ich war ein Gefangener in meinem eigenen Kopf, als sie mich auf ihren Thron setzte.

Ich konnte sie nicht davon abhalten, meinen Schwanz zu packen und zu quetschen. Ihre Hand wanderte ruckartig auf und ab und mein Ekel erreichte einen neuen Höhepunkt. Das war nicht das erste Mal, dass sie das tat. Es würde auch nicht das letzte Mal sein.

Mein Schwanz verhärtete sich gegen meinen Willen und sie packte ihn an der Basis und ritt mich auf ihrem Thron aus Schmerz und Lügen.

»Sag mir, dass du mich liebst!«, hauchte sie und positionierte sich direkt über mir. Sie glitt an meinem Schwanz hinunter, ihre nasse Fotze triefte vor Gift.

Bis zu diesem Moment hatte ich nie gehasst, was ich war.

Ich hatte mir nie gewünscht, zu sterben.

Ich liebte Ruby. Ich liebte sie so sehr, aber ich wusste nicht, wie lange ich das noch aushalten konnte.

Meine Lippen spalteten sich und ich sagte die Worte, die sie hören wollte. »Ich liebe dich, Lilith.«

Sie stöhnte und ihre Brüste hüpften auf und ab, während sie sich an mich presste.

Ich hasste mich selbst, als meine Hüften zuckten und ich mich in ihr entlud.

Sie schrie auf, als sie um mich herum zum Höhepunkt kam und ein kleiner Teil von mir starb, als sie sich nach vorn lehnte und meinen Duft einatmete. Ihr Kama stank und drang in meine Poren ein, während sie über meine Kehle leckte und fröhlich summte.

»Geh zurück an deinen Platz, Hunger! Ich will mit Krankheit spielen.« Innerlich zuckte ich zusammen, als sie sich von mir löste und ihren nackten Körper von mir hob. Das Gemisch aus ihrer und meiner Erlösung ergoss sich in meinen Schoß.

»Ja, meine Liebe.« Meine Beine standen auf, die Flüssigkeit tropfte auf die Betonoberfläche und das Geräusch hallte in der Stille ihres Thronsaals wider.

Ich hatte nichts unter Kontrolle, als ich meinen Platz neben Julian einnahm und Rysten beobachtete, wie er gezwungen wurde, sich auf denselben Stuhl zu setzen.

Ich hatte keine andere Wahl, als die Verzweiflung meines Bruders zu sehen und zu spüren, als sie auf ihn kletterte – ihre Fotze noch feucht von Julians Erlösung ... von meiner ...

Wenn ich jemals freikäme ...

Ich würde sie in Stücke reißen und die Einzelteile an Bandit verfüttern. Ich würde ihr das Zeichen des Teufels in die Brust ritzen und ihr immer noch schlagendes Herz herausziehen, um es mit meinen bloßen Händen zu zerquetschen.

Ich würde die Bestie die Haut von ihrem Körper abziehen lassen, Schicht für Schicht, bis die beschädigte Schale des Monsters der Person entsprach, die sie im Inneren war.

So aber wartete ich.

Ich wartete auf Ruby.

Ich wartete auf die Freiheit.

Ich wartete darauf, dass dies ein Ende hatte.

Die Bestie brüllte vor Wut.

Aber ich konnte nichts tun.

Also hielt ich an dem Fünkchen Hoffnung fest und wartete.

KAPITEL 26
MOIRA

Er schloss die Tür leise hinter sich und bog in einen vermeintlich leeren Flur ein. Ich verschränkte meine Arme vor der Brust und legte den Kopf schief.

»Gehst du irgendwohin, Genie?«

»Moira.« Das war alles, was er sagte; mein Name klang wie ein verzweifelter Seufzer.

»Meine Frage bleibt bestehen, Jax. Du trägst eine Jacke, was bedeutet, dass du nach draußen gehst, und der Rucksack lässt mich vermuten, dass du vielleicht ganz weggehst. Also ...« Ich sprach langsam weiter. »Tust du das?«

Seine lila Augen richteten sich auf mich, als ich die Augenbrauen hochzog.

»Sieh mich nicht so an!«, stöhnte er.

»Wie denn?«, fragte ich süßlich und klimperte mit den Wimpern. Er rollte die Augen zu den Wolken.

»So ...«, murmelte er. »Als wärst du enttäuscht von mir.«

»Im Gegenteil.« Ich wedelte mit dem Finger hin und

her. »Ich hatte erwartet, dass du schon viel früher gehen würdest.« Er verengte seine Augen leicht.

»Du bist nicht sauer?«, fragte er aufrichtig verwirrt.

»Sauer?«, fragte ich. »Wir haben gevögelt. Das ist kein Antrag, großer Junge. Mich hat es gejuckt und du hast mich gekratzt. Mach keine große Sache draus!« Er kratzte sich am Hinterkopf und sah verwirrt aus. Als wüsste er nicht genau, was er mit mir machen sollte.

»Also gut, warum bist du hier?«, fragte er und verschränkte die Arme vor der Brust. Ich neigte meinen Kopf zur Seite und lauschte auf meine Umgebung. Der heulende Wind und der gelegentlich aufkommende Luftzug erregten meine Aufmerksamkeit, aber ansonsten war es ruhig. Ausgezeichnet.

»Ich muss dir noch ein paar Fragen stellen, bevor du gehst«, sagte ich. »Zum Beispiel: Wohin gehst du?«

Seine Augen weiteten sich für einen Moment angesichts meiner Geradlinigkeit, dann hustete er. »Normalerweise fragen Mädchen das nicht, wenn ...«

»Ich bin nicht auf der Suche nach einem Partner«, sagte ich und rollte mit den Augen. Seine Wangen erröteten. »Versteh mich nicht falsch, du warst gut und so. Ich bin nur nicht auf der Suche nach einer Beziehung – nicht einmal nach einer lockeren. Die Welt geht unter, und ich habe schon genug Leute, auf die ich aufpassen muss.« Er nickte, als hätte er verstanden, aber in seinen Augen war etwas, das ich nicht zu sehen vorgab.

»Ich verstehe«, murmelte er. »Wenn du es unbedingt wissen willst, ich treffe mich mit jemandem.«

»Sin?«, fragte ich. Er blinzelte zweimal.

»Möglicherweise.«

»Sie war die Sünde, die einen Gefallen eingefordert hat,

damit du uns nach Inferna begleitest, richtig?« Ich strich mir mit der Hand über meinen glatten grünen Zopf und warf ihn über meine Schulter.

»Das war sie.«

»Und deine Schuld ist jetzt beglichen, ja?«

»Das ist sie.«

»Gut«, lächelte ich und klatschte einmal in die Hände. »Weißt du, die Sache ist die: Ich höre Dinge. Sehr viele Dinge. Und ein kleines Vögelchen hat mir etwas sehr *Interessantes* über Sinumpa erzählt, aber es scheint, dass sie jedes Mal, wenn ich sie ausfindig machen kann, einfach verschwindet. Woran liegt das?«

»Ich bin mir nicht sicher«, sagte Jax und atmete scharf aus. »Du müsstest sie fragen.«

»Das habe ich vor«, nickte ich.

»Nun«, begann er, als er mir ausweichen wollte, »wenn das alles ist ...« Die Worte blieben ihm in der Kehle stecken.

Jax fing an zu husten. »Nicht ... möglich ...« Seine Augen weiteten sich vor Schreck und er war schockiert darüber, was passierte. Ich seufzte und ließ mir Zeit, bis ich vor ihm zum Stehen kam. Ich beugte mich hinunter, sodass wir auf Augenhöhe waren.

»Enigmas sind nur gegen die Magie derer immun, die in ihrer Macht *unter* ihnen stehen, Jax. Ich bin eine Legion, die Vertraute der stärksten Ursprünglichen, die je erschaffen wurde. Du hast es selbst gehört. Also, machen wir es uns einfach!« Ich blinzelte und der Druck verflog, als er wieder zu Atem kam. »Ich will wissen, wo Sin ist und wohin du gehst.«

»Ich ... kann ... es ... dir ... nicht ... sagen«, brachte er zwischen Husten und schwerem Keuchen hervor.

»Na na«, klopfte ich ihm auf den Rücken. »Du weißt,

wie grob ich im Bett sein kann, Enigma. Und ich weiß, dass du es magst. Willst du wirklich so weit gehen ...«

»Blut ... schwur ...«

Ich seufzte und ballte eine Faust, um ihn erneut zu würgen. Es entging mir nicht, dass er hart war, und ich konnte nicht anders, als das ziemlich amüsant zu finden.

»Du hast nach mir gesucht«, flüsterte eine Stimme durch die Schatten. Ich lächelte und ließ Jax noch ein paar Sekunden schwitzen, bevor ich meinen Griff lockerte. Er ließ sich auf die Knie fallen und lehnte sich gegen meinen rechten Oberschenkel.

»Du ... wirst ...« Er hustete heftig und räusperte sich. »Du wirst mein Tod sein.« Ich zwinkerte ihm zu und streichelte kurz seine Dreadlocks, bevor ich mich umdrehte und Sinumpa einen Blick zuwarf.

»Du gehst mit dem Enigma«, sagte ich. »Wohin?«

Ihre silbernen Augen leuchteten wie das Licht eines sterbenden Sterns. Sie war das schönste Wesen – ob männlich oder weiblich –, das ich je gesehen hatte, und sie begutachtete mich mit Interesse.

»Ich habe den Eindruck, dass du es schon weißt«, antwortete sie.

»Zur Erde«, flüsterte ich.

Sin nickte.

»Die Grenzen sind geschlossen.« Ich schluckte schwer und schaute den Korridor hinunter auf nichts Bestimmtes. »Wie ist es möglich, dass du ein Portal zwischen den Welten öffnen kannst?«

»Woher wusstest du, wohin ich gehen würde?«, fragte sie und ignorierte meine Frage völlig.

»Du verlässt die Stadt und kein Ort in der Hölle ist sicher. Da bleiben nicht viele Möglichkeiten ...« Ich stockte, aber das war nur ein Teil der Wahrheit.

»Sag es mir!« Sin schlenderte vorwärts, ihre Leder-stiefel waren lautlos auf dem Steinboden – sogar für meine Ohren. »Können die Toten sprechen, Grüne?«

Ich schaute zur Decke und zog die Lippenwinkel nach oben. Ja. Ja, das konnten sie. Unaufhörlich, wirklich. Aber so, wie ich die Lebenden zum Schweigen bringen konnte, so konnte ich auch die Toten zum Schweigen bringen, wenn ich wollte. Meistens ließ ich sie einfach weiterplappern. Man wusste ja nie, welche Geschichten man zu hören bekommen würde.

»Manchmal«, gab ich zu. »Aber das hier kommt nicht von den Toten.«

»Von wem dann?«, fragte sie. Ihr Tonfall war scharf und das gefiel mir nicht.

»Ich schlage dir ein Geschäft vor, Sin«, sagte ich kühn. »Ich will wissen, warum du Ruby verlässt, um nicht mit ihr gemeinsam deiner Mutter gegenüberzutreten. Wenn du mir das sagen kannst – und es muss die Wahrheit sein –, werde ich dir sagen, wie ich es herausgefunden habe.«

Sinumpa grinste, als sie schwungvoll auf mich zukam und das Sternenlicht in ihren Augen leuchtete. Sie streckte ihre Hand aus, und ich könnte schwören, dass mir das Herz fast aus der Brust gesprungen wäre.

Ich zögerte nicht einmal eine Sekunde. Unsere Hände vereinigten sich und ich sah es. In meinem Kopf sah ich die Wahrheit ...

Wenn Sin blieb, würden wir alle sterben. Lilith hatte sie mit einem Blutschwur so fest an sich gebunden, dass ihre Anwesenheit unser aller Ende bedeutete. Das der Sünden. Bandits. Meins.

Die Einzige, die das Ganze beenden konnte, war Ruby.

Sin ging, weil es für die Bewohner der Hölle keine andere Möglichkeit gab, sich zu erholen, sollte sie bleiben.

Sie war ein Risiko – das größte von allen –, weil die Last der Welt auf den Schultern einer Frau lag. Aber es war auch ein Geschenk.

Das einzige Geschenk, das sie für das, was sie bereits getan hatte, machen konnte.

KAPITEL 27

Meine Schritte waren geräuschlos, als ich von einem Zimmer zum anderen ging. Ich hatte meine Stiefel neben der Tür abgestellt, um so leise wie möglich zu sein und den schlafenden Waschbären nicht zu stören. Er lag auf Larans Brust und sabberte überallhin. Laran war auch eingeschlafen, aber ich machte mir keine Sorgen, ihn zu wecken. Seit wir zurückgekehrt waren, schlief er wie ein Toter. Er sagte, dass es etwas mit dem Land zu tun hatte, das ihn wieder zu voller Stärke zurückbrachte. Ich dachte nicht weiter darüber nach, auch nicht über seine Gründe. Er benötigte seine Energie dafür, was vor ihm lag, und ich musste bereit sein.

Als ich an Moiras Tür vorbeiging, ignorierte ich die Schuldgefühle, die mich beschlichen, weil ich nicht zuerst mit ihr darüber gesprochen hatte. Je weniger die einzelnen Personen wussten, desto besser.

In einer Welt, in der selbst die eigenen Gedanken nicht privat waren, musste ich vorsichtig sein, wie viel ich jemandem verriet. Aber deshalb war ich ja auch hier.

Meine geschlossene Faust hob sich, um an die Tür zu

klopfen, und schwebte in der Luft, als sie vor mir aufschwang. Ich blinzelte, als Morvaen sich hinauslehnte und von einer Seite zur anderen schaute, bevor sie mir zu verstehen gab, dass ich eintreten sollte. Ich schluckte einmal, nickte und ließ meinen Arm sinken, als ich über die Schwelle trat.

»Du wusstest, dass ich komme?«, fragte ich und schritt langsam auf die Suite zu. Zwei Sessel standen sich gegenüber, dazwischen ein kleiner Tisch.

»Ich habe es vermutet«, sagte die Seelie-Frau. Sie nahm in einem der Sessel Platz und wartete darauf, dass ich mich in den anderen setzte.

»Warum ist das so?«, fuhr ich fort und ließ mich ihr gegenüber nieder. Die Lederhosen, die ich bekommen hatte, spannten sich, als ich meine Beine übereinanderschlug. Sie waren zwar robust und langlebig, aber nicht gerade bequem. In den Filmen wurde das nie erwähnt. Andererseits wurden viele Dinge nicht erwähnt.

»Du kämpfst gegen einen Feind, der dich schon einmal besiegt hat. Einen Feind, von dem die Dämonen nicht mehr wissen, wie man ihn besiegt, weil sie schon viel zu lange in seinen Fängen sind. Ein kluger Kopf würde mit einem der beiden Wesen in diesem Palast sprechen, die sich mit den Fae auskennen.« Sie beugte sich vor, hob die Teekanne vom Tisch und schenkte zwei Tassen ein. Ich lehnte mich vor und nahm meine dankbar an, während sie fortfuhr. »Du kannst nicht mit einer von uns in einem Raum sein, ohne zu versuchen, sie zu töten. Es ist also keine Überraschung, dass du zu mir als dem kleineren Übel gekommen bist.«

Ich nahm einen Schluck von dem dampfenden Kräutersud. »Du weißt, was ich bin, ja?«

»Eine Ursprüngliche der Magie.«

Ich nickte. »Und du weißt, wie ich neue Magie erhalte?«

»Indem du mit ihr in direkten Kontakt trittst«, antwortete sie. »So wie mit meiner«, fügte sie hinzu. Ich presste meine Lippen zu einem festen Lächeln zusammen.

»Ich habe noch keine Hinweise auf deine Magie entdeckt, aber nach allem, was ich gehört habe, glaube ich, dass sie da ist.« Ich nahm noch einen Schluck und ließ mich tiefer in den Sessel sinken. Eine Zufriedenheit erfüllte mich.

»Das glaube ich auch«, sagte Morvaen. »Bist du deshalb zu mir gekommen?«

»Ja.« Das Wort sprudelte aus mir heraus, bevor ich nachdenken konnte. Ich nippte an einem weiteren Schluck Tee und runzelte die Stirn. »Ich bin gekommen, weil ich den Unterschied zwischen Blutmagie und Runenmagie verstehen will.«

»Es ist tatsächlich ganz einfach. Als Genesis sich in zwei Teile spaltete, erschuf die eine Hälfte ihres Wesens Lilith und die andere Eve. Lilith erhielt die Magie des Körpers und alles, was greifbar ist. Sie ist auf Blutopfer angewiesen, um Macht zu erhalten«, sagte Morvaen.

»Und Eve?«, fragte ich.

»Die Magie des Geistes. Runenmagie ist viel nuancierter, denn sie arbeitet mit dem, was man nicht sehen kann. Ihre Kraft kommt aus unserem Inneren.« Sie deutete auf eine Stelle auf ihrer Brust, über ihrem Herzen. »Der Seele.«

»Donnach hat mir eine Armbrust mit Seelie-Magie gefertigt«, sagte ich. Die Worte kamen mir mühelos und ohne zu überlegen über die Lippen. »Die Sünden sind davon überzeugt, dass die Armbrust das Mittel ist, um Lilith zu töten, aber die Wahrheit ist, dass ich nicht sehr gut damit umgehen kann, auch wenn sie so gezaubert ist, dass sie alles trifft, worauf ich ziele. Wir haben auch nicht die Zeit, das zu ändern«, fuhr ich fort. »Und ich glaube, sich auf etwas so Einfaches zu verlassen, ist wirklich töricht. Ich muss einen Weg finden, Lilith so zu schlagen, dass sie es nicht kommen sieht.« Ich runzelte wieder die Stirn und schaute auf meine Tasse.

Morvaen nickte und stellte ihren Tee vor sich ab. »Du musst mir verzeihen, dass ich den Tee mit Wahrheit gespickt habe. Wir Fae können nicht lügen, aber deine Art kann es. In dieser Welt muss ich wissen, wer du wirklich bist, Ruby Morningstar, wenn ich dir geben soll, was du suchst.«

»Und was ist das?«, fragte ich sie und nahm bewusst einen weiteren Schluck Tee. Ich hatte vor dieser Frau nichts zu verbergen. Umso besser, dass sie das erkannte.

»Die Macht der Seelie. Der Grund, warum Lilith unsere Art so sehr fürchtete, dass sie ihre eigene Schwester auf eine andere Existenzebene schickte, obwohl sie wusste, dass sie dadurch sterben würde.« Ich nickte, neigte die Tasse und trank den letzten Schluck meines Tees. Der Rand verbarg mein Lächeln, als ich ausatmete.

»Richtig«, sagte ich. »Ich will alles wissen. Ich will es verstehen, aber vor allem will ich diese Welt vor ihr retten. Ich brauche meine Reiter und die Bestie zurück. Die Leute brauchen Frieden. Das Land braucht Zeit, um zu heilen. Ich will keinen Krieg, Morvaen. Ich will eine Hinrichtung.«

Sie nickte und in ihren silbernen Augen sah ich Verständnis. Sie lehnte sich zurück und verschränkte die Hände auf ihrem Schoß, während sie mich beobachtete. Ihr langes Haar, das so schwarz war, dass es wie flüssiger Teer anmutete, hing über die eine Schulter, während auf der anderen ihre Runen zu sehen waren. »Du bist eine neugierige Frau. Weißt du, wie oft ich in den tausend Jahren, die ich lebe, einem anderen meine Schutzrune gegeben habe – dieselbe, die ich dir aufgesetzt habe –, damit sie mich für einen ausstehenden Gefallen rufen kann?« Ich schüttelte den Kopf. »Zweimal. Einmal für einen Liebhaber, der mich betrogen hat. Das zweite Mal für ein Mädchen, das ich für meine Feindin hielt. Du hättest mir befehlen können, alles mit dieser Rune zu tun, und alles, was du wolltest, war, deinen Gefährten zu retten.«

»Ich werde dir niemals meine Dankbarkeit dafür, was du getan hast, zeigen können«, sagte ich schließlich. Sie blinzelte und ich merkte, dass sie das überraschte. »Meine Menschlichkeit hängt nur noch an einem dünnen Faden. Ich will diese Welt retten, aber ich will nicht ohne die Reiter leben. Die Wut wird mich verzehren, bis ich sie entweder alle vernichte oder mir wünsche, selbst tot zu sein. Vielleicht beides. Du hast an diesem Tag einen Teil von mir vor dem Tod bewahrt und dafür werden Worte niemals ausreichen, um zu zeigen, was ich fühle.«

Diese Wut war eine schreckliche Sache. Sie machte mich stark genug, um zu überleben, was ich überlebt hatte, aber nicht so stark, dass ich sie überwinden könnte, wenn die Dinge nicht so liefen, wie ich wollte, wenn alles vorbei war.

War das der Preis für eine solche Macht?

Oder war ich von Anfang an einfach nicht stark genug gewesen?

»Ob mit oder ohne Tee, für einen Dämon kommt deine Ehrlichkeit überraschend deutlich zum Vorschein«, sagte Morvaen schlicht. »Für eine Ursprüngliche bist du bescheiden, aber mehr noch, du hast alles verloren, was es zu verlieren gibt, und klammerst dich trotzdem an die Menschlichkeit. Du bist des Wissens, das du suchst, würdig.« Sie stand von ihrem Sessel auf und reichte mir die Hand. Ich nahm sie und stellte meine leere Tasse beiseite. »Viele der Seelie haben ihre Magie in den frühen Tagen auf der Erde verloren. Sie fürchteten, ihre Geschichte mit jeder

Generation zu vergessen, und so erfand mein Vater einen Zauber, der anders war als alles, was wir bisher gesehen hatten.«

Ihre Finger begannen zu wirbeln, und orangefarbene Kraftlinien erwachten zum Leben. Ich schaute wie immer gebannt zu. »Was bewirkt er?«, fragte ich.

»Er ist der Träger allen Wissens«, sagte sie. »Jedes Seelie-Kind spricht diesen Zauber mindestens einmal im Leben, wenn es das Alter der Reife erreicht hat. Sobald er gesprochen wird, erhält die Fae das Wissen von Seth und jedem Seelie, der ihn nach ihm gesprochen hat.« Eine nach der anderen begannen die Runen in einem losen Kreis zu schweben, und je mehr sie hinzufügte, desto mehr verbanden sie sich wie Teile eines Puzzles.

»Hast du Seth gesagt? Wie in Eves Sohn?«, fragte ich.

»Ja«, nickte sie. »Er war mein Vater. Kain, sein Bruder, kam in die Hölle, um Ruhm zu erlangen. Abel starb als Opfergabe. Mein Vater wollte, dass die Seelie weiterleben. Er ließ sich in New Orleans nieder und nach vielen Generationen von Kindern kam ich zur Welt. Einige von uns werden mit mehr Magie geboren als andere. Nicht alle Seelie können die Zeit überdauern und sich in der Unsterblichkeit einnisten. Deshalb hat er diesen Zauberspruch geschaffen.«

Ich starrte sie an und war fast sprachlos.

»Warum solltest du so etwas für mich tun?«, fragte ich sie, als die Runen sich schneller bewegten. Sie schlossen sich zusammen und bildeten ein Mandala aus Licht.

»Du bist die Zukunft dieser Welt. Eine Zukunft, an der ich gerne teilhaben möchte«, antwortete sie. Ihre Finger kamen zum Stillstand und der verschlungene Kreis aus Licht blieb stehen. »Deshalb biete ich dir dies nicht als Geschenk, sondern als Handel an. Ich gebe dir das Wissen über alles, was wir waren und sind, damit du die Macht hast, die Blutkönigin zu stürzen, aber im Gegenzug darf mein Volk nach Hause zurückkehren.«

Ich verstummte. Das war nicht das, was ich erwartet hatte. Antworten? Vielleicht. Einen Handel? Ich hatte in Erwägung gezogen, einen zu vereinbaren, aber das hatte ich nicht erwartet.

»Werde ich dadurch wirklich bekommen, was ich suche?«, fragte ich sie.

»Du wirst unsere Geschichte kennen. Du wirst unsere Macht verstehen. Du wirst wissen, was meine Magie ist – die Magie, die jetzt in deinen Adern fließt – und du wirst wissen, wie du sie einsetzen kannst. Ich habe sie noch nie einer anderen Seele angeboten, aber es gab auch noch nie jemanden, der die Macht hatte, das Ritual zu vollenden und zu überleben. Nur die Macht der Seelie wird es schaffen.« Während sie sprach, bildete sich eine Gänsehaut auf meinen Armen. Es lag etwas in der Luft, das von uralter Macht und verbotenen Geheimnissen flüsterte.

Ich war hierhergekommen, um über etwas ganz anderes zu verhandeln, aber das, was sie mir anbot ... Es könnte alles ändern.

»Und was, wenn ich um mehr bitten würde?«

»Ich habe nichts mehr zu geben«, antwortete sie mit fester Stimme.

»Könntest du deine Leute herbringen?«, fragte ich. Soldaten. Das war es, worum ich hatte bitten wollen. Seelie-Soldaten, die Blut mit Magie bekämpfen konnten. Die Jäger aller Dämonenarten.

Morvaen schüttelte den Kopf. »Wie du bereits gesehen hast, bin ich nicht in der Lage, ein Portal direkt zur Erde zu öffnen, nicht einmal, um jemanden hineinzubringen. Diese Macht liegt bei einem Wesen, das mit diesem Planeten verbunden ist, und die einzige Möglichkeit, sie zu besiegen, bestände aus Blut- und Runenmagie. Beides beherrschst du nicht.« Ich fluchte, denn sie hatte recht. Ich hatte nicht die geringste Ahnung, wie man Blutmagie einsetzte. Das war der Grund, warum ich die Seelie auf meiner Seite haben wollte. »Und selbst wenn ich ein solches Portal öffnen könnte«, fügte Morvaen hinzu, »steht es mir nicht frei, mein Volk für deinen Krieg zu opfern. Seth' Weisheit ist alles, was ich geben kann.«

Ich atmete tief durch und schaute zwischen dem leuchtenden Mandala, der Fae und der großen Welt hin und her. Ich hatte keine Ahnung, was das mit mir machen oder wer ich werden würde. Aber ich konnte niemals zurückgehen. Nur vorwärts. Wenn dieses Wissen mir die Macht gab, Lilith zu besiegen, dann sollte es so sein.

Ich streckte ihr meine Hand entgegen, wohl wissend, dass mir das Ganze in den Hintern beißen könnte, aber ich hatte keine andere Wahl.

Morvaen nahm meine Hand und drehte sie mit der Handfläche nach oben. Sie ritzte ein Symbol in das Fleisch, bevor sie ihre eigene Handfläche gegen meine drückte. Ein Brennen durchfuhr meine Haut, das zu einem stechenden Schmerz verblasste, bevor ich überhaupt reagieren konnte. Morvaen lächelte und ich hatte das Gefühl, dass es echt war, obwohl es wie eine Grimasse aussah.

»Fangen wir an!«

KAPITEL 28

Es fühlte sich an, als würde mein Fleisch von meinem Körper geschält werden, aber ich zeichnete jede verdammte Zeile des Zaubers.

Seth' Weisheit, so nannten sie ihn.

Es war eine Rune, die einem so viel abverlangte, dass nur diejenigen, die ein größeres Ziel als sich selbst hatten, die erdrückende Last des Wissens überleben konnten, das sie enthielt. Morvaen hätte mich warnen können, aber sie hatte es nicht getan. Ich wäre noch wütender, wenn es einen Unterschied gemacht hätte. Ich bekam alles, was sie zu bieten hatte, koste es, was es wolle. Selbst als meine Knochen zu brechen schienen, mein Blut zu kochen begann und der Druck in meinem Kopf so stark wurde, dass ich dachte, mein Schädel wäre in zwei Teile gespalten – ich zeichnete weiter.

In dem Moment, als meine Finger den letzten Schwung vollendeten, wurde ich von einer Dunkelheit verschlungen. Der Schmerz durchzuckte meinen Körper so sehr, dass ich mich nur noch von ihm lösen und mich auf das einzige

Licht konzentrieren konnte. Die sich drehende Rune. Seth'
Weisheit.

Ihre Gesichter blitzten vor mir auf.

Bandit.

Moira.

Laran.

Allistair.

Rysten.

Julian.

Ich.

Ich tat das für uns.

Ich würde nicht versagen.

Eine Tür erschien und ich zögerte nicht.

Ich schwankte nicht.

Meine Finger legten sich um die Klinke und ich
spürte es.

Wissen.

Macht.

Alles.

KAPITEL 29
LARAN

Drei Tage.

Sie lag seit drei Tagen im Koma. Die ganze Zeit über kam Lilith immer näher.

Ich versuchte, in ihren Geist einzudringen, aber meine Telepathie war nicht stark genug.

Ich schickte Moira, aber sie konnte den Ort, der sie festhielt, nicht durchbrechen.

Bandit rollte sich um ihre Füße, während wir warteten.

Ich war eingeschlafen, als sie auf dem Balkon gewesen war. Als ich aufgewacht war, lag sie neben mir im Bett. Keiner wusste, was passiert war. Keiner wusste, wie man sie heilen konnte.

Ich hielt ihre Hand in meiner. Die blasse Haut spannte sich über den blauen Adern. Moira schritt am Fußende des Bettes umher und knurrte jeden an, der es wagte, einzutreten.

Sie konnte nicht mehr lange so weitermachen und der Krieg würde nicht auf sie warten.

Sie musste zu mir zurückkommen.

Ich musste wissen, dass es ihr gut ging.

Ich brauchte … sie.

»*Bald*«, flüsterte eine Stimme. Ich blinzelte und sah zu Moira. Sie war stehen geblieben und sah Ruby an, als hätte sie einen Geist gesehen.

»Hast du das gehört?«, fragte sie.

»Ja, habe ich.«

»*Bald*«, wiederholte die Stimme.

Nichts an ihr veränderte sich. Die blauen Haarsträhnen blieben schlaff auf ihrem Kopfkissen liegen. Ihr Atem stockte nicht. Ihr Puls raste nicht.

Aber Ruby würde aufwachen.

Bald.

Ich hoffte nur, dass es nicht zu spät war.

KAPITEL 30

Meine Augen öffneten sich nach einer Ewigkeit des Schmerzes.

Ich hatte jeden Alptraum erlebt.

Ich hatte jede Folter erlitten.

Ich hatte jeden einzelnen Tod gefühlt, den die Seelie erduldet hatten.

Ich hatte ihr Leid gesehen.

Ich hatte ihren Kampf gesehen.

Ich hatte ihre Verfolgung gesehen.

Und am Ende ... verstand ich sie.

Seth' Weisheit hatte mich um Jahrhunderte altern lassen. Am Ende – als ich ihr Leben gelebt und ihre Sorgen kennengelernt hatte, als die Bitterkeit und der Groll über all das, was ihnen angetan worden war, nachließen – bekam ich, was ich wollte.

Jede einzelne Rune, die seit Anbeginn der Zeit erschaffen worden war, lag nun auf meinen Fingerspitzen.

Jedes einzelne Ereignis, das uns hierhergeführt hatte, war in meinem Kopf.

Ein würgendes Geräusch erregte meine Aufmerksamkeit. Ich blinzelte und drehte meinen Kopf. Der weiche Stoff eines Kissenbezugs berührte meine Wange. Ein kalter Wind wehte die babyblauen Vorhänge wie Luftschlangen durch den Raum und ließ mich bis auf die Knochen frösteln, als ich Larans Gesicht erblickte.

»W-was ist los?« Meine Stimme war heiser, meine Kehle trocken. Ich fühlte mich, als hätte ich Sand geschluckt und dann versucht, zu sprechen. Das schroffe Geräusch, das herauskam, war erbärmlich. *Wie lange habe ich geschlafen?*

»Drei Tage. Fast vier«, murmelte Laran. Schwarze Augen, die so dunkel waren, dass sie mich an die Asche meiner Flammen erinnerten, sahen mich traurig an. »Was ist passiert? Wo bist du gewesen?« Es gab keine einfache Antwort. Der Körper und der Geist waren zwei verschiedene Dinge. Während ich eine Reise unternommen hatte, die sich in meinem Kopf fast wie ein Jahrtausend anfühlte, hatte mein Körper im Bett gelegen. Innerhalb weniger Tage hatte ich tausend Leben gelebt und war tausend Tode gestorben. Ich hatte Dämonen gejagt und war die Gejagte gewesen. Ich hatte Vergewaltigungen, Folter und Grausamkeiten gesehen, die einem den Magen umdrehen konnten. Alles durch Lilith' Hand.

Ich kannte jetzt Morvaen und jeden anderen Seelie, der Seth' Weisheit durchlaufen hatte und lebend herausgekommen war. Ich kannte sie so gut, wie ich mich selbst kannte.

Wo war ich gewesen? Die Frage schwirrte mir im Kopf herum.

»Überall«, antwortete ich. Da ich wusste, dass das weder beruhigend noch sinnvoll klang, setzte ich mich auf. Ich streckte meine Arme hoch über meinen Kopf und genoss das Knacken, als mein steifer Körper wieder zum

Leben erwachte. »Ich bin nicht in der Lage, dir zu sagen, was du hören willst. Es tut mir leid«, fügte ich hinzu. »Es ist nicht mein Geheimnis. Ich habe nach einem Weg gesucht, Lilith zu besiegen.«

Er öffnete den Mund, hielt inne und fragte dann: »Hast du ihn gefunden?«

Hatte ich ihn gefunden?

»Ich habe ...« Ich zögerte, während ein Atemzug aus meiner Brust entwich. Meine Finger krallten sich in die schwarzen Satinlaken. Die kunstvollen Wandteppiche, die an der Wand hingen, zogen meine Aufmerksamkeit auf sich, während ich nach den richtigen Worten rang. »Antworten.«

»Du wirst es mir nicht sagen, was?« Er klang nicht verärgert, aber ich hatte trotzdem das Bedürfnis, es zu erklären.

»Nein«, seufzte ich. »Lilith hat meine Kraft. Sie kann in die Gedanken von jedem eindringen. Jetzt muss ich die Wahrheit mehr denn je für mich behalten.« Ich löste meine Finger von dem glatten Stoff und schob meine Beine über die Bettkante. Der dunkle Steinboden fühlte sich warm unter meinen Füßen an, als ich aufstand und mich immer noch mit dem Rücken an das Bett lehnte, während ich ihm gegenüberstand.

»Ich weiß. Es ist besser so«, sagte er. Sein Mund verzog sich zu einem Lächeln, aber es wirkte unzureichend. Seine Augenwinkel waren angespannt. Ich blinzelte und bemerkte die dunklen Augenringe, die vom Schlafmangel herrührten, und die fahle Haut. Mein Herz krampfte sich zusammen.

»Ist alles in Ordnung?« Der unruhige Blick in seinen Augen sagte mir: Nein, es war nicht in Ordnung. Tatsächlich stimmte etwas ganz und gar nicht.

»Du hast ... ein paar Tage *verschlafen*«, begann er langsam. Mein Puls beschleunigte sich. Er hämmerte unnatürlich, als er zur Decke blickte und seine Hände fest um nichts ballte. »In dieser Zeit haben wir erfahren, dass Lilith auf dem Weg ist.«

Aus dem Hämmern wurde ein regelrechter Galopp, aber ich bewegte mich keinen Zentimeter.

Ich fragte nur: »Wie lange?«

Er senkte den Kopf und im Licht des frühen Nachmittags konnte ich sehen, dass sein Bart seit einigen Tagen gewachsen war. Ich sagte nichts, als er mich von oben bis unten musterte. In seinen Augen lag ein Flehen und ich wusste, was kommen würde.

»Wie lange?«, fragte ich erneut.

»Nicht lange genug.«

»Wie lange?« Ich wiederholte es, noch schärfer.

»Verdammt, Ruby!« Er nahm meinen Kiefer in seine Hände und hielt mich fest, als wäre ich das Wertvollste auf der Welt. Und ich wusste, dass ich das war. »Ich habe Angst, okay? Ich vertraue dir, dass du, was auch immer passiert ist, wirklich glaubst, einen Weg gefunden zu haben, es zu beenden, aber ich habe Angst. Du hast mir schon so viel gegeben ...« Verzweiflung sickerte aus ihm heraus. Ich schloss meine Augen, als er seine Stirn an meine lehnte.

»Es ist okay, Angst zu haben«, flüsterte ich. »Ich habe auch Angst.«

»Ich will dich nicht verlieren. Nicht noch einmal.«

»Das wirst du auch nicht.« Ich öffnete die Augen, lehnte mich zurück und ignorierte den Schmerz in meinem Bauch, als seine Hände von mir abfielen. »Genauso wenig, wie ich ihr diese Welt überlassen werde. Sie hat die Bestie, sie hat meine Gefährten und sie hält die Bewohner der

Hölle gefangen, um sich nach Lust und Laune zu berei-
chern. Das ist inakzeptabel.«

»Du hast dich verändert, Baby«, flüsterte er. Ich presste
meine Lippen zusammen, um nicht zusammenzuzucken.

»Meine Seele wurde in zwei Hälften gerissen und ich
habe überlebt. Alles hat seinen Preis, Laran. Das weißt du«,
sagte ich und kämpfte gegen meine eigene Verzweiflung an,
um ihn zu trösten, während ich stark blieb.

»Das weiß ich, deshalb werde ich dich nicht bitten,
wegzulaufen. Wir haben schon zu viel verloren. Ich
wünschte nur, wir hätten mehr Zeit.«

»Wie lange?«, fragte ich leise. Er musste ahnen, dass
dies das letzte Mal war, dass ich das fragen würde. Mein
nächster Schritt war es, zur Tür hinauszugehen und es
selbst herauszufinden. Eine Dunkelheit legte sich über den
Balkon und tauchte den Raum in Schatten.

Er schluckte schwer. »Es hat bereits begonnen.«

KAPITEL 31

Ich rannte zum Balkon und ignorierte die losen Stofffetzen, die sich um meine Gliedmaßen wickelten und mich einschnürten, als ich nach oben sah. Über uns ragte eine Masse auf, die hundertmal größer war als der riesige Palast, in dem ich stand, die Sonne verdeckte und Inferna in einen düsteren Schatten hüllte.

»Was ist das?«, hauchte ich.

»Brimstone City. Die Schwefelstadt«, antwortete er mit ernster Miene. »Sie war einst als Provinz des Stolzes bekannt. Lilith' Reich.«

»Sie schwebt. Warum schwebt sie?«, fragte ich und konnte nicht verhindern, dass die Panik meinen Tonfall färbte.

»Lilith wollte eine Stadt, die niemand ohne ihr Wissen betreten konnte; eine Stadt, die die Grenzen der Magie überschritt. Sie hat hundert ihrer Kinder geopfert, um den Zauber zu erschaffen, der die Stadt in der Luft hält.«

Entsetzen durchflutete mich. Ich biss die Zähne zusammen, als sich die Welt verdunkelte und die Sonne anscheinend völlig verschwand. Nur die Fackeln, die unter uns brannten, sorgten dafür, dass die Stadt überhaupt noch zu sehen war. Innerhalb weniger Minuten hatte sich Inferna von einem ausufernden Wunderwerk in eine Höllenlandschaft verwandelt, die direkt aus der Bibel stammen könnte.

»Die Leute bekriegen sich auf den Straßen.« Ich hätte nicht geglaubt, dass es so kommen würde, wenn ich es nicht selbst gesehen hätte. Zwei Freunde gingen aufeinander los und schlugen mit Fackeln aufeinander ein. Eltern wendeten sich gegen Kinder. Bruder gegen Schwester. Ehefrau gegen Ehemann. Inferna versank im Chaos, als die schwebende Stadt direkt über uns thronte und die Atmosphäre mit ihrer bloßen Anwesenheit erdrückte.

»Das ist die Macht des Hungers«, sagte Laran hinter mir. »Er spielt mit ihren Gefühlen. Er bringt sie dazu, das zu fühlen, was er will.«

»Er kann das nicht freiwillig tun.« Das konnte nicht sein. Allistair war vieles, ... aber nicht das.

»Sie hat eure Bande mitgenommen«, murmelte Laran. »Wer weiß, was sie in den Tagen, in denen sie weg waren, wirklich getan hat.«

»Nein«, widersprach ich ihm. Stirnrunzelnd tippte ich mir ans Kinn. »Sie hat die Magie der Bande genommen, die uns zusammenhielten. Sie hat nicht die Gefühle dahinter genommen. Sie haben sich dafür entschieden, meine Gefährten zu sein, was die Frage aufwirft: Wie viel dessen, was gerade geschieht, dringt bis in ihr Bewusstsein vor?«, murmelte ich.

»Ihre Magie hat geholfen, uns zu erschaffen«, sagte er. »Es ist schwer zu sagen.« Der Wind heulte durch das Tal und die biblischen Bezüge waren mir nicht entgangen. Ich war im Begriff, durch das Tal des Todesschattens zu gehen, aber ich betete nicht zu irgendeinem Gott. Ich war bereit, endlich einer zu sein.

»Wir werden sie zurückholen, Laran. Ich verspreche es.«

»Versprich hier nichts, Ruby!« Er stieß einen rauen Atemzug aus und die Knöchel seiner Fäuste wurden weiß. »Sei einfach ... vorsichtig! Sei umsichtig! Übertreibe es nicht! Ich habe so viele Schlachten geschlagen und viele Kriege gewonnen. Der Verlierer verliert nicht immer, weil er nicht gut genug oder stark genug war. Sondern, weil er einen Fehler gemacht hat.« Er schüttelte langsam den Kopf, als er sich an Dinge erinnerte, die ich nie erlebt hatte, aber einige der Seelie schon. »Ein einziger Fehler könnte dich das Leben kosten und ich will dich nicht verlieren. Als du ihr das erste Mal gegenüberstandest, sind wir beide gestorben. Du hast kaum überlebt und hast nur einmal mit den Sünden trainiert. Ich weiß nicht, wie du das schaffen willst, Baby, aber ...«

Ich starrte ihn an – ich kannte den mächtigen Reiter, der vor mir stand, aber erst jetzt sah ich wirklich den Mann dahinter. Selbst Dämonen, so mächtig sie auch sein mochten, hatten Schwächen. Ich war seine.

»Vertrau mir!«, flüsterte ich und nahm seine Hände in meine. »Vertrau darauf, dass ich weiß, was ich tue! Vertrau darauf, dass ich stark genug bin! Vertrau darauf, dass ...« Ich hielt mich an dem Feuer in seinen Augen fest. »Vertrau darauf, dass ich nicht versagen werde und dass ich diese Welt wieder zusammensetzen kann!«

Er strich mir die Strähnen aus den Augen und drückte mir einen Kuss auf die Stirn. Ich beugte mich vor, aber ich beugte mich nicht.

Das würde ich auch nicht tun. Nicht jetzt. Nicht später. Nicht für irgendjemanden.

»Ich liebe dich«, flüsterte er.

»Das weiß ich«, sagte ich mit einem traurigen Lächeln. Das war der einzige Abschied, den ich von ihm und allen anderen bekommen würde, wenn ich es vermasselte. »Aber ich brauche jetzt mehr als deine Liebe. Ich brauche dein volles Vertrauen, damit du nicht versuchst, mich aufzuhalten. Egal, was passiert.«

Er neigte sich zurück, als ich seine Hände in die meinen nahm. »Ruby, du bist die einzige Frau – ob Dämon oder nicht –, vor der ich mich jemals wieder verbeugen werde. Ich vertraue dir und weiß, dass du weißt, was du tust … auch wenn ich es nicht verstehe. Ich werde dir bis zu meinem Tod folgen. Ich habe es schon einmal getan und ich werde es wieder tun. Wenn dieser Tag heute ist, dann soll es so sein.«

Wir küssten uns und es war alles. Es war Feuer und Leidenschaft und Verzweiflung – diese Verbindung, die alle suchten. Menschen. Dämonen. Fae. Sterbliche und Unsterbliche verbrachten ihr ganzes Leben damit, nach dieser Verbindung zu suchen. Manche nannten es Seelenverwandtschaft, aber ich weigerte mich, zu glauben, dass es nur eine Person auf der Welt gab, mit der man zusammen sein sollte. Das Universum war schließlich sehr groß.

Ich hatte meinen Partner in vier äußerst besitzergreifenden, manchmal verschlagenen, aber immer hingebungsvollen Gefährten gefunden. Sie könnten nicht unterschiedlicher sein, selbst wenn sie Jahrhunderte und Welten voneinander entfernt geboren worden wären. Sie waren nicht perfekt, aber sie gehörten mir. Ich hatte die Liebe erlebt, die manche Leute auf ihrer ganzen Suche nie gefunden hatten, und ich hatte sie viermal so stark gespürt.

Der Verlust war so erdrückend, dass ich nur noch Reste meiner Seele und ein paar Fetzen meiner Kraft hatte, als sie mir entrissen worden waren. Ich hatte so heftig geliebt, dass es die verheerendste Erfahrung des Universums war, sie alle zu verlieren. Eine Liebe zu haben, die so verzehrend war, dass sie brannte, und ich mit ihr. Hell. Unerbittlich. Wahrhaftig.

Das war es, was wir hatten. Das war es, was wir alle hatten.

Eine Liebe, die die Welt veränderte.

Eine Liebe, die alles überwinden konnte und würde.

Ich holte tief Luft, als ein rauer Wind über meine Haut peitschte und meine Knochen erschütterte. Ich knirschte mit den Zähnen, als ich zurück ins Schlafzimmer stürmte und mich bereitmachte – nicht für die Schlacht, sondern für den Krieg. Wir zogen uns schweigend an und kleideten uns in die Kampfanzüge der Hölle, bevor wir die Palasthallen stürmten. Unsere Schritte hallten in der leeren Stille wider, als wir uns auf den Weg zum Thronsaal machten. Auf der untersten Stufe der Quarztreppe rutschte ich aus und Laran hielt mich mit einer Hand fest – ohne einen Takt zu verpassen.

Ich murmelte meinen Dank, als wir uns den Onyx-Türen näherten, in die ein silbernes Pentagramm eingraviert war. Die Holzpaneele waren angelehnt, die Metallscharniere geschmolzen oder gebrochen.

Mit dem Rücken zu uns sah ich sie.

Meine Reiter.

Krankheit stand rechts und trug eine goldene Rüstung. Sein blondes Haar wirkte honigfarben, seine Wangenknochen kräftig und scharf. Mein Rysten hatte immer so unbeschwert gewirkt, aber dieser Mann in Metall war nur noch ein Abklatsch seines früheren Glanzes. Ich drehte mich zu Tod um, der majestätisch und glitzernd im strahlendsten Weiß dastand. Er war schon immer ein stoischer Typ gewesen, der sich an der Grenze zur Grausamkeit bewegte. Jetzt war nicht einmal mehr ein Hauch von Wärme in ihm zu spüren. Selbst, wenn er mir den Rücken zuwandte, konnte ich den brodelnden Abgrund spüren, der ihn verschlang. Die Dunkelheit, die alles Licht verschluckte.

Ich konnte nicht sagen, dass mich der letzte, den ich sah, am härtesten traf, aber es war trotzdem ein Schlag in die Magengrube. Allistair trug nicht das Licht, das Rysten besaß. Auch beherbergte er nicht die Dämonen des Todes. Allistair war ein Mann, der eine Maske trug. Ein Unhold, der in dein Leben trat und dein Herz stahl, bevor du überhaupt wusstest, dass er danach griff. Als ich ihn in Onyx gekleidet sah, als dunklen Ritter kostümiert ... sah ich die Pflichten, die ihn einschränkten. Die Regeln, die ihn fesselten. Die lüsternen Ketten der Unterwerfung, die den Mann, den ich kannte, so tief unter sich begruben ... Ich hatte keinen Zweifel daran, dass er nicht wirklich die Kontrolle hatte, während er Anarchie verbreitete.

Sie standen da, Soldaten des Schmerzes.

Bringer der Zerstörung.

Der Apokalypse.

Und ich fragte mich ... ich fragte mich, ob es nicht die Flammen waren, die ich aufhalten sollte. Vielleicht waren es nicht die Barrieren zwischen den Welten. Ich fragte mich zum ersten Mal, ob *sie* es waren. Waren sie, die Reiter, die mich unter dem Deckmantel eines Retters hierhergebracht hatten, vielleicht genau die Apokalypse, deren Retter zu sein ich bestimmt war – oder selbst zu fallen und beide Welten mitzunehmen?

Ein Gackern zog meine Aufmerksamkeit auf sich.

Und ich wusste, wer dort stand – die Frau in Weiß, die sie gestohlen hatte.

Eine Krone aus Lilien schmückte ihr Haupt, deren Farbe

im Vergleich dazu fahl war. Ihr Kleid, wenn man es wirklich so nennen konnte, bestand aus zwei Stoffbahnen, die über beide Schultern hingen und mit einer goldenen Kette um die Taille gebunden waren.

»Ich habe Gerüchte gehört. Dass das Mädchen lebt ...«, sagte sie mit fester Stimme und starrte die Sünden an – alle bis auf eine. Sinumpa war abwesend, aber sie hatte mich schon zu oft betrogen, als dass ich gedacht hätte, sie würde hierbleiben. Ich verstand nicht, was sich meine Mutter dabei gedacht hatte, aber sie hatte sich für einen Feigling entschieden. Sie und Jax waren verschwunden, aber nicht die anderen. Die Sünden und Moira waren bewaffnet und bereit, sich zu verteidigen, ohne zu wissen, ob ich es noch rechtzeitig schaffen würde. Bandit stand groß auf ihrer Schulter, mit gefletschten Zähnen und blitzenden Augen. Stolz schwoll in mir an. »Wie erbärmlich.«

»Erbärmlich?«, fragte Hela und auch ihre Stimme wurde von einem Windhauch mitgerissen. Ihr flammendes Haar hob sich, während der Zorn des Blitzes ihren Blick erhellte. »Du hast den Mann getötet, den du zu lieben behauptest, nachdem du die Mutter seines Kindes umgebracht hast. Du wolltest dich für einen Thron rächen, der dir nie gehörte. Du hast versucht, die Macht der Ursprünglichen zu stehlen, und Kriegsverbrechen gegen unser und dein Volk begangen – alles im Namen eines Throns, der dir nicht gehört.« In jedem Wort lag Macht und die Wut, für die sie bekannt war, erwachte zum Leben. Sie stand wie ein Leuchtfeuer gegen die Dunkelheit. »Dein Ende ist gekommen, Lilith. Luzifer ist fort und wir werden nicht zulassen, dass dieser Wahnsinn noch länger in unserem Reich herrscht.«

»Du liebe Zeit«, spottete Lilith. »Du bist ganz schön groß geworden, Hela. Sag mir, ob hinter deinem Gebell auch Biss steckt!« Sie schnippte mit den Fingern und die Flammen sprangen auf *ihr* Kommando. Meine Flammen. Die Wut, die ich so gut unterdrückt hatte, kochte hoch, als sie Helas Kleidung verbrannten. Anscheinend war sie klug genug gewesen, vor diesem Kampf Schwefel zu konsumieren.

»Ist das alles, was du drauf hast?«, spöttelte Hela und warf ihre Hand in die Luft. Donner grollte, als ein Blitz auf sie niederging. Mir sträubten sich die Haare auf den Armen, als sie auf Lilith zeigte und die Elektrizität an ihren Fingerspitzen sie mit so viel Kraft traf, dass das Gebäude erzitterte. Ich hielt den Atem an, als sie still wurde und weder fiel noch zurückschlug.

»Du solltest inzwischen wissen, dass deine kindischen Fähigkeiten bei mir nicht funktionieren«, spuckte Lilith. Die Süße in ihrem Tonfall war verschwunden. »Du bist nur ein *Makel*, den Genesis geschaffen hat. Ich bin ihr Blut. Ihre *Seele*«, sagte sie und ihr Ton triefte vor Verachtung.

Helas Finger ballten sich zu Fäusten, und obwohl sie es nie zeigen würde, war ihre Angst sehr real. Sie war deutlich spürbar.

Lilith hob ihre Hände, als wollte sie sagen: *Ich bin dran.* Aber Dämonen spielten nicht fair. In dem Moment, in dem sie sich bewegte, traten sowohl Moira als auch Ahnika vor und stießen einen Schrei aus.

Als Kind war sie stark genug gewesen, um ein Trommelfell zu zerstören. Als verwandelte Todesfee-Legion hatte Moira die Kraft, Gebäude zum Einsturz zu bringen. Das schaffte sie ganz allein.

Wenn die Sünde der Faulheit ihren eigenen Schrei losließ, hatten sie die Kraft, ein Erdbeben auszulösen.

Der Boden begann zu beben, als die Erde gegen die gewaltige Kraft protestierte, die auf sie einwirkte. Lilith schlug sich die Hände über die Ohren, als alle drei Reiter vor uns unter der Belastung in die Knie gingen.

Lamia trat vor und die Adern um ihre Augen färbten sich schwarz, als sie ihre Hände nach der gefallenen Frau ausstreckte und ein Wort flüsterte, das ich gar nicht hören konnte, wenn sie nicht in Gedanken spräche.

»Blute!«

Auf ihren Befehl hin spaltete sich Lilith' Haut. Die Arterien an ihrem Hals explodierten und ließen Blut auf den dunklen marineblauen Boden regnen. Ihre Beine sackten zusammen, ihr weißes Kleid war rot gefärbt, weil ihr Blut in den Stoff gesickert war. In einer Lache aus ihrem eigenen Blut liegend, spaltete sich die Erde und öffnete ihr klaffendes Maul.

Ihr Körper stürzte in den Abgrund.

Verloren in der Dunkelheit darin.

Die Schreie verhallten, übertönt von einem Meer aus Stille und Beklemmung.

Niemand jubelte oder applaudierte. Ich wagte nicht einmal, zu sprechen, als sich der klaffende Mund schloss.

Denn tief in meinem Inneren wusste ich, dass sogar ich das überleben konnte.

Das bedeutete, dass Lilith das auch konnte.

Die Momente vergingen, aber die Reiter erhoben sich nicht. Hinter mir hatte Laran mein Shirt gepackt, um mich zu stabilisieren, als etwas Dickes und Stechendes die Luft zu verpesten begann.

Dunkle Magie. Blutmagie. Aber es waren weder Sinumpa noch ich, die sie benutzten.

Der Boden bebte, als sich eine große Kraft unter ihm aufbaute. Steinbrocken von der Größe eines Baseballs flogen durch die Luft. Gift brannte in meinen Nasenlöchern.

Keiner hatte auch nur einen Moment Zeit, in Deckung

zu gehen. In der einen Sekunde bebte der Boden, als ein wimmerndes Geräusch tief im Inneren erklang. Im nächsten Moment spaltete er sich nicht nur. O nein. Der Stein selbst zerbrach und stürzte ein.

Eine in Rot und Schwarz gehüllte Gestalt erhob sich und schwebte nach oben, als würde sie im Wasser treiben. Die Lilien in ihrem Haar waren nur noch blutige Blütenblätter und abgebrochene Stängel.

»Habt ihr wirklich geglaubt, dass das funktioniert?«, fragte sie. In diesem Moment hörte ich es in ihrer Stimme. Sie würde die Welt, über die sie herrschen wollte, zerstören, um die Sünden auszulöschen.

Ihre Hände hoben sich und eine gespenstische Dunkelheit hüllte sie ein. Es dauerte nur eine Sekunde, bis ich begriff, was geschah. Ich war noch nie außerhalb gewesen, wenn ich diese besondere Fähigkeit einsetzte.

Ich hatte noch nie gesehen, wie es war, wenn die eigene Seele sich anschickte zuzuschlagen.

Sie hatte vor, jede Seele in diesem Raum aus ihrem Körper zu reißen.

Aber mit einer Sache hatte sie nicht gerechnet.

Mit mir.

Meine Finger wirbelten herum, als die verdorbene Seele einer verrückten Frau ihre Opfer suchte. Wenn du geblinzelt hättest, hättest du es verpasst. Das Leuchten einer Rune, so hell und blau, dass es wehtat, sie anzusehen. Meine Rune. Meine Macht. Mein Schutz.

Eine Barriere bildete sich um sie und schloss diese abscheuliche Seele ein. Ich blinzelte und suchte in der Schwärze nach einem blauen Schimmer, aber da war nichts.

Lilith schaute in alle Richtungen und drehte sich um.

Die Gesichter der Sünden waren entsetzt. Moira lächelte, obwohl sie die Wahrscheinlichkeiten kannte.

Aber Lilith' Lippen waren zu einem grimmigen Lächeln verzogen.

»Na na na«, schnurrte sie. »Die Schlampe hat also doch nicht gelogen. Die kleine Morningstar ist zum Spielen gekommen.«

Es hatte eine Zeit gegeben, in der ihr Spott mein Herz in Angst und Schrecken versetzt hatte, aber als ich über den Kopf meiner versklavten Gefährten lächelte, zeigte ich nur Zähne und keine Angst.

Sie hatte sich für die größte und schlimmste Schlampe auf dem Spielplatz gehalten.

Aber ich war jetzt der Teufel, und man stahl nicht vom Teufel, ohne sein Pfund Fleisch zu bezahlen.

KAPITEL 32

ut war eine gefährliche Sache.

Sie war so verzehrend wie das Feuer selbst.

Sie war so groß und weitläufig wie das Meer. Sie nistete sich tief im Inneren ein und verfaulte, wenn man sie gewähren ließ. Aber der Grund, warum die Wut so mächtig war, lag primär darin, dass man sie nicht einfach abstellen konnte.

Sie kam und ging, wie sie wollte. Sie saß auf deiner Brust wie ein Dämon in der Nacht, bis sie beschloss, dich zu verlassen und einen anderen zu befallen.

Ich konnte sie nicht ändern. Ich konnte sie nicht beruhigen. Ich konnte einfach damit leben und das gab mir Macht inmitten der Machtlosen.

Die meisten Betroffenen verloren sich in den Fängen der Leidenschaft, aber ich hatte meine zu einer eigenen Stärke geschliffen.

Meine Wut leitete mich. Sie trieb mich an, sodass ich keine Bedenken hatte, als das Ende kam.

Sie hatte mir alles genommen und dafür sollte sie auch alles verlieren.

»Ich muss sagen, du siehst besser aus als damals, als ich dich verlassen habe«, stellte sie fest. Ihr Blick wanderte vorsichtig zu meiner Brust. Mein Brandzeichen. »Erzähl!«, murmelte sie. »Wie hast du das gemacht?«

Ich lächelte, obwohl ich sie am liebsten in Stücke gerissen hätte. Ihre krallenbestückten Hände bildeten Fäuste. Es ärgerte sie, dass ich überlebt hatte. Sie war sich ihrer selbst nicht mehr sicher. Sie zweifelte an ihrer Macht. Und an meiner. Ich genoss es.

»Nun«, begann ich. Meine Stiefel polterten über den Boden, als ich langsam auf sie zuging. »Es war wirklich eine Kombination aus mehreren Dingen. Mein Körper hat versucht, sich langsam wieder zusammenzuflicken, aber mit so wenig Blut wäre ich gestorben und tot geblieben, wenn Sinumpa nicht gewesen wäre.«

Ihre Augen blitzten vor Wut, und ich hatte keinen Zweifel daran, dass sie ihre Tochter bis ans Ende dieser oder der nächsten Welt jagen würde, wenn es mir aus irgendeinem Grund nicht gelingen sollte, sie zu vernichten. In diesem Moment tat sie mir leid – Sinumpa. Sie war ein verfluchtes Kind, das zu einer gefangenen Frau heranwuchs.

»Sinumpa?«, sagte sie und versuchte erfolglos, ihre Überraschung zu verbergen. Ich zeigte ihr ein Grinsen, das sie nur noch wütender machte.

»O ja«, nickte ich. »Weißt du, während du meine Zerstörung geplant hast, hat sie deine vorbereitet. Schließlich hat sie mit ihren Aktionen alles in Bewegung gesetzt.« Ich deutete auf den Palast um uns herum. »Sie fand mich, als ich noch ein Baby war, schloss einen Pakt mit meiner Mutter und überzeugte dich dann, dass sie die Sünde der Lust geworden ist, weil sie sie ›genommen‹ hatte. Du warst so verzweifelt, zu glauben, dass jemand dich wirklich auf dem Thron sehen wollte, dass du sie nicht als die Doppelagentin gesehen hast, die sie schon immer war. Das kann ich dir nicht verdenken«, fügte ich hinzu. »Ich bin eine Empathin und habe sie bis zu dem Moment im Garten nicht als das erkannt, was sie war. Sie führte mich in den Tod, nur um mich mit einem Blutschwur zurückzubringen.«

Wut. Es war eine gefährliche Sache. Lilith liebte es, zu spielen, aber wenn ich eines in all den Seelie-Erinnerungen, die ich durchlebt hatte, erkannt hatte, dann, dass sie Sklavin ihrer eigenen Gefühle und zu stolz war, um das zu erkennen. Das würde das süßeste aller Enden werden.

»Du hast also überlebt.« Ihr Blick glitt zu Laran. »Und du hast es auf unbekannte Weise geschafft, den Übrigen zu retten. Du bist hartnäckig. Das muss ich dir lassen.« Zwischen uns erhoben sich die drei Reiter und schlossen ihre Reihen um sie.

»Sie können dich nicht retten«, sagte ich. Ihr Blick wurde starr.

»Du hast zwar überlebt, aber du hast keine Macht. Die Bestie steckt in *ihnen*«, knurrte sie.

»Die Bestie war nicht der Träger meiner wahren Macht«, antwortete ich mit fester Stimme. Ihre Pupillen verengten sich zu Schlitzen, wodurch das Gold ihrer Augen noch heller wurde.

»Du lügst.«

»Nein«, grinste ich. »Aber du wünschst dir, ich täte es.«

Meine Sticheleien brachten sie aus dem Konzept. Flammen loderten auf mich zu und ich begrüßte sie als meine eigenen. Sie leckten an meiner Haut und brannten meine Kleidung weg, bis ich nackt dastand und alle mich sehen konnten.

»Unmöglich«, flüsterte sie, als ich die Flammen mit

einem Fingerschnippen löschte. Sie starrte auf das Brandzeichen auf meiner Brust. Über dem verhärteten Narbengewebe schlängelten sich blaue Ranken schützend in Form eines Pentagramms.

»Offensichtlich nicht, schließlich stehe ich ja direkt vor dir«, sagte ich und genoss es, wie sich ihre blassen Wangen rosa verfärbten. »Du hast zwar viel Zeit damit verbracht, meinen Tod und deinen Aufstieg zu planen, aber du hast dir nie die Zeit genommen, wirklich zu erkennen, was ich bin.« Ich starrte in die apathischen Gesichter von Krankheit, Tod und Hunger. Nach außen hin sahen sie so leer aus, aber in ihrem Innern waren sie in Dunkelheit getaucht. Solch ein Schmerz.

»Was ... du ... *bist*?« Sie stieß ein Gackern aus, das Moira in nichts nachstand. »Du bist *nichts*. Niemand. Glaubst du, weil du mich einmal überlebt hast, wirst du es wieder tun?«, höhnte sie, aber ich spürte ihr wachsendes Unbehagen, genauso wie sie meine Ruhe spüren konnte.

Die geschwärzte Seele in ihrer Brust erwachte ein zweites Mal und hatte es auf mich abgesehen. Ich fand es sehr bezeichnend, dass sie zwar wie eine Heilige aussah, aber innerlich ein Monster der schlimmsten Sorte war. Ein Tier, das an seine Instinkte gebunden war. Eine Wahnsinnige, die sich nicht unter Kontrolle hatte.

Lilith holte zum Schlag aus und dieses Mal blockte ich sie nicht ab. Ich begegnete ihr frontal.

Unsere Phantomgestalten trafen mit großer Kraft aufeinander, aber so sehr wir uns auch bemühten, wir konnten einander nicht verletzen. Sie konnte mich nicht verletzen, genauso wenig wie ich sie verletzen konnte. Es war eine Sackgasse.

»Weißt du, Lilith, die Sache ist die: Du hast meine Magie gestohlen, ohne zu wissen, was sie wirklich kann.

Ich mache dir keine Vorwürfe. Ich selbst habe es bis heute nicht wirklich verstanden.« Ich zuckte mit einer gespielten Gleichgültigkeit mit den Schultern. Unsere Seelen verflochten sich weiter, aber sie konnte nichts tun. »Indem du sie gestohlen hast, hast du uns auf eine Stufe gestellt. Du kannst mich nicht verletzen, denn alles, was du mir entgegenwerfen kannst, bin ich. Verstehst du?« Sie knirschte mit den Zähnen, als ihre Seele immer wieder angriff, aber sie machte keinen Boden gut. »Wir sind so ebenbürtig, dass ich wusste, dass ich dich so nicht besiegen kann. Es würde nie funktionieren, und wenn du genug Zeit hättest, würdest du mich wahrscheinlich überlisten, weil du viel älter und erfahrener bist. Ich hatte nie eine Chance, wenn ich vorhatte, dich auf diese Weise zu besiegen.«

Sie wechselte die Taktik und benutzte ihre Fingernägel, um ihre eigenen Handgelenke aufzuschlitzen. Frisches Blut klebte an ihren Fingern, als sie zu singen begann.

Trotzdem lächelte ich. Die Verzweiflung nagte an ihr.

»Das hat bei mir einmal funktioniert«, nickte ich und deutete auf die Magie, die sich um uns herum sammelte. Ohne ein Ventil würde sie unweigerlich verpuffen. »Das Problem ist nur, dass du diesen Trick bereits angewendet hast. Du hast die Bestie gestohlen und meine Seele in zwei Hälften gerissen. Das war die schmerzhafteste Erfahrung in meinem ganzen Leben. Es wird wahrscheinlich das Schlimmste sein, was ich bis zum Ende der Zeiten erlebe.« Wie ich vorausgesagt hatte, flammte die Magie auf und brannte wie ein Feuerwerk ab.

»Wie machst du das?«, schnauzte sie. Die engelsgleiche Maske, die sie so gerne trug, fiel von ihr ab, als die kaltherzige Mörderin darunter endlich herausschaute und erkannte, dass etwas ganz und gar nicht stimmte.

Oder absolut stimmte, je nachdem, wie man es betrachtete.

»Ich habe es dir schon gesagt.« Ich hielt inne und wedelte mit dem Finger. »Ich bin kein Dämon. Gleichzeitig bist du lediglich eine Blutfae.«

»Das ist doch absurd …«

»Ist es das?«, schnurrte ich. Sie sah rot, aber ihre Trickkiste war leer. »Ich glaube, du merkst erst jetzt, dass ich die Wahrheit sage. Ich bin dieselbe, die ich schon immer gewesen bin. Eine Ursprüngliche der Magie.« Ich wartete, bis sie das begriffen hatte, und fuhr erst fort, als sie den Mund öffnete, um zu sprechen. »Und indem du deine Blutmagie benutzt hast, um mich zu töten, besitze ich jetzt auch diese Macht. Damit wären wir wirklich auf Augenhöhe, wenn da nicht eine Kleinigkeit wäre.« Ihre Gesichtszüge waren kreidebleich geworden. Ihr Puls stieg ins Unermessliche und die Angst kroch ihr die Kehle hinauf. Sie war wirklich verängstigt.

Und sie hatte recht damit.

»Du hast meinen Gefährten getötet, und um ihn zurückzuholen, habe ich versehentlich einen Gefallen einer Seelie in Anspruch genommen. Weißt du, was dann geschehen ist? Weißt du, was sie getan hat?« Ihre Lippen bewegten sich, aber es kam kein Ton heraus. Ihr Verstand arbeitete mit Höchstgeschwindigkeit, um mitzuhalten. »Sie hat meinen Körper mithilfe von Runenmagie an seinen gebunden. Direkt auf meiner Haut.« Ich drehte mich ein wenig, damit sie die Runen sehen konnte, und sie begann zu zittern. »Ja, du bist ein schlaues Mädchen, nicht wahr?«, spottete ich kalt. »Hast du herausgefunden, dass ich jetzt das Einzige habe, das dich besiegen kann?«

»Das wirst du nicht tun«, sagte sie und unternahm

einen schwachen Versuch, mich zu verspotten, der jedoch an ihren atemlosen Lippen scheiterte.

»Ach?«, fragte ich. »Und warum nicht?«

»Weil ich das Leben der Reiter an das meine gebunden habe. Wenn mich etwas tötet, sterben auch sie.« Sie war so selbstgefällig, dass es mich wütend machte.

»Glaubst du, das ist mir gerade erst eingefallen?«, fragte ich sie. Sie blinzelte und sagte kein Wort. »Ich bin nicht die Närrin, für die du mich hältst. Du bist egoistisch. Verdorben. Sosehr du dich auch über alle anderen stellst, du baust Sicherheitsvorkehrungen ein, nur für den Fall«, sagte ich. »Aber dieses Mal werden sie dich nicht retten.«

Die Sünden stießen einen kollektiven Keuchlaut aus. Keine hatte das kommen sehen. Das war das Schöne daran. Die Unvorhersehbarkeit.

»Du würdest nichts tun, was deine Gefährten töten könnte.«

»Wer hat denn gesagt, dass ich sie töten will?« Meine beiden Augenbrauen hoben sich, als sie versuchte, ihren Gesichtsausdruck zu kontrollieren und die Emotionen zu steuern, die sie beherrschten. Sie war genauso ein Sklave ihrer selbst, wie Josh es gewesen war. Und am Ende bekam jeder, was er verdiente.

»Du siehst verwirrt aus, also erkläre ich es dir«, sagte ich. »Runenmagie ist etwas ganz Besonderes. Sie ist sowohl die einzige Magie, die dich aufhalten kann, als auch die einzige Magie, die du nicht besitzt. Ich kann dich abwehren. Ich kann dich in einen Käfig sperren. Ich kann viele Dinge um dich herum tun – sogar mit dir –, aber du wirst die Magie nicht auf diese Weise aufnehmen.« Ich hob meine Hand und begann zu zeichnen. Ein blauer Schimmer folgte meinem Finger. Es war die Essenz meiner Seele, und ich malte damit das Symbol eines umgedrehten Lotus. »Wenn sie eine Schutzrune für einen geschuldeten Gefallen gewähren, ist es die Magie des Empfängers, die verwendet wird, wenn es an der Zeit ist, sie zu beanspruchen. Ich habe das in New Orleans gelernt, nachdem ich mit La Dan Bia aneinandergeraten bin. Ich rettete das Leben einer Seelie-Frau und sie gewährte mir einen Gefallen. Als ich sie rief, wurde sie durch meine Magie in die Hölle gelockt. Ihre Magie war nicht stark genug, um hinein- oder hinauszukommen.« Als Nächstes zeichnete ich einen Totenkopf, der in Schatten gehüllt war. Sie hatte es immer noch nicht begriffen. »Ich habe mit der gleichen Frau einen Deal gemacht. Sie gab mir die Weisheit von Seth. Weißt du, was das ist?« Das letzte Symbol war ein modifiziertes Zeichen für biologische Gefahren. Sie erkannte es, aber sie hatte immer noch nicht herausgefunden, was ich mit ihnen vorhatte. Das hatte niemand.

»Es erlaubt mir, das Leben eines jeden Seelie-Ahnen, der diesen Zauber je gesprochen hat, noch einmal zu erleben. Innerhalb von vier Tagen habe ich Tausende von Jahren durchlebt und dafür, was du den Seelie angetan hast, verdienst du zu bezahlen. Aber ich habe nicht die Geduld, das noch länger hinauszuzögern«, sagte ich. Dann begann ich, ein letztes Symbol zu zeichnen. Dieses war wichtig, denn es war nicht Seth' Weisheit, die mich auf diese Idee gebracht hatte.

Es war Sinumpa.

An einem bestimmten Punkt musste ich mich fragen, ob sie wusste, was dies bewirken würde – ob sie wusste, dass es diese Rune war, die alles veränderte.

Ich steckte alles, was ich besaß, in diese Rune. Jede Hoffnung. Jede Angst. Jedes bisschen von mir. Ich gab alles und als sich meine Finger hoben, fielen die drei Reiter.

Danach ging alles so schnell.

»Was hast du getan?«, krächzte Lilith. Es tat mir weh, ihnen das anzutun, aber dieser Schmerz würde nur vorübergehend sein. Ich beruhigte mich mit diesem Wissen, als ihr langsam die Erkenntnis dämmerte.

»Das allererste Leben, das ich gelebt habe, war das von Eve, deiner Schwester.« Ich hielt inne. Die Macht, drei der Reiter zum Schweigen zu bringen, war immens, und es war nicht leicht, sie so lange auszuüben, aber ich musste es loswerden. Nicht nur für mich. Sondern auch für Eve. »Ich habe gesehen, was du ihr erzählt hast. Ich habe das Grauen durch ihre Augen miterlebt, als du sagtest, du würdest Luzifer die Bestie wegnehmen. Ich habe jedes blutige Detail danach miterlebt. Ich weiß genau, wie du die Sünden einsetzen wolltest, aber sie waren zu stark und du warst zu schwach. Einst hast du mit Luzifer improvisiert und dabei hast du gelernt, dass du die Macht des Ursprünglichen nicht selbst halten kannst. Du brauchst jemanden, der sie für dich bewahrt. Der die Hauptlast der Dunkelheit trägt.« Die Rune des Schweigens wurde geradezu erdrückend, aber ich war am Ende dieser traurigen Geschichte angelangt. »Eve war ein nettes Mädchen, das sich von dir herumschubsen ließ, aber selbst sie war nicht bereit, Luzifer für deine Wahnvorstellungen sterben zu lassen. Sie drohte, es ihm zu sagen, und du hast ihr das Öffnen des Portals, das du benutzt hast, um mit Gott zu sprechen, angehängt. Sie wurde aus der Hölle vertrieben und wahnsinnig, aber nicht bevor sie ihre Erinnerungen an Seth weitergab – und seine Kinder gaben sie an mich weiter.«

Das war's. Das Ende. Der Moment, in dem ich sie nicht einfach umgebracht hatte.

O nein. Ich hatte etwas Schlimmeres getan.

»Ich habe die Reiter zum Schweigen gebracht, was, wie du sicher schon gemerkt hast, auch deine Verbindung zur

Bestie unterbricht. Das heißt, du kannst dich nicht mehr mit meiner Magie schützen. Ich würde dich ja fragen, ob du noch etwas sagen willst, aber selbst das ist mir egal.«

Ich ließ los. Sie schrie. Oh, sie schrie.

Ich hörte jeden einzelnen Ton, als ich ihr die Seele aus der Brust riss und sie ganz verzehrte.

Und nach Tausenden von Jahren endete Lilith' Herrschaft in der Hölle.

KAPITEL 33

Sie hatte so viel Zeit damit verbracht, die Welt zu terrorisieren, dass am Ende nur noch Stille herrschte. Sie tropfte von der Decke und überspannte die Länge zwischen ihrem Körper und mir.

Lilith war nicht tot. Sie war fort.

Ihre Seele war nicht über den Vorhang hinausgegangen, weil es keine Seele mehr gab. Sie war auf unbestimmte Zeit zerstört, aber ihr Körper blieb, denn ihr Körper war das, was sie am Leben hielt.

Ohne eine Seele würde der Körper selbst verdorren und schnell sterben.

Das würde er auch, wenn es nicht eine Sache gäbe.

Die Bestie.

Ihre Seele hatte Lilith nie in sich aufgenommen. Selbst wenn sie es versucht hätte, wäre sie nicht in der Lage gewesen, die Bestie zu halten. Jetzt war sie ein leeres Gefäß, das immer noch mit den Reitern verbunden war. Ich musste keinen Finger rühren, um das zu bewirken – ich musste nur das Schweigen aufheben.

Und als die Runen, die ich gezeichnet hatte, in der Ferne

zu verblassen begannen, schwand auch die schwere Macht, die sie erdrückte. Ich lockerte meinen Griff um den letzten Rest und holte schwer Luft, als meine Knie zitterten und zusammenbrachen. Der erschütternde Knall, der mich durchfuhr, hallte in der leeren Halle wider.

Dann sprach sie.

»Ruby?«, sagte eine neutrale Stimme. Sie klang nicht mehr wie die Stimme des Monsters, zu dem sie vorher gehört hatte.

»Hallo, Bestie«, antwortete ich leise und mit einem echten Lächeln. Frei von Wut, Schmerz und Zerstörung. »Das muss sehr seltsam für dich sein.«

»Sie hat mich mitgenommen«, sagte die Bestie. In ihrer Stimme war Verwirrung zu hören. »Ich habe mein Licht verloren. Ich habe dich verloren.«

Meine Kehle schnürte sich zu und ich begann zu krabbeln. Niemand bewegte sich auch nur einen Zentimeter, als ich gegen die quälende Erschöpfung in mir ankämpfte und mich zu ihr schleppte.

Sie neigte ihr Kinn, um zu mir aufzuschauen. Es war zweifellos Lilith' Gesicht, aber es waren nicht ihre Augen, die mich anstarrten. Es war nicht ihre Seele, die jetzt in ihr wohnte.

Es war nicht mehr ihr Körper.

Es war der der Bestie.

»Es tut mir so leid, dass ich beim ersten Mal nicht stark genug war«, sagte ich zu ihr. Sie kniff die blassen Lippen zusammen. Unzufriedenheit. Ich kannte ihre Gefühle genauso gut wie meine eigenen.

»Entschuldige dich nicht für Fehler, die du nicht begangen hast!«, sagte sie mir. Das zauberte ein leichtes Grinsen auf meine Lippen. »Du hast uns von ihrer schwarzen Magie befreit. Du hast getan, was kein anderer vor dir tun konnte. Du musst dich nicht entschuldigen, denn du bist eine wahre Königin, die meiner würdig ist.«

Ich nickte langsam, ein Teil von mir heilte durch ihre Worte. Ich schlang meine Arme fest um die Schultern meiner anderen Hälfte und Tränen begannen zu fließen. Sie weinte nicht. Sie war zu solchen Gefühlen nicht fähig und das verstand ich. Schlanke, blasse Arme legten sich im Gegenzug um mich und hielten mich fest, so wie ich sie an mich drückte.

Dann waren da noch andere Arme. Andere Hände. Andere Körper.

Ich roch Verführung und Sünde, als bärtige Lippen einen kurzen Kuss auf meinen Lippen platzierten, der so viel mehr versprach. Allistair schmeckte nach Scotch, Honig und meinen eigenen salzigen Tränen. Ich weinte noch mehr, als sich ein schöner Kopf über meine Schulter beugte und Rystens Sonnenscheinhaar mein Gesicht kitzelte, als es an meiner nassen Haut klebte. Larans warme Hände umfassten meine Taille und hielten mich so fest, wie er konnte, während er mit mir in einem ungünstigen Winkel auf dem Boden kauerte – und dann war da noch Julian. Mein weißer Ritter. Er kniete sich hinter die Bestie, griff an ihr vorbei nach meinem Kinn und neigte meinen Kopf. Wir arbeiteten perfekt zusammen, als ich meine Lippen öffnete und ihn voller Hingabe küsste. Ein wilder Kriegsschrei ertönte, als Bandit mit voller Geschwindigkeit losrannte und mit einem Aufprall von Fell und Nägeln mitten im Getümmel landete. Die Bestie stieß ein Schnauben aus, machte aber keine Anstalten, ihn davon abzuhalten, sich zwischen uns zu krallen und sich zufrieden schnurrend auf unsere Brust zu legen.

Ein mächtiges Stöhnen von weit über uns ließ mich innehalten. Ich schaute von den Reitern zu der Bestie und zur Decke, wo eine Reihe von Schlägen wie ein Donnerschlag von den Dachsparren zu hören war.

»Was ist hier los?«, fragte ich und meine schwachen Beine protestierten, als ich versuchte, aufzustehen. Julian griff nach unten und hob mich vom Boden auf, indem er einen Arm um meinen Rücken und einen unter meine Knie legte.

»Das ist Brimstone City«, sagte Moira. Die Decke knackte und Teile fielen herab. »Die Schwefelstadt fällt.«

»Verdammte Schlampe!«, fluchte ich. Ich konnte nicht einen verdammten Moment Ruhe haben, oder? »Sie hat doch eine Sicherung eingebaut, was?«

Die Bestie nickte einmal und sagte: »Wenn du ihren Körper getötet hättest, wären auch die Reiter gestorben. Sie hat nicht gedacht, dass sie sterben würde, aber sie hat es geplant. Brimstone City wird tatsächlich fallen.«

»Kannst du es aufhalten?«, fragte ich sie.

»Kannst du?«, antwortete sie.

Mist. Nein. Nein, ich konnte es nicht. Meine Kräfte waren völlig erschöpft. Ich war nicht in der Lage, auf meinen eigenen zwei Füßen zu stehen. Es war unmöglich, eine fallende Stadt zu halten.

»Welche Möglichkeiten haben wir?«, fragte ich und schaute zwischen den Sünden hin und her. Ihre Gesichter waren ernst.

»Wir haben keine Zeit, ganz Inferna zu evakuieren«, sagte Lamia. »Es ist einfach zu groß.« Die Hunderttausenden von Menschen, die hier lebten, im Stich zu lassen, kam für mich nicht infrage. Es musste einen anderen Weg geben.

»Könntest du die Stadt in die Luft jagen?«, fragte ich Moira. Ihre Augen weiteten sich.

»Bist du verrückt?«, fragte sie.

»Manchmal«, antwortete ich. »Kannst du das?«

»Nein.« Sie schaute an die Decke, als würde sie die Möglichkeiten abwägen. »Wenn ich es schaffe, sie zu zerbrechen, werden wir alle unter den Trümmern zerquetscht, genauso wie der Rest von Inferna.«

Mein Kopf landete auf Julians Brust, während ich krampfhaft nach etwas suchte – etwas in Seth' Weisheit. Aber das Problem war, dass es sich um Blutmagie handelte, um einen Blutzauber. Etwas, mit dem ich noch nicht umgehen konnte.

»Es muss doch etwas geben, das wir ...«

Ein Funkeln von Licht. Ein Aufflackern von Farbe. Eine Glut, die von einer Phantomhand geführt wurde.

Eine uralte Rune, die ein Portal zwischen den Welten öffnete, erschien in Violett.

Sinumpa.

Sie hatte uns doch nicht im Stich gelassen. Mein Herz pochte und meine Handflächen wurden glitschig. Die glühende Rune explodierte mit einem Knall und riss ein Loch zwischen die Welten. Ich legte eine Hand auf meine Augen, um sie gegen das blendende Licht abzuschirmen.

Ein Paar Stiefel klackerte über den Boden. Ich spreizte meine Finger und spähte zwischen ihnen hindurch.

Im Schein des schimmernden Lichts kam Sinumpa hereingeschlendert. Sie schenkte mir einen Blick und grinste mich an. »Es scheint, als käme ich gerade noch rechtzeitig.«

»Du bist zurückgekommen ...«, murmelte Moira. Fassungslos. »Kannst du den Fall von Brimstone City verhindern?«

»Nein«, sagte Sinumpa. Sie deutete mit dem Daumen über ihre Schulter auf das Portal hinter ihr. »Aber sie können es.«

Hinter ihr strömten nacheinander Leute aus dem Portal.

Morvaen kam als Erste, gefolgt von Donnach und vielen anderen. Ich wusste nicht, was ich sagen sollte, als die Seelie in die Hölle stürmten und die Sicherheit der Erde verließen, um in ein Land zu kommen, das in wenigen Minuten vernichtet werden würde. Dutzende. Hunderte. Sie kamen und als sich das Portal endlich schloss, knieten sie gemeinsam nieder. Jeder einzelne Mann, jede Frau und jedes Kind, das hindurchgekommen war, fiel vor mir auf alle Viere.

Ich drückte Julians Bizeps, unsere stille Kommunikation, dass er mich herunterlassen sollte. Mit zitternden Füßen näherte ich mich Morvaen. Ich kniete mich hin und berührte ihre Schulter, wobei meine Sorge aus meiner Stimme sickerte. »Was hast du getan?«

»Wir haben einen Deal ... Ruby«, sagte sie und ließ meinen Namen auf ihrer Zunge zergehen. »Ich habe dir Seth' Weisheit gegeben und du hast versprochen, uns nach Hause kommen zu lassen.«

»Aber Brimstone City fällt«, sagte ich. »Du hast dein Volk dem Untergang geweiht.«

»Das haben wir nicht.« Es war nicht sie, die antwortete, sondern Donnach. Er stand auf und Hunderte von Seelie folgten ihm. »Du und meine Schwester, ihr wart nicht die einzigen, die eine Abmachung hattet.« Er warf einen Blick auf Sinumpa, die an der Seite stand und zusah, wie die Decke bröckelte.

»Du hast einen Pakt mit Morvaen geschlossen, um das alte Wissen der Seelie zu erlangen«, sagte die weißhaarige Fae. »Ich habe einen Pakt mit Donnach geschlossen. Als Gegenleistung dafür, dass ich die Provinz Lust abtrete, wird er den Fall der Stadt aufhalten. Wir müssen ja schließlich hier leben.«

»Du ... ich ... wie ... was zum Teufel, Sin?«, stammelte ich und suchte nach Worten. »Du hattest keine Garantie, dass ich Lilith besiege, aber du hast trotzdem darauf gewettet?«

Ich war mir nicht sicher, ob ich mich geschmeichelt fühlen sollte. Sie hatte bereits bewiesen, dass sie ein Glücksspieler war. Wer wusste schon, ob sie nicht auf dem Weg war, genauso verrückt zu werden wie Lilith.

Ich hatte sie noch nie so jung und sorglos gesehen; zum ersten Mal tanzte eine Leichtigkeit in ihren Augen. Wenn man sie ansah, würde man nie vermuten, dass eine Stadt über uns einstürzte. »Ich wusste, dass du es in dir hast, aber ich konnte dir nichts sagen. Solange Lilith lebte, war ich durch so viele Blutschwüre gebunden, die nicht nur mein Leben, sondern auch das meiner Geschwister gekostet hätten. Das konnte ich ihnen genauso wenig antun, wie du deine Reiter töten konntest. Wir alle haben Opfer gebracht, Mädchen, und sobald wir das in Ordnung gebracht haben, wirst du tun, was du immerzu versprochen hast.«

Meine Lippen spalteten sich, als ich hauchte: »Und was ist das?«

Sinumpa starrte mich an. Abwägend. Sie beurteilte das Mädchen, das ich einmal gewesen, und die Frau, zu der ich geworden war.

»Mach die Welt zu einem besseren Ort, und wenn es sein muss, verbrenne die Fäulnis mit deinen eigenen Händen!«

Ich starrte zurück und nickte dann. Ich wusste nicht, ob ich ihr alles, was sie getan hatte, verzeihen konnte – es war noch frisch und roh und viel zu früh. Aber das hieß nicht, dass ich nicht verstand. Warum sie es getan hatte. Warum sie bereit war, so viel für mich zu opfern, um die Frau zu werden, von der sie wusste, dass ich sie sein konnte. Ich war ein Kind, das nicht nur mit Flammen, sondern auch mit Magie geboren worden war. Geformt von den Sechs Sünden, um eine Königin zu werden; indem sie mich erschufen, verloren sie das Mädchen, das ich gewesen war. Sie hatte viel vor mir verborgen und ich spürte ihr Bedauern darüber – wenn auch nur für eine Sekunde.

Sinumpa war eine stolze Frau, die sich nicht entschuldigen würde.

Ich war gealtert durch die Dinge, die ich überlebt hatte, und ich würde nicht vergeben. Noch nicht.

Aber wir hatten uns geeinigt.

Und dafür würde die Hölle fortbestehen.

Sie hob ihre Hände und begann zu malen. Das taten sie alle. Jeder einzelne Seelie. Sie zeichneten in Violett, Karmesin, Marineblau und jeder anderen Farbe, die es gab. Sie übten ihre Magie mit einer solchen Einheit aus, die Dämonen niemals erreichen könnten.

Und als sie die schwebende Stadt wieder in den Himmel brachten, wurde mir klar, dass sie etwas hatten, von dem alle Dämonen lernen konnten.

Eine Einigkeit, die nicht nur aus Loyalität und Zielstrebigkeit, sondern auch aus Stärke geboren wurde.

Die Stärke, zu überleben.

KAPITEL 34
JULIAN

Sie hatte sich verändert. Ich konnte es in ihren Augen sehen. Als sie vor dem Bett auf und ab ging, bemerkte ich eine Anmut in ihren Bewegungen, die vorher nicht da gewesen war. Trotz ihres Sieges plagte sie eine gewisse Sorge. Eine Müdigkeit, die einem nur das Alter und die Zeit geben konnten.

Meine Frau war nicht mehr nur dreiundzwanzig Jahre alt, wie ihr Körper es war.

Sie war innerhalb weniger Tage zu etwas viel Älterem geworden – sie hatte das Undenkbare getan, um uns zu retten.

Mir fehlten die Worte, um zu beschreiben, wie die Freiheit schmeckte, nachdem ich in meinem eigenen Kopf zum Gefangenen gemacht worden war. Es genügte mir, ihr zuzusehen und zu wissen, dass wir, egal, was von hier aus geschah, egal, wie viel Schaden wir angerichtet hatten, einen Weg finden würden, es zu überstehen.

Gemeinsam.

»Sie zu töten war zu nett dafür, was sie euch angetan hat«, spuckte sie. Es war nicht mehr nur das Feuer in ihr.

Wenn man genau hinsah, konnte man auch den Schatten sehen. Die Dunkelheit, die sich neben der Flamme niedergelassen hatte. Die würde so schnell nicht verschwinden.

»Du hast sie dafür bezahlen lassen ...«, murmelte Allistair leise.

»Es war nicht genug«, flüsterte sie. »Es war nicht ...«

»Hör auf!«, befahl die Bestie. Ruby schaute hinüber, wo sie auf einer Liege in der Königinnensuite saß. Die Kleider, die Lilith geliebt hatte, waren durch Lederhosen und lange Shirts ersetzt worden. Sie trug pelzgefütterte Stiefel, die zu der ausrangierten Jacke auf dem Boden passten. Das weiße Haar der Frau, die ich gehasst hatte, war abrasiert worden, sodass sie kahl war.

Die Bestie war damit zufriedener.

Es gefiel ihr nicht, ohne Ruby zu sein, aber wenn sie schon in diesem Körper bleiben musste, wollte sie ihn zu ihrem eigenen machen.

Ruby starrte sie an und etwas Stilles floss zwischen den beiden hin und her. Der flache Ausdruck der Bestie wurde für einen Moment weicher. »Du hast uns gerettet«, sagte sie zu Ruby. »Du hast beendet, was so viele vor dir nicht geschafft haben. Denke nicht darüber nach, was du hättest machen können! Konzentriere dich darauf, was du jetzt tun wirst!«

»Ich werde mir nie verzeihen, was sie ihnen angetan hat«, sagte Ruby leise. Tränen befleckten ihre Wangen, als sie ganz still weinte. Es waren nicht die quälenden Schluchzer des Verlustes, sondern das kalte Gefühl der Scham und des Bedauerns.

»Du hast ihnen diese Dinge nicht angetan«, knurrte die Bestie.

»Aber sie sind passiert«, knurrte Ruby. »Sie sind passiert und ich wünschte, sie wären nicht passiert. Ich wünschte, ich hätte früher etwas tun können. Ich wünschte …«

Ich erhob mich von der Bettkante und zog sie zu mir. »Hör mir zu!« Ich beugte mich vor und strich ihr eine Haarsträhne aus dem Gesicht, während sie sich an mich lehnte und ihre Wange auf meiner Brust ruhte. »Die Bestie hat recht. Was getan wurde, wurde getan. Du kannst es nicht ändern. Du konntest es nicht verhindern. Du hast alles gegeben, was du konntest, Ruby …« Ich schluckte und suchte nach den Worten, um ihr zu helfen. Um uns zu helfen. »Und am Ende hast du uns alle gerettet. Du hast dafür gesorgt, dass sie nie wieder jemandem etwas antun kann. Das gibt uns Frieden.« Es war die Wahrheit, jedes Wort. »Das hast du getan.«

Sie schaute zu mir auf, ihre Wangen waren hellblau von der Tränenflut.

»Wird es jemals aufhören?«, fragte sie mich. »Die Wut. Die Verzweiflung. Dieses Gefühl der Ohnmacht. Wird das jemals aufhören?«

Ich öffnete meinen Mund, aber ich wusste nicht, was ich sagen sollte. Ich wusste nicht, was ich ihr antworten sollte. Sie konnte nicht einfach darüber hinwegkommen. Das kam nicht infrage. Sie hatte schon zu viel erlebt. Sie hatte zu viel gesehen, als dass das jemals möglich gewesen wäre.

Also gab ich ihr das Einzige, was ich konnte, auch wenn ich wusste, dass es sie verletzen könnte.

»Nein, mein Mädchen, ich glaube nicht, dass es das wird.« Der Blick in ihren Augen … er war niederschmetternd. Wahrhaftig erdrückend. »Aber mit der Zeit wird es nachlassen. Man sagt, dass die Zeit alle Wunden heilt, aber das ist nicht ganz richtig. Sie mildert die Intensität der Wunden. Bis es nur noch eine Erinnerung an den Schmerz ist, aber wie du erfahren hast, können Erinnerungen immer noch sehr schmerzhaft sein.« Sie nickte und ich wusste, dass sie an die Seelie dachte. An die Tausende von Leben, die sie gelebt hatte. »Es wird aber besser werden. Für alle von uns.«

Sowohl Rysten als auch Allistair nickten. Laran kämpfte mit einer anderen Art von Aufruhr. Genau wie Ruby machte er sich Vorwürfe, weil er von Lilith' Einfluss verschont geblieben war. Er war nicht der Typ, der so trauerte wie Ruby, aber er hatte seinen eigenen Weg. So wie wir alle.

»Versprichst du es mir?«, fragte sie, ihre Stimme war dünn vor Erschöpfung.

»Ich verspreche es.«

Und ich meinte es ernst. Es würde besser werden, für alle von uns.

Ihre Augenlider flatterten, als der Tag seinen Tribut zu fordern begann. Allistair trat vor uns und streckte seine Arme aus. »*Darf ich?*«, fragte er leise. Ich hob sie auf und übergab sie ihm.

Er hielt sie mit Ehrfurcht und flüsterte Worte, die nur für ihre Ohren bestimmt waren, während er sie zum Bett trug. Als er sie in die Mitte legte und die Decke über sie schob, schnappte ihre Hand nach seinem Handgelenk, schneller als ein Wimpernschlag.

»Bleibt!«, flehte sie. »Ich will jetzt nicht allein sein.«

Wir sahen einander an und ich wusste es sofort. Danach würde es keine Trennung mehr geben. Nicht aus Sicherheit, nicht zum Schutz, nicht aus Sorge um ihr Leben.

Einfach, weil wir sie brauchten und sie uns brauchte.

Um zu heilen und um zu leben – wirklich zu leben.

In Gedanken flüsterte ich ihnen allen zu, auch der Bestie. »*Ihr werdet nie wieder allein sein.*«

KAPITEL 35

MOIRA

»Du gehst wieder, nicht wahr?«, fragte ich in die Dunkelheit. Unter mir feierte Inferna eine Party, die die Straßen eroberte und bis in die frühen Morgenstunden tobte. Aber oben, auf dem Dach, wo ich stand, gab es nur mich, meine Gedanken und sie.

»Ich habe getan, was ich tun wollte«, antwortete Sinumpa. »Brimstone City wird nicht wieder fallen. Die Hölle ist frei. Hier gibt es nichts mehr für mich.«

»Weißt du«, sagte ich und wandte mich vom Geländer ab, »du hast das mit dem Fall der Stadt für dich behalten, als du das erste Mal gegangen bist.« Ihre Augen waren dunkel, aber ein müdes Lächeln lag auf ihren Lippen.

»Ein weiterer Schwur«, antwortete sie vage. Ich nickte.

»Und Ruby zu sagen, dass deine Geschwister der Grund waren, warum du gegangen bist?«, fragte ich, mehr aus Neugierde als alles andere.

Ein einzelner Seufzer. Er sagte alles, was sie nicht sagte.

»Sie waren ein Teil davon«, sagte sie schließlich. »Nicht alles, aber ein Teil. Ruby musste nicht wissen, was meine Anwesenheit sie gekostet hätte. Sie ist wütend – zu Recht –

und ich brauche ihre Zustimmung nicht, um weiterzumachen.«

»Noch ein Geschenk?« Ich drehte meine Wange ein wenig und grinste sie an. Eine kühle Brise pfiff um uns herum. So hoch oben waren wir weit entfernt von den Festivitäten unten.

»Vielleicht«, räumte Sin ein. »Sie nimmt es mir nicht übel. Nicht wirklich. Aber jetzt, da Lilith nicht mehr da ist, wird es helfen, einen Schuldigen zu haben.«

Ich nickte, denn sie hatte nicht unrecht. »Danke.« Ihre rechte Augenbraue zuckte und ich sprach weiter. »Ich danke dir für alles, was du getan hast. Für sie … und für mich.«

Sinumpa stand da und es war, als sähe sie zum ersten Mal seit langer Zeit die Sonne.

»Gern geschehen … Moira«, sagte sie leise. Intim. Ich mochte den Klang meines Namens auf ihren Lippen.

»Genieße deine Freiheit, Sinumpa!«, sagte ich zu ihr. Es war ein Abschied, aber nicht für immer. Etwas sagte mir, dass sich unsere Wege wieder kreuzen würden. Eines Tages.

Sie drehte sich um und hielt dann inne. Über ihre Schulter sagte sie: »Bis wir uns wiedersehen.«

Nein, nicht für immer. Nur für jetzt.

Ich blieb bis zum Morgengrauen auf den Dachsparren. Ein donnernder Applaus brach über Inferna aus, als ein neuer Tag begann, und ich wusste, dass es Zeit war.

Es war an der Zeit, der Stimme, die zu mir gesprochen hatte, endlich zu antworten.

Zeit, dem Ruf des Cerberus zu folgen.

KAPITEL 36

Die ersten Tage der Besiedlung waren nicht einfach. Viele lange und harte Sitzungen mussten über das Schicksal der Hölle, der Seelie und Brimstone City abgehalten werden – und darüber, wie ich in all das hineinpasste. Die Gemüter waren erhitzt und die Nächte lang. Ich genoss jeden Moment, denn man wusste nie, wann das Ende kommen würde. Wir waren unsterblich, aber nicht unfehlbar. Lilith hatte das bewiesen.

Die Sünden selbst waren in ihren Meinungen so gespalten wie die Grenzen, die zwischen ihren Provinzen verliefen. Sinumpa war zurückgetreten und in die Nacht verschwunden, sodass Lust ohne einen Vertreter zurückblieb. Donnach füllte diesen Platz auf meinen Vorschlag hin aus und die Spannungen wurden dadurch gemildert. Er schätzte meine Bereitschaft, ihnen einen eigenen Regierungssitz zu geben, was die Sorgen der Fae sehr erleichterte. Die Seelie bekamen einen der am meisten verwüsteten Teile dieser Welt und deshalb begleitete ich sie, als sie dorthin reisten, um beim Wiederaufbau zu helfen. Ich wollte das Land meiner Mutter kennenlernen und den Übergang so schmerzlos wie möglich gestalten.

Meine Reiter kamen mit mir, aber Moira nicht. Sosehr es uns auch wehtat, uns voneinander zu trennen, fühlte sie sich berufen, nach Brimstone City zu gehen und als Botschafterin in meinem Namen die Rehabilitation zu überwachen. Da es keinen wirklichen Nachfolger für diese Provinz gab, hielten die Sünden und ich es für das Beste, die Aufgabe an die einzige Person zu übergeben, die dafür geeignet war. Lilith hatte ihre Kinder und ihr Volk als Sklaven gehalten. Der physische Schaden, der während des Sturzes in der Stadt entstanden war, fiel spärlich aus, verglichen mit dem Schaden in ihrem Geist. Als Überlebende des Missbrauchs war ich der Meinung, dass Gleiches zu Gleichem passte. Es schadete auch nicht, dass die Bibliothek des Stolzes das umfangreichste Wissen über die Legionen in der ganzen Hölle hatte.

Es machte mich traurig, aber sie hatte jetzt einen eigenen Vertrauten, der sie mehr als beschützen würde. Ich lächelte zu dem Cerberus hinüber, der elegant neben meiner besten Freundin stand. Sie hatten ihm eine blaue Schleife um den Hals gebunden, damit er bei der Zeremonie nicht so furchterregend aussah. Aber das hielt nicht lange an. Bandit hatte Gefallen an dem dreiköpfigen Weibchen gefunden, das Moira Fate genannt hatte.

Der Hund hatte Angst vor seinem eigenen Schatten, aber wenn sie dachte, dass er Moira etwas antun wollte ... Vertraute verstanden keinen Spaß.

Ja, Moira würde in guten Händen sein.

Nervös strich ich mein Kleid glatt und fuhr mit den Händen über den federleichten Stoff. Nach allem, was ich durchgemacht hatte, weigerte ich mich, an diesem Tag Weiß zu tragen. Für mich war es nicht mehr die Farbe der

Reinheit und an mir war ohnehin nichts rein. Stattdessen hatte ich mich für ein bodenlanges tiefblaues Kleid entschieden, das die gleiche Farbe wie der juwelenbesetzte Himmel und das Meer hatte.

Meine Füße waren nackt, als ich den langen Gang hinunter schritt. Um mich herum blickten die Dämonen und Fae von Inferna mit Respekt und Freude auf mich. Ich spürte ihre Freude, und obwohl es verdammt nervenaufreibend war, diesen letzten Schritt zu tun, gaben sie mir Kraft. Ich starrte geradeaus. Auf der linken Seite des Ganges standen Laran, Allistair, Julian und Rysten. Keiner von ihnen hatte sich von den letzten Monaten wirklich erholt. Wir sahen immer noch Schatten, obwohl keine da waren, aber nach allem, was passiert war, würde es Zeit brauchen, bis es ihnen besser ging. Der Druck der Bestie hatte jeden von ihnen in den letzten Tagen nachhaltig verändert.

Julian war sanftmütiger. Rysten war schroffer. Allistair hatte ... zu kämpfen. Das taten wir alle, aber er kämpfte mehr als die anderen mit dem, was ihnen während ihrer Zeit mit Lilith widerfahren war. Er kämpfte damit, dass man ihm seine Entscheidungsfreiheit genommen hatte. Er kämpfte damit, was er als Dämon war und was er glaubte, das ich von ihm als Mann erwartete. Er verlor sich jede Nacht in mir und versuchte, zu vergessen, was er getan hatte, aber es gab kein Vergessen ...

Die Unsterblichkeit war ein Segen und ein Fluch. Wir würden nie vergessen, was uns hierhergebracht hatte, aber wir würden jeden Moment, den wir hatten, in Ehren halten. Jedes Bild. Jede Berührung. Jedes Geräusch. Jedes Gefühl. Wir schätzten es mehr.

»Ruby?«, fragte Moira und lenkte meine Aufmerksamkeit auf sich. Ich war in der Mitte des Ganges stehengeblieben. Nun atmete ich tief durch und ging den Rest des

Weges weiter, wobei ich meinen Kopf und meine Gedanken auf die Sünden richtete.

Es gab zwar noch viel zu tun und es würde nicht leicht werden, aber in einem waren sie sich einig: Ich hatte das Recht, Königin zu werden. Ich hatte es verdient, so sagten sie zumindest. Es war ein bittersüßer Tag für mich. Ich würde aufsteigen, aber die Bestie würde nicht bei mir sein. Sosehr wir auch versuchten, einen Weg zu finden, sie aus Lilith' Körper zu befreien, wir hatten immer noch keinen Weg gefunden, die Reiter zu retten, wenn wir es taten. Weder die Bestie noch ich waren bereit, ihr Leben für etwas zu riskieren, das nicht garantiert war, egal, wie sehr es uns beiden wehtat, getrennt zu sein.

Sie stand am oberen Ende der Treppe und beobachtete mich. Ein heimliches Lächeln umspielte ihre Lippen, das der Rest der Welt für eine Grimasse halten würde. Ich nicht. Dafür, dass sie von Natur aus eifersüchtig war, hatte sie keine Skrupel mit diesem Arrangement. Ihrer Meinung nach würden wir einen Weg finden, uns wieder zu vereinen. Das war eine seltsam optimistische Sichtweise, um ehrlich zu sein. Nicht, dass ich ihr das gesagt hätte.

»*Konzentriere dich, Ruby! Dieser Tag ist wichtig*«, mahnte sie mich in Gedanken.

Ich presste meine Lippen zusammen, um mein eigenes Lächeln zu verbergen, als ich die Treppe hinaufging. Oben auf dem Podium standen die Sünden. Die Frauen, die mich aufgezogen hatten.

Hela war die Erste, die nach vorn trat. Ihr flammend rotes Kleid hatte den gleichen Farbton wie ihr Haar. Ein Blitz schlug hoch über uns ein. Der Thronsaal war immer noch nicht repariert worden und der größte Teil der Decke fehlte. Mir machte die frische Luft überhaupt nichts aus.

»Vor einer Woche sah ich, wie die junge Frau vor mir

über unsere größte Angst triumphierte. Heute steht sie vor uns, um den Segen der Sünden zu erhalten und die nächste Königin zu werden. Ahnika, was sagst du?«

Die Sünde der Faulheit trat vor, ihre hellgrüne Haut hob sich schön von dem bodenlangen schwarzen Kleid ab, das sie trug. Sie kam, um vor mir zu stehen und ihr Urteil zu fällen. »Ich war die letzte Sünde, die dir begegnet ist, Ruby. Die letzte, die ihre Spuren hinterlassen hat. Ich habe gesehen, wie du dich von einem launischen, jungen Mädchen zu einer wahren Anführerin entwickelt hast. Du bist vieles, Mädchen, aber nachlässig gehört nicht dazu.«

Ich nickte ihr zum Dank zu und wir umarmten uns. Das war eine kleine Abweichung von der Zeremonie, die ich hatte haben sollen. Die Tradition besagte, dass sie mich brandmarkten, aber da ich so war, wie ich war, wollte ich das nicht. Ich hatte schon genügend Macht, die ich beherrschen musste, und im Gegensatz zu meiner Seelie-Magie gab es keine uralte Rune, die mir in wenigen Tagen alle Aspekte beibringen konnte.

Ahnika trat einen Schritt zurück und sagte: »Saraphine, was sagst du?«

Auf der Erde hatte ich diese Dämonin als alte Frau namens Martha kennengelernt, aber hier in der Hölle war sie als die wildeste der Sünden bekannt. Ihr langes blondes Haar wehte in der Brise, als sie nach vorn trat. »Du bist die Tochter, die ich immer wollte. Die Jahre, in denen ich dich auf dem Plastiksitz in einer schäbigen Kneipe aufwachsen sehen durfte, waren die schönsten meines langen Lebens, mein Kind. Du bist freundlich, aber du lässt dich nicht über den Tisch ziehen. Du stehst für das ein, was richtig ist, auch wenn es nicht einfach ist. Du hast alles aufgegeben, um das zu werden, was wir von dir erwarten. Mein Mädchen, du bist viele wunderbare Dinge, und du hast keine Gier in deinem Herzen.«

Als ich sie umarmte, fühlte sie sich wie zu Hause an. Schwarzer Kaffee und Bacon, der Duft von frischem Asphalt und gebackenem Apfelkuchen. Ich umklammerte ihre schlanken Schultern fest, während mir die Tränen in die Augenwinkel stachen. Saraphine weinte, als sie sich von mir löste und mit schwerer Stimme sagte: »Merula, was sagst du?«

Merula war einst wie eine Mutter für mich gewesen. Sie war sehr streng, aber in ihrem Herzen liebte sie Kinder wirklich. Ich hatte immer geglaubt, dass sie mich auf ihre Art wahrhaftig liebte. »Ich war die erste Sünde, die dich aufziehen durfte, und das habe ich zehn Jahre lang getan. Ich habe zugesehen, wie du von einem Baby zu einem schmuddeligen Wildfang und schließlich zu der wunderschönen Frau herangewachsen bist, die du heute verkörperst.« Sie lächelte und es lag eine gewisse Traurigkeit darin. »Neid ist nichts, woran wir dich leicht testen können, aber ich habe dich mit Iona beobachtet, als du zum ersten Mal in die Hölle gekommen bist. Ich habe gesehen, wie sie dich beneidete, drängte und dir etwas wegnahm. Aber du bist nie der gleichen Eifersucht erlegen, die ich selbst nicht immer kontrollieren kann, genauso wie du nie begehrt hast, was andere auf der Erde hatten. Du bist viele Dinge, mein Kind, aber Neid gehört nicht dazu.«

Ich umarmte sie und meinte es ernst, obwohl sie Iona zu mir geschickt hatte. Mein Herz war zwar verhärtet und die Dunkelheit in mir hatte nicht nachgelassen, aber ich hatte Wege gefunden, mich nicht von ihr beherrschen zu lassen. Ich ließ nicht zu, dass die Art und Weise, wie ich mich verändert hatte, mein eigenes Glück diktierte. Manche

Tage waren besser als andere, aber ich versuchte es – und das war es, was zählte.

Sie trat zur Seite und sagte: »Lamia, was sagst du?«

Ich kannte sie als Sadie in meinem alten Leben. Sie war die Hausmutter in dem Waisenhaus gewesen, in dem ich die meiste Zeit meiner Teenagerjahre verbracht hatte, und obwohl sie nicht annähernd so tatkräftig wie Merula oder Hela gewesen war, hatte sie mich aus der Ferne gedeihen lassen. Ich begegnete ihr von Angesicht zu Angesicht. »Ich habe gesehen, wie du viele Schwierigkeiten erlebt hast, während du bei mir warst. Ihr beide«, sagte sie und blickte zu Moira. »Keine von euch hat geglaubt, Macht zu besitzen, und ihr wart zufrieden. Ihr habt euren Nächsten nicht begehrt. Ihr habt euch von nichts im Leben mehr genommen, als ihr benötigt. Selbst heute lehnst du die Zeremonie zur Annahme unserer Brandzeichen ab, weil du die Macht, die sie dir bringen würden, nicht willst. Ruby Morningstar, du bist viele Dinge, aber du bist kein Nimmersatt.«

Ich umarmte Lamia, weil ich genau wusste, dass sie mehr gesehen hatte, als sie je aussprechen würde. Unsere Umarmung war kurz, bevor sie sich entfernte und mit fester Stimme sagte: »Hela, was sagst du?«

Mein Blut kochte vor Nervosität, als sie nach vorn trat und sich vor mich stellte. »Blue, ich wünschte, ich könnte sagen, dass Zorn keine Sünde ist, mit der du behaftet bist, aber das wäre eine Lüge.« Ich atmete scharf ein und der halbe Raum stieß ein kollektives Keuchen aus, bevor sie lächelte. »Du hast ein Feuer in dir, das brennt. Ich habe es gesehen, als du jünger warst, und in den letzten Monaten ist es nur noch gewachsen. Wenn du es zulässt, wird dieses Feuer dich verzehren – und uns.« Sie hielt inne, ihr Zeigefinger führte mein Kinn nach oben, damit ich ihr direkt in die Augen schauen konnte. »Aber wie du weißt, kommt es nicht auf die große Macht an sich an, sondern darauf, was du mit ihr *machst*. Du hast diese Kraft genutzt, um eine Frau zu werden, die ich selbst gerne sein würde. Ruby, meine Freundin, du hast Zorn, aber du bist kein Sklave davon.«

Ich konnte die Tränen nicht zurückhalten, als sie in meine Augenwinkel traten. Mein Herz hatte sich vor Schmerz gespalten und war durch Feuer wieder zusammengeschmiedet worden, aber noch nie hatte ich vor Glück geweint. Ich ließ sie los, wischte mir die Tränen mit der Handfläche ab und wandte mich der Bestie zu. Sie war die letzte Instanz.

Ohne dass ich es ihr sagte, trat sie vor und nahm den Platz ein, den Hela verlassen hatte. In ihren Händen hielt sie eine Krone aus glitzerndem schwarzem Metall mit saphirfarbenen Edelsteinen. Sie hielt sie zwischen uns und ich legte meine Hände über ihre. »Ich habe diese Krone selbst für dich gemacht, in der Hoffnung, dass ich sie eines Tages mit dir tragen kann.« Die Traurigkeit in ihrer Stimme war unüberhörbar, aber auch die Hoffnung. Sie wurde immer … menschlicher. Ich fragte mich, ob sie sich dessen bewusst war. »Wir werden wieder vereint sein. Unsere Seele wird heilen, aber in der Zwischenzeit erhebst du dich und du wirst herrschen. Es gibt keine andere, die so würdig ist wie du.« Sie hob die Krone und ich ließ mich vor ihr auf die Knie fallen. Die Krone war schwer auf meinem Kopf, aber nicht erdrückend. Ich fühlte mich nicht mehr eingeengt oder gefangen. Ich hatte mich dafür entschieden.

»Erhebe dich, Ruby Morningstar, Königin der Hölle!«, erklärte sie.

Ich stieß mich auf den Fußballen ab und drehte mich zu den Leuten – meinen Leuten – um. Sinumpas Worte kamen mir in den Sinn, als ich zu ihnen blickte, und ich wusste tief in mir, dass ich gefunden hatte, was und wer ich schon immer hatte sein sollen. Eine Königin, die zuerst diente und dann herrschte. Eine Anführerin, die diese Welt veränderte.

»Lang lebe die Königin!«, rief die Bestie aus. Jede Stimme im Raum, im Flur und auf den Straßen hörte sie, als ein Ruf erklang, der so laut war, dass ihn sogar der Himmel gehört haben könnte.

»Lang lebe die Königin!«

Im Grunde meines Herzens wusste ich, dass dies nicht nur das Ende eines Zeitalters war. Es war der Anfang. Mein Anfang und der ihre.

Das Leben war ein Geschenk und ich hatte nicht die Absicht, es zu verschwenden.

Als ich auf jeden meiner Reiter herabblickte, flüsterte ich ihnen drei kleine Worte ins Ohr. Wenn ich sie jetzt sagte, dann nur, weil ich es wollte, weil ich es ernst meinte und weil das Beste noch vor uns lag.

Drei Monate später ...

KAPITEL 37

** MOIRA**

Ich stieß ein Gähnen aus, das die Seiten des alten Textes aufwühlte. Ich hatte das verdammte Ding schon dreimal gelesen, aber die Antworten, die die Sünden versprochen hatten, schienen nicht darin enthalten zu sein.

Meine Hand schlug das Buch zu, ich lehnte mich in meinem Stuhl zurück und stand auf, um zur Tür zu gehen. Ich schritt den Gang entlang und verließ die Bibliothek, wobei sich die schweren Türen hinter mir schlossen. Die Nachtluft war kühl, fast eisig. So hoch in den Wolken war es allerdings immer so. Ich steckte meine Hände in die Taschen meiner Lederjacke und machte einen Spaziergang.

Ich wanderte eine Weile ziellos umher und nickte den Blutfae und Dämonen zu, die ebenfalls mit mir in dieser Stadt lebten. In der Zeit, die ich hier verbracht hatte, war es mir gelungen, mir einen Namen zu machen. Das gefiel mir, wenn ich ehrlich war.

Aber die Einsamkeit konnte manchmal erdrückend sein.

Ich hatte Ruby erst letzte Woche zur Frühlings-Tagundnachtgleiche gesehen. Wir hatten in Inferna gefeiert, waren aber dieses Mal in Lamias Villa geblieben. Monate waren vergangen und der Wiederaufbau von Helas Palast war immer noch im Gange. Für uns war das in Ordnung, denn Lamia veranstaltete wirklich die besten Partys. Ruby und die Reiter waren in voller Pracht erschienen und sahen viel besser aus als das letzte Mal, als ich sie gesehen hatte. Ich wusste, dass sie glücklich war. Ich spürte es, auch wenn in ihr immer noch das Geflüster der Zerstörung wohnte. Die Bestie und ihre Gefährten hielten meine beste Freundin im Gleichgewicht, genauso wie der verdammte Waschbär.

Ich wischte mir mit der Hand über das Gesicht und stieß einen Pfiff in den Wind aus.

Die Bewohner der schwimmenden Stadt hörten meinen Ruf und rührten sich, als der riesige dreiköpfige Hund durch die Straßen stürmte. Hinter ihr kreischten drei kleine Monster vor Freude.

Sie hatten drei Köpfe wie meine Fate, aber ihre Gesichter glichen verdammten Waschbären. Es war nicht genug, dass er meinen verdammten Hund geschwängert hatte. Nein, er hatte ihr auch noch drei mutierte Müll-pandas geschenkt, die mich verdammt noch mal nie in Ruhe ließen. Ruby fand sie so niedlich mit ihren kleinen Gesichtern und ihrem blauen Fell.

Monster. Sie waren verdammte Monster.

Fate kam auf mich zugerollt und drückte mir einen geifernden Kuss aufs Gesicht, während ihre drei Bälger an ihren Fersen klebten. Ich freute mich schon auf den Tag, an dem ich sie an Ruby weitergeben konnte. Aber Fate musste sie immer noch füttern und sie taten Wunder für die Kinder hier. Lilith' jüngste Tochter war eine dreijährige Halb-Todesfee, die vor fast allem Angst hatte – außer vor drei-köpfigen Hunden. Die Monsterbabys in der Nähe zu haben, half ihr und einigen der anderen Kinder. So sehr, dass ich mich von Ruby überreden lassen hatte, sie noch ein bisschen länger zu behalten ... aber mit zwölf Wochen würden diese bösen Jungs zu ihr umziehen.

Ich ergriff eine Handvoll von Fates Fell und schwang mich auf ihren Rücken. Ich könnte auch einfach fliegen, wenn mir danach war, aber so war es für den Cerberus und mich bequemer. Hier auf einer schwebenden Stadt, tausende Meter hoch, mit nichts als Wind, genossen wir den Trost, den wir einander geben konnten.

Sie heulte auf und rannte die Treppe hinunter, ihre Brut folgte uns, während wir die halbe Stadt durchquerten, bevor Fate zum Stehen kam. Einer ihrer Köpfe wackelte und warf mir die allergrößten Welpenaugen zu. Ich stöhnte und kniff mir in den Nasenrücken.

»Na gut.« Ich warf meine Hände in die Luft. »Du kannst mitkommen, aber die hässlichen Pandas müssen draußen bleiben. Verstanden?« Der mittlere Kopf stieß ein Wimmern aus und ich stöhnte und schaute in den Nachthimmel über mir. Ich würde beten, aber da meine beste Freundin genau die Gottheit war, zu der diese Leute beteten, würde mir das nicht viel nützen. Ihr anderer Vertrauter war der Grund, warum ich dieses Problem überhaupt hatte. »Aah, wie auch immer. Halt sie einfach ruhig, ja?« Der dritte Kopf nickte, während sie mit dem Schwanz wedelte. Ich beugte mich vor, um sie zwischen den Schulterblättern zu kratzen, dann drehte ich mich um und ging in die Bar. Die schwingenden Fensterläden schlugen mit einem wilden Knall gegen die Wände. Fate und die drei Halunken kamen hinter mir herein und rollten sich in der Ecke der Lounge zusammen.

Die Dämonenbars auf der Erde waren im Vergleich zu denen in der Hölle geradezu normal. Sie ließen buchstäblich alles rein, weil man nie genau wusste, wer oder was ein Vertrauter war. Meine waren Stammgäste und mit dem riesigen Hundebett in der Ecke bestens vertraut. Eine großzügige Spende von einem ›anonymen‹ Geldgeber, also von Ruby. Sie war besorgt, dass ich zu viel Zeit allein verbrachte, und dachte, dass Hundebetten dort, wo ich mich am häufigsten aufhielt, der beste Weg waren, um mich zum Rausgehen zu bewegen.

Ich brachte es nicht übers Herz, ihr zu sagen, dass ich noch keine Lust auf eine Beziehung hatte. Auch wenn ich mich manchmal einsam fühlte, war ich immer noch nicht über die Phase des Kampfes oder der Flucht hinausgekommen. Ich war im Moment noch nicht bereit für etwas Ernstes. Aber das war in Ordnung. Ich hatte Burt, den Barkeeper, und für heute Abend würde er ausreichen.

»Guten Abend, Moira. Was darf's sein?«

»Das Übliche«, sagte ich und drückte die Schallwellen nach vorn, damit meine Stimme zu hören war. Er lächelte, als ich mich an den Tresen setzte, und schob mir einen übergroßen Becher mit bernsteinfarbener Flüssigkeit zu. Dieses Zeug wurde aus fermentiertem weißem Lotus gebraut und schmeckte perfekt. Ich atmete tief ein, nahm einen langen Schluck und atmete zufrieden aus.

Manchmal war es gut, ich zu sein. Eine kalte Nacht in einer Kneipe und ein Fae-Bier in der Hand gehörten immer zu diesen Momenten.

Meine Unsterblichkeit hatte gerade erst begonnen und ich wollte jede Sekunde davon genießen.

BANDIT

»**A**lso gut, Leute«, sagte die Grüne. »Heute Abend krönen wir den König der Narren.« Dann begannen die anderen, die mit den beweglichen Daumen, zu grunzen und mit den Füßen zu stampfen.

»*Pffft. Und sie sagen, ich sei das Tier*«, schimpfte Bandit. Er rollte mit den Augen und lehnte sich an Fate, während die Todesfee fortfuhr. Nicht weit entfernt saß Ruby mit ihren Welpen.

»*Moira interessiert sich nicht für die Kleinen*«, sagte Fate.

Bandit wusste aus seiner Zeit mit ihr, dass die Grüne kratzbürstig war. Sie musste erst überredet werden. Fate liebte ihre Vertraute, aber Ruby war eine viel bessere Gefährtin. Sie genoss es, ihn mit Sardinen zu füttern, und fand es niedlich, wenn die Kleinen flammende Rülpser von sich gaben. Ja, sie war die bessere Gefährtin.

»*Hast du versucht, sie dazu bringen, sie zu putzen?*« Selbst die Grüne sollte dieser Art von Zuneigung nicht widerstehen können.

»*Sie beschwert sich über ›Spucke‹.*«

»*Was ist Spucke?*«, fragte er. Sie leckte ihn hinter dem Ohr und er gab ein Schnurren von sich.

»*Ich bin mir nicht sicher. Es kommt vom Lecken.*«

Bandit verengte seine Augen auf die Grüne. Rubys vier Gefährten standen auf Stühlen, zusammen mit anderen Dämonen. Sie waren alle mit Essen beschmiert.

»*Meine Person mag es, geleckt zu werden*«, sagte Bandit und erinnerte sich an die vielen Male, die ihre Gefährten sie zu putzen schienen. Aber das war selbst für ihn etwas übertrieben.

»*Vielleicht würde es ihr besser gefallen, wenn sie sie alle zusammen putzen würden*«, überlegte Fate. Bandit hob eine Augenbraue und hörte zu, als Fate ihm ihre Idee erzählte. Bandit gefiel sie. Sie gefiel ihm sehr gut.

Er erhob sich auf alle vier Pfoten und streckte sich träge, bevor er zusammenschrumpfte. Dafür musste er sich anpassen. Es war nicht schwer, sich durch die Menge der betrunkenen Personen zu schlängeln. Genauso wenig wie die Suche nach einem Eimer mit leckerem Gemüse. Er war sehr versucht, etwas davon zu essen … vielleicht nur einen Happen.

Bandit schnappte sich eine Orange und stopfte sie in seinen Mund, bevor jemand etwas bemerkte. Ein verstohlener Blick auf Ruby verriet ihm, dass sie immer noch mit den Drillingen beschäftigt war. Das war gut.

Er wurde ein bisschen größer, gerade groß genug, um den Henkel des Eimers mit den Zähnen zu greifen und zu verschwinden, bevor ihn jemand sah. Geschickt rannte Bandit die Treppe in den zweiten Stock hinauf. Sein Eimer klapperte auf den Holzstufen, aber niemand beachtete ihn bei all dem Jubel.

Er brauchte nur einen Moment, um über das Geländer zu klettern und den Eimer auf den Sparren direkt über dem grünen Sparren zu hieven. Perfekt. Er klatschte seine Pfoten zusammen und ließ ein Schnattern hören. Vorsichtig schnappte er sich eine riesige Tomate, die in seinen Pfoten zerquetscht wurde. Er balancierte direkt über ihr, hielt die Tomate hoch und ließ sie fallen.

»Was zum ...?«, fragte sie. Er schnappte sich ein Ei und warf es.

»RUBY!«, brüllte sie. Die Dachsparren schwankten ein wenig unter ihrem Unmut. Bandit war jedoch nicht beunruhigt. Er kramte in den Obst- und Gemüsesorten, um das Lieblingsgemüse der Kleinen zu finden.

Kiwi.

Er warf die kleinen grünen Früchte von den Dachsparren und kicherte, als sie auf den wütenden Dämon prasselten. Die Kleinen folgten dem Geruch des Essens und ließen Ruby zurück, um die grüne Frucht zu jagen. Sie holten sie schnell ein, obwohl sie wegrannte, und stürzten sich auf sie. Sie leckten an all den leckeren Früchten, die auf sie gefallen waren.

»Was um alles in der Welt ...?« Ruby runzelte die Stirn und schaute nach oben, woher das Essen gekommen war. Sie entdeckte ihn und Bandit wich langsam zurück, in der Hoffnung, dass sie es nicht bemerken würde ... »Bandit. Komm her!«, rief sie.

Puh. Fates rumpelndes Lachen drang an seine Ohren, als er schnell die Dachsparren herunterkletterte und durch die Menge nach draußen auf die Straße rannte. Fate kam hinter ihm her, gefolgt von den Drillingen, und sie rannten durch die Gassen im fahlen Mondlicht in einem Land, das endlich Frieden gefunden hatte.

»Moira ist nicht glücklich mit dir«, sagte Fate zu ihm, als einer der Jungen auf ihren Rücken sprang und den ersten Kopf an den Ohren packte.

Bandit stieß ein schallendes Lachen aus, das den Himmel mit blauen Flammen erhellte, während die Schreie der Grünen über diesen verdammten Müllpanda ihn verfolgten.

Es schien, dass je mehr sich die Dinge änderten, desto mehr blieben sie gleich.

Zumindest, was Bandit betraf.

Immerhin war er nur ein einfacher Waschbär. Ein Waschbär, der sich nun auf eine Ewigkeit voller Ärger freuen konnte – und auf Rysten und Moira, die er noch viele Jahre lang terrorisieren würde ...

Bandit grinste in die dunklen Schatten der Nacht, bereit für alles, was das Leben ihm bringen würde, solange er Ruby hatte.

Und Sardinen. Die durfte er nicht vergessen.

Ende.

Melde dich hier für meinen Newsletter an, um keine Buchvorstellungen mehr zu verpassen!

DANKSAGUNG

Ich habe so viele Gedanken – aber nicht viele Worte – für all das, was ich fühle, jetzt, da ich diese Serie beende und diese Welt verlasse. Vor etwas mehr als einem Jahr kam mir eine Idee, als ich unter der Dusche stand. Eine Geschichte über eine dunkle Königin und ihre vier Reiter. Seitdem hat Ruby einen ganz anderen Weg eingeschlagen, als ich anfangs gedacht hatte. Ich habe es geliebt, diese Figuren und diese Welt zu schreiben. Es ist ein bittersüßer Moment, sich von etwas zu verabschieden, das mehr als ein Jahr lang jede freie Minute deines Lebens in Anspruch genommen hat, aber jetzt sind wir hier und ich muss mich bei einigen groß-artigen Menschen bedanken, die mir geholfen haben, hier-herzukommen.

~Analisa Denny, danke, dass du meine Lektorin bist, für all die langen Gespräche, die du nicht hättest führen müssen, aber trotzdem geführt hast, und dafür, dass dir meine Figuren genauso am Herzen liegen wie mir. Vor allem aber danke ich dir, dass du meine Freundin bist. Ich freue mich auf deinen Rotstift und darauf, was als Nächstes auf uns zukommt.

~Courtney Lummus, dafür, dass du jedes Buch liest und es besser machst. Danke, dass du mich unterstützt und immer für mich da bist.

~Meinem Stamm von Autorenfreunden: Es gibt so viele von euch, denen ich dafür danken möchte, dass sie mich immer inspiriert haben und da waren, wenn ich über Bücher reden wollte. Ein besonderer Gruß geht an Amanda Pillar, Carrie Whitethorne, Alex Lidell, Meg Anne und Rita Stradling. Ich liebe euch, Leute.

~Den Mitgliedern von Kels Crew: Ihr habt keine Ahnung, wie viel mir eure Unterstützung bedeutet hat. Danke für all die verrückten GIFs und Waschbär-Posts der letzten Monate. Caitlin Thom, Sandra Portillo, Aaricka Swanson – ihr habt mich zu einigen sehr interessanten Charakteren inspiriert, die ihren Weg in dieses letzte Buch gefunden haben. Vielen Dank.

~Meinem Verlobten Matt: Ich liebe dich, mein Schatz. Danke, dass du zu mir hältst und mir bei all den langweiligen Dingen im Haus hilfst, damit ich so viel Zeit wie möglich zum Schreiben habe. Ohne dich wäre ich nicht in der Lage gewesen, das alles zu tun.

~Meinen Freunden, meiner Familie und meinen Lesern, die mich auf meinem Weg unterstützt haben. Euch gilt mein größter Dank. Man sagte mir, Autorin zu sein, sei ein Wunschtraum. Dass ich es nie schaffen würde, als Autorin durchzukommen. Aber das tue ich, und zwar dank euch. Danke, dass ihr mich auf dieser Reise mit Ruby, Moira, Julian, Rysten, Allistair, Laran und natürlich Bandit, dem Liebling aller, begleitet habt.

Ich danke euch aus tiefstem Herzen.